AF216930

Regina Nössler

Die Putzhilfe

Thriller

konkursbuch
Verlag Claudia Gehrke

1
Tag null

Als sie losging, unbeholfen wegen des Gepäcks und ihrer schmerzenden Hüfte, setzte der Regen ein. Ein hässlicher kalter Dauerregen, der so bald nicht wieder aufhören würde. Sie hatte erst einen Bruchteil der vor ihr liegenden Strecke bewältigt und war schon jetzt völlig durchnässt.

Was für ein Abschied. Bei ihrem überstürzten Aufbruch hatte sie so vieles nicht bedacht – am allerwenigsten die Wettervorhersage. Aber es gab kein Zurück. Sie käme auch gar nicht mehr ins Haus. Sie hatte ihren Schlüssel dort gelassen, damit sie es sich im letzten Moment nicht anders überlegte. Wenn sie ins Haus gelangen wollte, müsste sie auf seine Heimkehr warten, und genau das durfte sie auf gar keinen Fall riskieren.

Die Straße war schlecht beleuchtet, und jetzt in der Dunkelheit, die an diesem Novembertag besonders früh eingesetzt hatte, konnte sie kaum etwas erkennen, aber die Frau mit Schirm, die ihr auf dem Gehweg entgegenkam, sah von Weitem so aus wie Petra, ihre Nachbarin von gegenüber.

Sie wandte schnell den Blick ab und wechselte die Straßenseite, mit dem Rollkoffer, dem Rucksack und der Reisetasche über der Schulter. Bloß nicht Petra begegnen. Petra würde natürlich das Gepäck bemerken und fragen, ob sie verreise, davon habe sie ja gar nichts erzählt, wohin die Reise denn gehe und für wie lange. Und warum sie bei diesem scheußlichen Wetter nicht das Auto nahm.

Hätte sie dann sagen sollen: *Ich weiß nicht, wohin?* Und: *Für sehr lange, ich komme nicht mehr zurück?* Und: *Leb wohl, ich konnte dich übrigens noch nie leiden, du blöde Kuh?* Und: *Ich kann nicht das Auto nehmen, weil ich den Schlüssel weggeworfen habe?*

Petra war eine Person aus der anderen Welt, aus der Wirklichkeit, zu der sie nicht mehr gehörte. Seit ungefähr zwei Stunden nicht mehr. Erstaunlich, es hatte nur zwei Stunden gebraucht, um sich von dreiunddreißig Jahren Leben zu verabschieden. Als sie begonnen hatte, Koffer, Reisetasche und Rucksack zu füllen, wahllos und ohne richtiges System, was gar nicht zu ihr passte, war ihr die Wirklichkeit bereits entglitten, mit jedem T-Shirt und jedem Pullover ein kleines bisschen mehr. Würde sie sich von nun an immer so fühlen? So *falsch?* Wie in einer Art Zwischenwelt? Der Regen allerdings, der ihr ins Gesicht peitschte, wirkte sehr echt.

Ihren Wagen hatte sie zuerst vor dem Haus stehen lassen wollen, dort, wo sie immer parkte. Ihr Auto stand draußen auf der Straße, seins in der Garage. Ungeschriebenes Gesetz, nie in Frage gestellt. Aber hätte ihr Wagen vor dem Haus gestanden, wäre er verwundert über ihre Abwesenheit gewesen. Er sollte sie im Institut vermuten. Und zum Institut fuhr sie immer mit dem Auto. Er sollte ahnungslos sein. Nichts ungewöhnlich finden und vor allem nicht alarmiert sein. Zumindest nicht sofort. Sie brauchte ein paar Stunden Vorsprung.

Also musste das Auto verschwinden. An Bequemlichkeit gewöhnt, war sie versucht, damit zum Bahnhof zu fahren, hatte davon aber bald wieder Abstand genommen. Am Ende würde irgendeine Kamera ihr Kennzeichen aufnehmen. Gab es am Bahnhof Kameras? Bestimmt. Und wenn der Wagen länger als ein paar Stunden dort stand und die Parkzeit abgelaufen war, fiele es auf. Die Halterin würde ermittelt, die ganze Maschinerie in Gang gesetzt, Post an ihre Adresse geschickt, die nicht länger ihre Adresse war.

Nach dem Institut war sie zwar nach Hause gefahren, aber nicht zu ihrer Siedlung, sondern in einen anderen Ortsteil, in dem sie sich nie aufhielt. Er auch nicht. Den Wagen hatte sie auf dem Parkplatz des Friedhofs abgestellt. Hier würde ihn so schnell keiner bemerken. Sie hatte den Schlüssel in einen Abfalleimer geworfen, gut verpackt in einer Plastiktüte, und war zu Fuß nach Hause gegangen. Zu Hause hatte sie den Koffer und die Reisetasche aus der Abstellkammer geholt und sofort zu packen begonnen, während es draußen dunkel wurde.

Der Bus fuhr tagsüber alle dreißig Minuten, später dann, gegen Abend, nur noch alle sechzig Minuten und nach einundzwanzig Uhr gar nicht mehr. Sie hätte natürlich ein Taxi nehmen können, aber sie durfte nicht gleich am Tag null ihr Geld verschwenden. Außerdem musste man in dem kleinen Ort erst eins bestellen und anschließend lange darauf warten. Sie konnte nicht eine halbe Stunde auf ein Taxi warten. Und wo auch? Etwa zu Hause? Wo sie jederzeit mit seiner Rückkehr rechnen musste?

Ihre Hüfte tat noch immer höllisch weh, und das Gehen fiel ihr schwer. Hoffentlich war es nichts Schlimmes, nichts, wofür sie zum Arzt musste. Sie hatte keinen Arzt mehr. Sie hatte ja nicht einmal mehr ein Leben. Die Hämatome auf ihren Oberarmen, blau-lila, würden sich in ein paar Tagen verändern und eine hässliche gelbe Farbe annehmen. Dann wäre sie längst an einem anderen Ort.

Zuerst wollte sie es vermeiden, direkt an der Bushaltestelle unter dem Dach im Licht der Straßenlaterne zu warten, aber der Regen war zu stark. Also stellte sie sich dicht vor den Fahrplan, mit dem Rücken zur Straße, und tat so, als müsste sie ihn gründlich studieren, obwohl sie ihn inzwischen fast auswendig kannte. Die Feuchtigkeit und die Kälte, die sie erst jetzt richtig spürte, krochen ihr unter die Kleidung. Der Bus kam in zehn Minuten, was ihr unendlich lang erschien. In zehn Minuten konnte so viel passieren. Petra könnte auf die Idee kommen umzukehren, um sich zu vergewissern, ob es sich bei der bepackten Frau draußen im Regen, die so eilig die Straßenseite gewechselt hatte, tatsächlich um sie handelte. »Das sah ja fast so aus, als wolltest du mir aus dem Weg gehen«, würde sie sagen, begleitet von ihrem unpassenden, affigen Lachen, und sie würde sich eine glaubhafte Erklärung einfallen lassen müssen. Petra war schon immer unerträglich neugierig gewesen. Warum fiel ihr das erst jetzt auf? Petra würde nicht lockerlassen, bis sie eine Antwort auf die Frage erhielt, wohin sie denn mit dem ganzen Gepäck wolle. Im Grunde konnte ihr das natürlich egal sein. Sie würde Petra niemals wiedersehen.

Oder noch schlimmer, er könnte inzwischen nach Hause gekommen sein, sich wundern, wo sie um diese Zeit war – nein, er würde sich nicht wundern, er würde sofort wütend werden, vor allem, wenn er merkte, dass ihr Handy ausgeschaltet war, sie sollte doch immer erreichbar sein –, und nach ihr suchen.

Doch nichts dergleichen geschah. Dass er sie ausgerechnet hier suchen würde, war ohnehin sehr unwahrscheinlich. Sie fuhr nie mit dem Bus, und er wusste vermutlich nicht einmal, dass es eine Busverbindung gab.

Als der Bus endlich kam, eilte sie mit ihrem Gepäck zur vorderen Tür, wuchtete es nach oben und kaufte sich beim Fahrer ein Ticket. Der Fahrer sah sie nicht an, als er ihr das Wechselgeld reichte, was sicher an dem erbarmenswerten Anblick lag, den sie bot, durchgefroren und mit nassen Haaren.

Sie suchte sich einen Platz und versammelte ihr Gepäck um sich herum. Die drei Gepäckstücke waren nun alles, was sie noch besaß. Sie zitterte und wusste nicht, ob vor Angst oder Kälte oder wegen beidem. Von ihrer Jacke und ihren Haaren tropfte es auf den Sitz und den Boden. Was für ein Abschied. Der Bus setzte sich in Bewegung, sie verließen rasch das Ortszentrum, machten einige Biegungen und fuhren kurz darauf dicht an der Siedlung vorbei. *Ihrer* Siedlung. Sie wollte sich zwingen, die Augen zu schließen oder zur anderen Seite zu sehen, aber dann warf sie doch einen Blick – den letzten – auf die adretten Einfamilienhäuser mit den kleinen Gärten. Sehr kleine Gärten, genau betrachtet. Die Neubausiedlung war erst in den vergangenen Jahren hochgezogen worden, vorher war hier Münsterländer Acker gewesen. Ihre Eltern waren der Ansicht, sie habe es geschafft, wenn sie mit dreiunddreißig in einem so properen Haus vor den Toren der Stadt lebte. Mit einem so netten Mann. Eigentlich war für ihre Eltern das Haus immer bedeutsamer gewesen als ihr Beruf. Warum fiel ihr das erst jetzt auf? Es war der letzte, der wirklich allerletzte Blick auf ihr Zuhause. Wie gebannt sah sie hin und duckte sich gleichzeitig weg, wäre am liebsten unter den Sitz vor sich gekrochen, damit sie ja keiner in dem beleuchteten Bus erkannte. Als würden die Leute aus der Siedlung jetzt im November draußen stehen, im Dunkeln und im Regen, und mit einem Fernglas beobachten, wer im Bus saß. Ihr Haus sah man von der Straße nicht, es lag zu weit in der Mitte, was sie für ein gutes Omen hielt. Sie hätte automatisch nach erleuchteten Fenstern Ausschau gehalten. Als sie ging, hatte sie alle Lichter gelöscht und die Tür hinter sich zugezogen. Den Hausschlüssel hatte sie vorher hinter der losen

Fliese an der Badewanne versteckt, wo der Abfluss lag, damit er ihn nicht so schnell fand. Vielleicht fand er ihn auch nie, es sei denn, der Abfluss war verstopft oder das Rohr gebrochen. Diese Fliese entfernte normalerweise nur der Handwerker. Er wusste gar nicht, wie man den Zugang zum Rohr aufbekam. Er wusste bemerkenswert viel nicht.

Im Institut hatte sie, kurz bevor sie ging, ihren E-Mail-Account gelöscht. Ihren privaten. Wie man ihren beruflichen löschte und ob das überhaupt möglich war, wusste sie nicht. Irgendwann würde ihm das Fehlen des Koffers und der Reisetasche und der Kleidungsstücke auffallen. Wahrscheinlich schon heute Abend.

An den nächsten Haltestellen wartete niemand, und der Bus fuhr daran vorbei. Der Regen prasselte jetzt unaufhörlich aufs Dach. Sie fuhren durch ein kleines, sehr dunkles Waldstück. Aus dem Fenster des Busses wirkte die Gegend ganz anders als sonst und bereits jetzt fremd. Sie gehörte nicht mehr dazu. Erst jetzt sah sie sich ängstlich um, obwohl es sehr unwahrscheinlich war, dass hier jemand saß, den sie kannte. Außer ihr und dem Fahrer befanden sich nur zwei weitere Personen im Bus, ein Jugendlicher und eine alte Frau, die ihre Handtasche fest umklammert hielt, als befürchtete sie, jemand könnte sie ihr entreißen. Der Jugendliche war sicher auf dem Weg in die Stadt und verfluchte es, noch keinen Führerschein zu haben. Und die alte Frau? Hatte sie jemanden besucht und fuhr jetzt nach Hause? Sie würde keinen der beiden je wiedersehen und wusste auch nicht, ob es sie wirklich interessierte, aus welchem Grund sie hier saßen, oder ob solche Gedanken nur von sich selbst ablenken sollten, von dem, was sie zu tun im Begriff war.

Ein gelbes Schild am Straßenrand zeigte an, dass sie die Ortsgrenze passierten. Sie hatte erst wenige Kilometer hinter sich gebracht, aber wenn alles gut ging, würde sie an diesem Abend in ein schnelleres Beförderungsmittel wechseln und sich immer weiter von zu Hause entfernen.

Es hatte zwar keine Bedeutung, so wie von nun an alles Vergangene ohne Bedeutung war, aber sie würde wahrscheinlich immer im Gedächtnis behalten, dass es an einem Mittwoch geschah, dass sie an einem Mittwoch im November in diesem Bus saß, mit dem sie zum ersten und zugleich letzten Mal fuhr. Ausgerechnet ein Mittwoch. In dem Leben, das sie zurückließ, war Mittwoch immer ihr liebster Wochentag gewesen. Sie hatte ihn meistens komplett im Institut verbracht. Und nun stieg sie an einem Mittwoch aus ihrem Leben aus. Sie trauerte schon jetzt, wenige Stunden nach dem letzten Mal im Institut, um das, was sie verlor. So viele letzte Male. Sie hatte sich nichts anmerken lassen. Bei ihrem Chef nicht, den sie nur flüchtig auf dem Gang gesehen hatte, bei ihrem Kollegen Sebastian nicht und auch nicht bei den Studierenden in ihrer Sprechstunde. Sie hatte sie wegen ihrer Bachelor-Arbeiten beraten, die sie nun niemals lesen würde, hatte ihnen angeboten, sich bei

Fragen jederzeit an sie zu wenden. Dieses Versprechen würde sie nicht halten. Den Schlüssel zu ihrem Büro hatte sie weder draußen weggeworfen noch hinter der Badewannenfliese versteckt, das hätte sie einfach nicht über sich gebracht. Sie hatte ihn unten in ihrem Rucksack verstaut, auch wenn er jetzt ganz nutzlos für sie war.

In dem überheizten Bus mit seinem dumpfen, beruhigenden Motorengeräusch trockneten ihre Haare allmählich, und sie fror nicht mehr. Nicht nur ihre Hüfte, auch ihr Gesicht tat weh. Vorsichtig tastete sie daran herum. Ob der blaue Fleck an ihrem Kinn inzwischen wohl größer geworden war? Größer als heute Morgen? Sie hatte so übereilt das Haus verlassen, dass für einen letzten Blick in den Spiegel keine Zeit mehr geblieben war. Hatte der Busfahrer sie beim Bezahlen deshalb nicht angesehen, weil sie peinlich war und er davor lieber die Augen verschloss? Tagsüber im Institut hatte sie bei Gesprächen immer den Kopf zur Seite gedreht.

Die alte Frau und der Jugendliche waren mit ihrer eigenen Welt beschäftigt, beachteten sie nicht und saßen weit von ihr entfernt, aber nachher im Zug wäre es sicher anders. Falls überhaupt noch ein Zug fuhr. Ein Fernzug. Egal, wohin. Hauptsache, in eine andere Stadt, eine möglichst große, in einem anderen Bundesland. Bislang hatte sie in ihrem geordneten Leben stets gewusst, was als Nächstes passieren würde, hatte jeden weiteren Schritt gekannt oder ihn zumindest geplant. Jetzt wusste sie gar nichts mehr.

Nur, dass sie die Wirklichkeit, und damit sich selbst, an einem feuchten Novemberabend am Busbahnhof zurückließ, auf der großen Straße, die direkt an der Siedlung vorbeiführte, in dem dunklen Waldstück. Wer war sie dann noch, wenn sie sich selbst zurückließ?

2

Vielleicht war die Frau ja ein Psycho. Ein bisschen wirkte sie so. Reichlich gestört, aber bemüht, es sich nicht anmerken zu lassen. Trugen Psychos so gute Klamotten? Sina lief ihr jetzt zum dritten Mal innerhalb kurzer Zeit über den Weg, sie hatte mitgezählt. Sie beschloss, ihr zu folgen. Sie hatte gerade nichts Besseres vor, und es reizte sie, ohne dass sie hätte sagen können, warum. Warum ausgerechnet diese Frau. Vielleicht hatte es auch gar nichts mit ihr zu tun, sondern lag an der elenden Langeweile. Oder an der Scheißwelt. Oder ihrer Mutter. Um diese Zeit war Sinas Mutter ganz sicher zu Hause.

Ihre Mutter kümmerte es sowieso nicht, wann sie kam. Sina war das nur recht. Manchmal stellte sie sich vor, wie es wohl wäre, die Sorte Mutter zu haben, der es nicht gleichgültig war, wann sie kam und wann sie ging, ob sie überhaupt nach Hause kam, eine Mutter, die sich um sie sorgte, die den Tagesablauf ihrer Tochter auswendig kannte – ihre hatte ja schon Probleme mit ihrem eigenen Tagesablauf – und ihren Stundenplan an den Kühlschrank gehängt hatte. *Was? Deine Mutter hat deinen Stundenplan am Kühlschrank? Das ist ja das Letzte! Voll die Kontrolle!,* sagte sie zu Schulfreundinnen. In Wahrheit beneidete Sina sie ein bisschen. In Wahrheit hatte sie gar keine richtigen Schulfreundinnen. Manchmal stellte sie sich eine Mutter vor, die nicht herumbrüllte, wegen Kleinigkeiten völlig ausrastete, sich wahlweise stundenlang ins Bett verzog, ohne ansprechbar zu sein, oder in hysterische Tränen ausbrach, sodass man sie auch noch trösten musste. Bäh, kotz. Eine Mutter, die nicht in ausgeleierten Joggingklamotten mit Kaffee- und Joghurt- und sonstigen Flecken darauf herumlief wie die letzte Schlampe.

Das erste Mal bemerkte Sina die Frau im November. Sie fiel ihr auf, weil sie so verloren aussah. Erwachsene sahen eigentlich nie so aus, abgesehen natürlich von den ganz schlimmen Fällen. Und ihrer Mutter. Die Frau war kein ganz schlimmer Fall, diagnostizierte sie. Zu gepflegt und zu gut angezogen. Sie gehörte nicht hierher, das erkannte Sina sofort. Unsichere Schritte, als würde der Boden unter ihren Füßen schwanken. Krampfhaft darum bemüht, Selbstsicherheit auszustrahlen und gleichzeitig unauffällig zu bleiben. Je mehr sie sich mit der Unauffälligkeit anstrengte, umso stärker fiel sie Sina auf. Sie blickte sich dauernd hektisch um und hatte diese Angst in den Augen, die Sina bestens aus der Schule kannte. Es sah doch bei allen gleich erbärmlich aus, egal, wie alt sie waren.

Wäre es bei dem einen Mal geblieben, hätte Sina die Frau wieder vergessen, doch wenige Tage später begegnete sie ihr an fast derselben Stelle erneut. Wie so oft war sie mit Bobby unterwegs, was sie ein wenig in ihrer Bewegungsfreiheit einschränkte. Bobby war zwei Jahre älter als sie. Allerdings merkte man ihm das nicht unbedingt an. Sina hatte ihn häufig am Hals. Meistens freiwillig, denn sie liebte ihn, aber manchmal ging er ihr auch gehörig auf die Nerven. Bobby fand entweder alles restlos schön und neu und aufregend – wie beneidenswert –, oder er blieb draußen stehen, weil ihn irgendetwas oder irgendwer empörte. Bobby konnte, je nach Tageslaune, über alles und jeden empört sein, die Gründe dafür kannte nur er selbst. Falls er sie kannte. Und genauso konnte ihn etwas vollkommen Banales so entzücken, dass er sich minutenlang nicht von der Stelle rührte und sie sanft schieben musste, los, Bobby, komm, na los, wir müssen nach Hause.

Als Sina der verlorenen Frau das zweite Mal über den Weg lief, hatte sie Bobby gerade geduldig erklärt, dass es ganz schön kalt sei, zumindest zu kalt zum Herumstehen, und ob er denn nicht friere. Diese Geduld brachte sie nur bei ihm auf. Bei jedem anderen wäre sie nach kurzer Zeit ausgeflippt und hätte ihn dann stehen lassen. Nicht bei Bobby. Bobby konnte sie auch nicht einfach stehen lassen, er hätte nie wieder nach Hause zurückgefunden. Sie hatte ihm mal gesagt, nur ein einziges Mal, dass ein Leben ohne ihn viel leichter wäre. Im selben Moment war sie entsetzt über sich selbst gewesen. Bobby jedoch hatte sie nicht etwa erschrocken angesehen, sondern so wie immer, als hätte Sina, seine Königin, sein

Alles, ihm etwas Wundervolles eröffnet. Daraufhin hatte sie sich geschämt. Aber nur ein bisschen. Dann hatte sie ihn gefragt, ob er denn keinen Hunger habe, hatte er natürlich, und das Ganze war vergessen, auch für Sina.

Beim dritten Mal, inzwischen war es Dezember, und in den Schaufenstern und Läden hing der ganze blinkende Weihnachtskrempel – bei Sina zu Hause hing natürlich gar nichts, weil ihre Mutter sich um so etwas wie Dekoration nicht kümmerte, es auch nicht wollte, oder schlicht vergaß, Schlampe, vermutlich würde es auch wieder keinen Weihnachtsbaum geben –, sah sie die verlorene Frau in den Arcaden am Rathaus Neukölln. Sina hielt sich gern dort auf, um von lauter Dingen zu träumen, die sie nicht haben konnte. Klamotten. Elektronische Geräte, natürlich die neusten und teuersten. Freiheit. Davon träumte sie am meisten. Diese Gegend hinter sich lassen. Und ihre Familie. Sie war ohne Bobby losgezogen, weil ihn solche Läden ganz wuschig machten. Klauen, die naheliegendste Möglichkeit, wenn man sich etwas nicht leisten konnte, hatte Sina sich vorerst abgewöhnt, seit sie im vergangenen Sommer dabei erwischt worden war. Peinlich. Und schon zum zweiten Mal. Beim zweiten Mal war es ernster geworden als beim ersten. Sina war eine »Jugendliche mit Verantwortungsreife«, was bedeutete, dass sie nicht zurückgeblieben war. An sich ja erfreulich, aber in diesem Fall ungünstig, denn übersetzt hieß es, dass sie für ihre Taten verantwortlich war. Ihre Mutter hatte sich tatsächlich jedes Mal bestimmt einen ganzen Tag lang für sie interessiert. Oder so getan. Oder wenigstens einen halben Tag? Auch, als Sina dieser Kuh aus ihrer Klasse eine reingehauen hatte – ein bisschen geschubst traf es besser – und ein Schulverweis drohte. Insofern sollte Sina sich das Klauen vielleicht wieder angewöhnen. Oder das Reinhauen. Schubsen. Nein, besser doch nicht. Es war gut, wenn ihre Mutter sie in Ruhe ließ. Sina wollte weg. Sie wollte nicht mehr mit ansehen, wie die alte Schlampe nichts auf die Reihe bekam. Ihre Mutter schaffte es ja nicht mal, die Wohnung einigermaßen in Ordnung zu halten. Sina müsste bald schon wieder putzen, damit es bei ihnen zu Hause nicht so aussah wie im letzten Drecksloch, in das man niemanden einladen konnte, doch in Wahrheit war es genau das, ein widerliches Drecksloch. Sie hasste Putzen. Toni war dafür noch zu klein, fünf Jahre jünger als Sina, sieben Jahre jünger als Bobby. Den zehnjährigen Toni behelligte man mit so etwas wie Putzen nicht.

Ihre Mutter konnte auch nicht kochen. Sie brachte nicht das einfachste Essen zustande. Vielleicht hatte sie es früher mal beherrscht, aber daran erinnerte Sina sich nicht. Zu lange her. Sie ernährten sich von Tiefkühlpizza, Lieferpizza, scheußlichen Fertiggerichten aus der Mikrowelle, Essen aus Dosen oder Fast Food. Eine Weile hatte ihre Mutter das *Haute Cuisine* genannt und ihnen den Begriff erklärt, damit alle dachten, sie bekämen etwas ganz Besonderes vorgesetzt. Toni hatte es anfangs nicht aussprechen können, bei ihm hieß es lange *Cousine*. »Was gibt's denn heute zu essen?«, fragte er, und Sina antwortete: »Wir essen mal wieder Cousinen.«

Sina liebte den Elektronikmarkt in den Neuköllner Arcaden. Die abgefucktesten Leute standen dort immer vor den größten Flatscreen-Fernsehern und den teuersten Smartphones. Wovon bezahlten sie das? Sina hätte auch gern einen so großen Fernseher gehabt. Zu Hause stand nur ein alter, ziemlich kleiner, der demnächst wahrscheinlich auch noch den Geist aufgab.

In der Nähe der Notebooks und Tablets, auch begehrenswerte Objekte, ging die die verlorene Frau an ihr vorbei, ohne sie wahrzunehmen. Ihr Zustand hatte sich seit dem letzten Mal nicht gebessert, im Gegenteil. Wie ein blasses Gespenst mit riesigen Augen huschte sie gehetzt durch die Gänge. Sina folgte ihr, ohne sich dabei groß etwas zu denken – einfach nur, weil es möglich war. An diesem Tag wirkte die Frau zusätzlich weggetreten. Drogen? – Dafür war sie immer noch zu gepflegt und zu sauber. Psycho halt. Interessant. Das konnte ein vielversprechendes Programm gegen die elende Langeweile werden. Oder ein vorgezogenes Weihnachtsgeschenk. Mal sehen, was sich daraus ergab.

Sina folgte ihr. Ein wenig kränkte es sie, dass die Frau sie nicht wiedererkannt hatte. Sie erkannte sie doch auch, warum dann nicht umgekehrt? Es kränkte sie sogar sehr. Vom einen auf den anderen Moment wurde Sina heiß. So heiß, als wäre sie in den

Wechseljahren wie die alten vertrockneten Weiber. Ihr Kopf dröhnte. Etwas drückte von innen dagegen. Sie kannte das schon: Gekränktsein schlug um in Wut. Schlecht zu kontrollierende Wut. Sina bekam nie mit, wie sich das eine in das andere verwandelte, dazu ging es viel zu schnell, offenbar ganz ohne ihr Zutun, und ob noch Gekränktsein darin steckte oder ob es am Ende dieses Prozesses reine, unverdünnte, hochkonzentrierte Wut war.

Sie hatte Mühe zu atmen. Gleich platzte ihr Kopf, hier neben den Kühlschränken und Waschmaschinen und Trocknern. Würde hässlich aussehen auf der weißen Ware. Sie presste sich die Handflächen fest gegen die Schläfen, damit die Wut wieder verschwand, der Druck. Manchmal funktionierte das. Dabei verlor sie die Frau aus den Augen. Aber nur kurz. Die Frau war schon bei den Kassen angelangt und gerade im Begriff, den Elektronikmarkt zu verlassen.

Langsam klang die Wut ab, und an ihre Stelle trat die Lust, jemanden zu quälen. Prickelnd. Verlockend. Die verlorene Frau wäre dafür das geeignete Objekt, Sina hatte es in ihren Angstaugen gesehen. Normalerweise war die Scheißwelt gegen sie, immer, aber jetzt schien endlich eine gute Zeit anzubrechen.

3
Tag sechzig

Franziska begegnete der Frau das erste Mal direkt nach Caspar David Friedrich. Ein Zufall. Oder vielleicht war es auch Schicksal, wie die Frau später oft behauptete: *Das muss Schicksal sein! Wie soll man das denn sonst nennen? Das Schicksal hat uns zusammengeführt!* Daran glaubte Franziska allerdings nicht. Es war kein Schicksal, sondern Glück. Oder Pech, je nachdem. Bald darauf sollte sie ihre Wohnung kennenlernen – bis in die hintersten, ekelhaften Winkel, die Fremden gewöhnlich verborgen bleiben.

Franziska kam aus dem dritten Stock und wollte die Alte Nationalgalerie gerade verlassen, um im Café des Bode-Museums Schokoladenkuchen zu essen. Sie freute sich darauf. Seit zwei Monaten stellte der Kuchen den Höhepunkt ihrer Woche dar. Ein Stück Schokoladenkuchen als Höhepunkt der Woche. Wie traurig. Wie erbärmlich. Was war nur aus ihr geworden? Anschließend erwartete sie das dunkle, deprimierende Loch im Parterre mit Blick auf die Mülltonnen und halb tote Sträucher. Ihr neues Zuhause. Doch den Gedanken daran schob sie beiseite. Sie wollte sich noch eine Weile kultiviert fühlen.

Und in diesem Moment, als sie das Treppenpodest vor den Ausstellungsräumen im zweiten Stock fast erreicht hatte, geschah es. Eine Frau mit unsicherem, schwankendem Gang taumelte aus der Flügeltür, suchte Halt, fand keinen, sackte zusammen und sank vor Franziskas Augen zu Boden.

Ein Schwächeanfall, dachte Franziska. Kreislauf. Unterzuckerung. Etwas mit dem Herzen. Was auch immer es war, sie wollte damit nichts zu tun haben.

Sie sah sich um. Niemand in der Nähe, kein Museumsaufseher, keine Besucher. Es war ein Nachmittag im Januar und die Alte Nationalgalerie auf der Museumsinsel nicht besonders gut besucht. Ein Grund, warum Franziska sie mochte. Die Silvestertouristen, zu denen sie nicht zählte, waren längst wieder fort, die Einheimischen, zu denen sie noch weniger gehörte, mussten arbeiten, und diejenigen, die nicht arbeiten mussten, gingen nicht ins Museum.

Sonst lungerten die Aufseher doch überall herum, kamen um die Ecken geschlichen und wiesen unablässig darauf hin, dass die Handtasche vor dem Bauch zu tragen sei, nicht seitlich oder am Rücken – wo steckten sie jetzt alle? Die Frau lag vor den beiden Bänken, die am Rand des Treppenabsatzes standen, und rührte sich nicht. Ob sie tot war? Plötzlicher Herztod? Um zum Ausgang zu gelangen, musste Franziska direkt an ihr vorbeigehen, es gab keinen anderen Weg. Noch immer stand sie mitten auf der Treppe und wollte nichts damit zu tun haben. Seit zwei Monaten lebte sie heimlich, still, in völliger

Abgeschiedenheit. Sie wollte mit niemandem reden. Und hilfsbereit wollte sie erst recht nicht sein. Sie wartete darauf, dass endlich jemand kam, der sich an ihrer Stelle des Problems annehmen würde. Jemand mit Verantwortungsgefühl, jemand, der wusste, was zu tun war. Hätte sie in ihrem früheren Leben auch so lange gezögert?

Doch es kam niemand. Nicht von unten, nicht von oben und auch nicht durch die offene Tür aus den Ausstellungsräumen im zweiten Stock. Für einen Moment wirkte die Alte Nationalgalerie vollkommen menschenleer. Nur sie und die Frau auf dem Boden. Sollte Franziska vielleicht rufen? *Hilfe, Hilfe? Hallo?* Eine Aufsicht suchen?

Sie konnte das Ganze ignorieren und einfach gehen, als hätte sie nichts davon mitbekommen. Entweder nach unten zum Ausgang oder zurück in den dritten Stock zu Caspar David Friedrich. Niemand würde davon etwas bemerken. Auch die Frau nicht.

Krankenwagen. Aber um einen zu benachrichtigen, hätte Franziska ein Handy gebraucht, und darüber verfügte sie seit zwei Monaten nicht mehr. Und die ganzen Komplikationen, die sich möglicherweise daraus ergaben. Vielleicht müsste sie ihre Personalien angeben. Ihren richtigen Namen, den sie in Berlin noch nie benutzt hatte und auch niemals benutzen würde. Ihre Adresse, unter der sie gar nicht gemeldet war.

Kuchen oder Nächstenliebe?

Bis vor zwei Monaten hatte Franziska noch nie allein ein Museum besucht. Als Kind mit ihren Eltern oder in der Schule bei Klassenfahrten, später mit Kommilitonen und hin und wieder mit Johannes, ein paar Mal mit Evi. Nie allein. Bisher hatte sie sich nicht allzu viel aus Kunst gemacht. Sie war Soziologin. Affektierte angehende Kunsthistorikerinnen an der Uni waren ihr immer ein Gräuel gewesen. Doch es gab kein Bisher mehr, kein früheres Leben, an das sie nahtlos hätte anschließen können. Es gab nur das traurige Jetzt.

Bald nach ihrer Ankunft in Berlin hatte sie sich regelmäßige Fahrten zur Museumsinsel angewöhnt. Für den Eintritt konnte sie sich stundenlang in einem der Museen aufhalten, wenn sie wollte, bis es schloss. Schnell hatte sie eine Vorliebe für die Alte Nationalgalerie entwickelt. Für Caspar David Friedrich, *Die Toteninsel* von Arnold Böcklin und ein kleines Stillleben mit Rotweinkelch, das außer ihr keiner je zu beachten schien. Museum war viel angenehmer, als den halben Tag sinnlos in der U-Bahn oder der S-Bahn zu sitzen, ohne Ziel, womit sie sich auch die Zeit vertrieb. Museum war kultiviert, und sie wollte nicht ganz vergessen, wie sich das anfühlte. Manchmal saß sie auf einer der Bänke und schrieb in ein elegantes Notizbuch mit schwarzem Einband, das sie sich extra zu diesem Zweck gekauft hatte. Schreiben kam einer Existenzberechtigung gleich. Und tatsächlich, es funktionierte, hin und wieder lächelte ein vorbeigehender Besucher sie wohlwollend an. Franziska saß im Museum und schrieb. Es sah wichtig aus. Vielleicht sogar wie die Beschäftigung einer

Wissenschaftlerin. Im zweiten Stock traf sie manchmal auf eine Frau, etwas jünger als sie, die auf einem mitgebrachten Klapphocker Stunden vor einem Bild verbrachte. Auch sie schrieb in ein Buch, allerdings viel emsiger als Franziska und nicht so zögerlich. Wahrscheinlich eine Kunstgeschichte-Promovendin. Sie wirkte gar nicht affektiert.

Irgendwann, bei der zweiten oder dritten Begegnung, nickten Franziska und sie sich zu. Sie redeten nie miteinander, kein einziges Wort. Nur dieses kurze Nicken als Zeichen, dass sie sich kannten. Das fühlte sich gut an. Als gehörte Franziska noch zum selben Club.

Sie schrieb jedoch nichts Geistreiches über Gemälde und auch nichts anderes von hohem Geist. Sie hatte sich vorgenommen, in ihrem Notizbuch die letzten Monate ihres Lebens zu schildern, und tat dies in ungewohnt holperigen und ungelenken Sätzen, die gar nicht von ihr zu stammen schienen. Franziska hatte immer mit großer Leichtigkeit schreiben können, elaboriert, flüssig, elegant.

Bevor sie wieder nach Hause fuhr, aß sie jedes Mal Schokoladenkuchen im Bode-Museum. *Nach Hause*, was für ein unpassender Ausdruck. Sie hatte schnell herausgefunden, dass man das Café des Bode-Museums auch betreten konnte, ohne Eintritt zu zahlen. Solche Dinge – Eintrittskarten fürs Museum, Tickets für die U-Bahn –, an die sie bis vor Kurzem keinen Gedanken verschwendet hätte, waren plötzlich teurer Luxus geworden. Es war nicht zu leugnen: Franziska musste ihr Geld zusammenhalten.

Was sollte sie jetzt tun? Am liebsten gar nichts. Doch wenn sie gar nichts tat, wäre sie am Ende noch schuld, falls die Frau starb. Das war mit Sicherheit eine viel zu dramatische Fantasie. So schnell starb man nicht. Franziska konnte die Frau nicht dort liegen lassen und einfach gehen, so verhielt sich keine erwachsene Person. Andererseits spürte sie die fortschreitende Veränderung in sich, die langsam von ihr Besitz ergriff, seit sie so verwildert und isoliert existierte. Inzwischen wäre sie durchaus in der Lage, das Museum zu verlassen, ohne etwas zu unternehmen. Sogar ohne jemandem Bescheid zu sagen. Vielleicht würde sie danach eine Weile grübeln, ob die Frau möglicherweise gestorben war, weil sie keine Hilfe geholt hatte, aber damit würde sie leben können. Es wäre nicht das Schlimmste gewesen, womit sie leben musste.

Widerwillig und sehr langsam setzte Franziska sich in Bewegung, ging die letzten Treppenstufen nach unten und näherte sich der Frau. Sie war auf ihre Handtasche gefallen und hatte die Augen geschlossen. Ende fünfzig oder Anfang sechzig. Auf dezente Art sehr gut gekleidet. Teure Materialien. Guter Haarschnitt, noch ganz frisch. Ging wohl oft zum Friseur. Sich um eine hilflose Person mit sauberer Kleidung und gewaschenen Haaren zu kümmern, fiel nicht ganz so schwer. Franziska kniete sich neben sie. Und nun? Stabile Seitenlage vielleicht. Wie ging die stabile Seitenlage noch gleich? Und war sie überhaupt in jeder Situation das Richtige?

Sie hielt sich seit knapp zwei Monaten in Berlin auf und versuchte meistens, sich wie eine Touristin zu benehmen und auch genauso zu denken und fühlen. Ich bin nur vorübergehend hier. Ich bleibe nicht lange. Bald fahre ich wieder nach Hause. – Aber sie fühlte sich kein bisschen wie eine Touristin. Eher wie ein getriebenes Tier, das sich in einer Erdhöhle verkroch und nur gelegentlich an die Oberfläche kam, und wenn, dann voller Angst. Franziska fühlte sich in der viel zu großen und zu lauten Stadt verloren, was allerdings genau das war, was sie jetzt brauchte. Wenn sie sich selbst verloren hatte, galt das doch auch für alle anderen? Andere Leute zogen nach Berlin, damit ihr Leben endlich begann. Franziska Oswald war hierhergekommen, um zu verschwinden.

Sie musste auf der Hut sein. Keine Kontakte zu Fremden. Sie sprach nur das Nötigste – Hallo, danke und tschüs an der Supermarktkasse. Man kam, wenn es sein musste, mit erstaunlich wenig Sprache aus. Nachbarn begegnete sie so gut wie nie, und der schmierige Hausverwalter, der ihr das dunkle, viel zu teure Parterreloch im Hinterhof in Neukölln vermietet hatte, mit Blick auf die Mülltonnen und Sträucher voller Plastiktüten, Hundescheiße und alter Pizzaschachteln, wahrscheinlich auch jeder Menge Ratten, hatte nicht das geringste Interesse an ihr gezeigt. Franziska hatte ihr Glück kaum fassen können.

Die Frau schlug die Augen auf und blickte leicht irritiert um sich. Sie sah gar nicht so krank aus wie zuerst angenommen. Sicher kein Herzinfarkt. Franziska sollte zusehen, dass sie endlich hier wegkam.

Die Frau machte einen Versuch, sich zu erheben, was ihr nicht sofort gelang.

»Warten Sie, ich helfe Ihnen.«

Franziska fasste sie um die Schulter und stützte sie, sodass sie es mit ihrer Hilfe bis zu einer der Bänke schaffte. Dort saß sie dann auf dem Boden, mit dem Rücken an die Bank gelehnt. *Warten Sie, ich helfe Ihnen.* Aus welchen Tiefen ihres früheren Ichs waren diese Worte entstiegen? Franziska wollte ihr nicht helfen. Sie musste sich beherrschen, um nicht dem fast übermächtigen Drang nachzugeben, auf der Stelle das Museum zu verlassen.

»Ist alles in Ordnung mit Ihnen?«

»Mir ist plötzlich schwindelig geworden. Danke, dass Sie mir geholfen haben.«

Ohne Vorwarnung griff die Frau nach Franziskas Hand, hielt sie fest und drückte sie. Diese Berührung war Franziska zu viel und zu nah. Sie entzog der Frau ihre Hand. Keine Kontakte. Mit niemandem. Sie saß neben einer Fremden auf dem kalten Fußboden, wenigstens auf dem Fußboden eines Museums und nicht irgendwo am Kottbusser Tor, am Hermannplatz oder ähnlich schrecklichen Orten, und fühlte sich um ihren Schokoladenkuchen betrogen.

Von unten kamen einige Besucher mit Audio-Guides auf den Ohren. Warum erst jetzt? Warum nicht schon früher? Ein Mann bemerkte Franziska und die Frau auf dem Boden, ging zu ihnen und fragte, ob er helfen könne, ob er einen Notarzt rufen solle.

»Nein, bloß kein Notarzt! Mir war nur kurz schwindelig. Eine kleine Absence, weiter nichts. Es geht mir schon wieder gut. Außerdem war diese Frau hier so nett, mir zu helfen.«

Kleine *Absence*. Sehr vornehm. Ein solches Wort passte zu ihrer Kleidung. Sie hatte einen ganz leichten Akzent, kaum merklich. Irgendetwas aus dem Süden, Schwaben oder Baden, das konnte Franziska nicht unterscheiden. Jedenfalls nicht aus Berlin. Gab es in Berlin überhaupt Berliner? Der Mann vergewisserte sich noch einmal, ob ihr wirklich nichts fehle, wünschte dann einen schönen Tag, setzte seine Kopfhörer wieder auf und verschwand in den Ausstellungsräumen.

»Vielleicht wäre es aber keine schlechte Idee, wenn Sie sich untersuchen lassen.«

»Nein, nein, das war nichts. Mir geht es wieder gut, wirklich. Aber danke, dass Sie sich so viele Gedanken machen. Wären Sie so freundlich, mir noch einmal zu helfen?«

Die Frau richtete sich langsam auf, und Franziska stützte sie am Arm, bis sie sicher auf der Bank saß. Franziska setzte sich neben sie. Ein Fehler, wie ihr im selben Moment klar wurde. Nun war es viel schwieriger zu gehen, was sie schon längst hätte tun sollen. Am besten, gleich zur S-Bahn, heute kein Kuchen, um der Frau nicht an anderer Stelle auf der Museumsinsel ein zweites Mal über den Weg zu laufen.

Jetzt zu gehen, nachdem sie sich neben sie gesetzt hatte, was eine Art Verbindung zwischen ihnen herstellte, wäre unhöflich gewesen. Doch was kümmerte Franziska Unhöflichkeit? Sie würde die Frau nie wiedersehen. Und selbst wenn, Höflichkeit spielte in ihrem Leben längst keine Rolle mehr.

»Wenn es Ihnen wieder besser geht … ich muss jetzt auch los. Ich habe es wirklich sehr eilig. Kommen Sie zurecht?«

Franziska war egal, wie es der Frau ging und ob sie zurechtkam, und sie hatte es nicht eilig. Sie hatte sogar alle Zeit der Welt. Sie ging keiner Arbeit nach, und *zu Hause* wartete niemand auf sie. Kein Mensch, der selbstverständlich davon ausging, dass sie später das Abendessen zubereitete. Es wartete auch kein Haustier. Nicht einmal eine durstige Pflanze. Nur das dunkle Hinterhofloch.

»Ach, wie schade. Darf ich Sie nicht wenigstens zu einem Kaffee einladen? Das wäre das Mindeste. Bitte, tun Sie mir den Gefallen!«

Keine Kontakte. Keine Kontakte!

»Es wäre mir eine Freude. Ich bin Ihnen doch was schuldig.«

»Sie sind mir nichts schuldig. Aber gut, dann trinken wir einen Kaffee.«

Die Frau reichte ihr die Hand. »Ich heiße Henny. Henny Mangold.«

»Marie«, sagte Franziska Oswald. »Marie Weber.«

Ich bin Franziska Oswald. Nicht Marie Weber. Ich habe noch nie Tagebuch geschrieben, nicht einmal als Jugendliche. Wozu auch. Bei mir lief immer alles glatt. Schreibt man Tagebuch nicht nur bei Problemen? Jetzt stelle ich fest, dass ich gar nicht richtig weiß, wie das geht. Aber das hier ist auch kein Tagebuch. Das hier sind meine Notate und Reflexionen. Ich bin gar nicht mehr geübt, mit der Hand zu schreiben. Meine Schrift sieht seltsam aus. Ganz anders als früher. Ich erkenne sie gar nicht.

Die Alte Nationalgalerie ist angenehm leer. Im Unterschied zu den anderen Museen ist sie das eigentlich meistens. Ich bin jetzt das achte oder neunte Mal hier, vielleicht sogar schon das zehnte. In dieser einen schrecklichen Woche Anfang Dezember, als ich DAS LOCH gar nicht ertragen konnte, bin ich zweimal hergekommen. Insgesamt macht das jetzt rund hundert Euro Eintritt. Ich darf nicht so viel Geld ausgeben. Ich darf gar kein Geld ausgeben. Wie soll man kein Geld ausgeben, wie geht das? Ich sitze wie meistens vor der Toteninsel. Passt doch. Gegenüber vom Bild steht eine Bank, auf der ich gut schreiben kann. Soll ich so den Rest meines Lebens verbringen, vor der Toteninsel sitzen und dich mit Nichtigkeiten füllen?

Was ich an Berlin hasse: Dass ich mich immer wieder verlaufe. Es ist so unübersichtlich und riesig. Ich frage mich, warum es nicht allen so geht, aber ich scheine die Einzige zu sein. Rumbrüllen auf der Straße hasse ich auch. Drogen. Verrückt. Angst, mich zu verlaufen. Angst, mich selbst nicht mehr wiederzufinden.

4

So kam Franziska Oswald an diesem Tag doch noch zu ihrem Schokoladenkuchen. Ausgerechnet ein Mittwoch. Früher, im anderen Leben, war Mittwoch ihr Lieblingstag gewesen. Das andere Leben lag erst zwei Monate zurück.

In der Alten Nationalgalerie konnte man nur im Keller Kaffee trinken, und die Frau stimmte sofort zu, als Franziska das Café des Bode-Museums vorschlug.

»Schaffen Sie das denn auch?«

»Aber ja, es war wirklich gar nichts. Ich fühle mich gut.«

Es war das erste Mal seit zwei Monaten, dass Franziska ein längeres Gespräch führte. Den Hausverwalter zählte sie nicht mit, denn in seinem schmutzigen, vollgestopften Büro hatte sie kaum etwas gesagt. Vor dem Gespräch mit Frau Mangold fürchtete sie sich mehr als früher vor einer Prüfung. Oder vor ihrer Disputation. Sie hatte sogar die Möglichkeit in Betracht gezogen, dass der Schwächeanfall vorgetäuscht war – wenn, dann allerdings sehr überzeugend – und die Einladung zum Kaffee eine Falle, dass diese harmlos wirkende Frau darauf angesetzt worden war, sie ausfindig zu machen.

Doch es ging gut und gestaltete sich viel einfacher als gedacht und, sofern Franziskas Instinkt sie nicht trog, völlig gefahrlos. Frau Mangold redete am liebsten über sich selbst. Und immer, wenn sie ihr doch eine Frage stellte, wich Franziska geschickt aus. Hatte sie das schon immer so gut beherrscht?

Franziskas einziger – folgenschwerer – Fehler bestand darin, dass ihr in einem unbedachten Moment herausrutschte, sie suche Arbeit. »Ziemlich schnell«, sagte sie auch noch. Das klang so wie: *Ich mache alles.* Sie hätte es am liebsten sofort wieder zurückgenommen, und im ersten Moment war sie davon überzeugt, dass Frau Mangold es überhört hatte, weil sie nicht sofort darauf reagierte, aber dem war nicht so.

»Sie suchen Arbeit? Können Sie zufällig putzen?«

Putzen?

»Kann das nicht jeder?«, sagte Franziska.

»Aber nein! Das dachte ich auch mal. Ich könnte Ihnen Geschichten erzählen …«

Franziska hatte nicht das geringste Interesse an Geschichten übers Putzen und hoffte, Frau Mangold würde das Thema nicht näher ausführen, obwohl es, zugegeben, unschuldig und unverfänglich wäre, also vielleicht genau das Richtige.

»Bitte entschuldigen Sie«, sagte Frau Mangold, »ich wollte Ihnen nicht zu nahe treten. Wirklich, das lag überhaupt nicht in meiner Absicht. Ich meine, Putzen ist ja nicht gerade ein Traumjob, das ist mir schon klar« – an dieser Stelle lachte sie nervös –, »und ich weiß ja auch nicht, was Sie beruflich tun« – hierbei betrachtete sie Franziska eingehend, als verriete ihr das Äußere den Beruf –, »ich dachte nur, wenn Sie fremd hier sind und auf die Schnelle etwas suchen … Sabine Kessler, meine, äh, Putzhilfe …« – bei dem Wort *Putzhilfe* lachte sie wieder, diesmal verlegen, als wüsste sie nicht, ob es der korrekte Ausdruck war – »also, Sabine Kessler hat einfach aufgehört, von heute auf morgen, obwohl nichts vorgefallen ist, na ja, eine Kleinigkeit ist schon vorgefallen … jedenfalls habe ich jetzt ein Problem. Sie können natürlich auch nein sagen, dafür hätte ich vollstes Verständnis …«

»Ja«, sagte Franziska.

»Ja?«

»Ja, in Ordnung. Ich könnte bei Ihnen putzen.« Franziska bemühte sich, munter zu klingen, aber in Wahrheit musste sie sich überwinden, es auszusprechen. Wer putzte schon gern? Und dann noch bei fremden Leuten? Und vor allem, wenn man wie sie gewohnt war, mit dem Kopf zu arbeiten und nicht mit Lappen und Schrubber? Aber sie brauchte Geld. Bald. Ein bisschen Putzen würde auf Dauer natürlich nicht reichen, aber es wäre ein Anfang. Vor allem brauchte Franziska eine Arbeit unter der Hand, ohne Ausweis, Kontaktdaten, Vorstellungsgespräche, Zeugnisse, Referenzen. Würde Frau Mangold ihren Ausweis sehen, etwas über ihr Leben in Erfahrung bringen wollen?

»Ach, da bin ich aber froh. Ich kann Ihnen gar nicht sagen, wie froh ich bin! Wir kennen uns ja gar nicht, und es hat sich ja nun ganz zufällig ergeben, aber Sie machen auf mich einen so vertrauenerweckenden Eindruck, und schließlich haben Sie mir auch sofort geholfen, das tut ja nicht jeder. Denken Sie nur an den Mann, der in einer Sparkasse gestorben ist, wo war das noch?, und alle sind einfach über ihn hinweggestiegen. Schrecklich. *Sie* hätten das nicht getan. Sie sind anders. Dafür werde ich Ihnen immer dankbar sein. Und Sie haben ja erwähnt, dass Sie neu in Berlin sind und Arbeit suchen, und da dachte ich, ich frage einfach mal.«

Immer dankbar sein – war das nicht maßlos übertrieben? Franziska hatte nichts Großartiges geleistet. Sie hatte ihr zu der Bank geholfen und ihr ihre leicht zerdrückte Handtasche gereicht. Frau Mangold klang jedoch so, als hätte Franziska ihr das Leben gerettet. Dabei wäre sie auch ohne ihre Gesellschaft wieder zu sich gekommen, und ein paar Minuten später hätte ihr der Museumsbesucher geholfen. Aber es tat unbestreitbar gut, dass jemand so freundlich zu ihr war und offenbar viel von ihr hielt. Für einen Moment gab Frau Mangold ihr das Gefühl, sie würde am Leben teilnehmen wie jeder andere auch und nicht wie ein Schattenwesen verschreckt durch die Straßen huschen, immer auf der Hut, immer in der Angst, gefunden zu werden. Vorübergehend vergaß Franziska sogar das dunkle Parterreloch, das sie erwartete, und all das davor.

Frau Mangold wühlte eine Weile in ihrer Tasche und fluchte – allerdings gesittet und leise –, weil sich darin kein Papier befand, wie sie sagte, zog schließlich einen Kalender hervor, riss ganz hinten ein leeres Blatt heraus und notierte etwas.

»Kennen Sie sich in Berlin aus?«

»Nein, nicht besonders.«

»Ich wohne in Dahlem.« Frau Mangold schob Franziska den Zettel zu. »Wir sollten einen Termin ausmachen, damit Sie sich meine Wohnung ansehen können. Ihre künftige Wirkungsstätte. Wenn Sie wollen, gleich morgen. Ich habe noch ein paar Tage Urlaub. Natürlich nur, wenn es Ihnen recht ist und wenn Sie Zeit haben, Marie. Ich darf doch Marie sagen? Ein schöner Name.«

Das fand Franziska auch. Unter anderem deshalb hatte sie sich dafür entschieden. Auch den Nachnamen hatte sie mit Bedacht gewählt. Marie Weber – Max Weber. Nicht zu vergessen, Marianne, Max Webers Ehefrau, Rechtshistorikerin und Frauenrechtlerin. Der Vorname Marianne war Franziska allerdings zu altmodisch erschienen.

All das war ihr im Zug nach Berlin eingefallen, sie hatte nicht lange darüber nachdenken müssen. Mit Max Weber hatte sie wie alle Soziologen ihr Studium begonnen. Ein wenig Hybris war sicher auch dabei, aber das fiel ja niemandem auf, weder dem Hotelangestellten bei ihrer Ankunft spätabends in Berlin noch dem versoffenen Hausverwalter oder Frau Mangold. Die akademische Welt war ein Kosmos für sich. Franziska liebte diesen Kosmos, schon immer, und der Trennungsschmerz war unvergleichlich und kaum auszuhalten. Sie hätte es weit gebracht, davon war sie überzeugt. Trotz der brutalen Konkurrenz, die diese Welt ausmachte. Wenn ehemalige Kommilitonen plötzlich zu Feinden wurden, im Mittelbau nur noch an ihr eigenes Fortkommen dachten und die anderen wegzubeißen versuchten. Die meisten waren dafür zu weich und scheiterten. Franziska jedoch war immer gut damit zurechtgekommen.

Gleich morgen. Franziska tat so, als würde sie im Kopf ihre Termine durchgehen. Frau Mangold musste sich wundern, dass sie weder ein Smartphone noch einen Kalender zu Rate zog. Franziska fing an zu schwitzen. Sie wirkte einfach nicht wie eine vielbeschäftigte Person. Sie sah auf den Zettel. Die Straße sagte ihr natürlich nichts. Dass es von Neukölln nach Dahlem eine kleine Weltreise war, wusste allerdings sogar sie.

»Sind Sie motorisiert?«

Diese harmlose Frage bewirkte, dass Franziska ihr vor zwei Monaten auf dem Friedhofsparkplatz zurückgelassenes Auto plötzlich mehr als alles andere vermisste, mehr als ihre Familie, mehr als das saubere, ordentliche Münsterland. Sogar mehr als die akademische Welt. Kein Auto zu haben, kam in ihren Augen dem totalen Absturz gleich. Franziska Oswalds Ende als vollwertiges Mitglied der Gesellschaft. Ob nach so vielen Wochen inzwischen jemandem aufgefallen war, dass der Wagen sich nicht von der Stelle bewegte? Achtete auf dem Friedhofsparkplatz überhaupt jemand darauf? Aber Senden in Westfalen war ein kleiner Ort, nicht einmal eine richtige Stadt, und

Franziska konnte sich nicht vorstellen, dass es so lange unbemerkt geblieben war.

Sie wandte den Kopf, um einen Moment Frau Mangolds forschendem Blick zu entkommen. Im Café saßen an diesem Mittwochnachmittag kaum andere Gäste, es gab nichts, was Ablenkung bot. Dann bemerkte Franziska ein dunkles, ziemlich großes Krabbeltier, an die zwei, drei Zentimeter lang, mit glänzendem Panzer, das quer über den Boden huschte. Ganz sicher keine Maus. Eine Kakerlake? Bevor sie Frau Mangold darauf aufmerksam machen konnte, war das Insekt bereits verschwunden.

Aufgegrabene Erde zwischen den dicht stehenden Tannen. Nacht. Vom Schein der Taschenlampe aufgeschreckt, wimmeln unzählige kleine Lebewesen herum, wollen davonkommen, weg vom Licht. Dunkle und auch ganz helle, fast durchsichtige. Ihre tastenden Fühler sind zu erkennen, Borsten, Panzer. So viele Beine. Mittendrin ein dicker Regenwurm, seine bläulichen Ausstülpungen erinnern an Krampfadern. Eine ganz eigene Welt, unbemerkt von der großen Welt weiter oben. Und noch etwas tiefer, aber nicht wirklich tief, diese bleichen Knochen, die im Licht der Taschenlampe zu leuchten scheinen. Lange zarte Finger. Arme. Runder Schädel. Riesige Augenhöhlen. Katzen. Skelette von Katzen. Mehr als eine. Mindestens vier oder fünf. Ein kleiner Katzenfriedhof.

Frau Mangold deutete Franziskas langes Schweigen offenbar als ein Nein. Nein, nicht motorisiert. »In Berlin Auto zu fahren«, sagte sie, »ist ja auch nicht empfehlenswert. Und man kriegt nirgendwo einen Parkplatz. Ich fahre fast gar nicht mehr, ich habe sogar überlegt, den Wagen abzuschaffen. Hoffentlich sind Sie nicht mit dem Rad unterwegs. Viel zu gefährlich in Berlin. Sie können mich gut mit der U-Bahn erreichen. Wo wohnen Sie denn?«

Franziska hatte Mühe, von der dunklen Münsterländer Erde, von dem Gewimmel der kleinen Wesen und den bleichen Knochen wieder zur Berliner Museumsinsel zurückzukehren. Wo wohnte sie denn? »Schöneberg«, sagte sie, ohne einen Augenblick nachzudenken. Die Gegend, in der sie tatsächlich untergekrochen war, erschien ihr zu schäbig für Frau Mangold. Schöneberg war der erste Stadtteil, der ihr einfiel. Oder hieß es Bezirk und nicht Stadtteil? Das hatte sie noch nie verstanden, und es war ihr auch egal. Sie wusste nichts über Berlin. Die Berlinkenner aus ihrem Bekanntenkreis waren ihr schon immer auf die Nerven gegangen. Diejenigen, die mit Namen von Stadtteilen – Bezirken? – und Clubs nur so um sich warfen, welcher angesagt war und welcher nicht mehr. Franziska hatte nie richtig zugehört und ihr Desinteresse gar nicht spielen müssen. Nein, ganz sicher käme niemand auf die Idee, dass sie ausgerechnet in Berlin war.

Frau Mangold reagierte nicht sofort, sodass Franziska sich schon fragte, ob sie etwas Dummes gesagt hatte, ob es Schöneberg auch wirklich gab, oder hieß es vielleicht Schönefeld? Nein, das war in Brandenburg, und dort lag der Flughafen.

»Ach, in Schöneberg«, sagte Frau Mangold dann. »Für Berliner Verhältnisse ist das gar nicht so weit von mir entfernt. Das erreichen Sie gut.«

Als Nächstes fürchtete Franziska die Frage nach der genauen Adresse. Sie kannte keine einzige Straße in Schöneberg. Eigentlich auch keine in Neukölln, abgesehen von der, in der sie wohnte, und der großen, die sie kreuzte. Doch Frau Mangold fragte nicht. Sie strahlte Franziska an, schob ihre Hand über den Tisch, an den Tellern vorbei, der Kuchen war inzwischen gegessen, und legte sie auf ihre.

»Sagen wir, morgen um drei?«

Der Versuch, diese Hand schnell wieder loszuwerden, wäre unhöflich gewesen, eine Zurückweisung – schon wieder dieser unpassende Gedanke an Höflichkeit –, und gerade, als Franziska sich fragte, wie es auf freundliche Art zu bewerkstelligen wäre, zog Frau Mangold sie selbst zurück.

»Ja, morgen um drei passt mir.«

»Wunderbar. Ich freue mich. Ach, ich freue mich so!«

Einerseits rührte Frau Mangolds Freundlichkeit sie, andererseits fand Franziska sie schrecklich übertrieben. Es erinnerte sie an Evi, ihre Kollegin im Institut in Münster, mit der sie sich das Büro teilte. Geteilt hatte, Plusquamperfekt. Evi war auch so freundlich, mit dem Unterschied, dass es bei ihr zweifellos echt war. Bei Frau Mangold war sich Franziska nicht so sicher. Sie musste aufhören, an Evi oder an Sebastian zu denken, all das Verlorene, sonst kamen ihr die Tränen.

Es war ihr zu viel. Viel zu viel auf einmal. Sie entschuldigte sich und steuerte die Toiletten an, um für sich zu sein. Sie hatte die irrige Hoffnung, Frau Mangold wäre einfach verschwunden, wenn sie zurückkam. Im Vorraum zu den Toiletten gab eine Mutter ihrer ratlosen kleinen Tochter, die offenbar etwas brennend beschäftigte, gerade eine Erklärung: »Jesus war der Erste, der aus seinem Grab raus in'n Himmel, und seitdem können wir dit ooch.«

Frau Mangold war nicht verschwunden. Sie saß immer noch an ihrem Tisch und strahlte Franziska wieder an.

»Ich habe mir erlaubt, noch einen zweiten Kaffee zu bestellen. Das heißt, für mich besser Tee. Wo wir es doch so nett miteinander haben, dachte ich. Es ist eigentlich ein bisschen spät, um Ihnen ein frohes neues Jahr zu wünschen, aber ich tue es trotzdem. Haben Sie Weihnachten und Silvester gut verbracht? Wahrscheinlich sind Sie nach Hause gefahren.«

Frau Mangold fragte nicht, wo das war, zu Hause. Jetzt, Mitte Januar, passte es durchaus noch, sich nach den zurückliegenden Feiertagen zu erkundigen, aber Franziska hatte nicht damit gerechnet. Ob man ihr ansah, dass sie sowohl Weihnachten als auch Silvester allein, vollkommen allein, in ihrem deprimierenden dunklen Loch gehockt hatte? Natürlich durfte sie nicht die Wahrheit sagen. Sie konnte sich Frau Mangolds mitleidigen Blick vorstellen. Sie wollte kein Mitleid von ihr. Vielleicht läge auch eine Spur Ekel in ihrem Blick. Franziska kannte Frau Mangold erst seit ungefähr einer Stunde, und doch war es ihr wichtig, dass sie Gutes von ihr dachte. Dass sie sie nicht für sonderbar, kontaktgestört und vereinsamt hielt. Es war ihr wichtig, obwohl sie Frau Mangold wahrscheinlich niemals wiedersehen würde. Groß genug war Berlin ja. Zu diesem Zeitpunkt, nach dem Kuchen und beim zweiten Kaffee im Bode-Museum, hatte Franziska sich längst entschieden, am kommenden Tag nicht nach Dahlem zu fahren. Geschweige denn bei Frau Mangold zu putzen. Sie brauchte einen anderen Job. Keinen Putzjob. Sie musste sich endlich aus ihrer Erstarrung lösen. Außerdem war ihr Frau Mangolds übertriebene Freundlichkeit langsam unheimlich.

Heiligabend hatte sie drei Teelichte entzündet, das musste als Weihnachtsschmuck reichen, in hässlichen Behältern, die sie in einem Ein-Euro-Shop auf der Karl-Marx-Straße – eine der beiden Straßen in Neukölln, deren Namen sie kannte – erstanden hatte. Geschäfte wie dieses waren jetzt wohl ihre Gegenwart. Und ihre Zukunft. Ein günstiges kleines Radio hatte sie sich auch gekauft und nachmittags Bachs Weihnachtsoratorium gehört, obwohl sie eigentlich gewisse Aversionen gegen Bach hegte. Aber es war ja Weihnachten. Und Bach konnte nichts dafür. Danach hatte sie die Verfilmung von *Der kleine Lord* gesehen, die sich auf der Festplatte ihres Laptops befand, sie erinnerte sich nicht, warum und seit wann, war aber dankbar dafür gewesen. Was für ein Kitsch. Bei dem sie in Tränen ausgebrochen war.

Im November hatte sie ihren Laptop im Rucksack mitgenommen, auf ihn hatte sie einfach nicht verzichten können. Und so bald würde sie auch kein Geld haben, um sich einen neuen zu kaufen. Falls sie überhaupt je so viel Geld haben würde. Wovon sollte sie leben, wenn ihre beiseitegeschafften Ersparnisse zur Neige gingen? Freiberufliche Wissenschaftlerin mit falschem Namen? Oft überkam sie Panik deswegen, kalte, grausame Panik, ihr Magen krampfte sich zusammen, ihr wurde schlecht vor Angst. Auf dem Laptop war vor allem Arbeit gespeichert. Vorbereitungen für kommende Seminare, die sie nie abhalten würde. Ihre Dissertation, auf die sie immer so stolz gewesen war. Jetzt kam es ihr so vor, als hätte sie sie in einem anderen Leben geschrieben, ein Leben, das fast noch zum Greifen nah war und gleichzeitig weiter zurückzuliegen schien als ihre Geburt. Seit ihrer Ankunft in Berlin hatte Franziska keinen Blick mehr in die Dateien geworfen. Wozu auch? Seminare würden ohne sie stattfinden, Listen von Münsteraner Soziologie-Studierenden brauchte sie nicht mehr, weil sie sie niemals wiedersehen würde und auch nicht mehr benoten musste.

Es fühlte sich natürlich seltsam an und ungewohnt, vollkommen abgehängt von der Welt zu sein, als Verbindung zur Welt nichts weiter zu haben als dieses Radio, aus dem die Nachrichten ganz fremd klangen, fremd und unendlich weit weg. Franziska gehörte nicht mehr dazu. Sie gehörte nirgendwohin, steckte in einer Art grauer, dämmriger Zwischenwelt ohne Farben. Auch die Stimmen der Moderatoren im Radio hatten eigenartig geklungen. Als hätte sich zwischen ihr und den Stimmen eine Barriere befunden, die die Töne nicht richtig hindurchließ oder nur dumpf und verzerrt. Oder war das billige Radio von so schlechter Qualität? Obwohl sie es nicht wollte, sich regelrecht dagegen sträubte, hatte Franziska sich vorzustellen versucht, was sie alle gerade taten, Johannes, ihre Eltern, ihre Schwester, ihr Neffe. Aber auch sie waren ihr bereits fremd geworden. Vermissten sie sie? Sprachen sie überhaupt von ihr und wenn ja, wie, oder war die bloße Erwähnung ihres Namens tabu? Am ersten Weihnachtstag war sie dem Kalk und dem Schimmel in der Duschkammer zu Leibe gerückt, allerdings ohne großen Erfolg. Sie hatte einen Spaziergang in Erwägung gezogen, aber nicht gewusst, wo. Die Gegend vor ihrer Haustür lud nicht zum Spazierengehen ein, und wenn sie ehrlich war, fürchtete sie sich auch ein wenig. Außerdem hatte es die ganze Zeit geregnet, fast so wie am Tag ihres Aufbruchs im November. In Senden war sie regelmäßig joggen gegangen, früher mit Johannes, später allein, und vermisste die Bewegung. Sie hatte geglaubt, sie würde in Berlin damit fortfahren, hatte sogar trotz der Eile an jenem Mittwoch im letzten November daran gedacht, ein Paar Laufschuhe in den Koffer zu packen. Ihre Flucht war alles gleichzeitig gewesen, sofern das möglich war: Kopflos. Überstürzt. Und durchdacht. Das zweite Paar Laufschuhe stand in Senden im Schuhschrank. Falls es noch dort stand. Johannes hatte es sicher weggeworfen. Bisher war sie kein einziges Mal joggen gegangen. Die Straßen Neuköllns waren nicht mit dem Weg am Dortmund-Ems-Kanal entlang und den Münsterländer Dorfbauerschaften zu vergleichen. Sie vermisste das Münsterland, seine Ruhe, Ordnung und Klarheit. Warum war sie ausgerechnet nach Berlin gekommen? Ein Hund wäre gut fürs Spazierengehen. Franziska wünschte sich schon lange einen Hund. Aber Johannes war immer dagegen gewesen, und sie hatte sich gefügt. Johannes mochte keine Tiere, auch wenn er das nie so direkt gesagt hatte. In den gesamten sieben Jahren, die Franziska ihn kannte, hatte Franziska ihn kein einziges Mal einen Hund oder eine Katze streicheln sehen, auch nicht den alten Kater ihrer Eltern, dem eigentlich niemand widerstehen konnte. Warum fiel ihr das erst jetzt auf?

»Sie sind wohl eher eine Schweigsame?«, bemerkte Frau Mangold. Es klang freundlich, gutmütig und auch ein wenig belustigt.

Franziska hatte die Frage nach den Feiertagen nicht beantwortet. Nie zuvor war sie Weihnachten allein gewesen, in ihrem ganzen Leben nicht, schon gar nicht in einer solch trübsinnigen Umgebung. Und obwohl Frau Mangold davon nichts ahnen konnte, schämte sie sich. Sie musste das Thema wechseln. Schnell. Bevor die Scham ihr allzu deutlich ins Gesicht geschrieben stand. Bisher hatte sie im Januar immer bereitwillig Auskunft über die Feiertage gegeben. Bisher hatte Franziska sie allerdings auch immer mit anderen Menschen verbracht und nicht in einer dunklen, schäbigen Wohnung mit drei jämmerlichen Teelichten und verkalkten Fliesen als Gesellschaft. Heiligabend waren sie immer bei Johannes' Mutter gewesen und am ersten Feiertag bei ihren Eltern. Seit sie in dem Haus in der neuen Siedlung lebten, luden sie Silvester Freunde ein. Johannes war so stolz auf das Haus, er platzte fast vor Stolz. Kollegen und Kolleginnen aus dem Institut einzuladen, hatte Franziska rasch aufgegeben, weil Johannes sie nicht mochte, vor allem Evi nicht, und er versuchte auch gar nicht, seine Abneigung zu verbergen. Er konnte sich nicht mit ihnen unterhalten – als würden er und sie unterschiedliche Sprachen sprechen, was ja vielleicht auch der Fall war – und gab sich nicht das kleinste bisschen Mühe. Er hatte Informatik studiert und fühlte sich ihnen überlegen und gleichzeitig auch wieder nicht. Franziskas Promotion hielt er für überflüssig und machte sich oft über das in seinen Augen lächerliche Gehalt einer wissenschaftlichen Mitarbeiterin lustig. Nicht auf liebevolle, freundliche Art, sondern verachtungsvoll. »Du nimmst dich immer so verdammt wichtig«, sagte er oft, »das kotzt mich an.« In der Silvesternacht um zwölf hatten sie vor dem Haus in der Siedlung immer Raketen und Batteriefeuerwerk angezündet. Johannes und die anderen Männer. Die Frauen standen in einiger Entfernung mit Sektgläsern herum. Franziska mochte die Knallerei nicht besonders und hätte gern darauf verzichtet. Sie hatten fast nur Paare eingeladen, als ginge von Alleinstehenden etwas Ansteckendes aus. Heute wäre Franziska also bei ihrer eigenen Silvesterparty nicht mehr erwünscht.

Und diesmal? Von ihrem Parterreloch im Hinterhof hatte sie nicht allzu viel vom Feuerwerk sehen können. Hören dafür umso mehr. Und riechen, sogar durch die geschlossenen Fenster. Sie hatte sich abends überlegt, um zehn ins Bett zu gehen und den Jahreswechsel einfach zu verschlafen, doch bei dem ohrenbetäubenden Lärm draußen wäre das gar nicht möglich gewesen. In Neukölln hatte schon viele Tage vor dem einunddreißigsten Dezember eine Art Kriegszustand geherrscht, die Luft erfüllt vom Geruch nach Schießpulver, überall kleine türkische Jungs, alle mit dem gleichen Undercut, die Franziska als willkommenes Opfer identifiziert hatten und ihr Böller vor die Füße warfen.

»Am ersten Weihnachtstag habe ich Leonie gesehen, meine Nichte«, sagte Frau Mangold. Sie schien es aufgegeben zu haben, noch länger auf eine Antwort von Franziska zu warten. »Das machen wir jedes Jahr so. Meine Nichte wohnt auch in Berlin. Vielleicht lernen Sie Leonie ja mal kennen. Sie dürften ungefähr im selben Alter sein.«

»Ja, vielleicht.«

»Sie sind wohl wirklich eine Schweigsame, oder?«

Erwartete Frau Mangold darauf eine Antwort?

Sie winkte dem Kellner und zahlte alles zusammen, bevor Franziska es verhindern konnte. Es war ihr unangenehm. Sie wollte niemandem etwas schuldig sein, nicht einmal ein Stück Schokoladenkuchen und zwei Tassen Kaffee.

Sie verließen das Bode-Museum. Frau Mangolds Schwächeanfall – oder was immer es gewesen war – schien längst vergessen, Franziska konnte sich kaum noch vorstellen, dass sie eine Stunde zuvor wie leblos auf dem Boden gelegen hatte. Sie erkundigte sich, ob sie allein zurechtkomme, und Frau Mangold beteuerte, es gehe ihr wieder gut.

»Ich weiß nicht, was das war. Ich sollte wohl einen Termin beim Arzt machen. Danke, dass Sie sich so um mich sorgen. Ach, Sie sind so nett, Marie! Wie das Schicksal doch manchmal so spielt, finden Sie nicht? Ohne meine kleine, äh, Unpässlichkeit hätten wir uns ja nie kennengelernt. Wir sehen uns dann morgen. Finden Sie mich auch? Ja, Sie finden mich ganz sicher. Sie machen einen sehr intelligenten Eindruck, wenn ich das sagen darf. Müssen Sie auch zur S-Bahn? Wir könnten ja noch ein Stück zusammen fahren.«

Franziska hatte nicht die geringste Ahnung, wie man von der Museumsinsel nach Schöneberg kam, weil sie gar nicht wusste, wo Schöneberg lag. Also konnte sie unmöglich mit Frau Mangold in die S-Bahn steigen, ihre Unkenntnis würde bald offensichtlich werden und sie damit als Lügnerin entlarvt. Auch wenn sie sich nie wiedersehen würden – davon war Franziska in diesem Moment noch überzeugt –, wäre sie in Frau Mangolds Gedächtnis gern vertrauenswürdig und *nett* geblieben, keine Lügnerin.

»Ich habe noch was zu erledigen, aber wir sehen uns dann ja morgen.« Franziska reichte Frau Mangold die Hand und ging, bevor sie etwas einwenden konnte, mit schnellen Schritten davon, als hätte sie es sehr eilig, in die Richtung, die nicht direkt zur S-Bahn führte. Sie drehte sich nicht um.

An dem Mittwoch im November acht Wochen zuvor hatte Franziska sich vormittags im Institut, zwischen zwei Gesprächen mit Studierenden, über Zugverbindungen informiert. Ohne einen Plan zu verfolgen und zu diesem Zeitpunkt auch noch ohne wirklich ernste Absicht. Zumindest dachte sie das.

Nach dem zweiten Gespräch, sie hatte das Büro für sich allein, weil Evi an diesem Mittwoch nicht im Institut war, nahm das Ganze dann konkretere Gestalt an. Vielleicht trug genau das, dass sie mit Ausnahme der beiden Sprechstundentermine allein im Büro war, auch wesentlich zur weiteren Entwicklung bei. Sie ging in die Mensa und schnitt und schaufelte und kaute und schluckte mechanisch, ohne wirklich mitzubekommen, um was es sich handelte, obwohl sie gleichzeitig alles überdeutlich schmeckte, als wären ihre Sinne besonders geschärft. Das letzte Mal in der Mensa, dachte sie, obwohl sie es selbst noch nicht richtig glauben konnte. Später trank sie mit Sebastian einen Kaffee, plauderte mit ihm über Lehrveranstaltungen, dumme Studierende und die Sekretärin, die, wie sie fanden, den Mittelbau des Instituts herablassend behandelte. Franziska bemühte sich, ihm nie frontal ihr Gesicht zu zeigen, damit er das Hämatom an der einen Seite des Kinns nicht sah. Doch die Sorge, er könnte sie genauer in Augenschein nehmen, erwies sich als unbegründet. Sebastian schwebte im Glück. Aufgeplustert erzählte er von seiner Publikation, mit der es endlich geklappt habe. »Willst du mal lesen?«, fragte er. »Ich würde gern deine Meinung hören.« Es war nur so dahingesagt, Sebastian wollte nicht Franziskas Meinung hören, das wollte er nie. Er wollte angeben.

»Ja, klar, gern, du kannst mir ja einen Sonderdruck in mein Fach legen.« Franziska beglückwünschte ihn mit antrainiertem Lächeln im Halbprofil und dachte insgeheim, dass sein kleiner Aufsatz garantiert so mittelmäßig war wie das meiste von ihm, wie er selbst, und dann dachte sie, dass sie all das ab heute nicht mehr neidisch oder wütend machen würde. Heute war Tag null.

Zu Hause packte sie eilig Koffer, Reisetasche und Rucksack. Sie musste nicht lange überlegen, was sie mitnahm, weil sie es auf der Fahrt von Münster nach Senden bereits durchgeplant hatte. Johannes wäre um diese Zeit zwar noch nicht zu Hause, sondern in seiner Firma, aber man konnte nie wissen, und sie wollte nichts riskieren. Ihr stand kein Urlaub bevor. Und auch keine Tagung. Sie käme nicht mehr zurück. Nie mehr. Alles, was sie im Haus ließ, war für immer verloren.

Dann hatte sie den Bus zum Hauptbahnhof nach Münster genommen und war von dort mit der nächsten Regionalbahn nach Hamm in Westfalen gefahren. In Hamm stieg sie in den ersten ICE, der kam. Die Fahrkarte hatte sie am Schalter in bar bezahlt. Keine Spuren hinterlassen. Das hatte sie sich schon im Bus vorgenommen: Den ersten Fernzug zu nehmen, egal, wohin. Vielleicht, dachte sie später, hätte sie direkt von Münster fahren sollen, nach Hamburg zum Beispiel, aber Münster schien ihr viel zu nah für ihr Vorhaben. Sie konnte nicht einschätzen, ob Johannes überhaupt so schnell nach ihr suchen würde, und wenn ja, wo. Am ehesten traute sie ihm zu, dass er in Münster die Bahnsteige kontrollierte, auf denen Fernzüge verkehrten.

Berlin. Alles in ihr hatte sich vor Widerwillen gesträubt. Sie war nicht gern in Berlin. Nicht einmal für ein paar Tage Urlaub. Und schon gar nicht für immer. Doch sie wollte keinen Rückzieher machen, da sie ihren Entschluss dann womöglich ganz aufgegeben hätte. Sie musste ja nicht in Berlin bleiben, konnte nach ein paar Tagen weiterziehen. Doch wohin bloß?

Die Fahrt von Hamm nach Berlin verging viel schneller, als Franziska lieb war. Sie hätte gern noch viele weitere Stunden im warmen, trockenen Zug verbracht. Kurz überlegte sie, ob sie ihre Pläne – genau genommen hatte sie keine, wahrscheinlich zum ersten Mal in ihrem Leben – ändern und in Hannover aussteigen sollte, ebenso fremd wie Berlin und auch ein anderes Bundesland. Aber sie blieb sitzen. Hannover war zu nah. Sie sah den aussteigenden Fahrgästen zu, so lange, bis es ohnehin zu spät war, weil sich die Türen schlossen und der Zug wieder in Bewegung setzte. Sie aß eine Kleinigkeit im Bordrestaurant und kämpfte gegen aufsteigende Tränen an. Der Kellner war so freundlich zu ihr – als ahnte er, dass sie im Begriff war, ihr ganzes Leben zurückzulassen, und wollte sie trösten. Am liebsten hätte sie Wein oder Sekt getrunken, aber es gab nichts zu feiern, im Gegenteil, und außerdem musste sie einen klaren Kopf behalten und entschied sich für Kaffee.

Franziska wusste nicht einmal, wo sie aussteigen sollte. Spandau? Hauptbahnhof? Gesundbrunnen? Verwirrend viele Bahnhöfe. Sie kannte niemanden in Berlin. Anscheinend kannte jeder irgendwen in Berlin, Freunde, Bekannte, alte Schulkameraden, Verwandte. Franziska nicht.

Sie stieg am Hauptbahnhof aus. Die meisten stiegen dort aus, und es erschien ihr am naheliegendsten. Soweit sie es im Dunkeln erkennen konnte, wirkte die Gegend drum herum nicht wie ein Stadtzentrum, sondern wie eine einzige große Ödnis. Taxis. Auf der einen Seite eine Straßenbahn, auf der anderen das Regierungsviertel im Hintergrund. Ansonsten Baustellen und viele Hotels. Genau das, was Franziska brauchte.

In der Hoffnung, dass es kein Vermögen kostete, betrat sie das erstbeste Hotel. Der Mann hinter der Rezeption legte ihr den Zettel zum Ausfüllen hin. Einige Tage wolle sie bleiben, sagte sie, sie habe sich noch nicht festgelegt und wisse nicht, wie viel Zeit ihre Termine in Anspruch nehmen würden. Was erzählte sie da? Sie hatte keine Termine. Würde er ihren Ausweis sehen wollen? Nein, das wollte er nicht, er sah Franziska nicht einmal richtig an, sondern starrte weiter auf das Smartphone in seiner Hand. Franziska Oswald trug sich zum ersten Mal in ihrem Leben als Marie Weber ein und wunderte sich, wie leicht es ihr von der Hand ging und wie gut ihr die Unterschrift gelang.

In dem Hotel in Bahnhofsnähe verbrachte sie ihre ersten Tage und Nächte, froh, vorerst Unterschlupf gefunden zu haben, aber voller Sorge, wie es weitergehen sollte. Ein unpersönlicher Raum, in dem es nach Plastik und Teppichboden roch, ein bisschen wie im Möbelgeschäft. Von Berlin sah sie in dieser Zeit nichts. Sie aß jeden Abend in den verschiedenen Schnellimbissen im Bahnhof. Asia-Imbiss, Fish'n Chips, Burger King, an einem Abend nur ein Sandwich und zwei Flaschen Bier aus dem kleinen Reisesupermarkt. Wenn sie alle Imbisse durchprobiert hatte, in jeder Etage dieses überdimensionierten Bahnhofs, spätestens dann war es Zeit zu gehen. Gab es nicht Menschen, die jahrelang auf Flughäfen lebten? Jahrelang hätte Franziska nicht in Bahnhofsnähe bleiben können, zumindest nicht in einem teuren Hotelzimmer. Ihre Hämatome an Hüfte, Armen und Kinn nahmen nach ein paar Tagen eine gelb-grünliche Farbe an, und der Schmerz an der Hüfte ließ nach. Beim Blick in den Spiegel des Hotelzimmers war sie bald davon überzeugt, fahle, fettige Haut zu sehen. Das musste aufhören. Das teure Hotel. Die schlechte Ernährung. Vielleicht ein Zimmer in einer Wohngemeinschaft? Nein, dafür war sie mit dreiunddreißig langsam zu alt, und außerdem befürchtete sie, dass potenzielle Mitbewohner sie mit neugierigen Fragen löchern würden. In ihrer Studienzeit in Münster hatte sie eine Weile in einer Wohngemeinschaft gewohnt. Danach war sie mit Johannes zusammengezogen. Erst in eine kleine Wohnung in der Stadt, dann in das Haus in der Siedlung, wo alles begann.

Am zweiten Tag im Hotel las Franziska fieberhaft Wohnungsannoncen. Erste Panik kam in ihr auf. Wo die Wohnung lag, war ihr egal, ebenso die Größe oder das Stockwerk. Hauptsache, einigermaßen bezahlbar. Sie hatte sich einen schlechten Zeitpunkt ausgesucht, denn in Berlin stiegen die Mieten rasant, und freie Wohnungen waren rar.

Und dann wurde sie überraschend fündig. Sie besichtigte noch am selben Tag, zusammen mit etlichen anderen Interessenten, eine Wohnung in Neukölln. Angesichts der anderen sah sie ihre Chancen schwinden, aber dem schmierigen Hausverwalter entging offenbar ihre sorgsam gewählte Kleidung nicht, die auch für ein Bewerbungsgespräch angemessen gewesen wäre. Die Wohnung kam ihr sehr dunkel vor und roch unangenehm. Franziska sah sie sich gar nicht richtig an und sagte noch vor Ort zu.

In der Annonce war die Wohnung als möbliert beschrieben. »Das ist Ihnen ja sicher recht«, sagte der Hausverwalter, der eine deutliche Alkoholfahne hatte, einen Tag später in seinem Büro, »wenn Sie gar nicht so lange bleiben wollen. Dann müssen Sie sich nicht um die Einrichtung kümmern.« Er ermahnte sie, pfleglich damit umzugehen, als handelte es sich um ausgesuchte Designerstücke und nicht um den zurückgelassenen Sperrmüll voriger Mieter. Möbliert bedeutete: fettverkrusteter Gasherd, uralter Kühlschrank, billige Spüle und Küchenschränke, bei denen sich an vielen Stellen die Beschichtung löste und den Pressspan darunter freilegte. Das würde nun ihr Leben sein. Als Franziska die Schränke zum ersten Mal öffnete, nachdem sie den Mietvertrag mit Marie Weber unterschrieben und den Schlüssel erhalten hatte, war ihr regelrecht übel geworden. Dunkle Ränder, wo schmutzige Tassen gestanden hatten. Wer stellte denn schmutzige Tassen in den Schrank? Im Kühlschrank ein seit Monaten abgelaufener Joghurt, der Aluminiumdeckel des Bechers bis zum Platzen nach oben gewölbt. Neben der Küche gab es nur ein Zimmer. Darin standen ein durchgesessenes Sofa, ein für das Sofa zu hoher runder Tisch und in der anderen Ecke ein Bett, ein Meter zwanzig breit. Eigentlich nur eine Matratze auf rauen, unbehandelten Europaletten. Als Erstes kaufte Franziska Bettwäsche, ein paar billige Tassen, Teller und Gläser. Besteck. Von allem nur wenig, denn in diesem dunklen Loch würde sie ganz sicher niemals Besuch empfangen. Wen auch? Schmerztabletten und Verbandszeug, das brauchte man immer. Eine alte Waschmaschine gab es auch, sie stand in der Küche.

Sie schien das verlässlichste Inventar der Wohnung und verrichtete klaglos ihren Dienst. Nach kurzer Zeit hatte Franziska sie genauso ins Herz geschlossen wie das kleine Stillleben in der Alten Nationalgalerie.

Das Bild, es hing in der Nähe winzig kleiner Gemälde von Spitzweg, hieß *Obststillleben*, der Maler Johann Wilhelm Preyer. Es zeigte Walnüsse, blaue Trauben, einen Apfel, Weinlaub und in der Mitte einen mit Rotwein gefüllten Kelch. Im Kelch, erst auf den zweiten oder dritten Blick zu erkennen, spiegelte sich der Maler. Er sah den Betrachter direkt an, oft leicht amüsiert, wie Franziska fand, manchmal auch überrascht. Als würde er fragen: Was machst du eigentlich hier? – Das fragte sie sich selbst. Ihr Leben retten. Ein mächtiger Urinstinkt. Das retten, was von ihrem Leben noch übrig war. Sie hatte sich im Museumsshop eine Postkarte davon gekauft und in ihrer Küche über den Tisch gehängt. Die einzige Dekoration in ihrem neuen *Zuhause*. Immer, wenn sie am Tisch saß und den Blick hob, sah sie zwischen den Trauben und Nüssen das Selbstbildnis des Malers. Johann Wilhelm Preyer, Franziskas einziger Freund, 1889 gestorben. Manchmal fühlte es sich so an, als würde er aus dem Stillleben direkt in ihr Leben sehen. Oder in das, was davon übrig war. Aber mit einer gewissen Milde im Blick.

Franziska spielte mit dem Gedanken, Frau Mangolds Zettel in den nächsten Abfalleimer zu werfen. Dann gäbe es keine Verbindung mehr zwischen ihnen. Dann wäre es so, als hätte ihre Begegnung nie stattgefunden. Frau Mangold besaß nichts von ihr, gar nichts, keine Telefonnummer – welche Telefonnummer auch –, keine Adresse. Nur einen falschen Namen.

Bekamen Putzfrauen nicht immer den Wohnungsschlüssel? Frau Mangold war sehr vertrauensselig. Sie vertraute darauf, dass Franziska alias Sie-sind-ja-so-nett-Marie morgen Nachmittag um drei vor ihrer Tür stand. Daran schien sie nicht den geringsten Zweifel zu haben.

Und da Franziska den aus dem Kalender gerissenen Zettel doch nicht wegwarf, würde wohl auch genau das geschehen. Sie würde morgen um drei zu der angegebenen Adresse fahren. Sie durfte nicht vergessen, dass sie angeblich in Schöneberg wohnte. Und dass sie Marie hieß und nett war.

5

Alles entfernte sich von Henny Mangold. Ungefähr so wie die auseinanderstrebenden Planeten und Galaxien des Universums. Sie jedoch blieb immer am selben Fleck. Sie bewegte sich nicht und musste mit ansehen, wie die anderen um sie herum sich unaufhaltsam von ihr entfernten, ohne dass sie etwas dagegen tun konnte.

Wie lange es im Universum auch immer dauerte, diese zig Millionen Jahre – in Henny Mangolds Leben vollzog es sich wesentlich schneller. Mit ihrer Arbeitskollegin Karin hatte sie sich früher regelmäßig getroffen, zweimal im Monat, stets ohne ihre Männer. Sie waren essen gegangen, hatten ein wenig getratscht – auf wohlwollende, freundliche Art – und innige Abende miteinander verbracht. Karin war lange Zeit eine gute Freundin gewesen. Zumindest hatte Henny das immer gedacht. Wann hatte es aufgehört? Karin ging auf Distanz. Sprach Henny nicht mehr auf ein Treffen an. Und aus Angst vor einer ausweichenden Antwort, vor einem Ja, gern, aber ich habe im Moment so viel zu tun, ein andermal, wagte Henny nicht, sie zu fragen. Karin hatte sie auch nicht zu ihrem letzten Geburtstag eingeladen.

Angeblich hatte sie ihn nicht gefeiert. Ob Henny ihr das glauben sollte?

Und Leonie nicht zu vergessen. Bei Leonie schmerzte es am meisten. Ihre Nichte zog sich zurück. Strebte von ihr fort wie die Planeten. Seit Klaus' Tod ging das so. Seit seinem Tod fühlte Henny sich, als hätte sie eine ansteckende Krankheit.

Am Nachmittag hatte sie Blitze gesehen. Miniaturblitze, die sie blendeten, und kleine Blasen aus Licht, die vor ihren Augen zerplatzten. Henny hatte so etwas noch nie erlebt, sie konnte sich an nichts dergleichen erinnern. Sie dachte: Das geschieht mir nicht wirklich, nicht hier, an einem öffentlichen Ort, das muss ein Irrtum sein. Sie war robust. Schon immer gewesen.

Kurz dachte sie auch: Es ist vorbei. So früh konnte es aber doch nicht vorbei sein, oder? Sie war keine dieser schlaffen Personen, die sich gehenließen. Sie ging joggen. Im Sommer schwimmen. War schon seit Jahren im Yogakurs. Die anderen Teilnehmerinnen waren leider ziemlich niveaulos und oberflächlich, ein Gespräch mit ihnen, das länger als zehn Minuten dauerte, war einfach nicht auszuhalten. Erst wurde ihr heiß und im nächsten Augenblick ganz kalt, sie spürte die Kälte bis in die Fingerspitzen. Schlaganfall, dachte sie, und sie dachte natürlich an Klaus, sie dachte so oft an Klaus. Oder war es die Strafe, verhängt von einer nebulösen höheren Instanz, mit der Henny Mangold seit mehr als einem Jahr fast täglich rechnete? War es so weit – aber ganz anders, als sie es sich immer vorgestellt hatte? *Das ist besser so. Wir können ja nicht erst auf den Jäger warten.* Und dann waren die Blitze und die zerplatzenden Blasen aus Licht fort, all das gleißend Helle verschwand so plötzlich, wie es gekommen war, und anstelle dessen wurde es dunkel.

So beängstigend der kleine Zwischenfall – wie sie ihre kurze Ohnmacht insgeheim schon kurz danach nannte – auch war, er hatte etwas Positives hervorgebracht, und deswegen war sie ihm dankbar. Die junge Frau. Marie. Gut gekleidet. Drückte sich gewählt aus. Manchmal zwei Fremdwörter in einem Satz. Ein Putzjob war ganz sicher nicht erstrebenswert für sie. Henny wäre auch gar nicht auf dieses Thema gekommen, aber dann hatte Marie erwähnt, sie sei neu in Berlin und auf der Suche nach Arbeit. Selbst da hatte Henny noch gezögert. Am Ende fragte sie noch eine promovierte Kunsthistorikerin, ob sie nicht Lust hätte, ihre Wohnung zu putzen. Marie war freundlich und gleichzeitig rätselhaft. Undurchschaubar. Übertrieben verschwiegen, als hätte sie etwas zu verbergen. Ob sie Kummer hatte? Oder in irgendwelchen Schwierigkeiten steckte? Ja, diesen Eindruck machte sie durchaus. Wenn dem so war, würde Henny es herausbekommen. So etwas bekam Henny Mangold immer heraus.

Sie hielt es für eine glückliche Fügung, dass es sich an diesem Mittwoch ereignet hatte. So konnte sie es gleich am selben Abend Leonie beim Essen erzählen. Trotz des kleinen Zwischenfalls in der Alten

Nationalgalerie war Henny bester Laune. Endlich entfernte sich nicht mehr alles von ihr, weiter und weiter, ohne dass sie es verhindern konnte, sondern kam zu ihr.

Der kleine Zwischenfall war ihr bald eher peinlich, als dass er sie ernsthaft besorgt gemacht hätte. Für das Essen mit Leonie hatte sie bereits morgens eingekauft, da sie den Nachmittag ja im Museum verbringen wollte, und als sie nach Hause kam, war sie froh, dass alles schon erledigt war und sie sich noch eine Weile ausruhen konnte. Sie fühlte sich ein bisschen schwach, wie sie zugeben musste, nicht ganz auf der Höhe, aber sie weigerte sich, es mit dem Zwischenfall in Zusammenhang zu bringen.

Henny und ihre Nichte sahen sich regelmäßig, seit Leonie zum Studieren hierhergezogen war. Sie waren die Einzigen aus der Familie, die es nach Berlin verschlagen hatte, Henny vor Jahrzehnten, als die Mauer noch stand und nichts darauf hindeutete, dass sich daran je etwas ändern würde. Leonie hatte Henny und Klaus oft aufgesucht, wenn sie etwas brauchte. Oder wenn sie vorgab, etwas zu brauchen, sich in Wahrheit aber einsam fühlte, was sie um nichts in der Welt zugegeben hätte. In Berlin, das wusste Henny aus eigener Erfahrung, fühlte man sich schneller allein und verloren als woanders. Irgendwann ließ die Häufigkeit ihrer Besuche nach. Eine ganz normale Entwicklung, das wusste Henny, Leonie baute sich ihr eigenes Leben auf. Trotzdem kränkte es sie, was sie sich Leonie – nicht einmal Klaus – gegenüber aber nie anmerken ließ. Niemandem gegenüber. Was hätte sie auch sagen sollen? Undankbare Göre, erst lässt sie sich von Klaus und mir dauernd zum Essen einladen, Kleidung kaufen, Ikeamöbel transportieren, zum Recyclinghof kutschieren, und dann hat sie genug von uns? Wie hätte das ausgesehen, sie jammerte, weil ihre Nichte sie seltener besuchte. Als wäre die kinderlose Henny eine vereinsamte alte Schachtel. Dass Leonie sich nach Klaus' Tod so rar gemacht hatte, und später dann, nach dem Vorfall, nahm sie ihr besonders übel. Auch das ließ sie sich nicht anmerken, obwohl es oft in ihr brodelte. Wem hatte Leonie denn damals ihre Freundin – ihre erste Freundin überhaupt, wie Henny vermutete – vorgestellt? Nicht ihren bigotten, engstirnigen Provinzeltern, sondern ihr. Henny.

Am späten Nachmittag, kurz nachdem sie von der Museumsinsel zurückgekehrt war und auf dem teuren Eames Lounge Chair im Wohnzimmer saß, rief Leonie an und sagte, sie komme etwas später – zwei Stunden, um genau zu sein – und Henny solle nichts kochen, weil sie woanders esse. Ob sie denn überhaupt zum Essen verabredet seien? »Dann musst du dir keine Mühe mit der Kocherei machen.«

Damit hatte Henny nicht gerechnet. Das gemeinsame Essen einmal in der Woche war doch ein festes Ritual. Sie aß nicht gern allein, es war deprimierend, und sie musste es viel zu oft tun. Am Telefon verbarg sie ihre Enttäuschung so gut es ging.

Sie überlegte, ob sie für sich allein kochen sollte,

Zeit genug bliebe noch, aber plötzlich verabscheute sie all diese frisch gekauften Zutaten im Kühlschrank. Ihr war die Lust darauf vergangen. Und der Appetit. Was sollte sie mit dem ganzen Zeug anfangen? Machte sich Leonie darüber vielleicht mal Gedanken? Henny kaufte für ihre Nichte immer noch viel zu viel ein, wie damals in Leonies Studentenzeit, dabei war sie mit dem Studium längst fertig und nicht mehr verarmt. Wahrscheinlich war sie mit irgendeinem Weibsstück beschäftigt. Eigentlich gönnte sie ihr das ja, Leonie war schon eine ganze Weile allein. Aber sie geriet nie an Frauen, die ihr guttaten, sie besaß das Talent, von einer unglücklichen Liebesbeziehung in die nächste zu stolpern. Und wenn sie eine Neue kennenlernte – natürlich jedes Mal die *ganz große* Liebe –, hatte sie keine Zeit mehr, wurde unzuverlässig, sagte Verabredungen ab.

Henny sollte einen Salat essen. Der Schreck nach dem Zwischenfall im Museum, bisher erfolgreich verdrängt, meldete sich zurück. Der Schreck und aufkommende Fantasien über verstopfte Blutgefäße, wie kleine Autobahnen, auf denen permanent Stau herrschte. Kleine Autobahnen mit verengten Fahrspuren. Nein, da war nichts. Nichts Ernstes. Sie war doch immer gesund gewesen. Robust.

Henny aß keinen Salat, sondern nur ein Brot, ohne Butter, mit fettreduziertem Frischkäse – wegen der Blutgefäße –, und räumte die Wohnung auf. Nicht für Leonie, sondern für Marie. Am liebsten hätte sie auch noch geputzt, aber dafür war es allmählich zu spät. Außerdem fühlte sie sich doch etwas schwach. Was für ein absurder Gedanke: Putzen, bevor am nächsten Tag die künftige Putzhilfe kam.

Sie vertrödelte die Zeit mit Aufräumen und Herrichten und Umgestalten, gut, dass sie schon heute früh einen frischen Blumenstrauß gekauft hatte, welch glückliche Fügung, und öffnete den Rotwein, der für das Essen mit Leonie gedacht war. Nicht der ganz teure, den hatte ihre Nichte heute nicht verdient. Die Enttäuschung saß tiefer als zuerst angenommen. Allmählich verspürte Henny Hunger. Außer dem Frühstück, dem Kuchen im Bode-Museum und dem Frischkäsebrot vorhin hatte sie heute noch nichts gegessen, aber der Appetit fehlte immer noch. Die Enttäuschung lag ihr schwer im Magen. Wie immer Leonie die erste Hälfte des Abends auch verbracht hatte, und mit wem, hätte sie es für ihren Jour fixe nicht verschieben können? Als es Zeit wurde, deckte Henny den Esstisch mit Tellern, Gläsern, Brot, Käse und Oliven. Leonie würde sicher zugreifen, auch wenn sie schon gegessen hatte.

Der Balkon bot jetzt im Januar einen trübseligen Anblick, sie hätte ihn Marie lieber im Frühling präsentiert. Wenigstens frische Tulpen auf dem Esstisch. Henny dachte an die Begegnung am Nachmittag zurück. Was für eine nette junge Frau. Und was für ein Glück, dass sie sich zur selben Zeit im Museum aufgehalten hatte. Als wäre es vorherbestimmt. Ihre spontane Fürsorge hatte Henny sogar ein wenig an Klaus erinnert. Er hätte allerdings darauf bestanden, dass Henny sich in einer Klinik untersuchen ließ. Henny war der jungen Frau dankbar, aber das war es nicht allein. Sie hatte gewusst, dass sie Marie nicht einfach gehen lassen durfte. Etwas Entscheidendes würde sich verändern.

Marie hatte angespannt und nervös gewirkt. Henny hatte für so etwas einen Blick. Und sie schien einsam zu sein, was ja auch kein Wunder war, erst seit zwei Monaten in Berlin. So deutlich hatte sie es zwar nicht gesagt, aber Henny war ziemlich sicher, dass sie so gut wie niemanden in der Stadt kannte. Marie hatte ihr geholfen, und jetzt half Henny ihr. Warum sie wohl nach Berlin gekommen war? Sicher nicht wegen eines Jobs – dann würde sie wohl kaum bei ihr putzen. Gingen Putzhilfen ins Museum? Nicht dass Henny etwas gegen das Putzen gehabt hätte. Es war eine ehrliche, honorige Tätigkeit. Sofern man sie sorgfältig verrichtete. Was man von Sabine Kessler nicht behaupten konnte. Sabine Kessler hatte Henny in einem fort betrogen. Wenn Henny an sie dachte, überkam sie auch jetzt noch unbändige Wut. All die Dinge, die sie im Laufe der Zeit kaputt gemacht und heimlich im Müll vergraben hatte, nach ganz unten, verborgen unter ekligen Essensresten, damit Henny es nicht merkte. Hielt Sabine Kessler sie wirklich für so dumm? Das machte sie noch wütender. Lieblingstassen. Kleine Skulpturen. Sogar einen Lampenschirm. Auch einige Erinnerungen an Klaus. All die Betrügereien, dass sie angeblich vier Stunden gearbeitet hatte, wenn es in Wahrheit höchstens zwei gewesen waren. Im Sommer hatte sie die Arbeitszeit hauptsächlich damit verbracht, auf Hennys schönem Balkon Kaffee zu trinken und zu rauchen. Vermutlich hatte sie in den zwei Jahren auch allerhand gestohlen, was Henny ihr jedoch nie hatte nachweisen können.

Als Leonie endlich kam, setzten sie sich an den Esstisch. Wie erwartet langte ihre Nichte bei Brot, Käse und Oliven kräftig zu. Henny aß nichts, trank inzwischen das dritte Glas Wein. Oder war es schon das vierte? Ihr Hunger war komplett verflogen. Der Rotwein machte sie schwer und leicht zugleich. Und er wischte diese unterschwellige Angst, die sonst immer und überall lauerte, einfach weg. Früher hatte Klaus sie begleitet. Heute die Angst. Sie holte die zweite Flasche aus der Küche. Kurz überlegte sie, wie der Alkohol wohl ihren möglicherweise verstopften inneren Autobahnen bekäme, und fing albern zu kichern an. Zählfließender Verkehr in den Beinen. Staugefahr zwischen Herz und Gehirn.

»Was ist denn so lustig?« Leonie beäugte kritisch das Rotweinglas in Hennys Hand. Sie selbst hatte kaum etwas getrunken.

»Nichts. Ich habe nur gute Laune. Darf ich etwa nie mehr im Leben gute Laune haben?«

»Doch, natürlich.«

»Ich hatte heute ein besonderes Erlebnis. Auf der Museumsinsel.«

Und dann erzählte Henny ihrer Nichte alles vom zurückliegenden Nachmittag. Den kleinen *Zwischen-*

fall verharmloste sie, ging auch nicht auf Leonies Nachfragen ein. Umso ausführlicher schilderte sie die Hilfsbereitschaft der netten jungen Frau und geriet dabei, sicherlich unterstützt vom Rotwein, immer mehr ins Schwärmen.

»Sie kommt schon morgen zum Kaffee, um sich die Wohnung anzusehen.«

Rotwein, dachte Henny, ist doch viel gesünder fürs Herz als Kaffee, das weiß man doch. Und die Angst ist fort.

Leonie reagierte nicht wie erwünscht. Dass Henny das immer noch überraschte.

»Du kennst diese Frau doch gar nicht.«

»Nein. Doch. Doch, irgendwie kenne ich sie. Es war, wie soll ich sagen, ganz vertraut. Kannst du das nicht verstehen?«

»Nein, kann ich nicht. Halten wir mal fest: Du kennst diese Frau nicht. Es war ja nett von ihr, dass sie dir geholfen hat, aber deswegen willst du sie gleich in deine Wohnung lassen? Und ihr wahrscheinlich auch noch deinen Schlüssel geben?«

»Warum musst du immer alles sofort schlechtmachen?«

»Ich mache nichts schlecht. Ich weise dich nur auf etwas hin, was dir offenbar entgangen ist. Du bist doch sonst immer so misstrauisch. Bei den Nachbarn. Eigentlich bei allen Leuten. Und deine Paranoia wegen —«

»Hör auf, ich will darüber nicht reden. Ich will einfach nicht darüber reden.«

»Du willst nie darüber reden. Vielleicht würde dir das aber guttun. Bei deinen letzten Putzfrauen warst du übrigens auch misstrauisch. Du hast ständig erzählt, dass sie dich beklaut hätten. Wieso nicht bei dieser Frau, die du, wohlgemerkt, erst seit heute Nachmittag kennst? Du weißt gar nichts über sie.«

»Sie wohnt in Schöneberg wie du.«

»Ja, und? In Schöneberg wohnen auch noch ungefähr hundertzwanzigtausend andere Leute. Lass dir morgen wenigstens ihren Ausweis zeigen. Und kopiere ihn am besten.«

Warum war Leonie so abwehrend? War sie womöglich eifersüchtig, weil ihre Tante eine Frau ihres Alters ins Herz geschlossen hatte? Dann hätte sie heute nicht so spät kommen und Henny mit den ganzen Einkäufen im Kühlschrank sitzen lassen sollen.

»Du solltest dir wieder eine Freundin suchen«, sagte Henny. »Vielleicht bist du dann netter.« – So nett wie Marie, dachte sie. – »Wie lange ist das jetzt her?«

»Fang nicht schon wieder damit an.«

Auch von der zweiten Flasche Wein trank Henny wesentlich mehr als ihre Nichte. Leonie ging bald, was Henny heute nur recht war. Sie musste für morgen noch weiter aufräumen, alles vorbereiten. Als sie die hartnäckigen Zahnpastaspritzer vom Badezimmerspiegel mit Glasreiniger wegwischen wollte, sah sie, dass ihre Lippen vom Wein blau verfärbt waren. Dann hörte sie ein Geräusch von der Straße. Ein Scheppern, als wäre etwas umgestoßen worden. War er wieder hier, um sie zu Tode zu ängstigen?

Ich bin Franziska Oswald. Nicht Marie Weber.
Franziska Oswald ist promovierte Soziologin. Ich
und ich. Im wirklichen Leben. Ich und ich. In der
Wirklichkeit. Ich fühle mich so seltsam. Manchmal
sitze ich auf dem scheußlichen Sofa, betrachte die
rissigen Dielen, ich musste mir schon zwei Splitter
aus der Fußsohle ziehen, die kahlen Wände, von
denen an manchen Stellen der Putz bröckelt, und
denke: Was tue ich hier? DAS LOCH ekelt mich an.
Aber ich weiß, dass ich froh und dankbar sein muss,
es gefunden zu haben. Es fällt schwer, froh über DAS
LOCH zu sein.
Du bringst dir immer deinen eigenen Klappstuhl
mit, so ein Campingding. Wahrscheinlich kommst du
jeden Tag, und die Aufsicht kennt dich und behandelt
dich bevorzugt. Ich möchte mit dir reden. Wenn ich
nur mit dir reden könnte, würde das mein Leben
retten. Du schreibst bestimmt deine Dissertation. Ich
beneide dich so.
Was ich an Berlin hasse: Bierflaschen, volle und leere.
Bei den vollen auch diejenigen, die sie spazieren
tragen. Müll Müll Müll Müll Müll. Es ist so dreckig,
was für eine abgeranzte Stadt. Stadtsoziologen lieben
dich. Ich kann dich nicht leiden.

6

Im Verlauf der Dreiviertelstunde, die Franziska bis nach Dahlem benötigte, veränderte sich das Publikum in der U-Bahn so deutlich, dass es sich anfühlte, als würde sie von einer Stadt in die andere fahren, Grenzen passieren, ohne zwischendurch die Schlagbäume zu bemerken. Je näher sie Frau Mangold kam, desto besser waren die Fahrgäste gekleidet, sie rochen angenehmer, traten dezenter auf, waren leiser, unauffällig und mit ihren eigenen Dingen beschäftigt.

Zu diesem Zeitpunkt glaubte Franziska immer noch nicht daran, dass sie künftig bei Frau Mangold putzen würde. Sie konnte es sich einfach nicht vorstellen. Nicht, dass sie grundsätzlich etwas gegen das Putzen gehabt hätte, sie fand es weder besonders ekelhaft noch sich als Akademikerin zu schade dafür, aber die gestern ausgesprochene Einladung betrachtete sie eher als eine unverbindliche Verabredung zum Kaffee, weil Frau Mangold immer noch der Überzeugung war, ihr etwas schuldig zu sein.

Sie war keine Akademikerin mehr. Das musste sie sich immer wieder ins Gedächtnis rufen. Genau genommen war Franziska gar nichts mehr. Sie konnte von Glück sagen, dass sie Unterschlupf in dem dunklen Loch im Hinterhof gefunden hatte. Es war alles so unwirklich, auch nach zwei Monaten noch. Franziska versuchte, sich so zu fühlen wie immer, um bei Verstand zu bleiben. Wie lächerlich: sich so fühlen *wie immer*. Nichts war mehr *wie immer*, davon zeugten allein die ganzen fremden Namen der U-Bahnstationen, Fehrbelliner Platz, Dahlem-Dorf, und es würde auch nie mehr so wie immer werden. Trotzdem versuchte sie es, unermüdlich, denn neben vielem anderen befürchtete sie manchmal, dass ihr der Verstand abhandenkam. Vielleicht geschah das noch schneller, als ihr das Geld ausging.

Sie war noch nie zuvor in Dahlem gewesen. Allerdings galt das für fast ganz Berlin. Franziska kannte nicht viel mehr als den Reichstag – von einem früheren Besuch zusammen mit Johannes, sie hatten sich oben in der Kuppel gestritten –, den Hauptbahnhof, das Hotelzimmer in der Nähe des Hauptbahnhofs, die Museumsinsel, den Ausblick aus der U1 und zwei Straßen in Neukölln. Und sie hatte keinerlei Ambitionen, mehr kennenzulernen. Auch nach zwei Monaten fühlte es sich noch so an, als wäre sie bloß auf der Durchreise und würde morgen wieder fahren. Doch das war nicht möglich. Sie konnte nicht zurück. Und auch nirgendwo anders hin. Hier war sie am sichersten. Der letzte Ort, an dem sie jemand vermuten würde, war ein dunkles Parterreloch in Berlin-Neukölln.

Von Westfalen nach Berlin, das war eine lächerliche Distanz, drei, vier Stunden mit dem Zug.

Manche Berufspendler absolvierten solche Strecken wahrscheinlich fast jeden Tag. Doch Franziska kam es so vor, als wäre sie nicht nur in einem anderen Land, sondern auf einem fremden Kontinent gelandet. Auf dem fremden Kontinent verstand sie weder Sprache noch Sitten. Sie war nie eine Weltenbummlerin gewesen, die es hinauszog. Aufgewachsen in einem kleinen Ort im Bergischen Land, hatte sie sich für ein Studium in Münster entschieden, kein Bundeslandwechsel, geschweige denn ein Auslandsstudium für ein paar Semester. Eine gemütliche, spießige Stadt, die alle in Nordrhein-Westfalen liebten. Ihre Eltern waren anfangs häufig nach Münster gekommen, öfter, als ihr lieb war, und hatten jedes Mal auf einem Besuch des Prinzipalmarktes bestanden. Und im Dezember wollten sie unbedingt zum Weihnachtsmarkt in Münster. *Der ist ja so schön.* Ob sie das letzten Dezember, ohne ihre Tochter, auch getan hatten? Wohl kaum. Oder vielleicht doch. Zugetraut hätte sie es ihnen. Ihre spätere Professur hatte Franziska sich immer in einer vergleichbaren kleinen Universitätsstadt vorgestellt. Hundert- bis zweihunderttausend Einwohner, mehr nicht. Überschaubar. Idyllisch wie die Illustrationen in einem Kinderbuch. Sie hatte nie daran gezweifelt, dass nach ihrer Zeit als wissenschaftlicher Mitarbeiterin eine Professur auf sie wartete. Ihre Eltern waren also begeistert von ihrem Wohnort, weniger von ihrem beruflichen Interesse, und dann waren sie irgendwann begeistert von Johannes, mehr als von ihr. Zu dem Haus in der neuen Siedlung hatten sie sofort gesagt: Greif zu! Was für eine Chance! Und sie hatten Johannes und sie großzügig unterstützt, weit über das für den Hauskauf nötige Eigenkapital hinaus.

Obwohl Franziska fest davon überzeugt war, niemals Frau Mangolds Wohnung zu putzen, fuhr sie übertrieben früh los, um ja nicht zu spät zu kommen. Als wäre das von Bedeutung. Dass die Wege in Berlin sehr weit waren, erschloss sich schon aus dem Stadtplan. Warum war es ihr wichtig, was eine Fremde von ihr hielt? Es handelte sich bloß um eine Verabredung zum Kaffee und das auch nur, weil diese Frau offenbar an dem irrigen Glauben festhielt, Franziska hätte sie gestern Nachmittag gerettet.

Franziska hatte schon immer großen Wert darauf gelegt, einen guten Eindruck zu machen, egal, bei wem. Am meisten natürlich am Institut. Bei ihrem Doktorvater. Kollegen und Kolleginnen. Selbst bei den Studierenden war sie um einen guten Eindruck bemüht. Bei ihrer Familie. Bei Johannes' Mutter. Einen guten Eindruck und es allen recht machen. Es war übertrieben, schon fast krankhaft. Dieses Verhalten konnte sie augenscheinlich immer noch nicht ablegen, obwohl jetzt, spätestens jetzt, wirklich alles egal war. Selbst bei dem versoffenen Hausverwalter hatte sie gut dastehen wollen, ungeachtet dessen, dass sie ihm völlig gleichgültig war und er sie nicht einmal richtig ansah. Sie wollte unbedingt die deprimierende Wohnung haben, sie *musste* sie haben – um den guten Eindruck bei ihm war sie jedoch auch dann noch bemüht, als der Mietvertrag längst unterschrieben war, er eine Schublade seines Schreibtisches öffnete, eine kleine Flasche Wodka hervorholte, sie aufschraubte, etwas davon in die vor ihm stehende Tasse goss und sich anschließend zu wundern schien, dass Franziska immer noch vor seinem Schreibtisch saß.

Putzfrauen verrichteten ihre Tätigkeit vermutlich nicht in der Kleidung, mit der sie zur Arbeit kamen. Darüber hatte Franziska sich noch nie Gedanken gemacht. Sie hatte sie einfach nicht beachtet, wie ihr jetzt bewusst wurde. In ihrem Haus in Senden hatte sie selbst geputzt. Johannes hatte manchmal so getan, als würde er sich daran beteiligen, moderner Mann und so, beispielsweise durch die Anschaffung eines Saugroboters, vor allem aber, indem er in regelmäßigen Abständen vorschlug, eine Hilfe zu engagieren, »irgend so eine Polin«, was Franziska für Geldverschwendung gehalten hatte. Außerdem wollte sie keine fremden Leute im Haus haben. Sie reagierte äußerst empfindlich und gereizt, wenn jemand ihre Unterlagen durcheinanderbrachte. Sie mochte es auch nicht, wenn Johannes sich in ihrem Arbeitszimmer aufhielt. Er hatte dort nichts zu suchen. Ob er inzwischen all ihre Bücher und Aktenordner entsorgt hatte und das kleine Zimmer längst anders nutzte? Ihre Promotionsurkunde hatte Franziska bei ihrem überstürzten Aufbruch eingesteckt. Den Putzfrauen im Institut war sie manchmal begegnet, wenn sie schon ganz früh am Morgen in ihr Büro kam.

Sie hatte sie immer als störend empfunden, ihre lärmenden Staubsauger, ihre überdeutliche Präsenz, wie sie unnötig laut mit der Staubsaugerdüse gegen Papierkörbe und Tischbeine und Aktenschränke stießen, bong bong bong, als wollten sie mitteilen: Das ist jetzt unser Reich. Ihr habt hier nichts zu suchen. Franziska konnte sich nicht erinnern, jemals auch nur ein einziges Wort mit ihnen gewechselt zu haben. Was hatten sie eigentlich getragen? Vermutlich Putzfrauenkleidung. Wie immer die aussah.

Kurz nach ihrer Dissertation hatte sie auf der Suche nach Forschungsthemen eine Weile darüber nachgedacht, Putzfrauen – oder Putzmänner, das wäre noch zu untersuchen gewesen – und ihre Arbeit für einen wissenschaftlichen Aufsatz zu verwenden. »Verwenden«, genau dieses Wort hatte sie damals immer im Kopf gehabt. Ein kleiner Putzfrauenaufsatz über prekäre Beschäftigung. Für Wissenschaftler, vor allem für den Nachwuchs, gab es nichts Wichtigeres als Publikationen. Ohne Publikationen ging man unter. Oder kam gar nicht erst nach oben. Sie hatte sich Notizen gemacht, Literatur dazu gesucht und den Aufsatz schon so deutlich vor Augen gehabt, als wäre er bereits geschrieben worden. Besonders gern stellte Franziska sich ihren Namen darüber vor. Die Putzfrauen waren ihr dabei so fremd geblieben wie unter Glas aufgespießte Wesen mit sechs Beinen. Sie hatte den Aufsatz nie zu Ende gebracht. Die Notizen befanden sich in einem Ordner auf der Festplatte ihres Laptops, und wahrscheinlich würde sie die Datei namens »Putzhilfe« nie wieder öffnen. Natürlich wäre ihr damals nicht im Traum in den Sinn gekommen, dass sie eines Tages ihr eigenes Forschungsobjekt sein würde.

Doch sie hatte ja gar nicht die Absicht, für Frau Mangold zu putzen. Nur eine Einladung zum Kaffee, weiter nichts. Nichts Verbindliches. Weil sie Franziska immer noch so dankbar war. Andererseits brauchte sie Geld. Und Frau Mangold hatte einen Narren an ihr gefressen, sie würde sicher nicht Franziskas Adresse und Personalien überprüfen. Dazu war sie auch viel zu nett. Genau genommen war sie so nett, dass es Franziska auf die Nerven ging.

Sie vergewisserte sich mehrmals, ob sie auch wirklich an der richtigen U-Bahnstation ausstieg. Oskar-Helene-Heim. Natürlich war sie viel zu früh. Also ließ sie sich Zeit, schlenderte gemächlich über die Gehwege, betrachtete die Gegend, als hätte sie an einem Tag mitten in der Woche Muße für einen Spaziergang. Dass es hier komplett anders aussah als in Neukölln, wunderte sie inzwischen nicht mehr. In der U-Bahn hatte sie viele FU-Studierende auf dem Weg zu den heiligen Stätten des Wissens bemerkt, die Franziska, ohne es zu ahnen, schmerzlich ihr verlorenes Leben vor Augen führten.

Frau Mangold lebte in einer schönen, alten Villa neben vielen anderen Villen. Was war dagegen ihr kleinbürgerliches Einfamilienhaus in Senden, viel zu eng zwischen andere, genau gleich aussehende Einfamilienhäuser gequetscht? Franziska hatte sich so gut gekleidet, wie es auch bei einem wichtigen Vortrag angemessen gewesen wäre, aber natürlich war ihr klar, dass sie diesen Standard nicht lange würde halten können. In ein paar Wochen würde Frau Mangold merken, was mit ihr los war.

Sie musste ein für alle Mal aufhören, an wissenschaftliche Vorträge und dergleichen zu denken. Dieser Zug war abgefahren. Franziska war kein Teil der Wissenschafts-Community mehr. Und ebenso musste sie aufhören, weitere Fahrten zu Frau Mangold in Betracht zu ziehen. Sie würde nicht für sie putzen.

Vor dem Haus zögerte sie. Sie überlegte, den ganzen Weg zur U-Bahn einfach wieder zurückzugehen, ohne bei Frau Mangold zu klingeln. Sie könnte es als zwei weitere sinnlose U-Bahnfahrten verbuchen, so wie ihre Ausflüge mit der U1. Etliche Tage im Dezember und nach dem Jahreswechsel in der ersten Januarhälfte hatte sie damit zugebracht, stundenlang in der U-Bahn zu sitzen. Die U1 hatte es Franziska besonders angetan, der Teil, auf dem sie als Hochbahn fuhr. Sie wusste nicht, warum sie diese Fahrten unternahm und was sie sich davon versprach. Sie sah auf die Häuser in Kreuzberg, die dicht am Hochbahnviadukt lagen, entsetzlich dicht, dort mussten dauernd die Tassen auf dem Tisch wackeln, wenn eine Bahn vorbeifuhr, die Fenster, aus der U-Bahn zum Greifen nah. Sie versuchte, sich die einzelnen Fenster zu merken und beim nächsten Mal darauf zu achten, ob sich irgendein Detail verändert hatte, ob eine Pflanze fehlte, Gardinen vorgezogen waren oder nicht, ob sich ein Bewohner zeigte. Sie wusste, dass es völlig unsinnig war und außerdem Geldverschwendung. Weil sie nicht wagte schwarzzufahren – sie wollte auf gar keinen Fall jemandem ihre Personalien nennen, ihren Ausweis mit ihrem richtigen Namen zeigen, und das erhöhte Beförderungsentgelt wollte sie auch nicht zahlen –, kaufte sie sich immer eine Tageskarte. Sie probierte eine Art autogenes Training: An nichts denken. An gar nichts. Innerlich vollkommen leer sein. In der U-Bahn sitzen. Aus dem Fenster sehen, wahlweise zu den anderen Fahrgästen. An nichts denken. Leer sein. Natürlich gelang es ihr nicht.

Was würde Frau Mangold von ihr halten, wenn sie nicht erschien? Dass Franziska eine jener Personen war, auf deren Wort man nichts geben konnte, die kam und ging, wie sie wollte. Oder eben gar nicht auftauchte. Frau Mangold würde sie nicht erreichen können. Keine Anrufe. Keine E-Mails. Sie hatte also nichts zu befürchten. Und begegnen würde sie ihr sicher auch nie, dazu wohnten sie zu weit voneinander entfernt.

Aber vielleicht stand sie am Fenster und beobachtete Franziska? Sie hatte nicht erwähnt, in welchem Stockwerk sie wohnte. In beiden Etagen waren die Vorhänge zugezogen. Sie konnte durchaus hinter einem der Fenster stehen. Hatte Franziska sich nicht schon zu sehr eingelassen, um jetzt wieder zu gehen? Und möglicherweise würde sie es dann auch nicht mehr wagen, zur Museumsinsel zu fahren, aus Angst, ihr dort über den Weg zu laufen. Damit würde sie sich des Einzigen berauben, das sie am Leben hielt.

Franziska ging nicht zurück zur U-Bahn. Sie klingelte bei Frau Mangold. Frau Mangold schien schon hinter der Tür gewartet zu haben, denn ihre Stimme aus der Gegensprechanlage kam prompt, kaum dass Franziska den Finger von der Klingel genommen hatte.

»Ich habe Sie schon erwartet. Wie schön, dass Sie da sind. Und so pünktlich! Sie müssen in den ersten Stock.«

Frau Mangold begrüßte Franziska so herzlich wie erwartet. Sie nahm ihr sofort die Jacke ab und hängte sie an die Garderobe. Von der Diele konnte man Teile der restlichen Wohnung sehen, weitläufig und großzügig und geschmackvoll eingerichtet. Das durchdringende, scharfe Gefühl des Neids, das Franziska schon in den Straßen auf dem Weg zum Haus geplagt hatte, meldete sich zurück. Frau Mangold bemerkte offenbar, wie beeindruckt und auch eingeschüchtert sie war, denn sie sagte: »Ich habe auch nicht immer so gelebt, wissen Sie. In Ihrem Alter hatte ich eine ganz kleine Wohnung, dunkel, das können Sie sich gar nicht vorstellen. Natürlich mit Ofen.«

Sie lotste Franziska ins Esszimmer und bat sie, am Tisch Platz zu nehmen. Auf dem Tisch stand eine Vase mit gelben Tulpen. Schmückte den Esstisch immer ein frischer Blumenstrauß? Oder nur heute, ex-

tra für sie? Frau Mangold nannte sie in einem fort
»Marie« – Marie hier, Marie dort, wie schön, dass
Sie da sind, Marie –, und Franziska musste sich erst
wieder daran erinnern, wer diese Marie überhaupt
sein sollte. Und natürlich kam Frau Mangold auch
heute nicht ohne das Schicksalsgequatsche aus. Das
Schicksal, das es so gut mit ihnen meine. Das sie
auf der Museumsinsel zusammengeführt habe. Sie
servierte Kaffee und Kekse und strahlte Franziska
die ganze Zeit an. Vor lauter Strahlen hatte sie rote
Bäckchen. Franziska sah sich verstohlen um. Hohe
Decken, Holzfenster, viele Bücher und etliche Antiquitäten. Alles war mit Geschmack ausgesucht. Und
mit Geld. Leider verließ Frau Mangold das Esszimmer nie lange genug, dass Franziska es gründlich in
Augenschein hätte nehmen können. Sie musste an
das Haus in Senden denken, wie klein und wenig
großzügig es im Vergleich zu dieser Wohnung wirkte. Und an das Parterreloch in Neukölln.

Irgendwann bemerkte Frau Mangold ihren
Blick. Franziska errötete.

»Sie sollen sich doch umsehen. Nur zu! Genau
das war die Absicht dieses Treffens. Sehen Sie sich
alles in Ruhe an. Natürlich machen wir gleich einen
Rundgang durch die ganze Wohnung, und dann sagen Sie mir, ob Sie sich vorstellen können, hier zu –«

Frau Mangold sprach das Wort »putzen« nicht
aus. Fast so, als wäre es etwas Unanständiges. Was
es in ihren Augen ja vielleicht auch war. Gestern im
Museum hatte sie es noch beim Namen genannt.

Franziska hatte nirgendwo Putzutensilien entdeckt, Eimer, Lappen, Flaschen mit Reinigungsmitteln. Sie hatte durchaus die Möglichkeit in Betracht gezogen, dass sie eine Runde probeputzen müsste. So wie künftige studentische Hilfskräfte erst einmal Bücher aus der Universitätsbibliothek holen mussten und eine Reihe Kopien anfertigen, damit sich feststellen ließ, ob sie solchen und ähnlichen Aufgaben auch gewachsen waren. Vielleicht kam das ja noch.

Frau Mangold vermied heute zwar konsequent das schlimme Wort »putzen«, erwähnte aber des Öfteren Franziskas – Maries – »neuen Wirkungskreis«, begleitet von verlegenem Lachen. Ansonsten war sie bemüht, Franziska und sich als Gleiche unter Gleichen darzustellen, auf einer Stufe, ebenbürtig, was natürlich nicht der Fall war, wie sie sicher selbst wusste. Sie erzählte, dass sie seit zwei Jahren Witwe sei, keine Kinder habe, aber eine Nichte in Berlin, zu der sie ein enges Verhältnis pflege. Franziska erinnerte sich, diese Nichte, die sie unbedingt kennenlernen sollte, hatte Frau Mangold bereits im Museum erwähnt. Wie hieß sie noch? Laura? Lena? Irgendwas mit L. Oder vielleicht mit A? Sie hörte nicht richtig zu, weil die Nichte sie noch weniger interessierte als Frau Mangold.

»Sie müssen Leonie wirklich mal kennenlernen.«

Frau Mangolds Stimme holte Franziska aus ihren Gedanken, die, wie so oft, an ihrem ehemaligen Institut in Münster hängen geblieben waren. – Leonie?

»Leonie, meine Nichte.«

»Ach so, ja. Das wird sich bestimmt mal ergeben.«

Warum sollte sie auch noch ihre Verwandtschaft
kennenlernen? Reichte nicht sie selbst? War das in
Frau Mangolds Kreisen so üblich? Wobei Franzis-
ka ihre Kreise gar nicht richtig einschätzen konnte.
Zumindest mangelte es in diesem Haushalt nicht an
Geld.

»Das würde mich freuen. Sie dürften ungefähr
im selben Alter sein.«

Das hatte sie schon am Vortag gesagt. Wie sollte
Franziska es mit ihr aushalten, wenn sie sich immer
wiederholte? Schicksal, ihre Nichte, wie nett Franziska doch sei. Aber wenn sie Frau Mangold richtig verstanden hatte, wäre sie beim *Putzvorgang* – »Wenn
Sie bei mir sind, Marie« – gar nicht anwesend, weil
sie dann arbeiten musste.

Frau Mangold führte sie nach dem Kaffee durch
ihre riesige Wohnung, und Franziskas erster Eindruck bestätigte sich in jedem Raum. Im Wohnzimmer fiel ihr der voluminöse Sessel auf, der auf
einem Drehkreuz stand, mit schwarzem Leder ge-
polstert und außen mit dunklem Holz verkleidet,
wie eine Nussschale. Irgendein Designklassiker. Ihr
Doktorvater hatte auch so einen. Sie fand das prot-
zig, musste aber zugeben, dass der Nussschalensessel
sehr bequem aussah. Frau Mangold zeigte ihr den
kahlen Winterbalkon, beschrieb, was sie im Frühling
dort pflanzte, fasste ihr dauernd auf den Arm oder
die Schulter, tat so, als würden sie sich schon länger

kennen und nur aus Höflichkeit immer noch siezen, plapperte unaufhörlich, was in ihrer Wohnung alles zu beachten sei. Franziska verweigerte es, sich auch nur ein Detail davon einzuprägen, nickte aber stets brav.

»Ich will Ihnen ja nicht zu nahe treten, und Sie machen so einen intelligenten Eindruck, Marie, so was sehe ich, ich sehe es in den Augen, wissen Sie, aber ich kann nicht von Ihnen verlangen, dass Sie sich das alles merken. Am besten, ich schreibe Ihnen eine Liste. Wann können Sie denn anfangen? Nächste Woche schon?«

Wie schon gestern im Museum tat Franziska so, als müsste sie lange über ihre komplizierte Terminplanung nachdenken. Wie gestern holte sie dafür weder ein Smartphone noch einen Kalender aus Papier hervor. Falls Frau Mangold es seltsam fand, ließ sie sich das nicht anmerken. Sie einigten sich auf den nächsten Dienstag, neun Uhr morgens. Einmal die Woche, bei Bedarf oder »Sonderaufgaben« auch öfter.

An diesem Tag im Januar wurde es früh dunkel. Nachdem Frau Mangold Franziska die Wohnung gezeigt hatte – zwischendurch fragte sie mehrfach, ob sie »sich das denn vorstellen« könne –, begaben sie sich wieder an den Esstisch. Franziska erwartete, dass sie ihr einen zweiten Kaffee anbieten würde und noch mehr Kekse, es war ungefähr vier Uhr am Nachmittag, aber Frau Mangold verschwand für einen Moment in ihrer Küche und kehrte nicht mit

Kaffee, sondern mit zwei gefüllten Rotweingläsern zurück.

»Es ist doch so ein trüber Tag, und ich dachte, dazu passt ein Glas Wein. Finden Sie nicht? Lassen Sie uns anstoßen. Darauf, dass ich Sie gefunden habe, Marie.«

Kurz nach vier am Nachmittag fand Franziska etwas früh für Wein, aber sie nahm das gereichte Glas und stieß mit Frau Mangold an.

»Marie, ich habe noch eine Frage.« Frau Mangold zögerte, sprach zunächst nicht weiter, leerte stattdessen ihr Rotweinglas zur Hälfte. Franziska hatte zwar keine Idee, was nun käme, war aber sofort alarmiert. »Es ist eher eine Bitte. Wir sind uns jetzt doch einig geworden, auch über das Geld. Könnten Sie mir vielleicht … also, das ist mir sehr unangenehm … ich weiß auch gar nicht, wie ich das sagen soll … wenn Sie sich vorstellen können, hier in meiner Wohnung zu … wie soll ich das sagen?«

Sag es doch endlich, dachte Franziska.

»Könnten Sie mir vielleicht Ihren Personalausweis zeigen? Oder Ihren Reisepass oder Führerschein?« Frau Mangold trank ihr Glas aus. »Oder vielleicht reicht ja auch ein Büchereiausweis oder so was … wenn Sie sich vorstellen können, hier in meiner Wohnung zu … ich gebe Ihnen dann natürlich meinen Schlüssel. Das klingt ganz schrecklich, das klingt so, als würde ich Ihnen nicht vertrauen, was ganz und gar nicht der Fall ist, wirklich nicht, Marie! Das ist mir sehr unangenehm, ich bin doch nicht die

Polizei … aber ich glaube, das macht man so, oder? Und Leonie meinte, darauf soll ich bestehen.«

Frau Mangold lachte verlegen. Franziska lachte mit. Jetzt hatte sie erst recht keine Lust mehr, jemals diese Nichte kennenzulernen. Frau Mangold bemerkte ihr leeres Glas, stand auf und verschwand in der Küche. Auch Franziska trank aus. Viel zu schnell.

Was sollte sie jetzt tun?

Sie hatte ihren Personalausweis zwar nicht im Münsterland hinter der Badewannenfliese versteckt, er befand sich sogar hier vor Ort, im Rucksack zu ihren Füßen neben Frau Mangolds Esstisch, aber in ihrem Ausweis hieß sie nicht Marie Weber, sondern Franziska Oswald, gemeldet in Senden in Westfalen, Kreis Coesfeld. Dass sie noch nicht dazu gekommen war, sich umzumelden, ließe sich erklären, nicht aber der Name.

Was sollte sie jetzt nur tun?

Es war kaum davon auszugehen, dass Frau Mangold ihr – berechtigtes – Anliegen in der Küche vergessen hätte. Franziska wurde so heiß, als wäre sie bereits der Lüge überführt worden. Sie sollte das Ganze hier abbrechen und gehen. Einfach aufstehen, ihren Rucksack nehmen, ihre Jacke von der Garderobe und verschwinden. Verlasse sofort diesen Ort. Putze nicht bei Frau Mangold. Ziehe keinen Putzlohn ein.

Frau Mangold kam mit der Flasche zurück, schenkte ihnen beiden nach und setzte sich. Franziska erkundigte sich nach ihrem gestrigen Schwächeanfall, bevor das Gespräch wieder auf den Personalausweis kam, obwohl sie natürlich wusste, dass das Thema damit nicht vom Tisch war. Es war bestenfalls für ein paar Minuten aufgeschoben. Sie fragte, ob sie beim Arzt gewesen sei oder zumindest einen Termin ausgemacht habe. »Ich habe mir nämlich wirklich Sorgen um Sie gemacht«, sagte sie. Die Besorgnis schmückte sie noch ein wenig aus, machte sie dramatisch. »Ich konnte gestern kaum einschlafen.« Gestern hatte sie zwar tatsächlich nicht einschlafen können, aber das lag nicht an Frau Mangold. Franziska konnte an keinem Abend einschlafen.

Frau Mangold sagte, es gehe ihr gut, sie wisse auch nicht, was das gewesen sei, das sei ihr noch nie passiert, den Arztbesuch werde sie nachholen, ganz sicher, »machen Sie sich keine Sorgen, bloß nicht, Leonie hat schon mit mir geschimpft« – als würde Franziska sich ernsthaft Sorgen um eine Wildfremde machen –, der Arztbesuch stehe oben auf ihrer Liste – offenbar hatte sie ein Faible für Listen –, zumindest fast, denn *ganz* oben stehe sie. Marie.

»Sie haben mich ja gerettet!«

Hatte sie das nicht schon gestern dauernd gesagt? Franziska musste sich bald zu ihrem Ausweis äußern. Lange ging das Ich-habe-mir-solche-Sorgen-um-Sie-gemacht nicht mehr gut.

»Stellen Sie sich vor, ich habe mein Portemonnaie vergessen.« Etwas Besseres fiel ihr auf die Schnelle nicht ein. Es war so blöd, dass es möglicherweise schon wieder glaubhaft klang. Sie konnte Frau Mangold auf nächste Woche vertrösten und ihr versichern, sie werde dann natürlich den Ausweis mitbringen – und einfach nie mehr wiederkommen. So hätte sie zumindest heute ihr Gesicht gewahrt. »Ich bin ohne Geld losgegangen. Es war wohl alles so aufregend, Ihr Schwächeanfall und dass ich Sie gleich am nächsten Tag besuche –« Franziska versuchte, genauso verlegen zu lachen wie Frau Mangold. »Ich bin die ganze Strecke schwarz mit der U-Bahn gefahren, stellen Sie sich das mal vor! Das ist eigentlich undenkbar für mich. Na, wenigstens an meinen Schlüssel habe ich gedacht.«

»Von Ihrer Wohnung in Schöneberg.«

Bildete sich da eine Falte des Zweifels zwischen Frau Mangolds Augenbrauen?

»Genau, von meiner Wohnung in Schöneberg.«

Frau Mangold nahm einen großen Schluck Wein und blickte an Franziska vorbei in eine entlegene Ferne. Oder vielleicht auch auf ein Regal oder irgendeine andere Oberfläche, die dringend abgestaubt werden musste. Oder sie dachte an Klaus, ihren verstorbenen Mann. Oder daran, was ihre Nichte wohl von all dem halten würde. Oder, das war natürlich auch möglich, sie fragte sich, weil sie ja so nett war, so scheißnett, wie sie Franziska jetzt auf elegante und höfliche Weise loswerden könnte. Franziska wäre es recht gewesen, trotz des Geldes. Sie hatte von Anfang an nicht bei ihr putzen wollen. Genau besehen war sie nur widerwillig hier. Frau Mangold musste im Alter ihrer Mutter sein oder nur unwesentlich jünger. Den aufkommenden Gedanken an ihre farblose, schwache Mutter, die sich seit Jahrzehnten ihrem Vater klaglos unterordnete, verscheuchte Franziska. Bislang hatte Frau Mangold sich noch nicht nach ihrer Familie erkundigt, aber das würde sicher noch kommen. Oder auch nicht. Wenn sie Franziska jetzt gleich bat zu gehen und entschuldigend und selbst dabei noch scheißnett erklärte, dass sie wohl doch nicht miteinander ins Geschäft kämen.

»Ich kann Sie natürlich unmöglich ohne Fahrschein zurückfahren lassen.« Frau Mangold stand auf, ging in die Diele und kramte dort eine Weile herum. Sie kam mit einem Zehn-Euro-Schein zurück, den sie neben Franziskas Glas legte.

»Hier, das ist zwar nicht viel, aber betrachten Sie es als kleinen Vorschuss für das –«

Putzen.

»Also, natürlich ist das kein Vorschuss«, korrigierte sie sich schnell, »sondern ein, äh, Geschenk. Und nächsten Dienstag kommen Sie um neun zu mir. Aber dann bitte mit Fahrschein!« Sie hob in gespielter Strenge den Zeigefinger und lachte wieder verlegen. »Lassen Sie uns noch mal darauf anstoßen, dass wir uns gefunden haben.«

Franziska stieß zum zweiten oder dritten Mal mit Frau Mangold an, weil sie sich *gefunden* hatten, und bald darauf war die Flasche leer. Frau Mangold holte eine zweite aus der Küche – Franziska hatte den Eindruck, als schwankte sie leicht – und schenkte wieder nach. Sie fragte gar nicht erst, ob Franziska auch noch etwas wolle. Dann zog sie einen Schlüsselring mit zwei Schlüsseln aus der Hosentasche und legte ihn auf den Zehn-Euro-Schein, den Franziska noch nicht angerührt hatte. Wäre sie bald so weit, wenn ihr das Geld ausging, gierig nach einem Zehn-Euro-Schein zu greifen?

»Einer für unten, einer für die Wohnungstür. Die Schlüssel hatte bis vor Kurzem Sabine. Sabine Kessler. Sie hat mich ein wenig enttäuscht. Aber das erzähle ich Ihnen ein andermal. Ich will jetzt nicht über Sabine reden. Ich schreibe Ihnen in den nächsten Tagen die Liste, was Sie alles beachten müssen. Die liegt dann am Dienstag bereit.«

Was immer Sabine Kessler angestellt hatte, oder unterlassen, Enttäuschung wog bei Frau Mangold offenbar schwer und hielt lange an.

Sie sprachen eine Weile über die Alte Nationalgalerie, über Caspar David Friedrich, über Böcklins *Toteninsel*. Menschen, die ins Museum gehen, sind gute Menschen, behauptete Frau Mangold. Franziska erwähnte das kleine Stillleben und beschrieb den Rotweinkelch, in dem sich der Maler zu spiegeln schien. Sie wollte nicht hier sein, in dieser teuer eingerichteten Wohnung, aber sie musste zugeben, dass sie es genoss, zum ersten Mal seit zwei Monaten eine Unterhaltung zu führen.

Sie lachten, als wäre es ungeheuer komisch, dass sie jetzt selbst vor Rotweingläsern saßen, und für einen winzigen Moment, der ungefähr dreißig Sekunden dauerte, oder vielleicht maximal ein, zwei Minuten, fühlte Franziska sich richtig wohl. Frau

Mangold sagte, sie kenne das Bild gar nicht, werde es sich aber demnächst ansehen. Sie könnten es ja auch gemeinsam tun. Was meinen Sie, Marie? Das wäre doch schön! Sie tranken noch mehr Rotwein, bis Franziska schwindelig wurde. In den Beinen spürte sie eine angenehme Leichtigkeit. Und im Kopf. Alkohol machte geschwätzig und unvorsichtig. Sie musste auf der Hut sein. Frau Mangold hatte jetzt besonders rote Bäckchen. Sie fragte weder nach Franziskas Adresse noch nach ihrer Telefonnummer. Und auch der Ausweis schien vergessen. Ging das wirklich so einfach?

In Dahlem waren auch um diese Zeit viele Studierende unterwegs, aber Franziska hatte nun keinen Blick für sie. Ausnahmsweise war sie nicht von Sehnsucht und Neid zerfressen. Sie dachte nicht an das Soziologie-Institut in Münster, ihre Heimat seit Studienbeginn, ihre einzige wirkliche Heimat, nicht an ihren Chef, an Evi und Sebastian, an Johannes erst recht nicht, sondern an Frau Mangold. Sie griff in ihre Tasche und befühlte die beiden Schlüssel. Sie hatte sich genau das eingehandelt, was sie unter allen Umständen vermeiden wollte: einen Kontakt.

Wie auf dem Hinweg veränderten sich die Fahrgäste in der U-Bahn, diesmal nur leider anders herum – von gut gekleidet und zivilisiert zu abgerissen, verhaltensauffällig und laut. Franziska versuchte, nicht darauf zu achten. Sie musste sich ohnehin langsam daran gewöhnen. Und als sie das letzte Stück zu ihrer traurigen Behausung ging, die ihr insgesamt wesentlich kleiner vorkam als Frau Mangolds Wohnzimmer, oder vielleicht sogar kleiner als ihr Esszimmer, in dem sie den Wein getrunken hatten, fiel ihr dieses Mädchen auf. Sie war ihr schon mehrfach über den Weg gelaufen. Vielleicht irrte Franziska sich auch. Diese Teenager sahen ja alle gleich aus. Und der Wein bei Frau Mangold hatte sie träge und schläfrig gemacht.

Die Stadt hatte etliche Millionen Einwohner, wie viele genau, wusste Franziska nicht, weil es sie nicht interessierte. Genug jedenfalls, um sich nicht zufällig zu begegnen. Ganz anders als in Münster und erst recht in Senden. Franziska mochte das Kleinstädtische, Überschaubare, die kleinen roten Backsteinhäuser und die ordentlichen Gärten, und vermisste es. Vermisste es schmerzhaft. Sie war kein Großstadtmensch. Appelhülsen, Bösensell, Havixbeck, Nottuln und wie es alles hieß, es klang provinziell. Aber klangen Wuhlheide, Rixdorf, Schmargendorf, Rummelsburg und Krumme Lanke wirklich so viel besser?

Doch sie musste froh sein über den Ozean der Anonymität, der sie aufgenommen hatte und schützte. In Berlin konnte sie niemandem über den Weg laufen, weil sie keinen hier kannte. Mit Ausnahme von Frau Mangold, die sie allerdings wohl kaum in Neukölln antreffen würde. Franziska konnte sich Frau Mangold in Neukölln einfach nicht vorstellen.

Und mit Ausnahme dieses Mädchens. Ein schmuddeliger Teenager mit dauermürrischem Gesicht. Sie sah ein wenig verwahrlost aus, als würde sich niemand richtig um sie kümmern. Sie nickte ihr zu, kaum merklich, aber es reichte, um Franziska zu erschrecken. Frau Mangolds Barolo hatte ihr Denken verlangsamt. Als es wieder einsetzte, war sie überzeugt, das Mädchen meinte gar nicht sie. Warum sollte sie gemeint sein? Aber weit und breit war kein anderer zu sehen.

War das eine Art Gruß? He, wir kennen uns? Vermutlich sollte es total erwachsen wirken. Oder es war etwas ganz anderes, das nichts mit Franziska zu tun hatte. Ein unkontrolliertes Wackeln des Kopfes, wobei das Mädchen für Parkinson eindeutig zu jung war. Für Drogen sicher nicht. Begleitet wurde das Nicken von einem Lächeln. Zumindest erinnerte es entfernt an Lächeln. Eigentlich war es eine Grimasse. Eine Grinsegrimasse. Wie aus einem sehr schlechten Horrorfilm. Auffordernd. Aggressiv. Und auch ein bisschen ekelhaft, fast obszön.

7

Etwas mit der verlorenen Frau zu veranstalten – hierbei wusste sie allerdings noch nicht so genau, was –, würde Sina von ihrer Langeweile erlösen. Von der elenden Langeweile und der ganzen anderen Scheiße. Von der Schule. Dem Drecksloch. Ihrer Mutter. Und ja, auch von Bobby.

Nachdem sie die verlorene Frau im Dezember im Elektronikmarkt in den Neuköllner Arcaden sofort wiedererkannt hatte, war sie ihr draußen eine Weile gefolgt. Die Frau ging die Karl-Marx-Straße entlang und wirkte wie eine Art Roboter. Sie sah nicht zur Seite, betrat kein Geschäft, ging einfach stur geradeaus. So schnell, dass Sina Mühe hatte, sie nicht aus den Augen zu verlieren. Und als sie sich zu wundern begann, wie die Frau in diesem Tempo ohne Kollisionen an den vielen Leuten vorbeikam, rempelte sie prompt jemanden an. Soweit Sina erkennen konnte, entschuldigte sie sich nicht. Sich nicht zu entschuldigen, fand sie ja ganz in Ordnung, sogar gut, auch Sina entschuldigte sich nach Möglichkeit nie, bei einer Erwachsenen allerdings war es ungewöhnlich.

Es wiederholte sich noch ein paar Mal. Nicht ausweichen, anrempeln, ohne ein Wort weitergehen.

Die Frau war Sina von Anfang an unheimlich gewesen. Drogen? Psychopillen? Komplett gestört? Alles zusammen? Offenbar ein noch schlimmerer Fall, als sie zuerst gedacht hatte. Doch sie war nach wie vor gut gekleidet, zu gut für diesen Teil Neuköllns. Sie war auch noch nicht alt, jedenfalls nicht so alt wie Leute, die Worte wie Disco, Jeansladen und Arschgeige benutzten, und auch jünger als Sinas Mutter, die Schlampe. Oder sie hatte sich besser gehalten. Irgendwann begannen sie alle zu vertrocknen. Oder sie wurden wabbelig. Sina würde das nicht passieren. Zumindest konnte sie sich das nicht vorstellen.

Eine Weile gefiel ihr die Verfolgung noch. Wie im Fernsehkrimi. Aber bald hatte sie keine Lust mehr. Wollte die Frau kilometerweit zu Fuß gehen? Ohne die U-Bahn zu nehmen oder ein Taxi, ohne irgendwo endlich eine Haustür aufzuschließen? Sina zweifelte nicht daran, dass es eine Haustür gab, zu der sie den Schlüssel hatte. So, wie sie gekleidet war, lebte sie weder auf der Straße noch in irgendeiner Anstalt.

Als sie am U-Bahnhof Karl-Marx-Straße immer noch unbeirrt weiterging, stellte Sina die Verfolgung ein. Vorerst. Sie verlor schnell die Lust, egal, worum es sich handelte.

Das Projekt Verlorene-Frau-Verfolgen hatte sie danach eine Weile ad acta gelegt. Sie würde sie ganz sicher nicht draußen suchen, ohne irgendeinen Anhaltspunkt, wer war sie denn, sondern es darauf ankommen lassen. So interessant war sie ja auch nicht. Wenn sie ihr nie wieder über den Weg lief, gut, dann war's das mit ihr. Und wenn doch – und von dieser Möglichkeit ging Sina fest aus –, musste sie ernsthaft den zweiten Teil angehen. Doch vorher brauchte sie einen Plan.

Sina behielt recht. Sie traf die Frau tatsächlich in den folgenden Wochen. Mehrmals. Zu den verschiedensten Tageszeiten. Musste sie denn nicht arbeiten? Ihr Gesicht hatte Sina sich inzwischen gut eingeprägt, auch ihren Gang. Aber entweder war Bobby dabei – mit ihm hätte Sina das straffe Tempo, das die Frau an den Tag legte, keine fünf Minuten beibehalten können –, oder es passte aus anderen Gründen nicht. Weil es regnete. Weil es zu kalt war. Weil Sina einfach keine Lust hatte. Weil der Plan noch nicht ausgereift war. Für Grausamkeit musste man sich vorher genauso warmmachen wie für eine sportliche Leistung. Und konzentrieren. Grausamkeit kam nicht einfach so von selbst. Sonst könnte es ja jeder.

Sie wollte die Frau nicht nur verfolgen, das war ja Kinderkram. Sie wollte sie zu Tode erschrecken. Und in die Enge treiben. Sie mit irgendeiner Waffe bedrohen, über die es noch nachzudenken galt. So nach dem Motto, rück dein Geld raus und dein Handy, sonst mach ich dich kalt. Die verlorene Frau hatte bestimmt ein nagelneues Smartphone. Sina könnte sie zwingen, einen Teil ihrer Klamotten auszuziehen, auch die Schuhe, sodass sie halbnackt und auf Socken durch Neukölln marschieren musste. Eine befriedigende Fantasie. Sina würde sie filmen und ihre Kleider einstecken. Ihre Mutter würde es sowieso nicht interessieren, woher sie stammten. Sinas Mutter bekam schon lange nichts mehr mit und existierte nur noch in ihrem eigenen stinkigen Dunstkreis. Allerdings entsprach die Kleidung der verlorenen Frau nicht ganz Sinas Altersklasse. Aber was sie damit anstellte, konnte sie sich später überlegen.

Bedauerlicherweise war Sina in all dem weitaus weniger geübt, als sie es sich wünschte. Bislang war sie immer Impulsen gefolgt und nie einem Plan. Ein ausgeklügelter Plan war etwas ganz Neues.

An den Feiertagen vergaß sie die Frau vorübergehend. Weihnachten verlief so unerfreulich wie erwartet. Inzwischen machte Sina sich auch keine großen Hoffnungen mehr. Nicht einmal kleine. Sie schlug nicht mehr vor, die Wohnung weihnachtlich zu dekorieren wie vor ein paar Jahren, als sie noch naiv und gutgläubig gewesen war. Ein Kind. Sie wusste, was ihre Mutter erwidern würde: Brauchen wir nicht. Kitschig. Als Kind hatte Sina manchmal selbst im feuchten Keller nach der Kiste mit dem alten Weihnachtsschmuck gesucht. Damals hatte ihre Mutter wenigstens noch so getan, als würde sie sich darüber freuen. Das ganze glitzernde Zeug war schon lange nicht mehr aufgetaucht, mit Ausnahme eines Strohengels von Sinas Großeltern, bis auch der für immer im Keller gelandet war. Oder im Müll.

Sina hatte sich gewundert, dass es überhaupt Geschenke gab und ihre Mutter nicht auch noch dieses fundamentale weihnachtliche Element vergessen hatte. Turnschuhe für sie. Erstaunlicherweise sogar die, die sie sich gewünscht hatte. Und in der richtigen Größe. Sinas Mutter kannte ihre Schuhgröße, yippie! Ein neues Smartphone wäre besser gewesen, aber Sina wollte nicht undankbar sein. Außerdem käme sie bald ja vielleicht auf anderen Wegen an ein teures Smartphone. Sie hielt ihrer Mutter zugute, dass sie überhaupt an Geschenke gedacht hatte. Eigentlich musste man sich schon freuen, wenn ihre Mutter morgens aufstand und nicht den ganzen Tag im Bett blieb.

An Weihnachtsdekoration konnte sie sich fast nicht mehr erinnern. Woran man sich nicht mehr erinnern konnte, vermisste man ja auch nicht, oder? Inzwischen tat Sina es auch als peinlich ab. Sie hätte niemals zugegeben, nicht einmal vor sich selbst, dass sie sich in Wahrheit jedes Jahr aufs Neue danach sehnte, sich also durchaus noch erinnern konnte. Gegenüber ihren Schulfreundinnen, blöde Bitches, zeigte sie nur Verachtung, wenn die von geschmückten Wohnungen erzählten, von ihren verdammten glücklichen Familien, von besonders großen Christbäumen, sooo groß, fast bis zur Decke!, und behauptete, Weihnachtsschmuck sei wirklich das Allerletzte, nur was für alte Leute oder totale Spießer oder Schwule.

Die Tage zwischen Weihnachten und Silvester waren ereignislos verlaufen. Sina war vor allem langweilig gewesen. Ein wohlvertrautes Gefühl. Manchmal schlug die Langeweile aus heiterem Himmel in Wut um. Sina wurde dann so wütend, dass sie am liebsten alles kurz und klein geschlagen hätte. Die

Wut stieg aus ihrem Inneren empor, tief in ihr drin musste es einen Quell dafür geben, eine Drüse, die permanent Wut produzierte, eine entlegene Stelle, an die sie nicht herankam, wie ein Pickel am Rücken, den man spürte, aber nicht ausdrücken konnte. Vielleicht waren es aber auch einfach nur die schlechten Gene der alten Schlampe.

Eine Weile hatte sie auf ihrem Bett gelegen und versucht zu lesen, sich aber nicht allzu lange konzentrieren können. Lesen war nichts für sie. Sie mied ihre Mutter, was umgekehrt auch der Fall war. Sina wollte gar nicht, dass ihre Mutter sich mit ihr abgab. Jetzt nicht mehr. Die Zeiten waren lange vorbei.

Silvester trieb Sina sich schon tagsüber herum. Es machte ihr Spaß, den Leuten Knaller vor die Füße zu werfen, zu sehen, wie sie erschraken und wie Hasen zur Seite hopsten. Nachmittags war auf den Straßen allerdings noch nicht viel los gewesen. Am frühen Abend ging sie nach Hause und aß mit ihrer Familie zu Abend. Sehr brav. Geradezu vorbildlich. Ihre Mutter hatte erstaunlicherweise ein Abendessen hinbekommen – Fischstäbchen, die Hälfte davon angebrannt – und so getan, als wären sie eine ganz normale glückliche Familie. »Cousinenfische!«, krähte Toni vergnügt, und, in einem fort: »Das ist das letzte Essen! Das letzte Essen dieses Jahr! Wir kriegen dieses Jahr nichts mehr zu essen!« – bis er damit allen auf die Nerven ging. Toni war noch zu klein, um sich an etwas zu stören. Er kannte es ja auch nicht anders. Bobby reichte es meistens, wenn man ihm zeigte, dass man ihn mochte. Zuneigung war für Bobby eine Art Lebenselixier, das ihn nährte. Sina liebte ihn. Manchmal wäre sie ihn aber auch gern los gewesen. Bobby war lieb und lästig. Beides gleichzeitig. Und so bedürftig. Mit seinen immer freundlichen Augen, nicht nur freundlich, sondern auch gütig, als steckte eine ungeahnte Weisheit dahinter, und seiner strikten Weigerung, etwas Böses in Menschen zu sehen.

Auch am Silvesterabend räumte Sina nach dem Essen die Küche auf und wusch das Geschirr – der Geschirrspüler war schon seit Monaten defekt –, gab sich aber nicht so viel Mühe wie sonst. Sollte doch alles verdrecken. Bis sich irgendwann das Ungeziefer überall breitmachte. Lange würde das nicht mehr dauern. Aber vielleicht wäre Sina bis dahin auch nicht mehr hier.

Ohne sich zu verabschieden, verzog sie sich wieder nach draußen. Sie sagte ihrer Mutter nicht, wohin sie ging und wann sie wiederkam. Sie wusste ja auch gar nicht, wann sie wiederkäme. Und ob überhaupt. Es interessierte ihre Mutter sowieso nicht. Das Denken ihrer Mutter kreiste nur um eine einzige Person auf diesem Planeten, sich selbst. Sina sagte nicht einmal Bobby tschüs, weshalb sie draußen eine Weile das schlechte Gewissen plagte. Bobby konnte schließlich nichts dafür. Für gar nichts. Bobby am allerwenigsten.

Draußen ohne Ziel herumzugehen, wurde ihr bald langweilig. Diese verdammte Langeweile, sie war Sinas zweite Natur. In der Schule hatte jemand von einer privaten Party in einer Seitenflügelwohnung in der Skalitzer Straße erzählt. Wie gut, dass Sina sich geistesgegenwärtig die Hausnummer notiert hatte. Mit einem schwarzen Edding auf ihrem weißen T-Shirt. Sie machte sich auf den Weg zur Skalitzer, an den Füßen die neuen Turnschuhe. Es war erst gegen neun, aber in Neukölln und Kreuzberg wurde schon so viel Feuerwerk gezündet wie um Mitternacht. Die Luft war verqualmt, und es roch nach Krieg. Zumindest stellte sich Sina das so vor. Sie mochte es. Sie wusste nicht, wer in der Skalitzer Straße überhaupt wohnte, aber das war auch egal. Hauptsache, nicht zu Hause. O Gott, mit ihrer Mutter aufs neue Jahr anstoßen, was für ein Albtraum.

Als sie ankam, musste sie nirgendwo klingeln, was auch gut war, weil sie nur die Hausnummer wusste und keinen Namen. Die Haustür stand auf. Anhand der Lärmspur fand Sina die Wohnung sofort. Unten durchs Vorderhaus und dann in den Hof. Die Wohnung gleich unten im Erdgeschoss. Auch hier war die Tür nur angelehnt. Der Lack blätterte großflächig an ihr ab. Stimmen aus der Wohnung drangen bis ins Treppenhaus, laute Musik, Zigarettenrauch. Sina trat ein, ohne zu klingeln oder zu klopfen. Hätte sowieso keiner gehört.

Die Wohnung stank und war völlig verdreckt, dagegen war ihre eigene Wohnung ein Ausbund an Sauberkeit. Sinas neue Turnschuhe blieben bei jedem Schritt am Holzboden kleben. Offenbar gab es nur ein einziges Zimmer und eine kleine Küche. Die meisten Leute drängten sich in dem Zimmer. Sina blieb erst einmal in der Diele stehen. Jemand reichte ihr ein Bier. Kurz darauf hielt ihr ein anderer seine geöffnete Handfläche hin. In dem schummrigen Licht konnte Sina nicht erkennen, was dort lag. Irgendeine Pille. Sie lehnte ab. Vielleicht später. Das Bier trank sie in wenigen großen Schlucken aus und nahm sich aus einem der Kästen in der Küche ein neues. Ein nerviger Typ fragte, ob er ihr beim Öffnen behilflich sein solle, dabei konnte Sina das mit einem Feuerzeug selbst. Das Bier war viel zu warm. Sina blieb in der Küche. Und irgendwann, inzwischen war sie beim dritten Bier angelangt, weil sie wie eine Verdurstende trank, landete sie mit dem Feuerzeugtypen halb in der Speisekammer, die an die Küche grenzte und sich als winziges Bad herausstellte, auf dem klebrigen Fußboden. Der Typ schnaufte ihr ins Ohr und fing an, Sina zu begrapschen. Sie wunderte sich, warum er so seltsam redete, bis sie kapierte, dass er englisch sprach. Hätte sie in der Schule besser aufgepasst, könnte sie jetzt eine gepflegte Unterhaltung mit ihm führen. Ein Splitter der rissigen Dielen bohrte sich in ihre Handfläche. Von dem, was der Typ erzählte, verstand sie nur die Hälfte, wenn überhaupt. Aber wahrscheinlich war es auch gar nicht wichtig. Er war eindeutig nicht von ihrer Schule, zu alt. Von ihrer Schule hatte Sina hier überhaupt noch keinen gesehen. Der Splitter tat weh. Aber da Sina jetzt das vierte Bier trank und so viel in so kurzer

Zeit nicht gewöhnt war, merkte sie es nicht so. Oder war es schon das fünfte? Der englisch sprechende Typ und sie fingen an zu knutschen. Er war nicht gerade das Beste, was ihr bisher untergekommen war, aber egal. Auch das merkte Sina nach dem Bier nicht mehr so deutlich. Es passte zu diesem Abend. In dem winzigen Bad roch es nach Schimmel und Pisse. Als der Typ energischer wurde, seine Hand erst unter ihren Pullover schob und dann in ihren Hosenbund, rutschte sie auf dem Hintern ein Stück von ihm weg. Ein anderer kam und sagte, er müsse pissen und sie sollten verschwinden.

Sina nutzte die Gelegenheit, stand auf, leicht schwankend, und ging in das einzige Zimmer. Dort beratschlagten gerade ein paar Leute, ob sie um zwölf vor die Tür gehen sollten. Zwölf war bald. Sina schloss sich ihnen an, auch, um dem englisch sprechenden Typen aus dem Weg zu gehen. Sie trank jetzt kein Bier mehr, sondern Cola-Rum. Oder eher Rum-Cola. Ihr Mund war ganz klebrig. Kam vielleicht auch von der englischen Spucke.

Auf der Skalitzer Straße bewarfen sie vorbeigehende Leute und Autos mit allem, was knallte und zischte. Ein Rudel Türkenjungs tat es ihnen gleich und bewarf sie, woraus eine kleine Schlacht wurde. Die Luft war jetzt komplett von Rauch erfüllt, als wäre sie nicht mehr gasförmig, sondern fest. Sina gefiel das. Endlich was los. Es hätte gut gepasst, wenn ausgerechnet jetzt die verlorene Frau aufgekreuzt wäre. An die hatte sie ewig nicht mehr gedacht. Sina fiel etlichen Fremden um den Hals, wobei sie sich nicht vorstellen konnte, dass irgendetwas im neuen Jahr gut werden würde. Den Typen aus dem Bad sah sie nicht mehr. Entweder war er nicht mit nach draußen gekommen oder schon weg.

Die Übelkeit, die sich in der schmutzigen Wohnung angekündigt hatte, verstärkte sich, vor allem, weil jetzt Sektflaschen herumgereicht wurden und Sina kräftig zulangte. Irgendwann konnte sie nicht mehr. Ihr war kotzübel. Sie ging, ohne sich von jemandem zu verabschieden, in Richtung Neukölln. Unterwegs erbrach sie sich mitten auf dem Gehweg. Ein Dreiergespann, zwei Typen und eine kichernde Tussi, sah sie angeekelt an. Der Splitter in ihrer Handfläche begann zu pochen. Es dauerte ewig bis nach Hause, aber das stumpfsinnige Voreinandersetzen der Füße, links, rechts, links, rechts, tat Sina gut. Verdammt, ihre neuen Turnschuhe hatten auch was von der Kotze abbekommen.

Immer noch betrunken und mit vielfältigen widerlichen Geschmacksrichtungen im Mund ging sie zu Hause die Treppe nach oben und schloss so leise wie möglich die Wohnungstür auf. Drinnen war alles dunkel. Wusste sie es doch. Niemanden hier interessierte, wann Sina kam und ging. Nicht einmal Bobby. Sie stolperte in ihr Zimmer und schloss die Tür hinter sich.

Ihr war immer noch übel. Sie besah sich ihre Handfläche. Die Stelle, an der der Splitter in die Haut gedrungen war, war gerötet. Sie suchte lange nach einer Pinzette, fand sie endlich und hantierte im Schein der Nachttischlampe damit herum. Es war zu dunkel und Sina zu betrunken, sie bekam den Splitter nicht zu fassen und wurde wütend. Auf sich. Auf den Splitter. Auf die Wohnung in der Skalitzer Straße. Auf den englisch sprechenden Typen und die drei, die sie draußen herablassend und voller Ekel gemustert hatten. Auf ihre Mutter. Auf ihre Mutter war Sina fast immer wütend. In dieser Neujahrsnacht wurde sie sogar wütend auf die verlorene Frau, obwohl sie sie gar nicht kannte.

Ihre Mutter stellte ihr am Neujahrsmorgen keine Fragen, aber damit hatte Sina auch nicht gerechnet. Ihre Übelkeit war immer noch nicht verflogen, und sie hatte den halben Tag Kopfschmerzen. Bobby hing wie eine Klette an ihr. Immerhin war also doch jemandem ihr Fehlen aufgefallen. Sie wusste nicht, warum er sie, und nur sie, so abgöttisch liebte.

In den kurzen Weihnachtsferien vergaß Sina die verlorene Frau. Das heißt sie vergaß sie nicht wirklich, aber sie kam ihr so vor wie eine Spukgestalt, die gar nicht richtig existierte, als wäre sie jemand aus so einem blöden Buch. Ihren Plan, den sie sich für die Frau zurechtlegen wollte, vergaß sie auch. Oder er war nicht mehr wichtig.

Und dann, an einem dunklen Tag im Januar, als die Schule längst wieder angefangen hatte und Sina es hinauszögerte, nach Hause zu gehen, begegnete sie ihr. Sina war abgelenkt, weil sie gerade darüber nachdachte, ob ihre Mutter heute Abend wohl etwas anderes als Tiefkühlpizza auf den Tisch brachte, aber sie schaltete trotzdem schnell. Sie wog die Möglichkeiten ab. Die Situation wäre einerseits günstig gewesen, weil nur wenige Leute unterwegs waren. Andererseits hatte sie nichts bei sich, was auch nur entfernt als Waffe hätte dienen können. Oder ging es auch ohne? Improvisieren? Nein, besser nicht. Und über einen Plan verfügte sie ja auch noch nicht. Sina begnügte sich an diesem Tag damit, der Frau unmissverständlich klarzumachen, dass sie sie kannte und dass sie sich künftig in Acht nehmen musste, bei jedem Schritt, den sie draußen machte.

8

Franziska hatte sich vorher natürlich Gedanken darüber gemacht, was sie anziehen sollte. Putzen war ein schmutziges Geschäft, auch wenn Frau Mangolds Wohnung vergangene Woche recht sauber gewirkt hatte. Sie konnte ja nicht mehr auf ihren Kleiderschrank im Haus in Senden zurückgreifen. Sie war mit sehr wenig hier angekommen. Sollte sie in Putzfrauenkleidung in die U-Bahn steigen? Auf gar keinen Fall. Gab es überhaupt Putzfrauenkleidung? Was hatte sie denn in Senden beim Putzen getragen? Seltsam, es lag doch gar nicht so lange zurück, aber sie konnte sich nicht mehr erinnern. Das, was ihrer Vorstellung davon am ehesten entsprach, musste sie sich erst kaufen. Am Samstag vor ihrer ersten Schicht – Schicht, Termin, Dienst an der Wohnung, wie nannte man das? – ging Franziska zu Karstadt am Hermannplatz, suchte dort lange in der Sportabteilung, fand die Sonderangebote und wählte ein heruntergesetztes kariertes Hemd, wie man es zum Wandern trug, und eine unförmige hellgraue Hose aus grober, billiger Baumwolle, fünfzig Prozent reduziert.

Genau genommen war es egal, was sie trug, da sie Frau Mangold gar nicht zu Gesicht bekäme. Sie war bei der Arbeit, während Franziska ihre Wohnung putzte. Deswegen hatte sie den Schlüssel. Aber Überlegungen zur Kleidung und der Ausflug zu Karstadt lenkten Franziska von ihren sich im Kreis drehenden Gedanken ab.

Sie fuhr wieder den langen Weg von Neukölln nach Dahlem, diesmal auf die unsichtbaren Grenzen vorbereitet, hinter denen die Fahrgäste angenehmer wurden. Als sie bei Frau Mangold ankam, klingelte sie vorsichtshalber, obwohl sie den Schlüssel bereits aus dem Rucksack geholt hatte und ihn gerade unten ins Schloss stecken wollte.

Zu Franziskas Überraschung – und auch zu ihrem Entsetzen – wurde der Türöffner betätigt. Sie sah auf die Uhr. Zehn Minuten vor neun. Sie war zehn Minuten zu früh. War Frau Mangold noch nicht zur Arbeit aufgebrochen? Oder, noch schlimmer, erwartete Franziska oben diese Nichte, von der sie dauernd redete? Um sie zu beaufsichtigen?

Nicht dass sie besonders gern putzte, aber auf die wenigen Stunden in Frau Mangolds Wohnung, ihrer leeren Wohnung wohlgemerkt, hatte sie sich fast gefreut. *Gefreut*, was für ein fremd gewordenes Gefühl. Sich auf etwas zu freuen kam in Franziskas Leben nicht mehr vor. Alle Gedanken an die Ausweiskontrolle, die noch ausstand, hatte sie bisher erfolgreich verdrängt. Sie war fest davon ausgegangen, Frau Mangold heute nicht anzutreffen. Franziska würde gut putzen, natürlich würde sie das, besonders gut, und angesichts dieser herausragenden Leistung hätte

Frau Mangold alsbald vergessen, dass sie sich nicht ausgewiesen hatte.

War sie deswegen noch zu Hause? Weil sie endlich Franziskas Ausweis sehen wollte? Und dann? Sollte sie etwa schon wieder behaupten, dass sie ihr Portemonnaie vergessen hatte?

Vielleicht würde erst heute das passieren, womit Franziska schon letzte Woche gerechnet hatte. Dass sie wieder umkehrte, bevor sie auch nur einen Finger in der Wohnung gerührt hatte. Das wäre dann der kürzeste Putzjob überhaupt gewesen. Verdienst: zehn Euro Lohn von letzter Woche.

Der Weg in den ersten Stock der Dahlemer Villa war nicht weit, was Franziska bedauerte, sie hätte gern länger Zeit dafür gehabt, ihre Gesichtszüge unter Kontrolle zu bringen und ihre Gedanken zu ordnen, die schon wieder panisch herumstolperten. Sie musste sich mit etwas Unverfänglichem beschäftigen.

Also dachte sie an die verwahrloste Jugendliche. Wie eine Therapieübung. Erstaunlicherweise war das ein guter Trick. Franziska wusste nicht, was sie oben erwartete, Frau Mangold oder die Nichte, sie hielt ihren Blick gesenkt, konzentrierte sich auf jede einzelne Treppenstufe und auf ihre Füße, dachte an diese Jugendliche, oder war sie nicht eher noch ein Kind, an die hässliche Grimasse, ihre leicht verschmutzte Kleidung, und dann war sie oben angelangt und musste ihren Kopf heben.

Hinter der Tür stand Frau Mangold. Ihren Blick konnte Franziska zunächst nicht deuten. Hatte sie sich möglicherweise in der Uhrzeit geirrt? Oder im Tag? Wenn man plötzlich keinen einzigen Termin mehr hatte – und vorher so viele –, war man vom ersten richtigen womöglich überfordert und konnte ihn sich nicht merken. Hatte Frau Mangold warten müssen und war nun verärgert? Aber das konnte nicht sein, schließlich hatte Franziska ihren Schlüssel. Frau Mangold durfte jetzt eigentlich gar nicht zu Hause sein. Offenbar dachte Franziska genauso wie die Putzkräfte in ihrem Institut – ihrem ehemaligen Institut –, dass dies jetzt für die nächsten Stunden ihr Territorium war und niemandes sonst. Das Putzfrauendenken war bereits in sie gesickert, ohne dass sie in der Dahlemer Wohnung bislang auch nur den Staubsauger eingeschaltet hätte.

Aber Frau Mangold war weder gereizt noch verärgert, wie Franziska dann mit Erleichterung feststellte. Sie stand hinter der Tür, eine Kaffeetasse in der Hand, und lächelte Franziska auf ihre übliche freundliche Art an.

»Guten Morgen, Marie, keinen Schreck kriegen! Ich weiß, Sie haben gar nicht mit mir gerechnet. Aber ich habe mir heute den Vormittag freigenommen. Ich dachte, ich muss Sie doch, wie soll ich sagen, einweisen. Dann können wir uns das mit der Liste auch sparen.«

Franziska musste sich endlich an diese fremde Marie gewöhnen. Hatte Frau Mangold das nicht letzte Woche schon getan, sie »eingewiesen«?

Offenbar machte sie keinen begeisterten Eindruck, denn gleich darauf beteuerte Frau Mangold, sie wolle ihr keinesfalls auf die Finger schauen. Sie werde im Esszimmer »Papierkram erledigen«, während Franziska in einem anderen Teil der Wohnung beschäftigt war. Sie wolle sie nicht kontrollieren, ganz sicher nicht.

Natürlich wollte sie Franziska kontrollieren. Oder sie hielt sie für zu dumm, ihre Wohnung zu putzen. Auch fürs Putzen brauche es Intelligenz, hatte sie mehrfach gesagt. Und »den Vormittag freigenommen« – so kurz nach dem Urlaub? Was arbeitete sie eigentlich genau? Franziska konnte sich nicht mehr erinnern, ob sie es ihr vergangene Woche erzählt hatte oder nicht. Vielleicht hatte sie es nach dem Rotwein einfach vergessen.

An sich war es ihr gleichgültig. Sowohl Frau Mangolds Arbeit als auch die Tatsache, dass sie Franziska kontrollieren wollte. So gleichgültig, wie ihr Frau Mangold insgesamt war. War sie zu Hause geblieben, um sie erneut auf ihren Personalausweis anzusprechen? Sie hatte jedes Recht dazu, ihn zu sehen, das war Franziska klar, schließlich hatte sie ihr ihren Schlüssel anvertraut. Wartete sie nur auf den geeigneten Moment, um nicht mit der Tür ins Haus zu fallen, weil sie ja ach so nett war?

Sie brachte ihr einen Becher Kaffee – »Das war doch mit Milch und ohne Zucker, oder, Marie?« –, als Franziska-Marie im Flur ihren Rucksack mit der abscheulichen Hose und dem karierten Hemd darin vor der Garderobe abstellte. Eigentlich hatte sie ihre neu erworbene Putzfrauenkleidung gleich anziehen und sofort anfangen wollen. Sie wollte sich nicht vor Frau Mangold umziehen. Am liebsten wäre es ihr gewesen, wenn Frau Mangold sie in dieser Kleidung gar nicht sah. Doch das war nun nicht mehr möglich.

Sie standen im Flur vor der Garderobe, tranken Kaffee, und Franziska fragte sich, wann die gefürchtete Frage nach dem Ausweis käme. Sie hatte sich schon viel zu sehr verstrickt, es gab keinen Weg mehr zurück von der erfundenen Marie Weber zur echten Franziska Oswald. Vielleicht wäre es sogar eine Erleichterung, weil dann alles vorbei war, bevor es begonnen hatte. Aber die Frage kam nicht. Frau Mangold stand ein wenig unsicher herum, als wüsste sie nicht, was sie jetzt sagen sollte und als handelte es sich nicht um ihre eigene Wohnung, Franziska spürte ihr hämmerndes Herz an den Rippen und im Hals, sie wartete auf die drohende Frage, die mit einem Schlag alles zunichtemachen würde, doch Frau Mangold sagte: »Ich will Sie jetzt gar nicht länger aufhalten. Lassen Sie sich von mir nicht stören. Sicher wollen Sie mit dem Bad anfangen. Alle fangen immer mit dem Bad an.«

Darüber hatte Franziska noch gar nicht nachgedacht. Sie beschloss, wie alle mit dem Bad zu beginnen. Bloß nicht aus der Reihe tanzen.

»Alles, was Sie brauchen, steht bereit. Manche bringen sich ja ihre … *Mittel* selbst mit, aber mir wäre es ehrlich gesagt lieber, wenn Sie meine ver-

wenden. Manche scharfen Mittel greifen die Ober-
flächen an, wissen Sie.«

Auch darüber hatte Franziska sich keine Gedanken gemacht. Sie wäre auch nie auf die Idee gekommen, Flaschen mit Reinigungsmitteln in der U-Bahn
zu transportieren.

Frau Mangold und Franziska verabschiedeten
sich, obwohl sie ja in derselben Wohnung blieben,
Franziska nahm ihren Rucksack und ging damit ins
Badezimmer. Sie schloss sofort die Tür, musste sich
beherrschen, nicht auch noch den Schlüssel zu drehen, stellte den Rucksack auf den Boden, setzte sich
auf den Klodeckel und fing an zu weinen. Ohne An-
kündigung schossen die Tränen hervor, sie konnte es
nicht verhindern. Sie bemühte sich um Lautlosig-
keit, presste sich die Hand auf den Mund, denn sie
hörte schon Frau Mangolds Klopfen, ihr besorgtes
Nachfragen: Ist alles in Ordnung? Was ist denn los,
Marie? – Den Namen Marie konnte sie jetzt schon
nicht mehr ertragen. Sie lebte in dauernder Angst.
Und nun kam auch noch die weitere Angst hinzu,
von Frau Mangold nach ihrem Ausweis gefragt zu
werden. Oder nach sonst etwas. Ihrer Familie. Ihrer
Vergangenheit. Was tat sie hier überhaupt? In dieser
hässlichen Stadt? Auf dem Klodeckel in dieser teuren
Wohnung, kurz davor, das Bad zu putzen? Das Geld
gab es doch sicher in bar, oder?

Sie konnte sich nicht die ganze Zeit im Badezimmer verkriechen. Als das Schluchzen abgeebbt war,
sah Franziska sich um. Badewanne, Waschbecken,

Toilette, Dusche. Ein Bad mit Fenster. Frau Mangold erwartete doch nicht, dass sie gleich am ersten Tag die Fenster putzte? Es sah halbwegs sauber aus. Und Fensterputzen hatte sie letzte Woche eine »Sonderaufgabe« genannt.

Franziska wusch sich das Gesicht mit kaltem Wasser und fasste den Entschluss, doch nicht mit dem Bad anzufangen wie die anderen, sondern mit der Küche. Sie überprüfte ihr Gesicht im Spiegel. Allzu verheult sah sie nicht aus. Sie zog sich um und legte ihre Straßenkleidung ordentlich auf den Hocker im Badezimmer. Frau Mangold würde verstehen, dass sie Arbeitskleidung trug. Und sicher wirkte es auch viel professioneller. Franziska sah auf die Uhr: Rund zehn Minuten mit Heulen verschwendet.

In der Küche putzte sie zuerst der Reihe nach alle Arbeitsflächen. Sie räumte Wasserkocher, Kaffeekanne, eine Dose mit Kaffeepulver beiseite, stellte etliche schmutzige Tassen in die Spülmaschine, putzte die Flächen, trocknete sie und stellte anschließend alles genauso zurück wie vorher. In den Ecken bemerkte sie, dass es doch nicht so sauber war, wie sie anfangs angenommen hatte. Vertrocknete Reiskörner. Fett. Vergossener Kaffee oder Tee, nicht weggewischt. Ein hartnäckiger gelber Fleck, vielleicht Curry oder Kurkuma. Die zur Verfügung stehenden Lappen, zumindest die, die Franziska im Schrank unter der Spüle fand, hatten schon bessere Tage gesehen, waren aber zumindest sauber. Sie konnte Lappen besonders schonend auswringen, damit sie länger hielten. Das hatte sie von ihrer Großmutter gelernt und die wiederum beim BDM. »Den Arm so lange hochzuhalten, war anstrengend«, hatte ihre Großmutter gesagt, »aber es war ja nicht alles schlecht. Wir wurden zu ordentlichen Mädchen erzogen.« Warum war Frau Mangold hier? Franziska wurde den Ärger über ihre Anwesenheit nicht los. Anfangs war es die übliche Angst gewesen, das Gefühl, das sie seit zwei Monaten fest im Griff hatte, jetzt Verärgerung. Sie fühlte sich um das Einzige betrogen – neben der Museumsinsel –, worauf sie sich gefreut hatte, weil es Ablenkung bot. Gefreut, dachte Franziska, ich habe mich auf das Putzen gefreut.

Ob Frau Mangold es wohl als unhöflich empfinden würde, wenn sie Musik bei der Arbeit hörte? Das Radio in der Küche wollte Franziska nicht einschalten. Aber sie hatte an ihren alten, fast vergessenen MP3-Player gedacht. Bei ihrem überstürzten Aufbruch im November war sie so geistesgegenwärtig gewesen und hatte ihn in den Rucksack geworfen.Franziska ging so lautlos wie möglich zu ihrem Rucksack bei der Garderobe und holte den MP3-Player heraus. Ein Geschenk von Johannes, damals, als alles noch gut war, bevor sie in das Haus in Senden zogen, bevor sie mit ihrer Dissertation begonnen hatte. Doch stimmte das überhaupt? War zwischen ihnen jemals alles gut gewesen? Seit ihrer Ankunft in Berlin hatte sie kaum Musik gehört, mit Ausnahme von gelegentlichen Radiosendungen und Bachs Weihnachtsoratorium, und wusste nicht, welche

Wirkung es auf sie hätte. Ob Musik Erinnerungen nach oben spülen würde, stärker noch und viel unmittelbarer, als sie ohnehin schon ihre Gedanken bevölkerten. Im Institut hatte sie oft mit Kopfhörern am Schreibtisch gesessen, um nichts von den anderen mitzubekommen, von ihrem Getratsche, ihrem Gezänk, ihrem wichtigen Getue, das fortwährend akademische Bedeutsamkeit ausstrahlte, um ganz für sich zu sein.

Musik war weniger schlimm, als sie erwartet hatte, sogar im Gegenteil tröstlich. Außerdem stellten die Ohrstöpsel eine Barriere zwischen Frau Mangold und ihr her. Franziska putzte weiter die Küche, nach den Arbeitsflächen und der Spüle, die sie so lange wienerte, bis sie glänzte, schrubbte sie den Fliesenboden.

Plötzlich stand Frau Mangold in der Küche und erschreckte Franziska, die ihr Kommen nicht gehört hatte. Sie zog die Ohrstöpsel heraus.

»Marie, das gefällt mir, dass Sie nicht mit dem Bad anfangen wie die anderen.«

Ein Pluspunkt für Franziska. Offenbar war es gut, sich von den anderen zu unterscheiden. Die Gefahr, sich auszuweisen, war gebannt. Zumindest vorerst.

»Hier ist alles so weit fertig, ich mache jetzt mit dem Wohnzimmer weiter, in Ordnung?«

»Aber ja, tun Sie alles, was Sie für richtig halten. Sie müssen ja Ihr eigenes System entwickeln.«

Frau Mangold verzog sich wieder an den Tisch im Esszimmer zu ihrem »Papierkram«. Auf dem

Tisch stand ein frischer Tulpenstrauß, diesmal weiße. Franziska bezweifelte, dass sie wirklich Arbeit erledigte. Vermutlich saß sie die ganze Zeit mit gespitzten Ohren da. Vielleicht fragte sie sich auch, wen sie sich da ins Haus geholt hatte.

Inzwischen hatte sie sich damit abgefunden, dass Frau Mangold die nächsten Stunden zusammen mit ihr in der Wohnung verbringen würde, doch zu ihrer Überraschung stand sie plötzlich hinter ihr, als sie gerade die Teppiche im Wohnzimmer saugte, und teilte ihr mit, dass sie nun zur Arbeit fahre.

»Haben Sie noch Fragen? Aber Sie haben ja meine Mobilnummer, sollte irgendwas sein. Das Geld habe ich auf den Herd gelegt. Der Herd ist so sauber wie schon lange nicht mehr! Und die Spüle erst. Ich muss gestehen, ich bin da manchmal etwas nachlässig. Ich danke Ihnen, Marie! Wann kommen Sie denn das nächste Mal? Vielleicht schon früher als nächste Woche, wäre das möglich? Vielleicht am Freitag?«

»Haben Sie nicht gesagt, einmal in der Woche –«

»Ja, schon, aber wissen Sie, Sabine Kessler war lange nicht mehr hier, und ich finde, das sieht man der Wohnung auch an. Nicht dass sie besonders gründlich gewesen wäre, ich könnte Ihnen da Geschichten erzählen … Leonie, meine Nichte, hat das auch immer gesagt. Jetzt am Anfang, um wieder eine Art Grundsauberkeit reinzubringen, dachte ich, wäre auch zweimal die Woche gut. Natürlich nur, wenn Sie Zeit haben, Marie, und es einrichten können.«

Franziska tat wieder so, als müsste sie im Kopf ihren übervollen Terminkalender abrufen. Das beherrschte sie inzwischen recht gut.

»Ja, Freitag ginge.«

»Wunderbar! Also Freitag, abgemacht? Wäre es auch etwas später möglich? Vielleicht um die Mittagszeit? Um eins? Entschuldigen Sie, ich will nicht Ihre ganzen Termine durcheinanderbringen, ich bin sehr egoistisch –«

»Freitag um eins passt mir gut.«

Das war viel zu schnell gekommen. Franziska musste sich teurer verkaufen!

»Also dann ...« Frau Mangold wollte sich in irgendeiner besonderen Form von Franziska verabschieden, das war ihr deutlich anzumerken, aber offenbar wusste sie nicht, was angemessen gewesen wäre. Franziska befürchtete schon eine Umarmung. Ihr Körper versteifte sich, und sie trat einen Sicherheitsschritt nach hinten. Berührungen konnte sie seit Monaten nicht ertragen, nicht einmal versehentliche oder flüchtige. Wenn in der U-Bahn jemandes Bein gegen ihres stieß oder die Kassiererin beim Wechselgeld ihre Finger streifte, zuckte sie jedes Mal zusammen. Aber Frau Mangold gab ihr nur die Hand. Und dann verließ sie endlich die Wohnung.

An einem der Fenster, die zur Straße hinausgingen, wollte Franziska sich davon überzeugen, dass Frau Mangold nun wirklich auf dem Weg zur Arbeit war. Oder wohin auch immer, das war ihr egal. Sie traute ihr durchaus zu, unter einem Vorwand im nächsten Moment wieder im Wohnzimmer zu stehen, rechnete sogar damit. Doch Frau Mangold ging den Bürgersteig entlang, mit einer großen Tasche über der Schulter. Hatte sie eigentlich ein Auto? Und wenn ja, fuhr sie damit zur Arbeit?

Kurz bevor sie aus Franziskas Sichtfeld verschwand, blieb Frau Mangold plötzlich stehen, drehte sich um und sah zum Haus. Genau zu dem Fenster, hinter dem Franziska stand. Ihre Blicke trafen sich, obwohl die Distanz eigentlich zu groß war, um es genau zu erkennen, und Frau Mangold wirkte ganz anders als sonst, nicht bis zur Unerträglichkeit freundlich, sondern undurchdringlich, mit starrem Gesicht, fast zum Fürchten. Aber wahrscheinlich war das nur Einbildung und sie viel zu weit entfernt. Franziska versteckte sich hinter dem Vorhang, der bis zum Boden reichte, als hätte sie etwas Verbotenes getan. Sie versteckte sich seit drei Monaten.

Sie wagte sich erst etliche Sekunden später wieder hervor und erwartete, Frau Mangold immer noch dort unten mit unbewegter Miene zu sehen. Aber auf dem Gehweg zog nur eine alte Frau einen störrischen Hund hinter sich her. Und eine dieser eigenartigen Krähen, die Franziska von Anfang an in Berlin aufgefallen waren, halb schwarz, halb grau, hackte ekstatisch auf etwas ein, das sie mit den Krallen festhielt.

Anschließend wischte Franziska im Wohnzimmer Staub von den Bücherregalen und Fensterbänken, putzte den Couchtisch, saugte die Polster des Ecksofas. Ihre Arbeit verrichtete sie zügig. Sie gönnte sich keine

Pause zwischendurch, keinen Kaffee, nichts. Das Telefon klingelte, worum sie sich nicht kümmerte. Es war wohl kaum Frau Mangold, die bei sich selbst anrief. Oder doch? Um eine Anweisung zu erteilen? Um zu fragen, ob sie auch zurechtkam? Schließlich hatte sie keine Handynummer von Franziska.

Sie sollte schon in ein paar Tagen wiederkommen. Natürlich war es ihr recht. Und Frau Mangold musste schließlich wissen, wofür sie ihr Geld ausgab. Ein Termin morgens um neun schien Franziska zwar üblicher als mittags um eins, aber das konnte ihr gleichgültig sein. Alles an dieser Frau und ihrem Leben war ihr gleichgültig, und sie würde ihr Nettigkeitstheater weiter mitspielen. Hauptsache, sie verlangte nicht ihren Ausweis zu sehen. Allerdings hatte Franziska zu schnell ja gesagt. Fehler. Sie hätte erst ausgiebig über ihre zahlreichen anderen Verpflichtungen nachdenken müssen.

Eine der »Sonderaufgaben« fiel ihr ein: Schränke auswischen. Aber das stand heute nicht an. Frau Mangold hatte geradezu verächtlich über Franziskas Vorgängerinnen gesprochen, allesamt angeblich zu »unintelligent«, um Tassen und Gläser nach dem Auswischen wieder genauso in den Schrank zu stellen, wie sie sie vorgefunden hatten. Franziska würde es nicht nur besser machen als die anderen, sondern perfekt.

Sie war sehr versucht, den Nussschalensessel im Wohnzimmer auszuprobieren. Aber erst zu Ende putzen. Sie hatte sich schon immer durch ihre Disziplin ausgezeichnet. Wenn die anderen im Institut Kaffee getrunken und geschwatzt hatten, war Franziska mit ihrer Arbeit beschäftigt gewesen. Als Nächstes nahm sie sich Diele, Gästetoilette und Esszimmer vor. Von dem Papierkram, an dem Frau Mangold angeblich gesessen hatte, war auf dem Tisch nichts mehr zu sehen. Franziska hatte es sowieso nicht geglaubt. Die weißen Tulpen waren ganz frisch, zum Teil noch nicht aufgegangen. Im Gästezimmer, das Frau Mangold allerdings nie als solches bezeichnet hatte, war außer Saugen und ein wenig Staubwischen nichts zu tun. Es sah unbewohnt aus, als würde sich Frau Mangold hier selten aufhalten. Schreibtisch, Bücherregale, ein paar Aktenschränke und ein schmales Bett, auf dem eine Tagesdecke lag. Vielleicht war es auch kein Gästezimmer, sondern das Arbeitszimmer des verstorbenen Ehemanns.

Schlafzimmer und Bad fehlten noch. Wenn ihre Vorgängerinnen, denen es laut Frau Mangold angeblich an Intelligenz fehlte, alle mit dem Bad angefangen hatten, würde Franziska es künftig immer zum Schluss putzen.

Frau Mangolds Schlafzimmer zu betreten, war unangenehm. So intim. Auf einer Seite nahm ein Einbauschrank die ganze Wand ein, auf der anderen stand das große Bett. Das gemeinsame Ehebett. Zwei Nachttische. Frau Mangold hatte die Bettdecken ordentlich hergerichtet und glatt gestrichen, sodass nicht zu erkennen war, auf welcher Seite sie schlief. Wieso lagen dort überhaupt zwei Bettdecken? Immer noch? Wann war Klaus gestorben? Franziska konnte sich nicht mehr genau erinnern. Sie warf einen Blick in den Kleiderschrank, obwohl das ganz sicher nicht zu ihren Aufgaben gehörte. Keine Männerkleidung, soweit sie sehen konnte.

Nach dem Schlaf- ging Franziska zurück ins Wohnzimmer und setzte sich in ihrer Putzfrauenkleidung auf den teuren Sessel. Natürlich stand auch der passende Hocker für die Beine davor. Der Nussschalensessel ließ sich drehen und in der Neigung kippen und war unglaublich bequem. So bequem, dass er das Verlangen in ihr auslöste, die nächsten Stunden darauf zu verbringen und ins komplette Vergessen abzugleiten. Endlich. Sie allein in dieser eleganten Wohnung. Nach einer Weile würde sie jedoch nicht mehr allein im Wohnzimmer sitzen, das wusste sie, und auch das Vergessen würde nicht funktionieren. Ihre Gedanken würden den Raum bevölkern und sich auf dem Sofa, dem Teppich, im ganzen Raum breitmachen. Aber auf dem teuren Sessel wäre es immer noch besser als auf dem widerlichen, durchgesessenen Sofa in Neukölln.

Sie drohte wegzudämmern. Kein Wunder, so schlecht, wie sie nachts schlief. Bevor das geschehen konnte, rappelte Franziska sich auf, sie hatte ja auch noch das Bad zu putzen, machte einen Abstecher in die Küche und nahm die Geldscheine an sich, die wie versprochen auf dem Herd lagen, zusammen mit einem kleinen Zettel: »Ich danke Ihnen, Marie! H.M.«

Frau Mangold zahlte gut. Überproportional viel fürs Putzen, wie Franziska fand. An den Ausweis dachte sie nicht mehr. Vorerst. Auch nicht an den Blick, den Frau Mangold ihr von der Straße aus zugeworfen hatte. Oder an diese verdammte Nichte. Sie würde ihr ohnehin nie begegnen. Klaus hielt sich offenbar immer noch in der Wohnung auf, aber im Unterschied zur Nichte störte er Franziska nicht.

Ein wenig ekelte sie sich vor Frau Mangolds Haaren im Waschbecken, der Wanne, der Dusche und am Boden, aber darüber durfte sie sich kaum beschweren, sie war jetzt ihre Putzhilfe. Frau Mangolds promovierte Putzhilfe. Doch Marie war ja gar nicht promoviert. Marie Weber war eine Person ohne Beruf, ohne Adresse und Telefon, ohne Vergangenheit. Der Engel aus der Alten Nationalgalerie.

Trotz der überraschenden und hartnäckigen Heulattacke ganz am Anfang war sie sogar schneller, als Frau Mangold veranschlagt hatte. Franziska war stolz auf ihre heutige Leistung. Wie schnell das doch ging. Vor nicht allzu langer Zeit, die jedoch immer weiter entfernt schien, war sie stolz auf einen wissenschaftlichen Aufsatz gewesen, auf ihr Denken, ihren Verstand, Erkenntnisse und jetzt darauf, den Dreck einer Wildfremden beseitigt zu haben. Sie zog sich um und steckte die hellgraue Hose und das karierte Hemd in ihren Rucksack. Dabei fiel ihr die Fliese an der Badewanne ins Auge. Natürlich war daran nichts ungewöhnlich, an jeder Badewanne, sofern sie nicht frei im Raum stand, gab es eine solche Fliese, die dem Handwerker den Zugang zu den Rohren ermöglichte. Franziska stellte den Rucksack wieder ab und kniete sich vor die Wanne. Sie bemerkte ein übersehenes Mangold'sches Schamhaar auf dem Boden, hob es mit spitzen Fingern auf und warf es ins Klo. Dann fummelte sie eine Weile an der Fliese herum, bis sie sie schließlich lösen konnte. Dahinter befand sich wie erwartet der Hohlraum mit den Rohren. Im Hohlraum lag etwas, genau wie bei der Badewanne im Einfamilienhaus in Senden. Franziska hätte eine Taschenlampe gebraucht. Sie kroch näher heran und beugte den Kopf fast bis zum Boden. Sie streckte schon die Hand aus, um in den Hohlraum zu fassen und nach dem Gegenstand zu greifen, zog sie aber sofort wieder zurück. Sie erkannte jetzt, was es war. Eine Pistole. Pistole. Revolver. Wie hieß das? Irgend so ein Ding. Sie, er – das Ding – war in transparente Plastikfolie gewickelt.

Franziska setzte die Fliese wieder ein, nahm ihren Rucksack, verließ Frau Mangolds Wohnung, schloss von außen die Tür zweimal ab wie aufgetragen und machte sich auf den Weg zur U-Bahn.

9
Vier Jahre zuvor

Zu ihrem Handy zu greifen und gehetzt darin herumzusuchen – ohne genau zu wissen, wonach –, während Franziska im Badezimmer oder in der Küche war, erwies sich als ausgesprochen schwierig und brachte Johannes nicht weiter. Das wusste er auch. Aber er konnte es trotzdem nicht lassen. Andere Leute schalteten den Fernseher ein, kochten sich Kaffee, holten ein Bier aus dem Kühlschrank oder gingen eine Runde mit dem Hund, sobald sie zu Hause waren, Johannes suchte automatisch nach Franziskas Handy und Laptop. Es machte ihn verrückt. Dass sich einfach keine Möglichkeit ergab, in Ruhe zu stöbern, wie er es nannte. Er *stöberte* ein bisschen im Leben seiner Partnerin. Weiter nichts. Ganz harmlos. Weil seine Partnerin ihn interessierte. Eigentlich war das doch löblich. Die meisten seiner Freunde brachten kaum Interesse für ihre Frauen auf.

Er musste systematisch vorgehen. Doch dafür brauchte er mehr Zeit. Viel mehr Zeit. Ihre gemeinsame Wohnung in Münster war zu klein, um sich aus dem Weg zu gehen. Zwei Zimmer, Küche, Bad. Außerdem ließ Franziska ihr Smartphone nie achtlos herumliegen, und ihr uralter Laptop steckte meistens in der Tasche, es sei denn, sie benutzte ihn. Wie sie mit so einem Ding überhaupt arbeiten konnte. Sie bewegte sich immer so lautlos, schlich sich an, was ihn seit einiger Zeit ärgerte. Es erschwerte alles noch mehr. Tat sie das mit Absicht? Sie kam aus der Küche oder dem Bad und saß im nächsten Moment neben ihm auf dem Sofa. Sie würde sofort sehen, was er gerade tat, weil er das Smartphone nicht schnell genug aus der Hand legen konnte.

Johannes wusste nicht genau, wonach er suchen sollte, war aber gleichzeitig fest davon überzeugt, garantiert etwas zu finden. Ihre Passwörter hatte er bislang noch nicht knacken können, obwohl er anfangs dachte, das wäre ein Leichtes. Franziska gehörte nicht zu denjenigen, die sich keine Mühe damit gaben. Leider. Eigentlich hätte es zu ihr gepasst. Diese vergeistigten, lebensunpraktischen Akademiker, die nichts mit Technik am Hut hatten und sie in der Regel auch nicht beherrschten. Von verstehen ganz zu schweigen. Er selbst hatte es ihr dauernd vorgebetet: Du bist so sorglos! Mach irgendwas Kompliziertes beim Passwort, nichts, worauf man sofort kommt. Du würdest dich wundern, was für unsichere Passwörter sich die meisten Leute aussuchen. – Warum hatte Franziska ausgerechnet in diesem Fall auf ihn gehört? Das tat sie doch sonst auch nicht. In dieser Hinsicht war sie ganz anders als ihre Mutter. Franziskas Mutter gab ihrem Vater ständig und in allem recht und fügte sich. Sie bekam den Mund nicht auf, saß immer nur da und schaute die anderen dankbar an, wollte es ihnen recht machen.

Bei der Diskussion über die Passwörter hatte Franziska zuerst gelacht. Ob er denn glaube, jemand wolle sie bestehlen. Und was man bei ihr stehlen solle. Notizen? Literaturlisten? Exzerpte? Das Passwort hatte nichts mit ihm zu tun, so weit war Johannes bereits gekommen. Er hatte alles überprüft. Seinen Namen. Seinen Vor- und Nachnamen, beides in unzähligen Varianten. Seinen Geburtstag. Kombinationen aus seinem Namen und seinem Geburtstag und das wiederum in Varianten. Das Datum ihres Kennenlernens. Alles ohne Erfolg. Ihr Passwort hatte nicht das Geringste mit ihm zu tun, und das kränkte Johannes.

Im Übrigen war sie neuerdings sowieso meistens zu Hause. Keine Chance, sich in Ruhe an ihren Rechner zu setzen. Franziska hatte beschlossen, nach dem Studium auch noch zu promovieren, und mit ihrer Doktorarbeit begonnen. War das denn wirklich nötig? War die Welt nicht schon voller Dissertationen, für die sich kein Mensch interessierte? Und die die Welt nicht brauchte? Und es bedeutete, dass sie ewig weiterstudierte. Falls Franziska dem Ganzen überhaupt gewachsen war. Johannes war sich hierbei nicht so sicher. Sie hatte eine Assistentenstelle in Aussicht, was sie ihm erst neulich gesagt hatte, und würde künftig dauernd in ihrem Institut sein. Andererseits, wenn sie dauernd im Institut war, ergab sich öfter die Gelegenheit, auf ihrem Rechner zu *stöbern*

– hätte sie sich seit einiger Zeit nicht angewöhnt, ihn mitzunehmen. »Warum schleppst du denn das alte Ding mit?«, fragte er gereizt. – »Weil meine ganze Arbeit auf dem alten Ding ist.« – Er hatte ihr ein Tablet geschenkt und fand das sehr großzügig, aber sie nutzte es so gut wie nie. Rausgeworfenes Geld.

Schon in der Schulzeit hatte Johannes kein Glück in der Liebe gehabt. Erste Freundin mit achtzehn, reichlich spät, weshalb ihn viele lange für schwul gehalten hatten. Später dann, im Studium, prahlten seine Kommilitonen mit ihren Affären. Für Johannes war das nichts. Er wollte etwas Festes, etwas von Bestand, schon immer. Er konnte es auch nicht leiden, wie abfällig sie über Frauen sprachen, zumindest, wenn keine Frau dabei war. So einer war Johannes nicht. Und dann war er Franziska begegnet. Attraktiv. Klug. Keine, die nur über Kleidung redete oder was Frauen sonst noch beschäftigte. Sie hatte etwas Mitreißendes. Auch wenn ihn die *Gesellschaft*, ihr Lieblingsthema, oder irgendwelche Theoretiker, die er nur dem Namen nach kannte, wenn überhaupt, nicht besonders interessierten. Ihn interessierten Computer. Schon immer. Und ein schönes Leben.

Ihren Entschluss zu promovieren hatte Franziska ihm erst sehr spät mitgeteilt. Besprach man so etwas in einer Partnerschaft nicht gemeinsam? Mit diesem Sebastian hatte sie bestimmt viel früher darüber geredet. Alle waren im Bilde, wahrscheinlich schon seit Monaten, nur er nicht. Johannes erfuhr es als Letzter. Warum Franziska das Thema nicht angesprochen hatte, lag auf der Hand: Sie hatte sich längst entschieden und wollte keine Gegenargumente hören.

Johannes hatte kürzlich die Stelle als Entwickler in einer kleinen Softwarefirma in Billerbeck angenommen, rund zwanzig Kilometer von Münster entfernt. Er verdiente jetzt unverschämt viel Geld mit dem, was er sowieso am liebsten tat. Alles in seinem Leben ging in die richtige Richtung. Franziska. Der neue Job. Und ausgerechnet jetzt kam sie mit der Doktorarbeit. Vermutlich würde das Jahre dauern. Und ihr ständiges Gejammer, sie brauche unbedingt ein Arbeitszimmer. Sie quengelte wie ein kleines Kind, ich will ein Eis, ich will ein Eis, ich will aber! Johannes fand ihre kleine Wohnung in der Stadt ja ganz gemütlich, wenn auch etwas beengt. Und wäre statt eines Arbeits- nicht eher ein Kinderzimmer angebracht? Das konnte er sich gut vorstellen.

Seine Ex-Freundin hatte ihn schmählich verlassen. Johannes wurde das Gefühl nicht los – bis heute, obwohl es jetzt doch Franziska in seinem Leben gab und er gar nicht mehr daran denken sollte, aber es nagte noch immer in ihm –, dass er es hätte verhindern können, wenn er mehr auf sie geachtet hätte. Ein solcher Fehler würde ihm kein zweites Mal passieren. Seine Ex-Freundin hatte sich von ihm entfernt, ohne dass er etwas davon mitbekommen hatte. Eines Tages sagte sie aus heiterem Himmel: Hör mal, ich habe einen anderen kennengelernt. Tut mir leid. Aber es lief ja sowieso nicht mehr so gut zwischen uns, das siehst du doch genauso? – Nein, so hatte er es nicht gesehen, ganz und gar nicht. Immerhin hatte sie es ihm persönlich gesagt, statt bloß eine SMS zu schicken. Er stand da wie ein Idiot. Etwas später dann, nach vielen elenden, alkoholisierten Wochen, er hatte seine Ex permanent angerufen und nachts vor ihrer Tür gestanden, bis sie mit der Polizei drohte, als er wieder unter Menschen ging und sich eine Zukunft vorstellen konnte, nahm er sich vor, dass ihm das nicht noch einmal passieren würde.

Franziska jedenfalls würde er nicht auf diese Weise verlieren. Und das mit der Doktorarbeit würde er ihr auch noch ausreden. Johannes gestaltete ihr gemeinsames Leben im Kopf, wie ein Architekt. Er, er allein, wusste am besten, was gut für sie war. Erst musste er ihr das Arbeitszimmer ausreden. Und dann die nutzlose Dissertation.

10

Henny Mangold traf Sabine Kessler leider öfter auf der Straße, weil sie für Geli, die Nachbarin zwei Häuser weiter, immer noch putzte. Wie Geli das bloß aushielt? Diese Unzuverlässigkeit. Die Tatsache, dass Sabine Kessler häufig Termine kurzfristig absagte und sich andere aussuchte, die ihr selbst genehm waren, nicht aber Henny. Dass sie sich oft nicht an die vereinbarten und bezahlten Stunden hielt, sondern einfach früher ging. Auf die Schliche war Henny ihr nur gekommen, weil sie einige Male überraschend zu Hause aufgetaucht war. Keine Sabine Kessler mehr anwesend und natürlich auch keine Geldscheine auf dem Herd. Die Liste war lang. Dass sie alle paar Wochen etwas kaputtmachte und dies verschwieg. All das hatte Henny monatelang hingenommen, bis sie eines Tages tief unten im Müll Klaus' Lieblingstasse entdeckt hatte – oder besser: die traurigen Scherben seiner einstigen Lieblingstasse. Da hatte es ihr endgültig gereicht. Beim nächsten Mal hatte sie Sabine Kessler abgepasst – sie war zehn Minuten zu spät erschienen – und kurzen Prozess gemacht. Ihr die Schlüssel abgenommen. Ihr gesagt, dass sie ihre Dienste ab sofort nicht mehr benötige.

Eigenartig, im Grunde hatte Sabine erleichtert ausgesehen. Brauchte sie denn das Geld nicht?

Sie war sich zu schade fürs Putzen, das war unverkennbar. Oder vielleicht war sie ja auch zu dumm. Sie hatte Henny ungebeten Geschenke gemacht wie zum Beispiel billigen Rotwein, den sie erst kürzlich weggegossen hatte. Dauernd hatte sie mit leuchtenden Augen und gierigem Blick davon gesprochen, wie sie Hennys Wohnung einrichten würde, wäre es ihre. »Mein Mann und ich würden ja gut nach Dahlem passen. Viel besser als nach Steglitz.« Henny fand, Sabine Kessler passte bestens nach Steglitz.

Geli jedoch hatte an ihr nichts zu beanstanden und nicht die Absicht, sich jemand Neues zu suchen. Vielleicht fielen ihr die ganzen vernachlässigten Ecken in der Wohnung auch nicht auf. War es bei Geli nicht ohnehin ein bisschen dreckig? Eine Art Grundschmutz, der alles überzog und nie richtig verschwand, egal ob die Putzhilfe Sabine Kessler hieß oder anders. Henny war schon lange nicht mehr bei ihr zu Hause gewesen, Geli auch nicht bei ihr, dabei hatten sie sich früher öfter gegenseitig besucht. Geli war ihr in den letzten Monaten fremd geworden. Was erzählte sie Sabine Kessler? Ihre ehemalige Putzhilfe bedachte sie immer mit einem eigenartigen Blick, wenn sie ihr auf der Straße begegnete, den Henny nicht zu deuten wusste. Manchmal verdächtigte Henny sie – oder im nächsten Augenblick sogar Geli –, für all das verantwortlich zu sein, was in den letzten Monaten geschehen war, für die anonymen

Anrufe mit dem schnaufenden Atmen, das Klingeln an der Tür mitten in der Nacht, für die Farbe auf ihrem Auto und die eingeschlagenen Scheinwerfer. Aber das war natürlich völlig abwegig. Warum sollte ihre Nachbarin, die sie seit Jahrzehnten kannte, so etwas tun? Oder ihre frühere Putzhilfe? Außer Leonie hatte sie eine Weile jeden verdächtigt. Bei einem Paketboten, der eine Sendung für die Nachbarn unten abgeben wollte, hatte sie laut zu schreien begonnen, als er oben vor ihrer Tür stand. Sie hatte ihm die Tür vor der Nase zugeschlagen. Ohne das Paket anzunehmen.

Daraufhin hatte er geklopft. »Ich will doch nur was abgeben.«

»Verschwinden Sie!«, hatte Henny geschrien. Die Tür zwischen ihnen war ihr plötzlich viel zu dünn erschienen. Kurz darauf hatte sie sich ans Fenster im Wohnzimmer gewagt, das zur Straße lag, und den Paketboten dabei beobachtet, wie er wieder in seinen Lieferwagen stieg. Sie kannte ihn, hatte ihn schon öfter gesehen. Ob er dachte, dass sie verrückt geworden war?

Sie hatte angenommen, es könne nichts Schlimmeres geben als Klaus' Tod. Etwas Schlimmeres hatte Henny einfach nicht für möglich gehalten. Doch das war ein Irrtum. Es gab Schlimmeres. Seit einem Jahr, seit dem Vorfall, lebte sie in beständiger Angst und wusste nicht einmal, wovor. Die Angst kam in Schüben. Oder in Wellen. Manchmal ließ sie Henny in Ruhe, weil sich nichts ereignete, ein, zwei Wochen, um dann mit voller Wucht wieder zuzuschlagen. Natürlich musste sie trotzdem zur Arbeit fahren, das war ihr sogar willkommen, raus aus der Wohnung, ins normale Leben. Hätte er nicht irgendwann angefangen, sie auch dort anzurufen. Und hätte ihre Kollegin Karin sich nicht von ihr zurückgezogen. Karin bemitleidete sie. Ihr Mitleid war kaum zu ertragen. Offenbar ertrug sie es selbst auch nicht, denn sie lud Henny nicht mehr zu ihrem Geburtstag ein. Leonie bemitleidete sie auch, aber sie sagte, Henny müsse etwas dagegen unternehmen, sich wehren, zur Not auch mit Hilfe der Polizei. Was sollte man dagegen unternehmen? Und Klaus, der Mistkerl, hatte sie einfach allein gelassen mit seinem plötzlichen Herzinfarkt. Zwei Jahre war das nun her. Er hatte gesagt, er suche ein Werkzeug, das er nicht finde, und wolle im Keller nachsehen. »Ich geh nur mal kurz in den Keller« – das war der letzte Satz gewesen, den Henny von ihm gehört hatte. Er war dann sehr lange im Keller geblieben. Genau besehen für immer. Als er nicht zurückkehrte und Henny sich zu wundern begann, was er so lange im Keller trieb, war sie nach einer halben Stunde selbst nach unten gegangen. Eine halbe Stunde zu spät. Notarzt, aber es war nichts mehr zu machen.

Klaus hätte gewusst, was zu tun ist. Andererseits hätte sich der Vorfall höchstwahrscheinlich gar nicht ereignet, wenn er nicht gestorben wäre. Henny hätte sich im Griff gehabt. Alles, was im Leben geschah, war die Folge von etwas Davorliegendem. Nichts blieb ohne Konsequenzen.

Sie glaubte nicht, dass sie von Marie kaputte Tassen im Müll zu erwarten hatte. Und wenn, würde sie sicher ganz offensiv damit umgehen, es nicht verschweigen, sondern zu ihrem Missgeschick stehen. Henny wurde den Eindruck nicht los, dass sie irgendwelche Probleme hatte. Sie sah überhaupt nicht so aus wie eine, die vom Putzen lebte, und sie redete auch nicht so. Hatte sie neulich im Gespräch nicht Foucault erwähnt? Oder war es Walter Benjamin? Klaus hätte sich besser erinnern können. Als FU-Professor hatte er davon etwas verstanden. Redeten Putzhilfen über Walter Benjamin? Aber wahrscheinlich bildete sich Henny das bloß ein. Oder sie hatte es geträumt. Seit einiger Zeit verschwamm alles und wurde unscharf, Menschen, Gesichter, Gesprächsthemen. Und an dem Nachmittag, als sie Marie die Wohnung gezeigt hatte, hatte sie mit dem Rotwein ein bisschen übertrieben. Wer konnte ihr das verdenken? Nach den furchtbaren letzten zwei Jahren? Das erste Putzen hatte Marie absolut zufriedenstellend verrichtet. Henny hatte auch nichts anderes erwartet. Was für ein Glücksfall, und das in einer Zeit, in der sie ganz sicher nicht mit Glück gerechnet hatte, auch nicht mit dem noch so kleinsten. Ob sie ihr das Du anbieten sollte? Nein, das wäre sicher verfrüht und auch zu vertraulich. Und Leonie könnte ihre Eifersucht dann nicht zügeln. Marie war lebendig. Eine lebendige junge Frau. Henny konnte das Blut unter ihrer Haut sehen, wenn sie überraschend errötete, sie konnte ihr schlagendes Herz unter den Rippen ahnen, das das Blut durch ihren Körper pumpte. Und soweit Henny wusste, fuhr Marie mit der U-Bahn und nicht mit dem Rad. Sehr vernünftig. Sie machte so einen intelligenten Eindruck, ganz anders als Sabine Kessler. Kluge Augen. Aber in ihren Augen lag noch etwas anderes, das Henny nicht recht benennen konnte, etwas Scheues. Dunkles.

Hätte Leonie nicht dauernd wieder davon angefangen, Henny hätte den kleinen Zwischenfall im Museum längst vergessen. Etwas Vergleichbares war seitdem auch nicht mehr passiert. Keine Schwindelgefühle. Überhaupt keine nennenswerten Vorkommnisse. Sicher war es ohnehin etwas Psychisches gewesen. Manchmal ging sie spazieren. Sie sollte unbedingt wieder an ihrem Yogakurs in Zehlendorf teilnehmen. Sie durfte sich nicht verkriechen. Wenn sie sich verkroch, hatte sie verloren.

Seit das neue Jahr angefangen hatte, herrschte Ruhe, aber Henny traute ihr nicht. Die Ruhe lullte sie ein, ließ sie zum ersten Mal seit Langem nachts durchschlafen. Hatte er aufgegeben? Endlich eingesehen, dass es nicht das Geringste änderte, sicher nicht einmal befriedigend für ihn war? Anfangs hatte sie geglaubt, er wolle mit ihr reden. Doch das war nie seine Absicht gewesen. Kannte sie seine Absichten überhaupt? Darüber wollte sie lieber nicht nachdenken. Kurz vor Weihnachten und an den Feiertagen war es hoch hergegangen. Schritte auf der Straße, Gebrüll mitten in der Nacht, was hier in Dahlem sonst nie vorkam. Anrufe, regelrechter

Terror, Henny wusste bis heute nicht, woher er ihre Telefonnummer überhaupt kannte, beide, Festnetz und mobil. Sie verstand das. Sie verstand es sehr gut. Weihnachten, diese sensible Zeit, in der sich alles besonders ungeschützt und wund anfühlte. Weihnachten und der Geburtstag. Wobei sie den betreffenden Geburtstag gar nicht kannte. Den Todestag, natürlich, den wusste sie, wie sollte es anders sein, und sie würde ihn vermutlich auch nie vergessen.

Weihnachten hatte Henny allein verbracht. Leonie war diesmal nach Süddeutschland zu ihren Eltern gefahren, obwohl sie schon seit Jahren behauptete, dazu keine Lust zu haben und froh über diesen großen räumlichen Abstand zu sein. »Wenn man Weihnachten in Berlin verbringt und nicht mehr da, wo man herkommt, ist man richtig erwachsen«, pflegte sie zu sagen, aber beim letzten Mal hatte sie das offenbar anders gesehen. Die Vermutung lag nahe, dass sie nur deshalb gefahren war, weil sie ihre Tante nicht mehr ertrug, weil sie auf keinen Fall den ersten Feiertag mit ihr verbringen wollte. Das war natürlich besonders grausam und lieblos von ihr, nach Klaus' Tod, nach dem *Vorfall*, aber auf diese Weise war Henny zumindest ein quälendes Feiertagsbeisammensein mit ihrem Bruder und seiner Frau erspart geblieben. Im Jahr davor waren sie ein paar Tage nach Berlin gekommen und hatten bei Henny gewohnt, weil sie mehr Platz hatte als Leonie. Sie lebten im schwäbischen Herrenberg und waren unerträglich. Kein Wunder, dass Leonie nach dem Abitur das Weite gesucht hatte.

Direkt nach den Feiertagen hatte Leonie mit Weihnachtsgebäck von Hennys Schwägerin vor ihrer Tür gestanden und sich wie immer pflichtschuldig nach ihrem Befinden erkundigt. Henny hatte alles verharmlost und heruntergespielt. Nein, es war ganz ruhig, ich habe so viele alte Filme im Fernsehen gesehen, das war schön, ich habe es mir richtig gemütlich gemacht, sogar Weihnachtsdekoration, siehst du?, mir geht's gut, mach dir keine Sorgen. Angst? Quatsch, ich habe keine Angst.

Sie tat Leonie leid. Sie tat allen leid, die davon wussten. Aber sie verachteten sie auch. Verachtung und Mitleid lagen nah beieinander, waren oft nicht zu trennen.

Sie sagten: Du kannst doch gar nichts dafür.

Sie dachten: Natürlich kannst du was dafür. Wie gut, dass mir das nicht passiert ist. Aber mir könnte das gar nicht passieren, ausgeschlossen.

Hatte sie Marie nicht erzählt, dass sie den ersten Weihnachtstag mit Leonie verbracht habe? Sie konnte sich nicht mehr genau erinnern. Doch, so musste es gewesen sein. Am besten, sie erwähnte Marie gegenüber Weihnachten nicht mehr – nicht, dass es hier zu Unstimmigkeiten und Widersprüchen kam und Henny am Ende als Lügnerin dastand.

11
Tag einundsiebzig

Im Januar standen Koffer und Reisetasche immer noch genauso im schmalen Flur, wie Franziska sie vergangenen November nach Inbesitznahme der Wohnung dort abgestellt hatte. Das sah, wenn sie darüber nachdachte, unendlich traurig aus. Längst machte sie automatisch diesen kleinen eingeübten Bogen, wenn sie an den Hindernissen vorbeigehen musste. Sie konnte sich nicht dazu durchringen, die Gepäckstücke wegzuräumen. Wohin auch in dieser kleinen Wohnung?

Seit über zwei Monaten lebte Franziska aus dem Koffer. Sie hatte sich einen wackeligen Kleiderständer gekauft, um wenigstens ein paar Blusen und die einzigen Jacken, die sie mitgenommen hatte, aufhängen zu können, und ein preiswertes Bügeleisen gekauft. Ordentlich aussehen. Nicht auffallen. Gebügelt wurde auf dem Tisch in der Küche. Die wenigen Teller, Gläser und Tassen und das Besteck hatte sie in die Schränke in der Küche geräumt. Weiter war sie in ihrer Einrichtung nicht gekommen. Und weiter würde sie auch nicht mehr kommen.

Sie hätte es natürlich noch viel schlimmer treffen können. Souterrain. Aber trotzdem, es war schlimm genug. Wie die Wohnung, in der sie sich verkroch, wirklich aussah, hatte Franziska in den ersten Wochen gar nicht realisiert. Als wäre sie tagaus, tagein durch dichten Nebel getappt. Die Erleichterung und auch das Erstaunen darüber, wie einfach es gewesen war, eine Wohnung unter falschem Namen zu mieten, hatte sie zusätzlich betäubt. Nachdem sie zwei Fünfzig-Euro-Scheine über den Schreibtisch des Hausverwalters geschoben hatte, war er sehr zuvorkommend gewesen.

In dieser Zwischenwelt, der Nebelzwischenwelt, hatte Franziska die notwendigsten Dinge gekauft, sich bemüht, jeden Tag etwas zu essen und nachts zu schlafen – beides gelang ihr nicht immer –, war froh gewesen, eine Dusche, eine Heizung und ein Bett zu haben. Sie hatte sich mit U-Bahn-Fahrten die Zeit vertrieben und mit dem Besuch einmal pro Woche auf der Museumsinsel. Die Museumsinsel war der Fixpunkt ihrer Woche. Ihr einziger. Und dann war Frau Mangold in ihr Leben getreten.

Die Wohnung im Seitenflügel war auch am Tag dämmerig. Vielleicht änderte sich das im Frühling, obwohl Franziska es sich nicht vorstellen konnte. Frühling. Wäre sie dann immer noch hier? Und im Sommer? Sie dachte jetzt nicht weiter als bis morgen. Oder bis maximal nächste Woche. Neulich hatte sie von ihrem Küchenfenster einen Hausbewohner bei den Mülltonnen gesehen, dem sie noch nie begegnet war. Er inspizierte die Flaschen im Altglascontainer. Statt nach Pfandflaschen zu suchen, wie sie erwartete, griff er nacheinander alle Weinflaschen heraus, überprüfte sie und trank, falls vorhanden, die verbliebenen Reste aus. Um zehn Uhr morgens. Wo war sie hier gelandet?

Von den Holzfenstern ihrer Wohnung blätterte der Lack ab. Der Anstrich der Decken und Wände war vergilbt, was man aufgrund der Lichtverhältnisse allerdings nicht allzu deutlich sah. Die rissigen, abgewetzten Dielen hätte man längst abschleifen müssen. Das würde Franziska natürlich nicht tun. Sie würde gar nichts in dieser Behausung renovieren. Im Flur, dort, wo Koffer und Reisetasche standen, waren die Dielen an einer Stelle bedenklich tief eingesackt, eine sich nach innen wölbende Beule, sodass Franziska sich manchmal fragte, ob sie eines Tages durchbrechen und im Keller landen würde. In der ehemaligen Speisekammer neben der Küche, so eng, dass Franziska sich darin kaum umdrehen konnte, war eine Dusche eingebaut worden. Das musste schon Jahrzehnte zurückliegen. Ein Witzbold oder ein Dilettant hatte die Farben an den Wasserhähnen vertauscht, aus Rot strömte Kalt und aus Blau Warm. Die Fliesen waren rosa und fast vollständig mit Kalk überzogen. Seit Weihnachten hatte Franziska nicht mehr versucht, ihn zu entfernen, weil es aussichtslos war. Wie eine wuchernde Pflanze wuchs der Kalk an Fliesen und Duscharmaturen. Etliche Fliesen waren gebrochen. Der Fugenfüller war an vielen Stellen herausgefallen und mit Silikon notdürftig geflickt worden. Auch durch Lüften war der unterschwellige

Gestank in der Wohnung nicht zu vertreiben und ließ nicht etwa nach, sondern nahm eher zu. Lüften konnte sie die Wohnung ohnehin nicht, weil alle Fenster zur selben Seite lagen. Wahrscheinlich dünsteten die Matratze und das durchgesessene Sofa und die billigen Küchenmöbel und sogar die Wände diesen Geruch aus. Immer, wenn es ihr besonders auffiel, versuchte Franziska, sich ihr ehemaliges Institut ins Gedächtnis zu rufen und wie es dort roch. Noch vor wenigen Monaten hätte sie sich nicht vorstellen können, unter solchen Umständen zu leben. Eine Welt ohne Schönheit. Ohne die Weite des Blicks wie im Münsterland, ohne das Vergnügen daran, ihren Kopf zu benutzen. Außer dazu, über die Ortung von Handys nachzudenken und wie man existieren konnte, ohne Spuren zu hinterlassen.

Am Freitag klingelte sie in Dahlem zuerst wieder, bevor sie mit ihrem Schlüssel die Haustür öffnete. Frau Mangold war nicht da, und Franziska war sicher, sie heute auch nicht anzutreffen. Frau Mangold vertraute ihr und verzichtete darauf, sie zu kontrollieren.

Wie beim ersten Mal zog Franziska sich im Bad um. Sie arbeitete zügig, hörte keine Musik. Sie war noch gründlicher als am Dienstag – einen guten Eindruck machen! – und verstand plötzlich Frau Mangolds Ärger über ihre Vorgängerinnen. Es war nicht so sauber wie zuerst gedacht. Der Staubansammlung nach zu urteilen war in manchen Ecken der Wohnung, natürlich den schwer zugänglichen, seit vielen Monaten nicht mehr geputzt worden, wenn nicht seit Jahren. Der Vorspann der ersten Star-Trek-Folgen aus den Sechzigern kam Franziska in den Sinn: *Viele Lichtjahre von der Erde entfernt, dringt die Enterprise in Galaxien vor, die nie ein Mensch zuvor gesehen hat.*

Gegen drei, Franziska schaltete gerade den Staubsauger im Wohnzimmer aus – sie hatte keine einzige Pause gemacht –, ging der Schlüssel im Schloss. Frau Mangold. Damit hatte Franziska nicht gerechnet. Und Frau Mangold war nicht allein, denn kurz darauf hörte Franziska, wie sie sich mit jemandem angeregt und bester Laune unterhielt. Gelächter. Eine andere Frau. Franziska wurde panisch, obwohl es dafür genau genommen gar keinen Grund gab. Der späte Termin heute hatte sie irritiert. Natürlich war ihr die Uhrzeit egal, weil sie sowieso nichts anderes zu tun hatte, aber sie hatte sich gewundert, dass Frau Mangold sie nicht für neun Uhr bestellt hatte wie am Dienstag. Dann wäre sie jetzt nicht mehr hier, sondern säße längst in ihrem Hinterhofloch. Das war zwar nicht verlockend, aber immer noch besser, als mit irgendwelchen Freundinnen oder Nachbarinnen oder Kolleginnen oder wen auch immer sie anschleppte konfrontiert zu werden. Zwei Personen waren doppelt so viele, die Franziska potenziell ausfragen konnten. Über ihre Vergangenheit. Über die Gründe, weshalb sie nach Berlin gekommen war. Was sie denn bisher gearbeitet hatte, doch sicher nicht immer geputzt? Man musste verdammt gut lügen können, um so zu leben wie sie, und Franziska war sich nicht sicher, ob sie das wirklich auf Dauer durchhielt.

Sie schaltete den Staubsauger wieder ein, als könnte sein Lärm sie abschirmen und schützen, und saugte zum wiederholten Mal den Teppich vor dem Sofa. Frau Mangold betrat das Wohnzimmer, gefolgt von einer jüngeren Frau. Frau Mangold setzte ihr gewohntes Strahlen auf, wohingegen die andere Frau Franziska misstrauisch musterte, beinahe feindselig. Nicht dass sie irgendwelche äußerlichen Ähnlichkeiten aufgewiesen hätten, aber Franziska dämmerte, um wen es sich bei der anderen Frau handelte.

»Marie, Hallo, ich hatte Angst, dass Sie schon weg sind.«

Entweder war das gelogen, nur so dahingesagt oder Frau Mangold achtete nicht auf Uhrzeiten. Wäre Franziska schon weg, hätte sie gerade mal die Hälfte der vereinbarten Zeit gearbeitet. Frau Mangold war der Ansicht, um gründlich zu putzen, benötige sie bei der großen Wohnung vier Stunden. Zumindest in der ersten Zeit. Und für diese vier Stunden bezahlte sie sie auch. Offenbar hielt sie es doch für nötig, Franziska zu kontrollieren. Heute zusätzlich mit fremder Unterstützung.

»Ich will Sie auch gar nicht weiter stören. Aber ich stelle Sie kurz vor. Marie, das ist meine Nichte Leonie, von der ich Ihnen schon erzählt habe.«

Franziska und Leonie reichten sich die Hand. Franziska brachte ein Lächeln zustande, Leonie bemühte sich gar nicht erst darum. Franziska ging auf, wie sie sich hier darbot, in Jogginghose und kariertem Wanderhemd. Sie war die Putzfrau. Sie hatte gedacht, die soziale Herabstufung würde ihr nichts ausmachen, würde sie kaltlassen, aber dem war nicht so.

»Leonie hat mich von der Arbeit abgeholt. Das hätte ich Ihnen vielleicht sagen sollen. Wahrscheinlich haben Sie einen Schreck bekommen, entschuldigen Sie.«

»Es ist deine Wohnung«, sagte Leonie. »Du musst dich nicht entschuldigen, wenn du deine eigene Wohnung betrittst.«

»Jetzt sei doch nicht so giftig. Komm, wir lassen Marie ihre Arbeit machen und gehen ins Esszimmer.«

»Ich bin mit dem Wohnzimmer fertig«, sagte Franziska und zog den Stecker des Staubsaugers aus der Steckdose.

»Ach so, dann bleiben Leonie und ich doch gleich hier.«

Frau Mangold schob ihre Nichte in Richtung Sofa. Franziska brachte den Staubsauger zusammen mit etlichen Staubwedeln ins Gästezimmer. Bevor sie das Gerät einschaltete, hörte sie noch, wie Leonie sagte: »Was machst du denn dauernd für ein Theater um sie? Das kann man ja nicht mit ansehen, ehrlich.«

Franziska saugte lange, übertrieben lange im Gästezimmer, damit der Staubsauger Frau Mangold und vor allem ihre Nichte übertönte. Nach dem Gästezimmer nahm sie sich den Flur vor, die Gästetoilette und zum Schluss das Bad.

Frau Mangold stellte keine Gefahr mehr für sie dar. Aber ihre verdammte Nichte.

Diesmal verzichtete Franziska darauf, die Fliese unten an der Badewanne zu lösen. Was dahinter verborgen lag und ob es wirklich das war, wonach es ausgesehen hatte, interessierte sie heute nicht. Sie zog sich um, packte ihre Putzfrauenkleidung in den Rucksack und sah auf die Uhr. Die vier Stunden waren um. Am liebsten wäre sie gegangen, ohne sich zu verabschieden. Das Geld, das wie schon am Dienstag auf dem Herd gelegen hatte, hatte sie längst eingesteckt. Hoffentlich sah das nicht gierig aus.

Doch um eine Verabschiedung kam sie wohl nicht herum. Sie verließ das Bad, stellte ihren Rucksack unter die Garderobe im Flur, zog ihre Jacke an, damit kein Zweifel daran bestand, dass sie es eilig hatte, und ging ins Esszimmer, in dem Frau Mangold und Nichte inzwischen saßen.

Vor jeder stand eine Portion Sushi. Sie hoben den Kopf. Leonie hatte noch immer diesen feindseligen Ausdruck im Gesicht, selbst beim Kauen.

»Marie, sind Sie fertig?«

»Ja, alles erledigt. Ich wollte Sie nicht beim Essen stören, ich mache mich jetzt auch gleich auf den Weg.«

»Aber Sie stören doch nicht. Es ist mir eher unangenehm, dass ich gar nicht an Sie gedacht habe.« Frau Mangold zeigte auf das Essen.

»Vielleicht mag sie ja kein Sushi«, sagte Leonie.

Damit wollte sie vermutlich zum Ausdruck bringen, dass jemand wie Franziska sich ausschließlich von Currywurst und Big Macs ernährte.

»Danke, aber ich habe sowieso keinen Hunger.« Das war gelogen. Nach dem Putzen war Franziska hungrig wie ein Wolf, und am liebsten hätte sie Frau Mangold samt Nichte zur Seite gedrängt und sich knurrend über das Sushi hergemacht. »Und ich muss auch mal los. Ich habe noch einen Termin.«

»Ja, sicher, ich will Sie nicht aufhalten. Könnten Sie denn nächste Woche kommen? Vielleicht wieder am Dienstag? Das heute war ja ein bisschen außer der Reihe, aber Sie haben bestimmt selbst gesehen, wie nötig das war. Sie sind jetzt schon unentbehrlich, wissen Sie.«

Leonie verdrehte die Augen wie eine Fünfzehnjährige.

»Dienstag passt mir gut. Wieder um neun?«

»Um neun, abgemacht. Und Sie haben wirklich keine Zeit mehr? Für einen Kaffee vielleicht? Nein, Entschuldigung, ich bin viel zu aufdringlich. Soll ich Sie noch zur Tür bringen?«

»Nein, nein, essen Sie ruhig weiter. Ich bin nächsten Dienstag pünktlich um neun hier.«

Damit, dachte Franziska, war es endlich überstanden. In Gedanken war sie bereits draußen, auf dem Weg zur U-Bahn. Die Nichte hatte sie heute hoffentlich zum ersten und zugleich letzten Mal gesehen.

»Hat meine Tante eigentlich Ihre Kontaktdaten?«

Leonie sah nur kurz auf und widmete sich anschließend wieder ihrem Sushi. Aber die Frage stand jetzt im Raum. Groß. Drohend. Mächtig. Franziskas

Herz hämmerte wie bei einem Spurt, und sie fing an zu schwitzen.

»Ja, meine Adresse.« Hoffentlich fiel Frau Mangold in diesem Moment nicht auf, dass sie ihr immer nur Schöneberg genannt hatte und niemals eine genaue Anschrift.

»Jetzt lass sie doch, Leonie, du siehst doch, dass sie es eilig hat. Marie und ich können diese Formalitäten auch noch nächste Woche klären.«

Hieß das, sie wäre nächsten Dienstag um neun wieder anwesend?

»Ich muss mich wirklich beeilen. Bis Dienstag!«

Franziska musste sich beherrschen, um nicht aus dem Esszimmer zu rennen. Fast erwartete sie, jeden Moment zurückgerufen zu werden. Von Leonie. Die sie nach ihrer Adresse und ihrer Telefonnummer fragte. Die sie nach allem fragte. Wer sie wirklich war und was sie hier verloren hatte. Sie griff nach ihrem Rucksack, schaffte es in der Aufregung nicht, die Riemen über die Schultern zu ziehen, und verließ die Wohnung.

Nachdem sie die Tür zugezogen hatte, war ihr schwindelig vor Erleichterung. Gerettet. Vorerst.

Leonie hatte ja recht. Frau Mangold hätte Franziska nicht einmal Bescheid geben können, wenn sie einen Termin verschieben wollte, weil sie schlicht keine Telefonnummer von ihr hatte, keine E-Mail-Adresse, nichts. Hatte sie nicht neulich auch selbst gesagt: »Ich kann Sie ja gar nicht erreichen, Marie«? Oder hatte Franziska das bloß geträumt?

Erst in der U-Bahn beruhigte sich ihr Herzschlag wieder, und sie hörte auf zu schwitzen. Trotz der Panik in Frau Mangolds Wohnung – normalerweise schlug ihr das auf den Appetit – plagte Franziska inzwischen bohrender Hunger. Unterwegs kaufte sie ein. Der alte Gasherd *zu Hause* war ekelhaft, und sie hatte ihn nie richtig sauber bekommen, aber das war ihr jetzt egal, sie freute sich auf ein Essen in der Abgeschiedenheit ihrer Wohnung voller Schimmel und Kalk, sie sehnte ihr Parterreloch geradezu herbei. Hoffentlich blieb der Nichte das verdammte Sushi im Hals stecken und sie erstickte daran. Die Einkäufe stopfte sie zu ihrer Putzfrauenkleidung in den Rucksack. Zur Feier des Tages, weil sie der misstrauischen Nichte unbeschadet entronnen, weil sie immer noch nicht aufgeflogen war, kaufte Franziska auch eine Flasche Wein. Keinen Barolo wie im Hause Mangold, sondern einen Merlot für 3.49 Euro.

Sie wusste nicht, was sie morgen tun würde und übermorgen, sie wusste nicht, wie ihr Leben, falls man es überhaupt noch so nennen konnte, weitergehen würde, aber sie freute sich auf das Essen. Vielleicht reduzierte sie sich jetzt immer weiter und weiter. Bald dächte sie nicht einmal mehr an morgen – geschweige denn an die kommende Woche –, sondern nur noch an die nächsten Stunden. Am Wochenende würde sie ganz sicher nicht zur Museumsinsel fahren, zu groß war die Gefahr, Frau Mangold zufällig zu treffen. Vielleicht begleitete Leonie sie ja auch manchmal dorthin. Sie konnte Frau Mangold nicht dauerhaft eine Telefonnummer vorenthalten. Wenigstens eine Telefonnummer, wenn schon keine Adresse. Die alberne und zudem unnötige Lüge, sie wohne in Schöneberg, hatte sie zu lange aufrechterhalten, um jetzt noch die Wahrheit sagen zu können.

Am U-Bahnhof Neukölln sah Franziska inmitten des Gewühls das verwahrloste Mädchen. Erst Frau Mangolds Nichte und jetzt schon wieder diese Göre. Sie musste hier irgendwo in der Gegend wohnen. Wenn sie andere Kleidung getragen hätte und vor allem zwanzig Jahre älter gewesen wäre, hätte Franziska geglaubt, sie verfolge sie. Weil er sie schon längst aufgespürt hatte. Trotz ihrer Vorsicht in den letzten Wochen.

Sie war nur ein Teenager. Ein verhaltensauffälliger zwar, aber trotzdem nur ein Teenager. Franziska beschloss, sie nicht zu beachten, sie künftig nie mehr zu beachten, selbst dann nicht, wenn sie sie mehrmals am Tag treffen sollte. Sie stellte sich das Essen und den Wein vor. In den letzten drei Monaten hatte sie fast keinen Alkohol getrunken, was erklärte, warum ihr der Barolo bei Frau Mangold letzte Woche so zu Kopf gestiegen war. Bei ihrer bescheidenen Kücheneinrichtung hatte sie es nicht für nötig befunden, billige Weingläser zu kaufen. In ihrem Parterreloch spielte es keine Rolle, Merlot für 3.49 Euro nicht stilvoll zu trinken, zumal sie ja auch keinen Besuch erwartete. Sie würde dort niemals Besuch empfangen.

In Gedanken verloren setzte sie einen Fuß vor den anderen, ohne näher auf ihre Umgebung zu achten, vielleicht sollte sie doch wieder joggen gehen, sie vermisste das Laufen, Radtouren im Münsterland, physische, mehr aber noch geistige Verausgabung. Das Mädchen hatte sie bereits vergessen, als es ihr plötzlich auf dem Gehweg entgegenkam. Sie war es, kein Zweifel. Wieso kam sie aus der anderen Richtung? Wie war das möglich? Vorhin war sie doch noch am U-Bahnhof gewesen. Franziska stellte sich auf ein erneutes diabolisches Grinsen ein. Arglos spielte sie sogar mit dem Gedanken, Hallo zu sagen, schließlich kannten sie sich ja irgendwie.

Sie blieb so lange arglos, bis das Mädchen sie in einen unbeleuchteten Hauseingang stieß. Die Attacke kam so überraschend und schnell, dass Franziska das Gleichgewicht verlor und auf dem Boden landete. Genau auf den Resten einer zerbrochenen Bierflasche.

Im ersten Moment tat es gar nicht weh, und aus diesem Grund fragte Franziska sich, ob das gerade wirklich passiert war. Dann spürte sie klebriges Blut auf ihrer Handfläche. Sie hatte es noch nicht richtig begriffen, ihr Verstand, sonst doch so scharf, hinkte hinterher, aber etwas, vielleicht ein Urinstinkt, riet ihr, sofort aufzustehen. Der schwere Rucksack mit den Einkäufen behinderte sie. Sie versuchte, sich aufzustützen, und ein höllischer Schmerz schoss in ihre Hand.

Sie drehte den Kopf. Gerade noch rechtzeitig, um den schwarzen Stiefel auf sich zukommen zu sehen. Das Leder an der Spitze war abgewetzt. Dieses kleine Detail sah sie trotz des schlechten Lichts ganz deutlich, bevor der Stiefel sie in die Seite traf, so fest, dass ihr die Luft wegblieb.

Für einen Augenblick befand sie sich nicht mehr in einem schmutzigen Neuköllner Hauseingang. Für einen Augenblick lag sie auf den sauberen Fliesen in der Küche des Hauses in Senden. Kein Wunder, dass sie sauber waren, sie hatte sie selbst mit dem Schrubber gewischt. Schachbrettmuster, darauf hatte Johannes bestanden. Schwarz und weiß. Blut auf einem der weißen Fliesenquadrate. Im Hintergrund lief Bach. Wie unpassend. Der Schmerz bahnte sich seinen Weg aus ihrem Mund, gequälte Wimmerlaute. Das klang gar nicht so wie sie. Das klang ganz fremd. Was waren das für schwarze Stiefel? Johannes trug keine Stiefel. Schon gar keine abgewetzten. Und dann dachte sie: Das passiert mir jetzt nicht wirklich. Ich habe doch nicht alles aufgegeben, was mir von Bedeutung ist, mein ganzes Leben zurückgelassen, meinen Beruf, meine Karriere, bin in diese verfluchte Stadt gekommen, um in einem finsteren Hauseingang von einer durchgedrehten Jugendlichen zusammengetreten zu werden. Nur rund fünfhundert Meter weiter und Franziska wäre in ihre Höhle geschlüpft. In Sicherheit. Um Hilfe rufen, dachte sie auch noch, ich muss mich bemerkbar machen.

Und dann? Wenn sie um Hilfe rief und Glück hätte, weil irgendwer, dem nicht gleichgültig war, was draußen vor sich ging, die Polizei holte? Und wenn die Polizei dann käme und sie ihre Personalien nennen müsste, um die gestörte Göre anzuzeigen?

Die Polizisten würden schnell feststellen, dass sie offiziell gar nicht dort wohnte, wo sie untergekrochen war, und dass mit ihr etwas nicht stimmte.

Sie sah zu dem Mädchen auf. Ein Reflex ließ sie den Kopf mit dem Arm schützen, falls der Stiefel ein weiteres Mal zutrat. Doch die Stiefel bewegten sich nicht, das Mädchen stand ganz ruhig da. Sie hielt etwas in der Hand. Dass es sich um ein Springmesser handelte, erkannte Franziska erst, als das Mädchen den Mechanismus auslöste und die Klinge herausschoss.

12

Du hast immer noch keine Adresse von ihr? Keine Telefonnummer? Gar nichts?«

»Jetzt reg dich nicht so auf. Das brauche ich nicht. Ich vertraue Marie.«

»Du vertraust doch niemandem mehr seit –«

An dieser Stelle unterbrach Henny ihre Nichte. An dieser Stelle unterbrach sie Leonie immer und wechselte das Thema.

Leonie hatte ihrer Tante von Anfang an gesagt, dass sie ihrer neuen Putzkraft nicht über den Weg traue, auch an dem Nachmittag, als Marie in diesen schlampigen Klamotten plötzlich im Esszimmer stand und auf das Sushi starrte, doch Henny hatte all ihre Einwände abgetan, sogar die Frechheit besessen, ihr zu unterstellen, in Wahrheit gefalle Marie ihr wahrscheinlich.

Später hatte Leonie im Internet nach ihr gesucht. Es gab natürlich haufenweise Marie Webers, aber nichts deutete auf die Putzhilfe ihrer Tante hin. Die Wiedergängerin einer mecklenburgischen Landschaftsmalerin, geboren 1871, war sie wohl kaum.

Manchmal verstand Leonie ihre Tante nicht. Henny hatte nichts von dieser Marie, gar nichts, keine Telefonnummer, keinen Personalausweis, sie war ein völlig unbeschriebenes Blatt, eigentlich jemand, der gar nicht existierte. Aus irgendeinem unerfindlichen Grund fand Henny das alles offenbar nicht wichtig. Dabei war sie sonst doch so misstrauisch. Sie hatte sich im letzten Jahr verändert, was sicher kein Wunder war, und gab sich die allergrößte Mühe, es zu überspielen. Leonie fiel es natürlich trotzdem auf. Henny war allen gegenüber misstrauisch geworden – umso erstaunlicher ihr Verhalten dieser Marie gegenüber – und kapselte sich ab, auf eine Art, die einfach nicht gesund sein konnte. Angefangen mit Karin, ihrer Arbeitskollegin. Warum trafen Henny und Karin sich nicht mehr? Leonie hatte mehrmals nachgefragt, aber immer nur ausweichende und wenig überzeugende Antworten erhalten. Offenbar wollte Henny auch darüber nicht reden. Manchmal hatte Leonie das Gefühl, sie wäre der einzige verbliebene Mensch, zu dem ihre Tante noch regelmäßigen Kontakt pflegte, und diese Bürde war ihr zu groß.

Leonie wusste nicht, warum sie sich so derart an dieser Marie festgebissen hatte, wie ein kleiner, kläffender Terrier. Wahrscheinlich wollte sie Henny beschützen, obwohl ihr nicht klar war, wovor genau sie in diesem Fall beschützt werden musste. Oder war der wahre Grund ihr schlechtes Gewissen? Seit sie ihre feste Stelle hatte, stand für Henny nicht mehr so viel Zeit zur Verfügung. Leonie arbeitete viel und war oft zu müde, um abends noch nach Dahlem zu fahren. Das nahm Henny ihr übel. Sie sprach es zwar nie direkt aus, aber es war offensichtlich. Und wenn sie es ihr besonders übel nahm – du besuchst mich so selten, du warst schon so lange nicht mehr hier, von dir hört man gar nichts mehr, du könntest ja wenigstens mal anrufen –, steigerte das Leonies Unwillen, ihre Tante zu sehen, noch mehr.

Sie war besorgt wegen Hennys Ohnmacht und versuchte, sie zu einem Arztbesuch zu überreden. Henny jedoch spielte das Ganze herunter und stellte sich stur. »Ach, das war nichts, mir war nur ein wenig blümerant. Mir ging es ja sofort wieder besser. Vielleicht habe ich einfach zu wenig gegessen.« Blümerant, was war das denn für ein Wort? Ohne die rätselhafte Ohnmacht hätte Henny diese Marie gar nicht kennengelernt. Danach redete sie in einem fort über sie. Marie dies, Marie das, ich bin ja so froh, dass ich Marie habe. Es war fast peinlich. Henny klang wie eine Pubertierende, die kein anderes Thema mehr als ihren Schwarm hatte.

Marie war aus heiterem Himmel aufgetaucht und Hennys Misstrauen mit einem Mal ausgeschaltet. In diesem Fall wäre Misstrauen mehr als angebracht gewesen. Gesundes Misstrauen hätte schon gereicht, nicht dieses krankhafte, paranoide, das Henny seit einem Jahr an den Tag legte. Doch bei Marie war es vergessen.

Vielleicht hatte Marie Henny gar nicht erst im Museum kennengelernt. Vielleicht kannte sie sie schon seit Wochen. Hatte sie beobachtet, sich Henny als willkommenes und leichtes Opfer ausgesucht.

Witwe. Lebte allein in großer Wohnung in Dahlem. Was für einen Grund sollte es dafür geben, dass sie Henny weder ihre Adresse aufgeschrieben noch ihren Personalausweis gezeigt hatte?

Sollte Tante Henriette doch machen, was sie wollte. Henny konnte es nicht leiden, wenn Leonie sie Tante nannte. »Hör auf! Das klingt so ältlich!« Nach Schöneberg kam Henny nur selten, und Leonie mochte es auch nicht, wie sie sich neugierig in ihrer Wohnung umsah. Im Übrigen war Henny seit mindestens einem Jahr nicht mehr die angenehmste Gesellschaft. Es war zu einem lästigen Verwandtenbesuch geworden, bei dem die Erleichterung groß war, wenn sie ihn überstanden hatte. Und genauso fehlte Leonie die Zeit, um sich mit dieser Marie zu befassen. Andererseits konnte sie Henny damit nicht einfach allein lassen. Augenscheinlich wusste ihre Tante schon seit einer ganzen Weile nicht mehr, was sie tat. Oder was gut für sie war. Sie war fragil. Nicht nur wegen Klaus' Tod. Natürlich nicht nur deswegen.

13

Eines Mittags nach der Schule – von der letzten Unterrichtsstunde hatte sie sich großzügig selbst befreit – lungerte Sina ein wenig am Kottbusser Tor und in der Oranienstraße herum, weil sie noch nicht nach Hause wollte. Die üblichen Junkies und die schlimm Verlorenen waren wie immer zugegen und eine Menge Touristen, die sich das Ganze gern ansahen, die es mochten, sich wie ein Teil davon zu fühlen, sich in Wahrheit aber gruselten und froh waren, dass sie bald wieder zurück in ihre geordnete, langweilige Welt fuhren. Manchmal, nein, oft, wäre Sina auch gern in eine saubere, aufgeräumte Welt gefahren. Der englisch sprechende Typ von der Silvesterparty lief ihr zufällig an einem Döner-Imbiss über den Weg. Sie hatte seit Silvester nicht mehr an ihn gedacht und erkannte ihn zuerst nicht, kein Wunder, sie hatte ihn ja auch noch nie im Hellen gesehen. Und nüchtern auch nicht. Berlin war so klein, Sina traf andauernd irgendwo jemanden. Er umarmte sie, als würden sie sich gut kennen, und Sina spielte mit. Vielleicht würde sie ihn noch brauchen. Wozu auch immer. Sie war ohnehin lieber mit Älteren zusammen als mit den Kleinkindern aus ihrer Klasse. Mittags verstand sie sein Englisch plötzlich besser als in der Silvesternacht bei Bier und Rum. Also hatte sie doch irgendwas in der Schule gelernt. Er lud sie ein, ihn zu einer Party zu begleiten.

Die Party fand ein paar Tage später statt, in einer ähnlich heruntergekommenen Wohnung wie der in der Skalitzer Straße. Der englisch sprechende Typ wich Sina die ganze Zeit nicht von der Seite, was ihr zuerst schmeichelte und sie bald nervte. Um ihn loszuwerden, fing sie ein Gespräch mit einem anderen namens Bert an. Er gefiel ihr wesentlich besser als der Engländer. Außerdem kam er an alle möglichen Dinge heran, behauptete er. Messer? Ja, auch Messer, er hatte sogar eins dabei. Sina knutschte eine Weile mit ihm herum. Im Leben gab es schließlich nichts umsonst.

Bevor sie später am Abend ging, steckte Bert ihr wie versprochen das zweiseitig geschliffene Springmesser zu. Es hatte einen hübschen roten Griff.

»Mach aber keinen Mist damit, okay?«

»Klar.«

Was sollte man mit einem solchen Messer anderes anstellen als Mist? Figuren schnitzen? Gemüse schneiden? Gemüse gab es zu Hause sowieso nur, wenn Sina sich selbst darum kümmerte. Manchmal kochte ihre Mutter tiefgefrorenen Spinat und schaffte es dabei jedes Mal, die Spiegeleier anbrennen zu lassen. Aber das mit dem tiefgekühlten Spinat war sowieso eine Weile her, bestimmt schon ein Jahr.

Im Sommer wäre das vermutlich gar nicht passiert. Jedenfalls nicht so. Es wäre hell und warm gewesen und die Straßen belebter. Und mit Flipflops wäre Sina wohl kaum auf die Idee gekommen, so fest zuzutreten. Überhaupt zu treten. Im Grunde war die verdammte verlorene Frau also selbst daran schuld. Sie konnte ihr ganz schön viel Ärger machen. Das musste Sina unter allen Umständen verhindern – wenn es sein musste, auch dadurch, dass sie sich entschuldigte, bäh, kotz.

Die Frau lag zusammengekrümmt am Boden. Sie sah aus wie ein Tier, das gleich stirbt. Gruselig. Der Tritt war vielleicht ein bisschen zu fest gewesen. Langeweile oder Wut, eins davon hatte zugetreten. Sina wollte wegrennen. Wenn sie wegrannte, nach Hause zu Bobby, konnte sie so tun, als wäre das alles gar nicht passiert. Bobby würde sich wie immer freuen, wenn sie kam, so übertrieben, als hätte er Sina seit Jahren nicht mehr gesehen. Ihr Leben würde ganz normal weitergehen, und diesen kleinen Zwischenfall im dunklen Hauseingang hätte es nie gegeben. Doch so lief das nicht, das wusste sie, nicht in ihrem Alter. Sie war eine *Jugendliche mit Verantwortungsreife*. Sie würde die ganze Zeit daran denken müssen. Daran, ob die Frau sie anzeigte. Ob man durch irgendwelche Umstände auf sie kommen würde. Vielleicht hatte doch jemand zugesehen, ein Zeuge, obwohl Sina ringsherum niemanden entdeckte. Aber es gab ja immer welche, die den ganzen Tag nichts Besseres zu tun hatten, als aus dem Fenster zu starren. Sie war jetzt auch viel zu nervös, um darauf zu achten. Sie würde mächtig Ärger kriegen. Viel mehr als letztes Jahr in der Schule, als sie Annabelle, diese verschissene Bitch, so fest geschubst hatte, dass sie gestürzt war und sich dabei den Unterarm gebrochen hatte. Ob die Frau – und das war die andere Möglichkeit – vielleicht abkratzte, innere Blutungen und so, was Sina hätte verhindern können. Sina musste Hilfe holen. 110. Oder 112? Verdammt, was machte man da? Vielleicht musste die Frau ja wirklich schnell in ein Krankenhaus. Aber wenn Sina jetzt Hilfe holte, wäre natürlich bald klar, dass sie für das Ganze verantwortlich war. Spätestens dann, wenn es der Frau wieder besser ging und sie eine Aussage machte. Das konnte Sina wirklich nicht gebrauchen. Ladendiebstahl, mehrfach, der drohende Schulverweis wegen Annabelles Unterarm und jetzt das. Musste sie also dafür sorgen, dass es der Frau garantiert nicht wieder besser ging?

Das Interesse daran, sie auszurauben, hatte Sina längst verloren. Bloß weg von hier. Schnell. Sie wusste nicht, ob sie es tatsächlich wagen würde, erneut zuzutreten oder gar das Springmesser zu benutzen. Wie sich das wohl anfühlte, Messer ins Fleisch? Wahrscheinlich ein bisschen eklig. In lebendiges Fleisch, nicht in ein totes Huhn, das bleich und kalt auf der Arbeitsfläche lag. Wann hatte es zu Hause das letzte Mal Huhn gegeben? Musste schon ewig her sein. Ihre Mutter hatte die Geflügelschere auf die Arbeitsplatte geworfen und zu Sina gesagt: »Mach du das mal, mir ist das gerade zu viel.« Erst müsste sie sich sowieso durch etliche Schichten Stoff arbeiten. Sina hielt das Messer immer noch in der Hand, war versucht, es einfach in den Hauseingang neben die

Scherben der Bierflasche zu werfen, aber im nächsten Moment hielt sie das für keine gute Idee. Fingerabdrücke und so. Kannte man ja. Sie ließ die Klinge verschwinden und schob das Messer in ihre Jackentasche.

Das hier war groß und beängstigend, viel ernster als Annabelles Unterarm. Was hatte Sina sich bloß dabei gedacht? Aber es war ja nicht sie selbst gewesen, sondern die Jahreszeit. Die Langeweile. Die Wut. Die Frau am Boden gab widerliche Geräusche von sich. Kratzte sie jetzt ab? Wenn Sina ihr schon nicht half, musste sie sich doch zumindest vergewissern, dass mit ihr alles in Ordnung war. Im weitesten Sinne in Ordnung. Noch war Zeit, einfach abzuhauen. Sie könnte anonym 110 anrufen. Mit unterdrückter Nummer. Und dann zusehen, dass sie wegkam. Bestimmt gab es keine Zeugen. Sie war im Augenblick viel zu panisch, um einen klaren und vernünftigen Gedanken zu fassen. Zu Hause würde Bobby vor Freude quietschen, dass sie endlich da war, und Sina die verlorene Frau vergessen. Sie würde heute sogar ihre Mutter aushalten, sie *gern haben*, o mein Gott!, zumindest vorübergehend, solange sie dafür die Frau vergessen konnte.

Die Frau wimmerte jetzt und hielt sich die Seite. Sina wollte woanders hinsehen, konnte aber ihren Blick nicht abwenden. Einerseits drängte alles in ihr danach wegzurennen, andererseits war sie unfähig, sich zu rühren, als wäre sie am Pflaster festgeklebt. Was hielt sie hier? Eine Art Schocklähmung. Oder etwas wie ein Gewissen, womit möglicherweise auch Sina ausgestattet war.

Die Frau drehte sich stöhnend um. Das dauerte ewig. Immerhin konnte sie sich noch bewegen, lebte also noch. Anschließend setzte sie sich schwerfällig auf und streifte ihren Rucksack ab, der auf den Boden plumpste.

»Los, hilf mir mal.« Sie deutete auf den Rucksack. Sina sollte ihn offenbar aufheben. Ganz schön schwer. Die Frau fummelte ein Taschentuch hervor und drückte es auf ihre blutende Handfläche. An der Verletzung an der Hand war nicht Sina schuld, sondern die Bierflasche, um das mal festzuhalten. Sina hielt den schweren Rucksack in der Hand und hatte keinen Schimmer, was als Nächstes passieren würde. Ganz sicher nichts Angenehmes.

Die Frau stand auf, das Taschentuch noch immer auf ihre Hand gepresst.

»Bist du allein?«

»Was?«

»Los, sag schon, wo sind die anderen?«

»Was? Welche anderen?«

In dem Moment, als sie es aussprach, wurde Sina bewusst, dass sie einen Fehler gemacht hatte. Einen gravierenden. Die anderen, natürlich! Sie hätte die Frau in dem Glauben lassen sollen, dass an der nächsten Ecke eine finstere Neuköllner Gang wartete und dass alle von ihnen auf ihr Kommando hörten. Die Frau hatte es ihr doch selbst angeboten, wie auf dem Silbertablett. Verdammt! Warum hatte sie nicht besser nachgedacht? Sina, denk vorher nach, du musst erst nachdenken, bevor du etwas tust, das waren auch die Worte der ach so wohlmeinenden Lehrer.

»Keine anderen also. Gut. Dann kommst du jetzt mit«, sagte die Frau in einer Strenge, die Sina ihr nicht zugetraut hätte. Sie gehorchte. Sie gehorchte nie, warum dann jetzt? Wahrscheinlich wollte die Frau mit ihr direkt zur Polizei. Aber sie gingen nicht zur Polizei, die war irgendwo in der Rollbergstraße, sondern nur ein paar hundert Meter weiter. Sie sprachen die ganze Zeit nicht, kein einziges Wort. Was hätte Sina auch sagen sollen? Entschuldigung, tut mir leid, war nicht so gemeint? War ja so gemeint. Die Frau schloss eine Haustür auf und schob Sina vor sich her nach innen. Sina ließ alles bereitwillig mit sich geschehen.

Sie durchquerten einen Hausflur und gingen weiter bis in den Hof. Die Frau hielt Sina mit der nicht verletzten Hand am Ärmel fest. Es wäre sicher leicht gewesen, sich loszumachen, ihr den Rucksack vor die Füße zu werfen und wegzurennen, aber dafür hatte sie inzwischen die Energie verloren.

Gleich unten im Parterre des Seitenflügels schloss die Frau eine Wohnungstür auf. Sie betätigte den Lichtschalter im Inneren und bedeutete Sina einzutreten.

Im Flur an der Decke hing eine nackte Glühbirne, die so schwach war, dass Sina kaum etwas erkennen konnte. Die Frau nahm ihr den Rucksack aus der Hand, ging in die Küche und räumte dort eine Weile herum. Sina blieb einfach stehen und sah auf den Dielenboden. Sie war in letzter Zeit oft in solchen Wohnungen gewesen, Erdgeschoss, finster, abgewetzte Dielen, aber hier war es ganz anders, obwohl sie nicht wusste, was und warum. Die Kühlschranktür wurde geöffnet und wieder geschlossen. Rascheln. Dann kam die Frau zurück in den Flur, beachtete Sina gar nicht, als wäre sie ein Garderobenständer, was leichte Wut in ihr hervorrief – wieso tut sie so, als wäre ich nicht hier? –, und verschwand in einem schmalen Raum, vermutlich das Badezimmer. Sina hätte jetzt gehen können. Diese Chance hatte sie in der letzten halben Stunde so oft verstreichen lassen, dass sie es gar nicht mehr zählen konnte. Was hielt sie hier? Neugier, was als Nächstes geschehen würde? Würde die Frau jetzt immer noch mit ihr zur Polizei gehen, nachdem sie sie mit zu sich nach Hause genommen hatte? Unwahrscheinlich. Sie verhielt sich anders, als Sina es von Erwachsenen gewohnt war. Sie war seltsam. Total seltsam. Mit dieser Tante stimmte was nicht. Im Badezimmer rauschte Wasser. Kurz darauf trat die Frau mit frisch verbundener Hand wieder in den Flur. Käme jetzt eine Standpauke? Vielleicht war sie ja so eine Sozialtussi, die ihr gleich Vorträge über Gewalt hielt, die glaubte, sie zu einem guten Menschen erziehen zu müssen. Oder noch schlimmer, etwas Christliches, Zeugen Jehovas oder so was. Trugen die teure Kleidung? Wer oder was immer die Frau war, sie verhielt sich angesichts dessen, was vorgefallen war, eigenartig, und Sina bekam es allmählich mit der Angst zu tun. Es sollte doch umgekehrt sein, die Frau sollte Angst vor ihr haben.

Die Wohnung war sehr klein, außer Küche und Bad gab es nur ein einziges Zimmer, soweit Sina es überblickte. Die Frau sagte, sie könne ruhig ihre Jacke ausziehen. Sie klang eigentlich recht freundlich, was Sina noch misstrauischer machte. Die Frau hatte keinen Grund, freundlich zu ihr zu sein. Sie hätte ihr die Hölle heiß machen müssen. Aber vielleicht war das bloß eine Falle. Sina legte ihre Jacke über einen Koffer, der im engen Flur neben einer Reisetasche herumstand, als wollte die Frau morgen verreisen oder als wäre sie gerade erst angekommen. Sie wusste nicht, was sie erwartet hatte. Ob sie überhaupt etwas erwartet hatte. Bislang war sie ja nicht davon ausgegangen, jemals die Wohnung der verlorenen Frau zu sehen.

Sina hatte die Frau von Anfang an seltsam gefunden, und dieses Gefühl verstärkte sich in ihrer Wohnung zusehends. Zumal sie kaum etwas sagte, sondern Sina weiterhin wie ein Möbelstück behandelte. Sie hätte nicht mitkommen dürfen. Natürlich hätte sie nicht mitkommen dürfen. War sie total bescheuert? Aber das komplette Misslingen der Messeraktion – und vor allem der Tritt – hatte sie dazu gebracht. Als wäre sie der verlorenen Frau etwas schuldig.

Vielleicht war Sina bei einer vollkommen Verrückten gelandet. Die sie gleich überwältigen und dann in kleine Stücke hacken würde. Sie versuchte einzuschätzen, wer von ihnen beiden die Stärkere war. Die Frau war ein Stück größer als sie und natürlich älter, und sie sah recht durchtrainiert aus, zumindest nicht so schlaff wie ihre Mutter. Aber mit ihrer verbundenen

Hand, die sicher wehtat, war sie gehandicapt.

Die Frau schob Sina etwas unwirsch in das einzige Zimmer und fragte: »Willst du ein Glas Wein? Ich will jetzt eins. Cola oder was ihr sonst so trinkt, habe ich nicht.« Sie wartete keine Antwort ab, sondern verschwand in der Küche. Sina sah sich in dem Zimmer um. Bett, Tisch, Sofa. Nichts Persönliches. Weiße, kahle Wände. Kein Bild, kein Foto, gar nichts. Für eine Erwachsene mit so guter Kleidung wohnte sie total abgefahren. Eigentlich besaß sie nichts. Oder nur sehr wenig. Kein teures Sofa, nicht mal einen großen Flachbildfernseher. Die Möbel sahen allesamt gebraucht aus, sogar drei- oder vierfach gebraucht. Die Frau kam mit einer Flasche Wein und zwei Gläsern zurück. Keine Wein-, sondern Wassergläser.

»Eigentlich bist du dafür wahrscheinlich noch zu jung.«

»Ich bin sechzehn«, sagte Sina. »Also fast.«

»Fast sechzehn. Aha. Na ja, ein kleines Glas wird dich schon nicht umbringen.«

Sina stand vor einem der Fenster. In der Scheibe sah sie nur sich selbst und dahinter die Frau, die Flasche und Gläser auf dem Tisch vor dem Sofa abstellte. Glaubte sie ernsthaft, dass Sina noch nie Alkohol getrunken hatte? Sie schenkte ihnen beiden ein, reichte Sina ein Glas und stieß mit ihrem dagegen.

»Auf was?«, fragte Sina.

»Auf was?«

»Muss man nicht immer auf was Bestimmtes anstoßen?«

Das war ganz sicher eine dumme und unpassende Bemerkung, nach allem, was passiert war, und die Frau wirkte auch nicht mehr freundlich. Sina sah auf den Verband an ihrer Hand und wagte nicht zu trinken. Es war nicht zu leugnen, auch wenn sie sich darüber ärgerte, sie hatte Angst.

Nach einer Ewigkeit sagte die Frau: »Kann schon sein. Aber ich habe dafür keinen Anlass. Schon lange nicht mehr.«

Keinen Anlass? Schon lange nicht mehr? Wie alt war die Frau denn? Sina wurde neugierig, wollte gleichzeitig aber lieber gar nicht wissen, was sich hinter dieser Äußerung verbarg. »Schon lange nicht mehr« klang zumindest nicht so, als meinte sie damit den Tritt und das Springmesser. Es klang so, als läge es ziemlich weit zurück.

»Okay«, sagte Sina, »dann stoßen wir eben auf gar nichts an.«

»Auf gar nichts. Auf das Nichts. Das ist gut.«

Das Nichts? War sie so eine Art Philosophin, eine Spinnerin, die gleich komisches Zeug über die Welt quatschte? Hatte Sinas Mutter auch mal getan. Früher. Als sie sich noch besser im Griff hatte. Heute jammerte sie nur noch und fing dann an zu flennen. Oder sie brüllte herum. Warf Sachen durch die Gegend. Ein Kerzenständer war mal haarscharf an Sinas Kopf vorbeigeflogen, bevor er gegen die Wand gekracht war. Die Dellen sah man heute noch. Wer sollte das auch ausbessern? Schwer zu sagen, was schlimmer war, Jammern oder Brüllen. Es war wohl gleich schlimm, jedes auf seine Art. Das Jammern ihrer Mutter war ekelhaft, ihr Herumbrüllen zum Fürchten. Toni und vor allem Bobby ertrugen es noch schlechter als Sina.

Eigentlich sah die Frau nicht verrückt aus. Wobei Sina nicht wusste, ob man das den Leuten wirklich ansehen konnte. Vielleicht wollte sie sie zuerst betrunken machen, mit dem Wein und dem Gequatsche über die Welt, um sie besser überwältigen zu können, und dann in kleine Stücke hacken. Oder vielleicht ging es darum auch gar nicht, vielleicht wollte sie Sina betrunken machen und dann befummeln. War sie bei so einer kranken Lesbe gelandet, die sich junges Fleisch von der Straße holte? Gab es das überhaupt? Na ja, es gab ja nichts, was es nicht gab. Zumindest in Berlin. Das Messer in ihrer Jackentasche war nun schwer erreichbar. Fehler. Sie hätte die Jacke nicht ausziehen oder sie zumindest nicht auf dem Koffer ablegen dürfen.

»Coole Wohnung«, sagte Sina.

»Findest du?«

»Ja, so schön leer. Bei mir zu Hause … ach, ist auch egal.«

»Was ist bei dir zu Hause?«

»Nichts. Es ist bloß … sehr voll.«

»Wie heißt du eigentlich?«

»Sina. Und Sie?«

»Marie. Marie Weber.«

»Werden Sie mich jetzt anzeigen oder so was?«

»Grund genug hätte ich wohl. Es tut ganz schön weh.« Die Frau rieb sich die Seite und zuckte dabei leicht zusammen. »Ich hoffe, es war dein erstes Mal und du machst so was nicht dauernd. Leute auf der Straße überfallen, meine ich. Aber ich denke nicht, dass ich dich anzeigen werde. Dann hätte ich dir ja auch wohl kaum einen Wein angeboten, für den du im Übrigen wahrscheinlich doch noch zu jung bist.«

»Und Sie haben auch nicht vor, bei mir zu Hause aufzukreuzen?«

»Um mit deinen Eltern zu reden, meinst du? Wäre das so schlimm?«

»Ja. Ich meine, nein, wäre mir egal.«

Die Frau – Marie – fragte nicht weiter nach. Aber das konnte ja noch kommen. Sina wollte nicht über zu Hause reden, mit niemandem. Nicht mit den Idioten aus der Schule, nicht mit Lehrern. Manchmal erkundigten wohlmeinende Lehrer sich nach zu Hause. Sina konnte ihr Getue nicht ausstehen. Die Frau – Marie – holte einen ziemlich wackelig aussehenden Stuhl aus der Küche und forderte Sina auf, auf dem Sofa Platz zu nehmen. Sie stellte den Stuhl vor das Sofa und setzte sich. Jetzt saßen sie sich gegenüber, Sina auf dem Sofa, die Frau auf dem Stuhl, etwas höher als Sina, was Sina nicht gefiel. Seitlich von ihnen ein dunkelbrauner runder Tisch, auf dem die Weinflasche und die Gläser standen. Liefen so nicht Therapiesitzungen ab? Sina wurde wieder nervös, nachdem sie sich vorübergehend fast entspannt hatte. Fehlte nur noch, dass die Frau gleich einen Schreibblock holte und etwas notierte. Vielleicht ging es gar nicht darum, Sina in Stücke zu schneiden oder sie zu begrapschen.

Vielleicht kam jetzt so was wie: Findest du es gut, mit einer Waffe herumzulaufen? Warum machst du so etwas? Hast du Probleme mit deinen Eltern? War das ein Schrei nach Aufmerksamkeit?

Noch schlimmer als die Polizei wäre es, wenn die Frau darauf bestehen würde, zu ihr nach Hause zu kommen, um mit ihrer Mutter über den Vorfall zu reden. Dabei ging es weniger um ihre Mutter, die damit konfrontiert wurde, dass ihre Tochter draußen mit einem Messer herumfuchtelte und fremden Frauen in den Bauch trat, sondern eher darum, dass sie dann sehen würde, wie sie lebten. Und ihre Mutter. Bei Sinas Mutter konnte man vorher nie wissen, in welchem Zustand sie gerade war.

Den Gedanken, die Frau auszurauben, hatte Sina noch nicht ganz aufgegeben. Sie sah sich um. Zu holen gab es hier nichts. Der Aufwand und das Risiko lohnten sich also nicht. Am Ende würde es noch schiefgehen und sie wäre in einer noch schlechteren Position als jetzt. Außerdem war ihre kriminelle Energie inzwischen erschlafft.

Die Frau – Marie – glaubte offenbar tatsächlich, dass Sina, die in ihrem Leben bereits Bekanntschaft mit Hasch, allerlei Pillen und Hochprozentigem gemacht hatte, zum ersten Mal Alkohol trank, denn nun sah sie sie fast besorgt an und fragte, ob ihr der Wein schmecke.

»Ganz okay. Haben Sie keine richtigen Weingläser?« Viel lieber hätte sie gefragt: *Sind Sie eigentlich verrückt?* Aber obwohl sie sich aus guten Umgangsformen wahrlich nichts machte, wusste Sina, dass man eine solche Frage besser nicht stellte. Vielleicht war sie es, hatte es vorübergehend aber vergessen, und die Frage danach erinnerte sie wieder daran.

»Oh, wir sind aber vornehm.«

Sie schwiegen eine Weile vor sich hin, Sina auf dem durchgesessenen Sofa, die Frau auf dem Stuhl. Sie besaß nicht mal einen zusätzlichen Sessel. Ob sie nie Besuch hatte? Zwischendurch hielt sie sich manchmal die Seite und verzog das Gesicht. Sinas Blick konnte nirgendwohin ausweichen. Rechts und links von ihr gab es nichts in diesem kahlen Raum. Sie kam sich vor wie bei einem Durchhaltespiel: Wer von ihnen musste als Erste den Blick abwenden, wer hielt das Schweigen nicht länger aus.

Sina hielt es nicht mehr aus. »Warum steht Ihr Gepäck eigentlich im Flur rum?«

»Ich kam noch nicht zum Auspacken.«

»Sie sind also gerade erst hier eingezogen?«

»Ja, vor ein paar Wochen.«

»Ach, deswegen.«

»Deswegen was?«

»Na ja, es sieht noch nicht so richtig eingerichtet aus. Und was machen Sie so? Ich meine, was arbeiten Sie?«

»Dies und das.«

Dies und das? Was war das denn für eine Antwort? Es klang so, als wollte die Frau nicht darüber reden. Großes Geheimnis. Gut, Sina wollte ja auch nicht über zu Hause reden. Die Frau sah mittlerweile gar nicht mehr verloren aus. Im Gegenteil, auf einmal sah sie erschreckend selbstsicher aus und irgendwie unergründlich, was Sina überhaupt nicht in den Kram passte. Sie wusste gern, mit wem sie es zu tun hatte. Alles hatte sich ins Gegenteil verkehrt, es hatte doch genau andersherum laufen sollen. Zwischendrin stand die Frau auf und verschwand eine Weile im Badezimmer. Wasserrauschen. Geklapper. Vielleicht würde sie Sina immer noch anzeigen, obwohl sie behauptet hatte, es nicht zu tun. War diese kahle, unpersönliche Wohnung überhaupt ihr Zuhause? Eine Anzeige konnte Sina wirklich nicht gebrauchen. Annabelles Unterarm war nicht der erste Vorfall dieser Art gewesen. Ein Jahr zuvor hatte Sina sich auf dem Schulhof mit einem älteren Jungen geprügelt. Er war eindeutig stärker als sie, aber Sina war fieser. Er gab auf, nachdem sie ihm in die Eier getreten hatte, und trug außerdem ein blaues Auge davon. Danach war eine Weile von ihrem »Aggressionspotenzial« die Rede. Die wohlmeinenden Lehrer mit ihrem Getue hatten sie verstärkt nach zu Hause gefragt, ob zu Hause alles in Ordnung sei, und natürlich wurde ihre Mutter einbestellt. Immerhin, diesen Termin hatte sie damals wahrgenommen. War ja auch schon länger her, ungefähr zu der Zeit, als sie noch Spinat mit angebrannten Spiegeleiern kochte. Sina hatte niemals verraten, was sie dazu gebracht hatte, sich mit dem Jungen zu prügeln, weder ihren Lehrern, die einige Wochen nicht lockerließen, noch ihrer Mutter, die das Ganze aber ohnehin schnell vergaß. Oder vergessen wollte.

»Sind Sie eigentlich verrückt?«

Nun war es ausgesprochen, Sina konnte es nicht mehr zurücknehmen. Täuschte sie sich, oder war die Frau von der Frage belustigt?

»Verrückt? Sehe ich so aus?«

»Nein, eher nicht.«

»Dann bin ich ja beruhigt.«

Sie schwiegen wieder eine Weile. Entweder war die Frau komplett irre – immerhin nahm sie ihre Angreiferin mit zu sich nach Hause, falls das ihr Zuhause war, und wem würde das schon einfallen – oder sie war ganz in Ordnung. Irgendwas dazwischen schloss Sina aus.

»Kannst du das denn erkennen?«, fragte die Frau. »Verrückte, meine ich.«

»Klar.«

Machte die Frau sich über sie lustig? Wenn Sina eins nicht ausstehen konnte, dann das. Wenn jemand über sie lachte, wurde sie schnell wütend. Wenn sie wütend wurde, handelte sie unüberlegt. Sie musste allerdings zugeben, dass sie fast immer unüberlegt handelte. Bei der Aktion mit dem Messer hatte sie einen großartigen Plan verfolgen wollen, und was war dabei herausgekommen? Nichts. Kläglich versagt.

»Musst du nicht langsam mal nach Hause?«, fragte die Frau.

»Ich kann kommen, wann ich will.«

»Aha. Das kann ich mir zwar nicht vorstellen, aber gut. Ich glaube, du solltest trotzdem bald gehen. Und ein Glas Wein reicht auch für dich.«

»Sie wollen den Rest ja nur für sich haben.« Was dachte diese Frau denn? Dass sie noch ein kleines Kind war?

»Stimmt. Ich muss in Ruhe über einiges nachdenken.«

Etwas Überraschendes trat ein. Sina, die die ganze Zeit hatte fliehen wollen, fühlte sich ausgeschlossen. Weggeschickt. Fast hätte sie darum gebeten, noch ein bisschen bleiben zu dürfen. Ach bitte, bitte, nur noch eine halbe Stunde. Die kahle Wohnung erschien ihr plötzlich sehr gemütlich, ein guter Ort. Ein Ort, an dem sie alles hinter sich lassen konnte. Zu Hause. Die Scheißwelt. Die Frau konnte doch zusammen mit ihr in Ruhe nachdenken. Sie wollte noch nicht gehen. Zu Hause erwarteten sie Toni, Bobby und ihre Mutter. Sina mochte gar nicht daran denken, was es zu essen gab und in welcher Verfassung sie ihre Mutter antreffen würde.

Die Frau stand auf und holte aus einer schmalen Aktentasche einen Block, den sie Sina zusammen mit einem Bleistift reichte. »Wir sind noch nicht fertig miteinander, das ist dir hoffentlich klar. Schreib mir deine Handynummer auf.«

Etwas zweites Überraschendes geschah, Sina notierte tatsächlich ihre eigene Nummer und keine erfundene. Sie wünschte sich sogar, dass die Frau – Marie – sie anrief. Ein bisschen zumindest.

Die Frau schien es jetzt sehr eilig zu haben und brachte Sina zur Tür. »Wir sehen uns ganz sicher wieder. Komm gut nach Hause. Und mach unterwegs keinen Unsinn.«

Und so stand Sina bald auf der Straße und schlug den Weg nach Hause ein. Ihr war nichts passiert, sie war davongekommen. Die Frau hatte nicht die Polizei verständigt, und mit ihrer Mutter wollte sie auch nicht sprechen. Wahrscheinlich war es ein Fehler, ihr die Handynummer gegeben zu haben. Und warum war sie so blöd gewesen, ihr ihren richtigen Namen zu sagen? Sie konnte auch morgen früh noch zur Polizei gehen, eine Beschreibung von Sina abliefern und den Bullen ihre Nummer zeigen. Selbst wenn es keine Zeugen gab, wem würden die Bullen wohl eher glauben, Sina oder einer gut gekleideten Erwachsenen? Sie würde der Frau bald einen Besuch abstatten, morgen oder übermorgen, um das zu verhindern. Ihr etwas mitbringen. Blumen vielleicht. Sich bei ihr einschmeicheln. Konnte sie das? Nein, das war nicht gerade Sinas Stärke.

Als sie die Straße entlangging und die Hände in die Taschen schob, merkte sie, dass etwas fehlte. Ihr Handy war da, Taschentücher, ein angefressener Schokoriegel, irgendwas Ekliges, das sich klebrig anfühlte, Kaugummi?, aber das Springmesser mit dem hübschen roten Griff nicht. Sie durchforstete all ihre Taschen. Kein Messer. Entweder war es ihr herausgerutscht, in der Wohnung oder draußen, was Sina allerdings bezweifelte, weil sie sicher das Geräusch mitbekommen hätte, wenn es zu Boden gefallen wäre, oder die Frau hatte es unbemerkt aus ihrer Tasche genommen.

14

Zuerst kam der Schock. Oder vielleicht war Franziska auch einfach verblüfft über das, was geschah. Dass es überhaupt geschah, jetzt, als sie sich allmählich in Sicherheit glaubte. Sicherheit war immer trügerisch, man durfte ihr nicht trauen. Und dass ein Mädchen sie überfiel. Dieses Mädchen.

Dann kam der Schmerz. Überwältigend. Nachdem er etwas abgeklungen war, hätte sie das Mädchen am liebsten verdroschen, windelweich geprügelt, aber dieser Moment dauerte nicht lange an.

Natürlich hatte sie Angst vor ihr. Sie war brutal, äußerst brutal, und vor allem rechnete Franziska damit, dass das Mädchen nur die Vorhut war und im nächsten Augenblick eine ganze Horde Unterschichtsjugendliche aufkreuzen würde. Aber, und das war schwer zu erklären, trotz der massiven körperlichen Attacke war die Angst viel schwächer als die andere, die *richtige* Angst. Davor, dass Johannes gegen die Tür hämmerte und rief: Hast du gedacht, so einfach kommst du mir davon, du kleine Klugscheißerin? Davor, dass ihre Eltern klingelten, angeekelt die Nase über das verdreckte, heruntergekommene Treppenhaus rümpften und aufgebracht fragten, wie um Himmels willen sie in solch einer Bruchbude gelandet sei. Angst, dass eines Tages womöglich sogar die Polizei vor der Tür stand, zusammen mit dem versoffenen Hausverwalter, der davon sprach, dass sie ihm ja gleich verdächtig vorgekommen sei. Selbst vor der eher unwahrscheinlichen Möglichkeit, dass Evi sie aufsuchte, mit irgendeinem blöden Spruch à la, ach, hier hast du dich also die ganze Zeit versteckt, du wolltest wohl ins echte Leben, was?, und Franziska zur Rede stellte, was sie denn glaube, wer nun ihre Seminare übernehme, sie könne doch nicht von heute auf morgen verschwinden, fürchtete sie sich.

Sie hatte noch nie gut mit Kindern umgehen können, ihr siebenjähriger Neffe überforderte sie meistens, und insofern wusste sie auch nicht, was sie mit diesem Mädchen anstellen sollte. Mit so einem wilden, brutalen, verwahrlosten Kind. War sie überhaupt noch ein Kind? Wohl eher nicht. Fast sechzehn. Sie war an der Schwelle, weder Kind noch erwachsen, Franziska erinnerte sich. Allerdings war sie in ihrem Alter nicht mit Messern draußen herumgelaufen. Sie war die Bravheit in Person gewesen, strebsam, fast gar nicht aufsässig – diese Phase des Erwachsenwerdens schien Franziska einfach ausgelassen zu haben –, darum bemüht, angepasst zu sein. Musterschülerin, dabei aber unauffällig. Fastsechzehn war das genaue Gegenteil von ihr.

Sie wusste nicht, was sie geritten hatte, sie mit nach Hause zu nehmen. *Nach Hause*, schon wieder dieser unpassende Ausdruck. Wahrscheinlich Neugier. Hinter ihr lagen dumpfe, stumpfe Wochen voller Angst, aber ohne Neugier auf irgendetwas, Wochen ohne richtiges Leben. Sie brauchte einen Geisteskick, etwas, das ihr Gehirn, ihren Verstand beschäftigte. Außerdem sollte sich Fastsechzehn ruhig ein bisschen schlecht fühlen. Im Grunde war es unvernünftig. Möglicherweise gefährlich. Sie war gewalttätig geworden, und was hinderte sie daran, es wieder zu sein? Sie hatte Franziska verletzt, und sie hätte sie anzeigen müssen, was aus den bekannten Gründen aber nicht ratsam war. Als hätte Fastsechzehn es geahnt.

Ihre Herkunft interessierte Franziska, ihre Familie. Eine unvergleichliche Wohltat, endlich wieder Interesse für etwas aufzubringen, sie hatte es schon verloren geglaubt. Aber Fastsechzehn gab partout nichts preis. Franziska konnte es ihr nicht verdenken, für sie galt das ja genauso, wobei sie allerdings auch nicht gewusst hätte, warum sie sich ausgerechnet einem halben Kind hätte anvertrauen sollen. Sie hätte ihr keinen Wein geben sollen. Viel zu jung.

Einen Tag später stand Fastsechzehn am späten Nachmittag im schummrigen Licht der Treppenhausbeleuchtung vor der Tür. Nicht Johannes, nicht Franziskas Eltern, nicht Evi aus dem Institut – wie sollten sie auch –, sondern Sina. Abgesehen vom Hausverwalter war sie der einzige Mensch, der wusste, dass Franziska hier wohnte.

»War die Haustür unten auf?«

»Nein. Hab überall geklingelt, außer bei Ihnen, irgendwer macht immer auf.«

»Und wieso nicht bei mir?«

»Vielleicht hätten Sie nicht aufgemacht? Wegen … also … Sie wissen schon.«

Sina zog einen in Plastikfolie gewickelten Blumenstraß hinter ihrem Rücken hervor, der augenscheinlich aus dem Supermarkt stammte. Oder aus einem U-Bahn-Kiosk. Oder aus einem Spätkauf, in Berlin gab es irritierend viele Möglichkeiten zum Einkaufen. Tulpen, wie in Frau Mangolds Esszimmer. Ungeschickt und sichtlich verlegen überreichte sie ihn Franziska. Gleichzeitig schien sie auch trotzig und verärgert, wahrscheinlich über ihre Verlegenheit.

»Du hast nicht zufällig auch eine Vase mitgebracht?«

»Eine Vase? Ich dachte, so was hätten Sie. So was haben doch alle zu Hause.«

»Tja, ich nicht. Komm doch rein.«

Ob es ein Fehler war, sie in die Wohnung zu lassen? Nun bereits zum zweiten Mal. Doch Franziska hatte das Gefühl, Fastsechzehn von ihrer Verlegenheit erlösen zu müssen. Sie war davon ausgegangen, niemals in ihrem neuen Heim Besuch zu empfangen. Bei Sina war es allerdings nicht so schlimm. Erstens kannte sie die Behausung schon, schien ihr erstaunlicherweise sogar etwas abgewinnen zu können, und zweitens schämte Franziska sich vor einer Jugendlichen nicht.

Sie wusste nicht, was sie mit den Tulpen machen sollte, die sie immer noch in der Hand hielt. Sie schickte Sina in das Zimmer und suchte in der

Küche nach einem Gefäß, irgendetwas, fand aber nichts. Eine Blumenvase war das Letzte, was sie sich im November als unbedingt notwendigen Einrichtungsgegenstand angeschafft hätte. Dass Sina mit einem billigen Blumenstrauß vor der Tür stand, war durchaus rührend. Wenn als Entschuldigung auch recht dürftig. Falls die Blumen überhaupt als Entschuldigung zu werten waren, gesagt hatte sie nichts in der Art. Vom gestrigen Stiefeltritt tat Franziska die Seite auch heute noch so weh, dass sie es bei jeder Bewegung spürte. Und im Laufe des Tages war der blaue Fleck prächtig erblüht.

Zumindest empfand sie heute keine Angst mehr vor Sina. Als sie in der Schublade mit dem wenigen Besteck, das sie nach ihrem Einzug gekauft hatte, ein Messer suchte, um die Tulpen anzuschneiden, fiel ihr das Springmesser mit dem roten Griff ins Auge. Sie holte es heraus und steckte es in eine der vorderen kleinen Taschen ihres Rucksacks. Sie musste Sina vor diesem Messer bewahren. Obwohl sie sich wahrscheinlich jederzeit ein neues besorgen konnte. Am liebsten hätte sie es hinter der Fliese unten an der Badewanne deponiert, aber in der winzigen Kammer voller Kalk und Schimmel gab es nur eine Dusche. Sie dachte an Frau Mangold und an die Entdeckung in ihrem Badezimmer. Wozu brauchte eine so kultivierte, nette Person wie Frau Mangold einen Revolver, eine Pistole – dieses Ding?

Franziska verteilte die Tulpen auf leere Wasserflaschen, die Rotweinflasche von gestern und Gläser.

Mit zwei der Flaschen ging sie in das einzige Zimmer und stellte sie dort auf den runden Tisch. Sina saß auf dem Sofa und wischte auf ihrem Smartphone herum.

»Heute kriegst du keinen Wein.«

»Ist okay.«

»Ich habe immer noch keine Cola. Oder was ihr sonst so trinkt. Ich habe ja auch nicht mit deinem Besuch gerechnet. Hast du Hunger? Ich wollte mir gerade was zu essen machen. Oder musst du nach Hause?«

»Ich kann kommen, wann ich will.«

»So so.«

Wollte sie wirklich für dieses Mädchen kochen, das sie gestern so brutal überfallen hatte? Doch Franziska war nicht bereit, ihretwegen ihren Tagesablauf zu ändern. Ein geregelter Tagesablauf war enorm wichtig für die geistige Stabilität. Und mit ihr zu essen, war vielleicht angenehmer, als sich einfach nur im tristen Zimmer gegenüberzusitzen. Franziska fühlte sich einsam. So deutlich hatte sie das in den zurückliegenden Wochen noch nie gedacht, sie hatte dieses Wort immer vermieden, als gehörte es gar nicht zu ihrem Wortschatz, doch jetzt leuchtete es in Großbuchstaben vor ihr auf: EINSAM. So einsam, dass sie sich insgeheim sogar über eine Jugendliche freute, die sie gestern noch abstechen wollte. Wozu, wenn nicht zu diesem Zweck, hatte sie sonst dieses Messer? Vielleicht wollte sie das ja immer noch. Franziska hatte wochenlang mit niemandem geredet, abgesehen von Frau Mangold. Sie konnte zwar gut für sich sein, war es sogar gern, aber nur, wenn sie Arbeit hatte, einen Aufsatz, ein vorzubereitendes Seminar. Ihr fehlte der Austausch im Institut. Nudeln. Alle Kinder mochten doch Nudeln mit Tomatensoße.

»Hast du nun Hunger oder nicht?«

»Ja, schon. Ein bisschen.«

»Dann komm mit in die Küche.«

Franziska hatte genug für Spaghetti mit Tomatensoße eingekauft, sogar frische Kräuter, Parmesan, Sardellen. Die Kräuter steckten in einem der Gläser, die Tulpen in den übrigen. Trinken konnten sie jetzt nur noch aus Kaffeebechern.

Sie wies Sina an, sich auf einen der beiden Stühle zu setzen. Fast hätte sie gesagt: Nehmen Sie doch Platz – als wäre Fastsechzehn eine ihrer Studentinnen. Franziska hatte die Studenten gesiezt und sich das auch umgekehrt erbeten, damit kein Zweifel daran bestand, dass sie auf unterschiedlichen Stufen des Wissensbetriebs standen. Außer ihr siezte niemand aus dem Mittelbau Studierende. Sebastian und Evi fanden das steif und altmodisch. Sie begann mit dem Kochen, froh, dass ihre Hände beschäftigt waren. Sie hatte verlernt, wie man sich unterhielt. Wie man sich mit einer fast Sechzehnjährigen unterhielt, und worüber, wusste Franziska sowieso nicht. Ihr fehlte der lebendige Austausch im Institut so sehr. Johannes hatte sie nie zu den Weihnachtsfeiern und Institutsausflügen, meist irgendwo im umliegenden

Münsterland, begleitet, außer ganz am Anfang. Alle anderen hatten ihre Partner mitgebracht. »Deine Kollegen sind so aufgeblasen. Das hält man ja nicht aus.« Franziska hatte immer ohne zu murren die schmutzigen Tassen eingesammelt und in der Kaffeeküche in die Spülmaschine geräumt. Wer das jetzt wohl erledigte? Sebastian bestimmt nicht.

»Sie können kochen?«, sagte Sina.

War das eine Frage?

»Das siehst du doch. Ist das so erstaunlich?«

»Na ja, ich meine, mit richtigen Tomaten und so.«

Richtige Tomaten? Es waren welche aus der Dose.

»Ich meine, nicht mit Ketchup oder so.«

»Eigentlich fehlen noch Karotten und Sellerie, aber das habe ich jetzt nicht da. Es wird auch so gehen.«

»Sellerie?«

Sie sprach es so aus, als wäre Sellerie Gift oder zumindest etwas Ungenießbares. Aßen Jugendliche heute nicht gesund? Vegetarisch? Vegan? Abgehängte Jugendliche vermutlich nicht. Fastsechzehn ernährte sich wahrscheinlich von Hamburgern.

Die Essecke im Erdgeschoss des Hauses in Senden, mit Blick auf den lächerlich kleinen Garten und, weiter hinten, auf eines der Nachbarhäuser. Abendessen mit Johannes. In den letzten Monaten war es meistens schlimm gewesen, am allerschlimmsten aber ungefähr zwei Wochen, bevor sie überstürzt nach Münster, von dort nach Hamm und von Hamm nach Berlin gefahren war. Johannes war schon gereizt nach Hause gekommen, Franziska tippte auf Ärger in seiner Firma. Das Abspringen eines wichtigen Kunden, weil ein Programm nicht fertig geworden oder fehlerhaft war. So ein genialer, unverzichtbarer Entwickler, für den er sich gern hielt, war Johannes möglicherweise gar nicht. Sie hatte wie meistens gekocht. Manchmal, am Wochenende, kochte auch er, stets ungewöhnliche, exotische und aufwendige Gerichte, asiatisch, indisch, deren Zubereitung Stunden brauchte und Chaos und Dreck in der Küche hinterließ. Offene Gläser und Flaschen überall wild verteilt, Ölpfützen, Fettspritzer, Gemüsereste in der Spüle, Zwiebelschalen auf dem Fußboden. Geputzt hatte danach immer Franziska. Und jetzt putzte sie für Frau Mangold. Zwei Wochen, bevor sie im Regen mit ihrem Gepäck zum Busbahnhof gegangen war, hatte Johannes beim Abendessen zuerst das Besteck voller Wut auf seinen Teller geworfen. So schwungvoll, dass es vom Teller abprallte und auf dem Boden landete. Auf dem schönen neuen Eichenparkett. Anschließend hatte er seinen Teller gegen die weiß gestrichene Wand geschleudert. Ein Rest Kartoffelgratin war an der Wand kleben geblieben. Hatte sie da, spätestens an diesem Abend, ihren Entschluss gefasst?

Das Essen war fertig. Franziska nahm zwei Teller aus dem hässlichen Küchenschrank, füllte beide, stellte sie auf den Tisch und setzte sich auf den zweiten Stuhl.

Sina hatte ganz offensichtlich Hunger, denn sie langte kräftig zu. Ein wenig erfüllte das Franziska mit Stolz, und sie fragte sich irritiert, ob das Anwandlungen mütterlicher Gefühle waren. Was tat sie hier eigentlich? Sie kochte für eine verwahrloste Jugendliche, die sie erstens gar nicht kannte und die sie zweitens gestern überfallen hatte, und aß zusammen mit ihr am Küchentisch. Sie war doch keine Sozialarbeiterin. Wobei Sina heute etwas weniger verwahrlost aussah. Ihre Haare waren gekämmt, ihre Kleidung schien sauber. Als hätte sie sich extra Mühe für ihren Besuch gegeben.

»Wie heißen diese Dinger noch mal?«

Sina hatte am Rand ihres Tellers einen kleinen grünen Haufen aufgetürmt.

»Kapern.«

»Ach ja, stimmt. War mir bloß nicht eingefallen.«

»Magst du sie nicht?«

»Weiß nicht.«

Franziska sah jetzt auch, dass Sina skeptisch die dünnen Gräten der Sardellen, kaum als solche zu erkennen, auf ihrem Löffel beäugte.

»Gräten. Die kann man aber essen.«

»Ja, das weiß ich doch, meinen Sie etwa, ich bin blöd?«

Hierbei war Franziska sich nicht ganz sicher, aber sie schwieg, weil sie Sina nicht reizen oder provozieren wollte.

»Tut es eigentlich noch weh?«

»Geht so.«

»Sie können es ruhig sagen.«

»Ja, es tut schon noch ziemlich weh.«

Sina stocherte in dem Nudelrest auf ihrem Teller herum. »Es … also … es war wohl keine so gute Idee.«

»Das stimmt. Warum hast du es dann getan?«

»Das hatte gar nichts mit Ihnen zu tun. Es war alles so scheiße. Und mir war, ich weiß auch nicht, irgendwie langweilig. Ich dachte, dass ich dann … ich weiß auch nicht. Dass dann irgendwie alles besser wird. Es war eine echte Scheißidee. Sie wollen doch nicht, also – zu mir nach Hause? Zu meiner Mutter oder so? Und diese grünen Dinger, wie heißen die noch gleich, Kapern, genau, also ich wollte Sie nicht kritisieren oder so. Das Essen war total super.«

Mehr Entschuldigung konnte Franziska von Fastsechzehn wohl nicht erwarten. Wahrscheinlich war es schon exorbitant viel.

Nach dem Essen wusch Franziska das Geschirr und die Töpfe ab, und erstaunlicherweise bot Sina an abzutrocknen. »Ich mache das oft. Die Spülmaschine zu Hause ist kaputt, schon seit einem halben Jahr, und wir haben nicht … meine Mutter … ach, ist nicht so wichtig.«

Sie würde nicht mehr sagen, zumindest jetzt im Moment nicht, das hatte Franziska inzwischen begriffen. Sicher fehlte das Geld für die Reparatur der Spülmaschine – und wahrscheinlich nicht nur dafür –, und das war Sina peinlich.

Sie gingen in das Wohn- und Schlafzimmer. Das einzige Zimmer. Wenn Franziska noch arbeiten würde, geistig arbeiten, stünde hier auch ihr Schreibtisch. Sie besaß nicht einmal mehr einen Schreibtisch. War man ohne Schreibtisch ein Mensch? Diesmal setzte sie sich neben Sina auf das durchgesessene Sofa. In den ersten Wochen hatte sie sich so davor geekelt, dass sie es nie benutzte, aber inzwischen war sie daran gewöhnt. An alle abgenutzten, billigen Möbel in dieser Wohnung. Sie stellte ihre Tasse mit dem Mineralwasser auf dem runden Tisch neben dem Sofa ab. Ihr Blick fiel auf die Ablagefläche unter der Tischplatte. Das elegante Notizbuch, in das sie auf der Museumsinsel schrieb, lag dort. Und Frau Mangolds Schlüssel. Neben Frau Mangolds Schlüsseln lagen die Institutsschlüssel aus Münster. Die alte und die neue Arbeit. Von der geistigen Elite zum Putzen. Franziska hätte sie natürlich abgeben müssen. Ob bei ihrem inzwischen monatelangen Fehlen auch jemandem auffiel, dass sie die Schlüssel fürs Institut noch besaß? Sie waren die Erinnerung an ihr altes Leben. Hier, in diesen Schlüsseln, hätte ihre glorreiche Zukunft gesteckt. Zumindest wären sie der Anfang, der Wegbereiter gewesen. Auf der Ablagefläche des Tisches wirkten sie so, als würde Franziska sie noch brauchen. Täglich benutzen. Sie spürte Tränen hochsteigen, die von innen gegen die Augen drückten. Schnell trank sie einen Schluck Wasser und drehte ihr Gesicht von Sina weg.

Entweder bemerkte Sina nichts von all dem oder sie war so feinfühlig, nicht nachzufragen. Für besonders feinfühlig hielt Franziska sie allerdings nicht. Eher für das Gegenteil. Sie trauerte ihrer verlorenen Zukunft hinterher, der Wissenschaftskarriere, für die sie bestimmt war, der Professur in einer kleinen Universitätsstadt, die ganz sicher gefolgt wäre, als hätte sie nur auf Franziska gewartet. Franziska hätte dem ganzen Druck und der Konkurrenz standgehalten, sie hätte sich behauptet. Sebastian nicht. Er war zwar grenzenlos von sich überzeugt, in Wahrheit aber schwach, und Evi hatte einfach nicht genug Durchsetzungskraft. Sina redete über irgendwelche Berliner Clubs, die sie ganz sicher noch nicht betreten durfte, von einem Engländer, mit dem sie sich angeblich bestens unterhalten hatte, und von Musik, die Franziska nicht kannte. Sina fragte nicht nach ihrem Messer. Aber sie wusste vermutlich gar nicht, dass Franziska es gestern aus ihrer Jackentasche genommen hatte. Vermutlich dachte sie, sie hätte es draußen verloren. Das Messer war furchteinflößend, vor allem die Vorstellung, dass dieses Mädchen unkontrolliert damit herumfuchtelte, aber Franziska kam nicht umhin, bei diesem Bild, ein wildes, rohes Bild, auch so etwas wie Bewunderung zu empfinden. So ganz anders als sie selbst in diesem Alter.

»Sagen Sie ... also ... wollen Sie wirklich zu mir nach Hause kommen?«

»Du meinst, um mit deiner Mutter zu reden? Wegen gestern?«

»Ja.«

»Ich denke darüber nach. Wäre das so schlimm?«

»Ja, schon.«

»Deine Mutter soll nichts davon wissen, nehme ich an. Und was ist mit deinem Vater?«

»Ist gestorben.«

»Oh. Das tut mir leid.«

»Schon okay. Ist fünf Jahre her.«

»Ein Unfall?«

»Nein, krank. Schlimm krank. Sah echt fies aus am Schluss. Ganz dünn und so, wie ein Gerippe.«

»Das tut mir wirklich leid. Redest du deswegen nicht gern über deine Familie?«

»Sie erzählen doch auch nichts. Wo Sie zum Beispiel vorher gewohnt haben, wenn Sie gerade erst hier eingezogen sind.«

»Ich wusste nicht, dass dich das interessiert. Es ist auch nicht besonders spannend. Nicht in Berlin.«

»Und wo dann?«

Sollte Franziska jetzt etwa den richtigen Ort nennen? Nein, besser nicht. Nicht einmal das richtige Bundesland, wenngleich sie Sina weder geografische Kenntnisse noch ein gutes Gedächtnis oder echtes Interesse zutraute. Und zu einer besonderen Spezialeinheit zum Aufspüren verschwundener Personen gehörte sie sicher auch nicht.

»In Rheinland-Pfalz. Kleines Kaff. Kennst du ganz sicher nicht. Kennt fast niemand.«

»Und warum sind Sie nach Berlin gekommen?«

Weil der erste Fernzug nach Berlin fuhr. Weil ich nicht wusste, wohin, und dachte: Gut, dann eben Berlin. »Hat sich so ergeben. Ich dachte, ich brauche mal was Neues.«

»Kann ich verstehen. Ich hätte auch gern was Neues. Sie haben's gut. Sie können das einfach machen.« – Wenn du wüsstest, dachte Franziska. – »Aber ich bin ja noch nicht achtzehn. Das dauert noch ewig. Und die Schule und alles. Meine Mutter. Bobby. Sie haben's gut.«

Bobby? Franziska fragte besser nicht, wer das war. Vielleicht der Engländer. Ihr Freund. Oder ein Junge, für den sie aussichtslos schwärmte. Bei der Erwähnung seines Namens wurden Sinas Gesichtszüge weich, nur ganz kurz, und sie sah zum ersten Mal so aus, als würde ihr jemand etwas bedeuten.

»Zur Schule gehst du regelmäßig, hoffe ich.«

»Wollen Sie jetzt mit mir über die Scheißschule reden? Ist das hier ein Verhör oder was?«

»Schon gut, du hast recht, das geht mich nichts an.«

Franziska tippte auf schlechte Noten, mangelndes Interesse und wiederholtes unentschuldigtes Fehlen. Ein Problemkind.

»Hast du denn jemanden zum Reden? Freunde?«

»Was ist das denn für eine dämliche Frage? Klar habe ich Freunde! Jede Menge sogar. Was dachten Sie denn? Sehe ich irgendwie aus wie so ein einsamer Freak oder was?«

Sinas Haltung hatte sich geändert, sie beugte sich nach vorn, die Arme auf die Oberschenkel gestützt, den Kopf gesenkt, und legte ihre Handflächen an die Schläfen.

»Alles in Ordnung mit dir? Hast du Kopfschmerzen?«

»Ja, so ähnlich.«

Nein, sie würde Sina jetzt keine Kopfschmerz-tablette anbieten, einer Fünfzehnjährigen hätte sie auch keinen Wein geben sollen, und sie hatte auch nicht den Eindruck, als wären Sinas Probleme mit Ibuprofen zu lösen. Was immer ihre Probleme waren.

Plötzlich stand Sina auf und sagte, sie müsse nach Hause. Schnell korrigierte sie sich – sie *müsse* natürlich nicht nach Hause, sie könne kommen und gehen, wann sie wolle.

Franziska folgte ihr in den Flur. Sina bedankte sich für das Essen – ja, also danke für die Spaghetti und so, war echt gut –, nahm ihre Jacke, die sie wie gestern über Franziskas Koffer gelegt hatte, und ver-abschiedete sich.

»Du kannst mich gern wieder besuchen, wenn du Lust hast.«

Falls Sina dieses Angebot überraschte, ließ sie es sich nicht anmerken. »Mal sehen. Wenn ich Zeit habe. Ich hab ja noch was anderes zu tun.«

»Klar.«

Franziska stand an der Tür und hörte Sinas Schritten nach, bis sie verklungen waren. Zum ers-ten Mal seit ihrer Ankunft in Berlin verspürte sie so etwas wie gute Laune. Zumindest erinnerte es ent-fernt daran. Als sie ohne nennenswerte Hindernisse und Widerstände den Mietvertrag für das Parterre-loch unterschrieben hatte, war sie nicht gut gelaunt gewesen, sondern erleichtert. Vor Erleichterung hatte sie draußen auf der Straße vor dem Haus, in dem das Büro des Hausverwalters lag, zu zittern angefangen, so heftig, dass sie zuerst befürchtete, mit diesen Zitterbeinen würde sie es gar nicht bis zur U-Bahn schaffen. Erleichterung, ab jetzt eine Tür hinter sich zuziehen zu können und einen Unterschlupf gefunden zu haben. Als sie ihre Putzstelle bei Frau Mangold angetreten hatte, war sie froh über den Lohn gewesen. Ihre Geldreserven auf dem geheimen Konto würden unweigerlich schrumpfen. Das alles beherrschende Gefühl war Angst. Immerzu. Und jetzt hatte sie gute Laune – zumindest so etwas Ähnliches –, weil sie mit einer fremden Jugendlichen gegessen hatte, der sie eigentlich nicht über den Weg trauen durfte. Ein Problemkind mit einem toten Vater.

In der verkalkten, rosa gefliesten Duschkammer bemerkte Franziska kurz darauf auf dem Boden eine schnelle Bewegung. Ein Silberfischchen. Nein, nicht nur eins. Offenbar ein ganzes Nest. Aufgeschreckt durch das Licht versuchten die kleinen schillernden Tiere, sich im nächsten Spalt zu verkriechen, wovon es bei den dilettantisch verlegten Fliesen genug gab. Franziska war nicht minder aufgeschreckt als sie. Lebten Silberfischchen eigentlich nur in Badezimmern?

Das Gewimmel unter dem Licht der Taschenlampe, die vielen aufgescheuchten Tiere. Überall winzige Beine und hauchzarte Fühler. *Graben. Graben. Eine lächerlich kleine Schaufel, die man zum Umtopfen von Pflanzen benutzt, völlig ungeeignet. Wie lange soll das denn dauern? Zusätzlich die Hände. Es wird noch die ganze Nacht dauern. Ewig. Schweiß am Rücken. Erde im Mund. Sogar in den Augen. Brennt. Was für eine furchtbare Idee! Wie kann man nur auf so eine furchtbare Idee kommen? Graben. Weiter. Kein Zurück mehr. Unmöglich. Den Weg, den du einmal beschritten hast, musst du auch zu Ende gehen. Wie die Katzen es wohl finden, Gesellschaft zu bekommen? Damit haben sie sicher nicht gerechnet in ihrem dunklen Katzengrab. Und dann auch noch von einem Krokodil. Sie haben so erstaunliche, so schöne Köpfe und so filigrane Finger. Plötzlich zwei Scheinwerfer, gleißend hell. Sie durchschneiden scharf die Nacht, als wären sie auf der Suche. Ducken. Auf den Boden. Ganz tief. Ganz nah bei den Katzenskeletten. Tränen. Sicher nur wegen der Erde in den Augen. Taschenlampe ausschalten, bis das Auto verschwunden ist. Und dann wieder graben.*

15
Drei Jahre zuvor

Am Samstagmorgen vor der Party fuhr Johannes zum Baumarkt und kaufte dort alle möglichen Gartengerätschaften, von denen er glaubte, dass man sie brauchte, große und kleine Schaufeln, außerdem zwei Paar Gartenclogs und einen kleinen Rhododendron. Wieder zu Hause, machte er sich sofort ans Werk. Er hob ein Loch aus und setzte, als er fand, dass es tief genug war, den Rhododendron hinein. Franziska stand neben ihm und behauptete, es sei nicht die richtige Zeit zum Pflanzen, der Boden noch zu kalt. Woher wollte sie das denn wissen? War sie neuerdings auch die Gartenexpertin? Ihre Besserwisserei ging ihm auf die Nerven. Johannes war stolz auf den ersten selbst gepflanzten Strauch. Weitere würden folgen.

Einige Wochen nach ihrem Einzug hatten sie sich zu einer Einweihungsparty entschlossen und die Nachbarn ringsherum eingeladen. Johannes' Freunde und Franziskas Kollegen aus dem Institut. Auf Letztere hätte er gut verzichten können. Vorerst keine Eltern, hatten sie entschieden. Johannes' verwitwete Mutter war in Gegenwart von Franziskas Eltern eingeschüchtert und gehemmt, was Franziskas Vater in der Regel dazu animierte, sich noch mehr aufzuspielen. Die Eltern würden sie an anderen Tagen und getrennt voneinander einladen.

Petra und ihr Mann kamen natürlich viel früher als verabredet. Ab sechs, hatten sie allen gesagt, und jetzt war es gerade mal kurz nach siebzehn Uhr. Obwohl sie angeblich ja so viel zu tun hatten, mit dem Haus, den beiden Kindern, seiner pflegebedürftigen Mutter, dem Job. Johannes hatte Petra und ihren Mann von Anfang an nicht leiden können, vor allem Petra nicht. Sie steckte ihre Nase in fremde Angelegenheiten, mit Vorliebe in ihre, seit Johannes und Franziska das neue Haus bezogen hatten, und das auch noch völlig unverfroren, ohne jeden Funken Zurückhaltung. Johannes hätte darauf wetten können, dass sie zu früh auftauchen würden. Um in aller Ruhe, bevor die anderen Gäste kamen, das Haus in Augenschein zu nehmen. Um zu sehen, wie sie eingerichtet waren. Ob sie inzwischen alle Umzugskartons ausgepackt hatten. Hatten sie übrigens nicht. Ob ihre Einbauküche im oberen Preissegment lag. Lag sie nicht.

Petras Mann, dessen Name Johannes entfallen war, sagte nicht viel. Das war Johannes schon bei ihrer ersten Begegnung ein paar Wochen zuvor aufgefallen. Der Tag ihres Einzugs. Johannes und Franziska hatten sich bereits frühmorgens gestritten. Danach schwelte der Streit offen und latent noch weiter. Schon eine halbe Stunde, nachdem der Lkw der Umzugsfirma die Siedlung verlassen hatte – nicht ohne Mühe beim Manövrieren in den schmalen Straßen –, standen Petra und ihr Mann vor der Haustür. In der Hand ein Bauernbrot, eine Flasche Wein und eine Packung Salz. Wie originell. »Wir wollten unsere neuen Nachbarn persönlich begrüßen«, sagte Petra übertrieben fröhlich und drängte sich in die Diele, gefolgt von ihrem schweigsamen Mann. Weil Johannes und Franziska nichts Besseres einfiel, baten sie die beiden in die Küche und setzten sich mit ihnen an den Tisch. Die Lieferung der Einbauküche hatte sich verzögert. Johannes weigerte sich, es als schlechtes Omen aufzufassen. Sie saßen also am Tag ihres Einzugs mit ihren neuen Nachbarn in der kahlen Küche, ohne Herd, ohne Schränke, ohne Spüle, und fanden in den Kartons so schnell keine Gläser, sodass sie den Wein aus Kaffeebechern tranken. Wenigstens waren die Fliesenleger rechtzeitig fertig geworden. Schwarz-weißes Schachbrettmuster, wie er es sich gewünscht hatte. Franziska sprang um die beiden Eindringlinge herum, als wollte sie ihnen alles recht machen, und Johannes' Kopfschmerzen, die bei dem Streit am Morgen eingesetzt hatten, verstärkten sich rasant. Er wusste nicht, ob das am Streit mit Franziska lag, an Petra und ihrem Mann oder an der Vororthölle, in die es ihn verschlagen hatte. Sie hatten nun tatsächlich ein Haus. Natürlich war es noch lange nicht abbezahlt, aber das würden sie schon stemmen. Oder besser er, er würde es stemmen, Franziska bekam ja nur ein lächerliches Gehalt. Das Haus war nicht gerade riesig, aber es reichte. Zumindest war es größer als ihre bisherige Wohnung. Franziska hatte es so sehr gefallen, dass Johannes schließlich nachgegeben hatte.

Seit dem Tag ihres Einzugs mochte Johannes Petra und ihren Mann nicht. Aber Franziska war nicht davon abzubringen gewesen, sie zur Einweihungsfeier einzuladen. Sie wolle sich mit allen Nachbarn gutstellen, wie sie sagte, und dazu gehörten auch die beiden.

Petras Mann wirkte dankbar, als Johannes ihm ein Bier reichte und ihn mit in den Garten nahm. Schade, dass es noch zu kalt zum Grillen war, das hätte dem armen Kerl sicher gutgetan. Grillen und Bier. An diesem Samstag war es auch zu kalt, um länger draußen herumzustehen und Bier zu trinken, aber es erschien Johannes trotzdem erträglicher als Küche und Petra.

Das Bier war bald ausgetrunken, ohne dass sich ein Gespräch entwickelt hätte, das über Drei-Worte-Sätze hinausging. Was sollte Johannes mit diesem blassen, langweiligen Typen auch reden? Er holte Nachschub. In der Küche begutachtete Petra gerade die Arbeitsplatten und Schränke, strich über die Dunstabzugshaube. »Jetzt ist eure Küche also endlich da. Wir haben ja so einen modernen Abzug, da hängt nichts mehr im Weg.« Die unverschämte Kuh öffnete sogar die Schubladen. Johannes sah mit einem Blick, dass Franziska sich unwohl fühlte, aber er würde den Teufel tun und sie schon wieder retten.

Sie hatte die beiden eingeladen, seinen Einwänden zum Trotz, jetzt sollte sie zusehen, wie sie damit zurechtkam.

Im Garten war es allerdings nicht viel besser. Petras Mann hatte so einen bittenden, bedürftigen Blick, als wollte er sagen: Sei mein Freund! Hol mich aus dem Tierheim! Er war Franziskas Mutter in männlich. Johannes konnte ihn kaum ertragen. Das Bier machte ihn etwas lockerer, und er erzählte nun irgendetwas davon, dass er mal Leichtathletik gemacht habe, nannte stolz eine Zeit, vermutlich seine Bestzeit, mit der Johannes nichts anfangen konnte, und dass er immer noch regelmäßig zu seinem Verein fuhr. Wo war der noch gleich? Lüdinghausen? Als er darüber redete – bei diesem Thema hatte er plötzlich mehr Worte zur Verfügung –, erinnerte Johannes sich dunkel, ihn schon mal draußen beim Joggen gesehen zu haben. Er selbst mochte lieber Wintersport. Und Radfahren. Franziska und er hatten bereits ein paar kleine Radtouren in ihrer neuen Umgebung unternommen.

Johannes betrachtete seinen selbst gepflanzten Rhododendronstrauch. Franziska hatte die Gartenclogs in die Abstellkammer geräumt, das war banal, völlig unwichtig, wahrscheinlich hatte sie einfach für den Besuch aufräumen wollen, aber es ärgerte ihn maßlos, und er konnte es nicht vergessen.

Ihr Garten war nicht viel größer als ein mittlerer Balkon. Und überall freie Sicht auf die anderen Häuser und ebenso kleinen Gärten. Wahrscheinlich sollten sie eine Hecke anlegen. Es kam vor, dass Johannes sich nach ihrer Zwei-Zimmer-Wohnung in Münster zurücksehnte. Münster war auch nicht gerade eine Metropole, aber immerhin eine Stadt. Unter ländlich stellte man sich gemeinhin viel Platz und Privatsphäre vor, doch hier in der Siedlung konnte davon keine Rede sein. Auf die freie Ackerfläche waren so viele gleich aussehende Häuser gequetscht worden, dass es sich anfühlte, als hockten die Nachbarn mit am Tisch und könnten erkennen, welches Fernsehprogramm lief und womit man morgens seine Brötchen belegte. Außerdem hatte Franziska sich durchgesetzt. Der kleine Raum im ersten Stock war jetzt ihr Arbeitszimmer. Seit sie an ihrer Dissertation saß, war mit ihr nichts anzufangen. Sie war dauerunwirsch, fuhr ihn ständig gereizt an oder verkroch sich gleich in ihrem *Arbeitszimmer*. Sie konnte froh sein, dass er sich so gut im Griff hatte. Meistens zumindest.

»Bisschen kalt auf Dauer, oder? Lass uns reingehen.«

Johannes und Petras Mann wechselten ins Haus. Franziska und Petra hatten die Küche inzwischen verlassen und standen im Wohnzimmer.

»Wir sind ja viel früher eingezogen als ihr. Ihr müsst euch natürlich erst mal einrichten.«

Johannes wusste, worauf Petra anspielte, auf die vielen noch nicht ausgepackten Umzugskisten im Flur und im Wohnzimmer.

»Das Kinderzimmer kommt dann sicher nach oben?«

»Momentan ist dort mein Arbeitszimmer«, sagte Franziska.

»So was brauchst du? Was machst du noch mal? Ach, irgendwas an der Uni, ich weiß.«

Zumindest in diesem Fall war Johannes ganz Petras Meinung. Franziska brauchte kein Arbeitszimmer. Ich brauche das, ich brauche das, hatte sie ihm in den Ohren gelegen, und er hatte sich schließlich gefügt, damit diese Jammerei endlich aufhörte. Noch bestand ja nicht die Notwendigkeit, ein Kinderzimmer einzurichten. Spätestens dann konnte sie sehen, wo sie mit ihrem Arbeitszimmer blieb. Am besten, im Keller.

Sie glaubte tatsächlich, er würde das Zimmer nie betreten. Johannes beteuerte auch stets, dies nicht zu tun. »Nein, natürlich gehe ich nicht in dein Arbeitszimmer! Was soll ich da auch? Das ist deins, ganz allein deins.« Und dabei setzte er den treuesten Blick auf, der ihm zur Verfügung stand. Demonstrativ gab er sich bescheiden, indem er seinen Laptop auf dem Esstisch aufbaute, wenn er zu Hause arbeitete, was selten vorkam. Franziskas Arbeitszimmer kannte er entgegen seiner Attitüde in Wahrheit sehr genau, mindestens so gut wie sie selbst. Auf dem Schreibtisch ihres sakrosankten Zimmers stand kein Foto von ihm. Das sagte alles. Jedes Mal, wenn Johannes sich dort aufhielt, kochte deswegen die Wut in ihm hoch, und er musste seine ganze Selbstbeherrschung aufbringen, um sie bis zu Franziskas Rückkehr wieder abzukühlen. Es gelang ihm nicht immer.

Gegen das Haus in der Siedlung hatte er im Grunde nichts einzuwenden. Natürlich war ein eigenes Einfamilienhaus mit Garten besser als eine Zwei-Zimmer-Wohnung zur Miete. Dass Franziskas Eltern einen Großteil des erforderlichen Eigenkapitals beigesteuert hatten, störte Johannes allerdings enorm.

Pünktlich um sechs erschienen die anderen Gäste. Weniger aufdringliche Nachbarn aus der Siedlung, ein paar Freunde von Johannes, die ihm zu verstehen gaben, er habe es jetzt wohl geschafft, erst Anfang dreißig und schon ein eigenes Haus, und natürlich Sebastian und Evi aus Franziskas Institut. Johannes konnte ihr schlecht verbieten, sie einzuladen. Leider. Wenn es sich vermeiden ließ, redete er gar nicht mit ihnen, sondern ignorierte sie. Sie waren eingebildet und herablassend. Johannes hatte sie noch nie gemocht, aber seit sie mit ihren Doktorarbeiten begonnen hatten, wähnten sie sich in einer Sphäre über allen anderen Sterblichen und waren komplett unerträglich geworden. Auch mit Franziska war diese Veränderung vor sich gegangen. Als hätte sie sich bei der Anmeldung zur Promotion mit einem Klugscheißer-Virus infiziert.

Ich bin Franziska Oswald. Oder bin ich längst Marie Weber? Es fällt mir schwer, es aufzuschreiben. Wenn ich es aufschreibe, wird es richtig wahr. Ich bin jetzt ihre PUTZFRAU. Ich lebe in einem LOCH und bin PUTZFRAU. Ich putze die Wohnung für so eine Kuh, die selbst zu faul dazu ist. Ich tröste mich damit, dass Marie Weber für sie putzt. Viel arbeiten muss sie ja offenbar nicht. Irgendwas im öffentlichen Dienst. Also quasi unkündbar. Schönes Leben. Und die Pension ihres Mannes, nicht zu vergessen. Der war Professor. Jedes Mal ein Nadelstich, wenn sie es erwähnt. Und sie erwähnt es oft. Ihr Mann ist tot, und sie leidet darunter. Ich wäre gern Witwe. Die Bank vor der Toteninsel habe ich gegen den Designersessel getauscht. Hier sitzt es sich besser.

Frau M. behandelt mich sehr mütterlich. Sie bedrängt mich mit ihrer Freundlichkeit, manchmal ist mir das wirklich zu viel, und ich weiß gar nicht, wie ich darauf reagieren soll. Ich habe Angst, sie zu verletzen. Sie ist schnell verletzt. Und wenn ich sie verletze, kündigt sie mir vielleicht, und bei der nächsten Putzfrau redet sie dann genauso über mich wie bei mir über die vorige. Vielleicht ist das ihre Masche. Putzfrauenverschleiß. Neulich hat sie mir auch noch Urlaubsfotos von sich und Klaus gezeigt. Gott, war das langweilig. Nichts ist so langweilig wie die Urlaubsfotos anderer Leute. Wir mussten über etwas lachen, ich bekam erst einen Lachkrampf, und dann fing ich fast an zu heulen, einfach so. Marie, was ist denn los? Habe ich was Falsches gesagt?

Ich brauche keine Mutter. Ich bin froh, meine eigene los zu sein. Ich vermisse sie überhaupt nicht. Papa wird nichts mehr mit mir zu tun haben wollen, wenn er alles weiß.

Was ich an Berlin hasse: Den ganzen Dreck, die Hundescheiße, dass sich die Leute in der U-Bahn so benehmen, als wäre die U-Bahn eine Kneipe, mit ihren Bier-, Wein- und Sektflaschen. Diese ganzen wild gewordenen Hunde. Dass alle außer mir so selbstsicher wirken, als wären sie hier schon lange zu Hause. So werde ich nie sein. Gestern stand ich auf diesem grässlichen Hermannplatz, und jemand hat mich angerempelt und beschimpft, und ich fing an zu weinen.

16
Tag hundertfünfzehn

Als Franziska den Herd abwischte, stank es nach Fisch, und ihr wurde leicht übel, sodass sie ein Stück zurücktreten musste. War Frau Mangold schlampig geworden, weil sie inzwischen selbstverständlich darauf baute, dass Franziska sich schon kümmerte, dass ihre Marie den ganzen Schmier und Dreck beseitigte? Oder war ihr so etwas bei ihren ersten Terminen im Januar und Februar einfach noch nicht aufgefallen, weil sie geblendet von der schönen, eleganten Wohnung gewesen war und von Frau Mangolds übertriebener Freundlichkeit?

Der Lappen an sich war schon ekelhaft, stellte sie fest, als sie ihn in ihrer Hand betrachtete, nicht erst der Fischgestank, den das Ceranfeld und vor allem die Ritzen an den Seiten und die fettbespritzten Fliesen dahinter verströmten. Frau Mangold verfügte nicht über das richtige Material. Vielleicht sollte Franziska doch dazu übergehen, ihre eigenen Putzutensilien mitzubringen. Nein, so weit würde es nicht kommen. Wenn sie ihre eigenen Lappen mitbrachte, hätte sie sich endgültig aufgegeben. Wie kam sie jetzt auf dieses Wort – Material –, bei einem Putzlappen? Wegen Johannes, natürlich. Johannes war besessen von Wintersport. Er liebte all die Schlitten und Bobs und Biathlon-Gewehre und unterschiedlichen Skier und hielt gern öde Vorträge über das »Material«, wie die Athleten ihre Sportgeräte nannten. Franziska hatte ihn dabei nie unterbrochen. Manchmal war er wütend geworden, wenn er merkte, dass sie ihm nicht richtig zuhörte. Meistens jedoch hatte sie in ihrem kleinen Zimmer im ersten Stock gearbeitet, während er unten im Wohnzimmer vor dem Wintersportfernseher saß. Nicht dass er selbst eine dieser Sportarten ausübte. Er verfolgte sie nur im Fernsehen, jedes Wochenende im Herbst und Winter. Johannes war eher der leptosome Typ und noch nie besonders sportlich gewesen, abgesehen davon, dass er manchmal mit ihr am Dortmund-Ems-Kanal joggen gegangen war, früher, es lag schon lange zurück, und auch eher halbherzig, und dass er gern Fahrrad fuhr und einen Fimmel mit seinem teuren Rad hatte. Neongrün, mit einer Zweiundzwanzig-Gang-Shimano-Kettenschaltung. Wozu brauchte man im flachen Münsterland zweiundzwanzig Gänge?

Eine Radtour war auch eine ihrer letzten gemeinsamen Unternehmungen gewesen, im zurückliegenden Sommer in den Semesterferien. Johannes und sie hatten außerordentlich höflich miteinander geredet, fast übertrieben, es war eigentlich zum Lachen. Seine Höflichkeit hatte jedoch nicht lange angehalten. Auf seinem Zweitausend-Euro-Rad mit zweiundzwanzig

Gängen beschleunigte er das Tempo und zog davon, ohne auch nur zurückzublicken. Franziska hatte Mühe, mit ihrem gebraucht gekauften Hollandrad hinterherzukommen. Immerhin besaß er den Anstand, irgendwann anzuhalten und auf sie zu warten. Schweigend. Sie hatten an diesem Tag beide nicht an ihre Smartphones gedacht, sehr ungewöhnlich, vor allem Johannes verließ das Haus nie ohne sein Ein und Alles. Kein GPS. Sie hatten sich tatsächlich verirrt und mussten, als es ihnen klar wurde, einen großen Umweg fahren. Johannes wurde zornig, das wurde er oft, wenn er die Kontrolle verlor, und schrie Franziska an, als wäre sie dafür verantwortlich.

Die Höflichkeit hatten sie zu diesem Zeitpunkt komplett eingestellt. Und da sah Franziska es. Etwas völlig Banales. Etwas Alltägliches im ländlichen Raum. Wahrscheinlich sah sie überhaupt nur so lange hin, weil sie nicht mehr auf Johannes' Rücken blicken wollte. Sogar sein Rücken sah zornig aus. Ein Mann war dabei, etwas in seinem Garten zu vergraben. Dieses Etwas war in eine Decke gewickelt. Wahrscheinlich eine Katze. Oder ein kleiner Hund. Auf dem Land gelangten tote Haustiere nur selten in die Tierkörperbeseitigungsanstalt. Meist landeten sie im eigenen Garten.

Johannes war kein athletischer, kräftiger Typ, aber stärker als Franziska in jedem Fall. Besonders in Wut. Manchmal, wenn sie sich in ihr Arbeitszimmer zurückgezogen hatte, das er am liebsten zu einem Kinderzimmer umfunktioniert hätte, weil das seiner Meinung nach dazugehörte, »du brauchst dieses Zimmer doch eigentlich gar nicht«, war er nach oben gekommen, so leise, dass sie ihn erst hörte, als er in der Tür stand, und zu ihr an den Schreibtisch getreten. Er hatte sich über sie gebeugt, auf ihren Bildschirm geblickt und gefragt: »Und? Was machst du? Kann ich dir bei irgendwas helfen?« – Als hätte Johannes ihr bei etwas helfen können. Und natürlich wollte er ihr gar nicht helfen, sondern sie kontrollieren.

Dieses Zimmer gehörte ihr ganz allein, und sie mochte seine Anwesenheit darin nicht. Tagsüber arbeitete Johannes ja meistens in Billerbeck in seiner Firma, oft auch länger als Franziska im Institut, aber es kam natürlich vor, dass er allein im Haus war. Leider. Sie hatte Angst, dass er in ihrem Zimmer herumschnüffelte, an ihrem Schreibtisch, in ihren Unterlagen und ihrem Computer. Den Laptop nahm sie folglich sicherheitshalber immer ins Institut mit, worüber er sich oft lustig machte. »Habt ihr in der Uni denn keine Rechner? Du bist doch immerhin wissenschaftliche Mitarbeiterin.« Franziska betrog ihn nicht, diesbezüglich gab es keine zu entdeckenden Geheimnisse. Johannes war nicht eifersüchtig auf einen heimlichen Liebhaber, sondern auf ihre Arbeit. Er verachtete Franziskas Arbeit und war gleichzeitig eifersüchtig darauf. »Du verbringst mehr Zeit mit deiner Dissertation als mit mir.« Und sie traute ihm durchaus zu, sich an ihrem Laptop zu schaffen zu machen, wenngleich er gar nichts von ihrer Arbeit verstand. Sie hatte sich angewöhnt, außer dem Laptop auch immer eine Sicherungskopie bei sich zu tragen. Clouds vermied sie, weil sie nicht wusste, ob Johannes als IT-Experte ihren Zugang knacken konnte. War er das überhaupt, ein Experte? Das Entwicklergenie, als das er sich immer darstellte? Franziska hatte es nie in Frage gestellt. Ihr kamen so viele Zweifel. Sie versank in einem Mahlstrom aus Zweifeln.

Es war Anfang März. Der Winter hatte einen neuen Anlauf genommen, sehr zu Frau Mangolds Leidwesen. »Der Winter in Berlin ist besonders schlimm«, behauptete sie. »Man hält es in der Stadt kaum aus und will weg.«

Franziska fand den Winter in Berlin gar nicht so schlimm. Sie fand Berlin insgesamt schlimm, unabhängig von Wetter und Jahreszeit. Besser konnte es im Sommer auch nicht sein. Sie fuhr wieder regelmäßig zur Museumsinsel – die Möglichkeit, dort unter der Woche Frau Mangold oder Frau Mangold zusammen mit Leonie anzutreffen, schätzte sie als gering ein –, besuchte das Stillleben in der Alten Nationalgalerie und schrieb im Angesicht der düsteren *Toteninsel* in ihr Notizbuch. Und sie las hin und wieder Zeitung, wobei sie die Rubrik »Wissen und Forschen« stets aussparte. Zu schmerzhaft. Immer noch. Sie würde ihrem verlorenen Leben noch lange hinterhertrauern. Sie wollte nichts über neue Publikationen lesen, nichts über Sonderforschungsbereiche, Möglichkeiten für Postdocs und Hochschulpolitik. Eine Zeitung aus Berlin brachte sicher keine

Meldungen aus dem Münsterland. Außerdem war nun alles schon so lange her. Franziska fühlte sich zwar nicht sicher, beileibe nicht, sie war immer noch schreckhaft, wachte mitten in der Nacht mit Herzrasen auf, hatte dunkle, schwere Erde vor Augen, in die sich ihre Finger gruben, unter die Fingernägel, hatte sogar den Geruch in der Nase, diesen frischen Erdgeruch, bis sie realisierte, dass sie in ihrem Neuköllner Parterreloch auf der dünnen, durchgelegenen Matratze lag, weit weg. Und auch tagsüber war sie schreckhaft, glaubte, auf den Straßen Neuköllns oder Dahlems jemanden aus ihrer Vergangenheit zu sehen, am Kottbusser Tor, in der Hasenheide, auf der Museumsinsel. Aber insgesamt fühlte sie sich zumindest sicherer als noch vor ein paar Wochen. Auf Dauer ließ sich ein so hohes Angstlevel wohl einfach nicht aufrechterhalten, der Körper forderte sein Recht, Schlaf, Entspannung, wenigstens für eine Weile, und hielt diese hochtourige Existenz nicht ewig durch.

Sie hatte sich inzwischen ein billiges Prepaid-Handy gekauft, Handy-Geschäfte gab es in Neukölln zuhauf, und Frau Mangold unaufgefordert die Nummer aufgeschrieben. Außer ihr selbst kannten diese Nummer nur zwei Menschen – Frau Mangold und Sina.

Frau Mangold war schon nach der kurzen Zeit davon überzeugt, ohne »Marie« nicht mehr existieren zu können, zumindest sagte sie das dauernd: Ach, was täte ich nur ohne Sie? Ich habe mich schon richtig an Sie gewöhnt. – Das war gut für »Marie«, weil es bedeutete, dass die kritische Phase des Sichausweisen-Müssens hinter ihr lag. Den Personalausweis hatte Frau Mangold nie wieder angesprochen.

»Nennen Sie mich doch Henny«, hatte sie eines Tages gesagt.

»Ja, gern.«

Es widerstrebte Franziska. Es war eine unangebrachte Vertraulichkeit, und von da an vermied sie es, sie direkt anzusprechen. Es widerstrebte ihr so sehr, dass sie sie nicht einmal in Gedanken beim Vornamen nannte, auch nicht mehr Frau Mangold, sondern nur noch Frau M.

Seit rund sieben Wochen bemühte sie sich fast sklavisch darum, alle Gegenstände in der Dahlemer Wohnung wieder zurück an ihren Platz zu stellen, genau so, wie sie sie vorgefunden hatte. Bloß nicht Frau M.s Ordnung durcheinanderbringen. Daran erkannte man nämlich dumme Putzhilfen, wie Frau M. oft mit unverhohlener Verachtung einfließen ließ. Das Wort »putzen« umging sie dabei nach Möglichkeit. Franziska wollte natürlich nicht als dumm dastehen. Dumm, das war wirklich das Allerletzte, was jemand von ihr denken sollte, dumm war die schlimmste vorstellbare Beleidigung überhaupt. Sie achtete bei allem darauf, die vorgefundene Ordnung einzuhalten. Wenn sie die Arbeitsflächen putzte. Die Küchenschränke von innen, Sonderaufgabe. Oder wenn sie Staub in den Zimmern wischte und hierfür den ganzen Krimskrams beiseite räumen musste.

Im Februar hatte sie dem wie zufällig auf dem Boden liegenden Fünfzig-Euro-Schein widerstanden. Sie hatte ihn nicht an sich genommen, obwohl die Versuchung groß gewesen war, sondern auf den Herd gelegt, zusammen mit einem kleinen Zettel: »Ich glaube, den haben Sie verloren? Marie.« Und auch die zweite Prüfung kurze Zeit später hatte sie gemeistert. Die riesige tote Motte unter dem Esstisch, auf dem tatsächlich immer frische Blumen standen, seit Franziska das erste Mal die Wohnung betreten hatte. Frau M. variierte dabei in den Farben. Jede Woche eine andere. Eine Testmotte, vermutete Franziska. Sie hatte sie in den Müll geworfen. Frau M. wollte kontrollieren, ob sie wirklich gründlich putzte oder irgendwann zu schludern begann wie ihre Vorgängerinnen. Das war so durchschaubar und plump, und es ärgerte Franziska. Sie erkannte Fallen wie die Motte und den Fünfzig-Euro-Schein. Ihren Studenten hatte sie auch manchmal Fallen gestellt. Am liebsten hätte sie die vertrocknete Motte, statt sie in den Müll zu werfen, gut sichtbar auf dem Herd platziert. Das Ceranfeld war der Ort ihrer Kommunikation, ihr schwarzes Brett.

Nach sieben Wochen Akribie, Fünfzig-Euro-Schein und schwarz-brauner Testmotte unter dem Tisch – wegen des Teppichmusters übrigens nicht sofort zu erkennen – beschloss Franziska an einem Dienstagmorgen, nachdem sie ihre übliche Putzfrauenkleidung angezogen und sich mit ihrem Notizbuch kurz auf den Nussschalensessel im Wohnzimmer gesetzt hatte, ausnahmsweise von ihrer Zuverlässigkeit abzuweichen. Nur ein bisschen. Sodass es kaum auffiel. Wie immer räumte sie als Erstes die Spülmaschine aus, diese Aufgabe überließ Frau M. ihr gern, wobei es sich hierbei ja möglicherweise gar nicht um Bequemlichkeit handelte, sondern um einen weiteren Test, und vertauschte den Standort der Tassen im Schrank, den sie sich natürlich genau eingeprägt hatte.

In der Woche sollte sie ein zweites Mal kommen. Von »sollen« war natürlich keine Rede, Frau M. bat sie so höflich wie immer darum: »Aber nur, wenn Sie Zeit haben, Marie, ich weiß, das kommt jetzt ein bisschen kurzfristig, aber ich wäre Ihnen wirklich sehr dankbar. Können Sie es denn vielleicht einrichten?« Natürlich konnte Franziska es einrichten. Angesichts des Geldes, das wie immer auf dem Herd liegen würde, war ihr der zweite Termin recht. Am Dienstag hatte sie einige Kaffeebecher eine *Winzigkeit* anders in den Schrank geräumt, am Freitag tat sie das Gleiche mit den beiden widerlich fettverkrusteten Pfannen, die sie mit der Hand abwaschen musste. Das Fett samt verkohlter, stinkender Essensreste war völlig eingetrocknet. Und sie vertauschte die Bücher. Nicht alle Bücher – im Hause Mangold gab es sehr viele –, nur ein paar wenige. Zuerst nahm sie das Buch vom Nachttisch im Schlafzimmer, ein Krimi von Celia Fremlin aus den Siebzigern, zog das Lesezeichen zwischen den Seiten heraus – ein zusammengefalteter DIN-A4-Zettel – ohne es weiter zu

beachten, und steckte es in die Tasche ihrer Jogginghose. Das Buch stellte sie ins Regal im Wohnzimmer. Nicht wahllos irgendwo hin, schließlich war sie
Akademikerin, sondern thematisch und historisch
passend zwischen zwei andere Krimiautoren. Anschließend sortierte sie im Wohnzimmerregal noch
weitere Bücher um.

Und während sie das tat, den angestammten
Platz von Büchern, Tassen und Pfannen minimal zu
verändern, fiel ihr mittendrin Sebastians Aufsatz ein.
Sie hatte seit Wochen nicht mehr an ihn gedacht. An
Evi schon, an Evi dachte sie oft, aber nicht an Sebastian. Er hatte einen Ausdruck seines Aufsatzes, auf
den er so stolz war, in Franziskas Fach im Sekretariat
legen wollen. Wie lange war das her? Nicht einmal
vier Monate. Ein halbes Leben. Ob an Franziskas
Fach noch ihr Name stand? Nein, wahrscheinlich
nicht. Und was war mit ihren Lehrveranstaltungen?
Der Aufsatz war mit Sicherheit genauso mittelmäßig
wie Sebastian selbst. Wie sollte jemand Mittelmäßi-
ges etwas Größeres, gar Großes, zustande bringen?
Franziska vermisste die Gespräche mit Evi. Mehr als
alles andere. Im Unterschied zu Sebastian war Evi
nicht mittelmäßig, und vielleicht war sie Franziskas
einzige Freundin im Institut. Gewesen. Plusquamperfekt.

Sie hatte Lust, noch mehr dergleichen zu tun,
noch viel mehr Dinge an nicht angestammte Plätze
zu räumen. Aber natürlich durfte sie nicht übertreiben, sonst wäre Frau M. bald aufgefallen, dass nur

Franziska dafür verantwortlich sein konnte. Ihre unentbehrliche, ach so nette Marie. Sie könnte die Pistole an sich nehmen. Den Revolver. Das Ding. Ob sein Fehlen Frau M. auffiele? Und wenn ja, wie schnell? Ob sie Franziska darauf ansprechen würde? Marie, haben Sie zufällig meine Pistole gesehen? Ich kann sie nicht finden. So eine schwarze.

Das Badezimmer putzte Franziska auch weiterhin als Letztes. Wanne, Waschbecken, Dusche, zum Schluss den Fußboden. Zum Schrubben des Bodens begab sie sich auf die Knie. Auf den Knien war es einfach effizienter und kraftvoller. Das hatte ihr nicht ihre Mutter beigebracht, sondern ihre BDM-Großmutter. Auf den Knien fiel Franziska jedes Mal die Fliese auf, direkt vor ihrer Nase, doch seit dem Tag im Januar hatte sie sie nicht mehr entfernt. Vielleicht hatte sie sich im Januar geirrt. Vielleicht hatte sie, er – das Ding – einfach nur so ausgesehen, eine Ähnlichkeit aufgewiesen, war in Wahrheit aber etwas ganz anderes. Vielleicht gab es nicht einmal eine Ähnlichkeit, sondern Franziska hatte etwas fantasiert. Es wäre nicht verwunderlich gewesen, denn als sie das erste Mal bei Frau M. geputzt hatte, lagen Wochen ohne ausreichenden Schlaf hinter ihr. Schlafmangel, dauernde Angst vor Entdeckung, davor, dass Johannes sie aufspüren würde – oder schon längst aufgespürt hatte –, dass er auf einer Neuköllner Straße hinter ihr her war, vor der Tür ihrer armseligen Behausung stand und mit milder und zugleich bedrohlicher Stimme sagte: Was machst du denn für Sachen, Liebste? Ich weiß doch, was gut für dich ist. Hast du das schon vergessen? – All diese Zutaten bewirkten möglicherweise, dass das Gehirn seiner Besitzerin etwas vorgaukelte, eigenmächtig Gegenstände erschuf, die gar nicht existierten.

Es war nicht zu leugnen, dass die Arbeit bei Frau M. ihr in gewisser Weise guttat. Sie hielt Franziska in der Welt, aus der sie herauszufallen drohte. Zumindest an einem Tag in der Woche, manchmal auch an zweien. Putzen als Therapie. Wenn sie ins vornehme Dahlem fuhr, zog sie sich nach wie vor gut an. Doch Frau M. entging sicher nicht, dass sich kein neues Kleidungsstück dazugesellt hatte, dass sie stets Kombinationen aus dem Vorhandenen trug. Am liebsten war es ihr, wenn sie Frau M. gar nicht zu Gesicht bekam. Wie gern hatte sie früher, in ihrem anderen Leben, in Münster Kleidung gekauft. Nicht zum Selbstzweck, nicht wie andere Frauen, die sie einfach besitzen wollten. Franziska hatte Kleidung stets zusammen mit Arbeit gedacht. Worin sah sie seriös aus. Worin klug. Sie legte Wert auf gute Verarbeitung und Materialien, nichts, was nur eine oder zwei Saisons hielt, bevor es verwaschen war oder auseinanderfiel, teure Stücke, eher zeitlos, und davon profitierte sie auch jetzt noch.

Ansonsten, wenn sie in Neukölln einkaufte oder mit Sina verabredet war, kleidete sie sich nicht mehr ganz so gut. Anfangs fiel ihr das gar nicht auf. Sie war nachlässiger geworden. Beileibe nicht schlampig, und auch auf die Sauberkeit ihrer Kleidung achtete sie nach wie vor noch penibel, aber nachlässiger.

Frau M. wurde nicht müde, sie in die Geheimnisse und Eigenarten ihrer Wohnung einzuweihen. »Das Parkett, wenn Sie es wischen, bitte nicht zu nass, sondern nebelfeucht.« Ununterbrochen, wie es schien, schimpfte sie dabei über Franziskas Vorgängerinnen, allesamt Nieten. Dumm. Eine einzige Enttäuschung. »Um die Pflanzen in der Wohnung müssen Sie sich nicht kümmern. Später dann vielleicht, im Frühling, meine Blumen auf dem Balkon brauchen viel Wasser. Aber bitte nicht die Pflanzen in der Wohnung, Marie. Meine bisherigen … also, Ihre Vorgängerinnen, die haben die Pflanzen zu viel gegossen, dabei habe ich ihnen das ausdrücklich untersagt. Alles verfault, von der Wurzel her. Am besten, Sie ignorieren die Pflanzen in der Wohnung. Pflanzen mögen keine Staunässe, wissen Sie.« – Wer mochte schon Staunässe? An einem Freitag, als Frau M. früh von der Arbeit zurückkehrte, verwickelte sie Franziska in ein längeres Gespräch, in dem sie hauptsächlich über Sabine Kessler klagte und dabei eine außerordentliche Gehässigkeit an den Tag legte, mit hassverzerrtem Gesicht, aber auch erwähnte, jetzt wieder freundlich, wie gut es sei, dass sie, Marie, Deutsche war. Und keine Russin oder Kasachin. »Nein, verstehen Sie mich nicht falsch«, sagte sie. »So bin ich nicht. Ich meine natürlich bloß wegen der Sprache. Die Verständigungsprobleme, Sie wissen schon.« Dann kramte sie aus dem Sideboard im Wohnzimmer einen zerknitterten Zettel hervor.

»Hier, sehen Sie, Sabine Kesslers letzte Mitteilung an mich. Sie lag auf dem Herd.« Offenbar diente das Ceranfeld also nicht nur als schwarzes Brett für Franziska und Frau M., sondern auch für alle Putzhilfen davor. Sabine Kessler schrieb etwas über einen gefundenen Geldschein, woraus Franziska schloss, dass es sich hierbei um eine beliebte und häufig angewendete Falle Frau M.s handelte, und einen angeblich verschwundenen Kurzzeitwecker, von dem sie nichts wisse. »Diese ganzen Rechtschreibfehler! Ist das nicht peinlich?«, sagte Frau M. voller Abscheu. »Und den Küchenwecker, den hat sie gestohlen, müssen Sie wissen. Es war ein besonders schöner mit Magnet. Er war auch nicht ganz billig. Er ist nie wieder aufgetaucht.«

Langsam gewöhnte sich Franziska an ihren neuen Namen. Dreiunddreißig Jahre Franziska, vier Monate Marie. Sina hatte sie inzwischen das Du angeboten. Manchmal kochte sie für sie, und aus unerfindlichen Gründen fand Sina Franziskas triste Behausung noch immer cool. Franziska fragte sich, was sie überhaupt in ihr dunkles Loch trieb. Sicher kein Hunger, mangelernährt zumindest sah sie nicht aus. Sollte sie nicht mit Gleichaltrigen zusammen sein? Vielleicht lag es an ihrer Situation zu Hause, über die Sina nach wie vor beharrlich schwieg. Vielleicht wollte sie in Gesellschaft essen, weil sie es von zu Hause nicht kannte. Sie gab nichts über ihre Familie preis, wurde manchmal, wenn Franziska nachfragte und zu sehr insistierte, aggressiv und bekam auch in regelmäßigen Abständen diese rätselhaften Kopf-schmerzen. Oder sie ballte unvermittelt die Fäuste. Franziska fragte dann nicht weiter. Irgendwann wür-de sie schon etwas erzählen. Oder auch nicht. Damit konnte Franziska auch leben. Vielleicht lag es an der Einsamkeit, der Isolation, aber sie hatte sich an die Ge-genwart dieser Jugendlichen in ihrem Leben gewöhnt, mochte Sina sogar. Ihre brutale Attacke hatte sie zwar nicht vergessen, aber vergeben, wobei sie nicht wusste, ob Sina überhaupt Wert auf Vergebung legte.

An einem sonnigen, aber kühlen Tag im März rief Sina an und schlug einen Spaziergang auf dem Tempelhofer Feld vor.

»Ich dachte, das könnte dir gefallen. Ältere Leute gehen doch gerne spazieren, oder nicht?«

Bislang hatte Franziska kein Interesse verspürt, den ehemaligen Flughafen zu sehen. Es kümmerte sie nicht einmal, wo genau er lag. Sie sah selten auf den Stadtplan. Sie wollte auch jetzt nichts von Ber-lin kennenlernen, keine Beziehung zu der lauten, hässlichen Stadt aufbauen. Oder hatte sie längst eine wie immer auch geartete Beziehung zu ihr? Wenn sie nichts kennenlernte, wenn sie sich nicht mehr als unbedingt nötig in ihrem Parterreloch einrichtete, bliebe sie auch nicht lange hier. Davon war sie noch immer überzeugt.

Damals, als das Flugfeld für die Öffentlichkeit freigegeben wurde, hatte Franziska gerade mit dem Studium begonnen. Erste Ahnungen, dass ihr Gro-ßes in der Wissenschaft bevorstand, hatten in ihr gekeimt. Münster, klein, überschaubar, gemütlich, war ihr Zuhause gewesen und Berlin weit weg. Etliche Jahre später hatte sie etwas über die Volksabstimmung gelesen, als gegen die Bebauung des Feldes votiert wurde. Auch das hatte sie nicht weiter interessiert. So viel Aufregung wegen einer leeren Fläche.

Sina holte sie ab, und Franziska erwartete eine Fahrt mit der U- oder S-Bahn. Doch Sina machte keine Anstalten, ein öffentliches Verkehrsmittel zu benutzen, sondern dirigierte Franziska durch unbekannte Neuköllner Straßen.

»Du hast echt keine Ahnung, oder? Und du warst wirklich noch nie dort?«

»Ich hatte gar keine Zeit dafür. Und jetzt zeigst du es mir ja.«

Keine Zeit. Ob Sina ihr das abnahm? Franziska hatte immer noch alle Zeit der Welt. Wahrscheinlich war es gut, dass die böse Kleine sie zu einem Spaziergang zwang und sie nach draußen kam. Sie musste etwas tun. Sich bewegen. Am besten wieder arbeiten. Aber was nur? Sie hatte nichts anderes als Wissenschaft gelernt. Darin war sie gut. Sie konnte doch nicht ihre Tage damit verbringen, zur Museumsinsel zu fahren und bei Frau M. zu putzen. Und sich hin und wieder mit einem mürrischen Teenager mit zweifelhafter Herkunft zu treffen.

»Sollte man auf dem Feld nicht einen Park anlegen?«

»Einen beschissenen, langweiligen *Park*? Spinnst du?«

Sina hatte sie mit diesem Ausflug überrumpelt, und Franziska wusste nicht, was sie erwartete. Nicht mehr genutzte Flughäfen hatten bislang nicht zu ihren Interessensgebieten gehört.

Der Zugang zum Flugfeld war unspektakulär, und zuerst sah sie bloß Radfahrer und einige Jogger. Dann das Feld. Das riesige Feld. Es war atemberaubend. Wolken zogen schnell dahin. So viel Himmel. So überwältigend viel Himmel. In Berlin hatte Franziska den Himmel nie zur Kenntnis genommen – als gäbe es ihn gar nicht. Die Enge, die sie hier oft empfand, Häuserschluchten, ihr schattiger Hinterhof, der Seitenflügel gegenüber nur wenige Meter entfernt, verkehrte sich mit einem Schlag ins Gegenteil. Offenheit. Weite. So viel Weite, fast schon beängstigend. Es war wie am Meer. Bloß ohne Meer.

»Willst du dir die Ökos und das Grünzeug ansehen?« Sina deutete nach links.

Urban gardening, davon hatte Franziska als Soziologin natürlich schon gehört. Metropolenforschung. Stadtsoziologie. Ständig schrieb jemand aus der Wissenschafts-Community einen Aufsatz darüber. Nur sie nicht. Sie könnte jetzt etwas darüber schreiben, könnte sich vor Ort in das Thema vertiefen. Doch wozu? Es würde niemals veröffentlicht werden. Franziska Oswald, die junge Wissenschaftlerin mit der glänzenden Zukunft vor sich, existierte nicht mehr.

An einem kühlen Märztag mitten in der Woche war dort nicht viel los. Noch keine Pflanzzeit. Zwei Männer zimmerten eine Kiste aus Latten zusammen, eine Frau sonnte sich auf einer wackeligen Bank. Der lächerliche Garten in Senden kam Franziska in den Sinn. Johannes fand ihn schön, »endlich ein richtiger Garten, eine Scholle für uns«, sie jedoch hatte ihn von Anfang an eher als Fluch betrachtet. Die unmittelbare Nähe zu den Nachbarn bedeutete, dass er immer in Schuss zu halten war, sonst hätte es geheißen: Die lassen ihren Garten verkommen. Ob Johannes in ein paar Wochen Blumen pflanzen würde? Unkraut jäten? Wohl kaum. Seit dem neu gekauften Rhododendron vor einigen Jahren, direkt nach ihrem Einzug, war sein Interesse am Garten schlagartig erlahmt. Und die Gartenschuhe kamen ihr in den Sinn, die er immer angeschafft hatte. Ständig noch weitere, als wären es nicht schon genug. Schrille Farben. Rosa. Pink. Kreischend grün. Ein Paar für ihn, Größe 43, eins für sie, Größe 39. Er hatte sie immer so ordentlich nebeneinandergestellt, wie mit dem Lineal ausgerichtet, seine Gartenplastikclogs neben ihre, dass diese vier bunten Schuhe aussahen wie ein einträchtiges, harmonisches Paar. Was für ein Witz.

Die beiden Start- und Landebahnen hatten gigantische Ausmaße, sie waren sicher so breit wie eine sechsspurige Autobahn oder noch breiter. Radfahrer, Jogger, Spaziergänger und Kitesurfer verteilten sich großzügig auf der riesigen Fläche. Kräftiger Wind kam Franziska und Sina entgegen und erschwerte das Gehen. Seit mehr als vier Monaten hatte sie keinen Sport mehr betrieben. War Putzen bei Frau M. Sport?

Der Wind trug weit entfernte Stimmen zu ihnen. Es klang sogar wie am Meer, bloß ohne Möwen und Wellenrauschen. Über dem Feld lag ein einzigartiger Frieden, der Franziska beruhigte. Der Hund fiel ihr ein, mit dem sie Sina in der ersten Zeit oft gesehen hatte. Hätte sie ihn nicht für den Spaziergang mitbringen sollen? Franziska kannte Sina nun schon etliche Wochen, kochte hin und wieder für sie, hatte sich aber noch nie nach dem Hund erkundigt.

»Ich habe den Hund schon lange nicht mehr gesehen. Lebt er noch?«

Diese Frage hätte Franziska am liebsten sofort wieder zurückgenommen, so bestürzt, wie Sina plötzlich wirkte. Sehr ungewöhnlich für sie. Franziska nahm an, dass sie ins Schwarze getroffen hatte. Der Hund war verstorben. Deswegen hatte sie ihn schon eine ganze Weile nicht mehr zu Gesicht bekommen. Als sie ihr die ersten Male draußen begegnet war, hatte sie sich über das Gespann gewundert, dicker, japsender Hund zusammen mit einer Alles-egal-fick-dich-doch-Göre. Er passte nicht zu ihr. Zu Sina hätte ein Schäferhund gepasst oder etwas Großes, Schwarzes, Zotteliges. Vielleicht sogar ein Kampfhund. Den dicken Hund hatte sie sich anfangs besser eingeprägt als das Mädchen, er hatte den größeren Wiedererkennungswert. Wahrscheinlich führt sie ihn für ihre Mutter aus, hatte Franziska gedacht. Für ihre Großmutter. Oder für eine Nachbarin. Obwohl Sina nicht den Eindruck machte, als täte sie freiwillig jemandem einen Gefallen. Höchstens für Geld.

Egal für wen, jetzt führte Sina den Hund offenbar gar nicht mehr aus, weil er gestorben war. Ob sein blanker Schädel denen der Katzen in der dunklen Münsterländer Erde ähnelte?

»Er ist alt«, sagte Sina. »Sogar älter als ich. Er würde diese Strecke gar nicht mehr schaffen.«

Also doch nicht gestorben. Nur alt.

»Warum hast du ihn nicht mal mitgebracht?«

»Ich wusste doch nicht, ob du Hunde magst. Außerdem tut Bobby so viel Aufregung nicht gut. Fremde Wohnung und so.«

Bobby. Bobby war also nicht Sinas Freund und auch niemand, den sie vergeblich anschmachtete. Bobby war der dicke Hund.

»Du hast auch nie über ihn geredet.«

»Muss ich über alles reden oder was?«

»Nein, natürlich nicht.«

»Mich mag Bobby am liebsten. Eigentlich mag er nur mich.«

Bei diesen Worten blitzte Zuneigung in Sinas Gesicht auf, nur für einen Moment, aber nicht zu übersehen. Eine ungeahnte Zärtlichkeit, die Franziska ihr gar nicht zugetraut hätte. Also gab es doch ein Wesen, für das sie etwas empfand.

Der Wind, die schnell ziehenden Wolken, die Weite – zum ersten Mal seit Langem fühlte Franziska keine Enge in sich. Sie konnte atmen. Ging nicht leicht geduckt wie in den letzten Monaten. Es war wie am Meer, abgesehen davon, dass am Meer keine S-Bahn am Horizont fuhr und keine Stadtautobahn verlief. Je näher sie der gegenüberliegenden Seite kamen, desto deutlicher war der Lärm der Autobahn zu hören. Wann war Franziska das letzte Mal am Meer gewesen? Schon eine Weile her. Vorletztes Jahr im Herbst mit Johannes. Ein paar Tage Holland. Was als kurzer Versöhnungsurlaub gedacht war, hatte in wüsten, lautstarken Streitereien geendet. Sie hatte gehofft, in einer anderen Umgebung und vor allem in der Öffentlichkeit würde Johannes sich zurückhalten, aber dem war nicht so gewesen. Sie erinnerte sich daran, wie die Pensionswirtin spätabends mehrfach gegen ihre Tür getrommelt hatte. Und an ihre Scham morgens beim Frühstück, wenn sie ihnen ohne jede Freundlichkeit die Kaffeekanne auf den Tisch gestellt hatte.

Sie könnte ein paar Tage zur Ostsee fahren. Tat man das nicht, wenn man in Berlin lebte, zur Ostsee fahren? »Die Landebahn ist zwei Kilometer lang«, informierte Sina. Davon hatten sie ungefähr die Hälfte absolviert. Bei dem unverändert kräftigen Gegenwind war es ein anstrengender Spaziergang. Franziska war nicht mehr in Form, sie musste endlich etwas tun. Es sprach nichts dagegen, in Berlin wieder mit dem Joggen anzufangen. Es sprach sogar alles dafür. Vielleicht ja hier, auf dem Tempelhofer Feld. Wenn sie schon ihren Geist so schändlich vernachlässigte, ihren Verstand nicht mehr forderte, musste nicht das Gleiche mit ihrem Körper geschehen. Weiter hinten lagen rechts das halb runde ehemalige Flughafengebäude und davor der weiße Radarturm. Franziskas

Kopf war angenehm leer. Sie konzentrierte sich auf das Gehen, den Himmel, die Wolken. Auch Sina schien nicht reden zu wollen.

Dann trug der Wind neben den unterschiedlichen Stimmen aus allen Richtungen und dem Rauschen der Stadtautobahn ein Lachen zu ihr, das Franziska augenblicklich in Alarmbereitschaft versetzte. Ein durchdringendes, schrilles Lachen. Franziska hatte es nie gemocht.

Das war nicht möglich. Das war einfach nicht möglich. Sie musste sich täuschen. Sie war wohl kaum dazu in der Lage, auf eine solche Entfernung ein bestimmtes Lachen zu identifizieren. Noch dazu nach so vielen Monaten. Und warum ausgerechnet hier? Heute? Es war völlig abwegig. Das Lachen, woher es auch immer kam, wies nur eine Ähnlichkeit auf. Erinnerte Franziska unangenehm. Wobei sie in den letzten Monaten unterschwellig immer damit gerechnet hatte, dass eines Tages so etwas passieren würde. Sie war ja nicht am anderen Ende der Welt gelandet, auch wenn es sich für sie so anfühlte, sondern nur ein paar hundert Kilometer weit gekommen.

Sie sah sich um, möglichst unauffällig, damit Sina von ihrer aufkommenden Unruhe nichts bemerkte, und versuchte herauszufinden, aus welcher Richtung das Lachen kam und wie weit sie davon entfernt war. Ob unmittelbare Gefahr drohte. Radfahrer. Spaziergänger. Jogger. Ein Kitesurfer, der sein Sportgerät nicht allzu gut beherrschte. Auf der Start- und Landebahn kamen zwei Personen auf sie zu, ein

Mann und eine Frau, waren aber sicher noch an die hundert Meter entfernt. Franziska konnte sie nicht richtig sehen geschweige denn erkennen. Sie gingen genau in der Mitte der breiten Landebahn, so wie Sina und Franziska auch. Franziska steuerte zur Seite, bis ganz an den Rand, wo das Gras anfing.

»Sonst fährt uns noch ein Radfahrer über den Haufen.«

»Klar, ist ja auch irre voll hier.«

Es war zu diesem Zeitpunkt nicht voll. An Wochenenden im Sommer sei das ganz anders, erklärte Sina, dann müsse man durchaus auf dahinschießende Radfahrer achtgeben. Das, was Franziska anfangs befreit hatte, von der Vergangenheit befreit und auch von ihrer trostlosen Gegenwart, diese Leere, die riesige Fläche, das große weite Nichts, machte sie jetzt panisch. Nirgendwo Schutz. Nicht einmal ein Baum. Sie musste umkehren und zurück in die Richtung gehen, aus der sie gekommen waren. Schnell. Obwohl sie sich bei dem Mann und der Frau zu diesem Zeitpunkt gar nicht ganz sicher war. Sie könnte die Bahn verlassen und quer über die Wiese rennen. Und wie sollte sie das Sina erklären? Sie könnte sich auf einen der rot-weiß gestreiften Betonblöcke am Rand der Landebahn setzen und mit gesenktem Kopf auf den Boden starren, bis der Mann und die Frau, die unweigerlich näher kamen, an ihnen vorbeigegangen waren.

Ihr Interesse galt vor allem der Frau. Der Gang, die Art, wie sie ihre Füße setzte – sie war es. Kein

Zweifel. Franziska bildete sich sogar ein, aus dieser Entfernung ihre leichte Fußfehlstellung ausmachen zu können. Knickfuß. Oder war es ein Senkfuß? Dabei war sie ihr gar nicht besonders vertraut. Sie hatte immer versucht, so wenig wie möglich mit ihr zu tun zu haben. Von Anfang an war sie ihr lästig gewesen, seit Johannes und sie das Haus in der Siedlung bezogen hatten. Ekelhaft neugierig. Aufdringlich. Franziska fühlte sich wie in der Falle, obwohl um sie herum so unendlich viel Platz war. Leider war die Welt nicht so groß, wie sie gehofft hatte. Die Welt war sogar ziemlich klein. Wunderte sie das wirklich? Wahrscheinlich machten ihre ehemalige Nachbarin und ihr Mann einen Kurzurlaub. So etwas liebte sie. Städtereisen. Paris, Barcelona, Stockholm. Franziska erinnerte sich an ihr Geschwätz. Sie erinnerte sich sogar noch, dass ihr Stockholm zu teuer gewesen war. Warum merkte sie sich so etwas? Wahrscheinlich waren sie mit einem besonders günstigen Flugangebot angereist und mächtig stolz darauf. Wir haben ja ein so tolles Schnäppchen gemacht! Auf der Museumsinsel wäre Franziska ihr garantiert nicht begegnet, das war nichts für sie, und auch nicht in Neukölln.

Einen kurzen Moment klammerte Franziska sich an die unwahrscheinliche Möglichkeit, dass Petra sie nicht erkennen würde. Gar nicht erkennen konnte. Weil sie in den vergangenen vier Monaten eine komplette Wandlung vollzogen hatte. Von einer aufstrebenden Jungakademikerin mit glänzender Zukunft zur Putzhilfe. Von einem Einfamilienhaus in bester

Lage in eine dunkle Einzimmerwohnung. Doch das war natürlich Unsinn. Franziska hieß jetzt zwar Marie, und von ihrem alten Leben war nichts mehr übrig, oft kannte sie sich selbst nicht mehr, aber sie sah zweifellos noch immer so aus wie Franziska.

Petra würde sie erkennen, dafür hatte sie einen untrüglichen Instinkt. Falls es nicht bereits geschehen war. Warum sonst gingen der Mann und die Frau plötzlich nicht mehr in der Mitte der Landebahn, sondern waren ebenfalls zum Rand gewechselt, auf derselben Seite wie Franziska und Sina? Sie bewegten sich direkt auf sie zu.

Franziska verlangsamte das Tempo. Als ließe sich dadurch eine Konfrontation vermeiden.

»Machst du schon schlapp?«, fragte Sina.

Zu spät, es war zu spät. Sie hätte umkehren sollen, sobald sie das Lachen gehört, spätestens, als sie die beiden Gestalten als ihre ehemaligen Nachbarn identifiziert hatte. Für Sina wäre ihr schon irgendeine Erklärung eingefallen. Sie hätte tatkräftig sein müssen, entschlossen, so wie früher, so wie im Beruf, statt alles einfach auf sich zukommen zu lassen, passiv, gelähmt, ohne einzugreifen.

Petra hatte irgendetwas mit ihren Haaren gemacht. Aber sie ging ja sowieso dauernd zum Friseur. In Münster, die in Senden waren ihr nicht gut genug. Ausgerechnet Petra. Hier auf dem Tempelhofer Feld. An einem x-beliebigen Märztag, an dem Franziska ausnahmsweise mit keiner Gefahr gerechnet hatte. Vielleicht ja deswegen. Es war nicht gut, sich zu sicher zu fühlen. Es machte langsam. Unvorsichtig. Warum Petra und nicht Evi? Evi hatte schon mit ihrer Habilitationsschrift angefangen. Evi schien alles immer so leicht zu fallen. Gleich hatten die beiden Gestalten sie erreicht. Wie hieß Petras Mann eigentlich? Seltsam, Franziska hatte tatsächlich seinen Namen vergessen. Dabei war sie erst seit vier Monaten fort. Die beiden waren fast die Ersten gewesen, die ihr neues Haus in der Siedlung auf dem ehemaligen Acker bezogen hatten, noch vor Johannes und Franziska. Petra liebte alles, was den Wortbestandteil »Land« in sich trug, als würde es sich automatisch um etwas Gutes und Solides handeln. In ihrem Haus hatten sie eine Küche vom Typ Landhausküche einbauen und überall Landhausparkett verlegen lassen. Sie kaufte immer die neuste Ausgabe der Zeitschrift *Landlust*, von der sie so gute Ideen bekam, die sie in ihrer Kreativität unterstützten, wie sie sagte. Mit ihrem Mann, wie hieß er noch gleich?, hatte sich Johannes von Anfang an prächtig verstanden, so ein Männerding, das Franziska nicht verstand und auch gar nicht verstehen wollte. Silvesterpartys. Grillabende. Sie hatten die Nachbarn tatsächlich manchmal zu Grillabenden eingeladen und ihnen das glückliche Paar vorgespielt. »Ach, du arbeitest an der Uni?«, hatte Petra ohne jedes Interesse gefragt. »Und was machst du da so? Na ja, wird schon irgendwie interessant sein. Für mich wäre das ja nichts. Und der Verdienst soll ja nicht so toll sein. Das hat Johannes zumindest erzählt.«

Petra würde sie gleich zur Rede stellen. Natürlich würde sie das. Franziska hatte die alberne Fantasie, dass sie ihr darüber hinaus sofort Handschellen anlegte.

Es gab keinen Ausweg. Auch dass sie inzwischen noch weiter am Rand ging, nicht mehr auf der Landebahn, sondern auf Gras, würde sie nicht retten. Ohne Sina an ihrer Seite hätte sie schon längst kehrtgemacht. Nicht nur die böse Kleine schwieg sich über einen beträchtlichen Teil ihres Lebens – ihre Familie – aus, für Franziska galt das genauso. Sie hatte ihr noch immer nicht erzählt, woher sie genau stammte, warum sie fortgegangen und nach Berlin gekommen war. Und Sina hatte nicht mehr nachgefragt. Als hätten sie einen Pakt ohne Worte geschlossen: Ich lasse dir dein Geheimnis und du mir meins.

»*Franziska?*«

Ihr echter Name klang deplatziert und falsch, sogar bedrohlich.

Petra und ihr Wie-hieß-er-noch-gleich-Mann hatten sie erreicht. Sie waren es wirklich. Kein Ausweichen möglich.

»Franziska? Das glaube ich jetzt nicht. Das gibt's doch gar nicht!«

Franziska spürte Sinas auf sie gerichteten Blick, spürte sogar die Irritation und die Frage, die darin lagen.

»Franziska! Wo warst du denn so lange? Und was machst du hier? Hier in Berlin? Hast du überhaupt eine Ahnung, was bei dir zu Hause los ist … schrecklich … Johannes … Polizei …«

Schrecklich. Johannes. Polizei. Polizei. Polizei. Schrecklich. Franziska hörte nicht hin. Sie verkleisterte ihre Ohren mit einer lauten inneren Stimme. Sie sah auch nicht hin. Ihre ehemalige Nachbarin mit der verdammten Landhausküche griff jetzt nach ihrem Arm, als würde sich Franziskas Fantasie mit den Handschellen bewahrheiten, und redete auf sie ein. Franziska hörte nicht hin. Mit dieser sehr lauten inneren Stimme, die alles übertönte, sogar Petra, sagte sie sich vor, wie die Tassen in Frau M.s Schrank angeordnet waren. Nach den Tassen nahm sie sich Max Webers innerweltliche Askese vor und was er damit meinte, denn ihr Leben hatte, zumindest früher, aus mehr bestanden, aus so viel mehr. Danach die Disziplinarinstitutionen nach Foucault und ihre jeweils spezifische Technik. Das Habituskonzept von Pierre Bourdieu. Sie hatte noch nicht alles vergessen. Sie konnte noch Theorien erläutern. Sie hatte es noch drauf. Allerdings nützte ihr das im Moment nichts. Sie standen sich auf einem fast leeren Flugfeld gegenüber, Franziska, Petra und ihr blasser Wie-hieß-er-noch-gleich-Mann. Sina nicht zu vergessen. Jetzt war alles aus und vorbei. Jetzt war sie geliefert. Nein, es durfte nicht vorbei sein, nicht wegen Petra. Wie schon von Weitem vermutet, hatte sie eine neue Frisur. Und die Haarfarbe sah auch anders aus als vor vier Monaten. Heller. Strähnchen. Sollte Franziska jetzt ihre Frisur kommentieren? Unter normalen Umständen hätte Petra das erwartet und wäre beleidigt, wenn es ausblieb. Franziska blickte auf den rissigen

Beton der Start- und Landebahn, in den Himmel, so viel Himmel über ihr, zur S-Bahn, die weiter hinten vorbeifuhr, zu einem Paar, das nebeneinander ging und sich angeregt unterhielt, was für ein schönes, einfaches, klares Leben mussten sie haben – und dann rannte sie los. Hatte Sina nicht gesagt, dort hinten sei Tempelhof? Oder war es Kreuzberg? Egal, was dort war, irgendwo gab es sicher eine U-Bahn-station. Sie hörte ihre ehemalige Nachbarin »Franzis-ka« rufen, achtete nicht darauf, rannte immer weiter, gegen den Wind, und blieb erst keuchend und mit heftigem Seitenstechen stehen, als sie das alte Flug-hafengebäude erreicht hatte.

17

Henny Mangold verlor ein wenig die Kontrolle. Nicht vollständig – sie ging weiterhin ganz normal zur Arbeit –, sondern über die kleinen Dinge des Alltags. Das war ungewöhnlich genug. Die kleinen Dinge des Alltags hatte sie normalerweise gut im Griff. Immer schon. Nicht einmal als junge Erwachsene in Mauerberlin hatte sie irgendwelche Nachlässigkeiten gezeigt, wenn sie gefeiert hatte, betrunken, bekifft, im Schwarzen Café in Charlottenburg oder im Yorckschlösschen in Kreuzberg. Schon damals hatte sie stets peinlich genau auf ihre Kleidung geachtet und ihre Ofenheizungswohnung in Ordnung gehalten, ganz ohne Putzhilfe. Was für unbeschwerte Zeiten waren das doch gewesen.

Henny vergaß, die Waschmaschine zu füllen, so lange, bis sie sich plötzlich einem schier unüberwindlichen Berg aus Schmutzwäsche gegenübersah. Die Bügelwäsche bildete ebenso große Berge. Sollte sie Marie darum bitten? Oder wäre das unverschämt, weil es nicht zu ihren Aufgaben gehörte? Wobei sie Maries Aufgaben nie so genau definiert hatten. Konnte sie überhaupt bügeln? Nun, das konnte wohl jede Frau. Henny zog fürs Büro immer öfter dasselbe an wie am Vortag, früher undenkbar, weil sie einfach nicht dazu imstande war, sich für eine neue Kombination zu entscheiden. Meistens überforderte sie bereits das Öffnen des Kleiderschranks. Im Büro spürte sie dann Karins missbilligende Blicke, vor allem, wenn sie sich am Abend vorher nicht einmal die Mühe gemacht hatte, ihre Kleidung ordentlich aufzuhängen, und entsprechend zerknittert herumlief. Was war nur aus ihr geworden. Und wie sollte es weitergehen? Auf all das machte Leonie sie seit einiger Zeit aufmerksam. – Wie sieht denn deine Küche aus? Wie lange trägst du diese Bluse jetzt schon? Müsste mal wieder gewaschen werden. Reiß dich gefälligst zusammen! – Diplomatie war nicht Leonies Stärke. Noch nie gewesen.

Henny musste wieder hinaus in die Welt. Nicht nur zur Arbeit. Vielleicht lag hierin die Lösung. Und wenn sie das nicht schaffte, musste sie die Welt zu sich holen. Leute einladen. Je mehr, desto besser. Dieser Gedanke war ihr neulich gekommen, als sie einsam vor ihrem Abendessen gesessen und es danach nicht über sich gebracht hatte, die Küche aufzuräumen, nicht einmal das Geschirr hatte sie in die Spülmaschine gestellt. Früher hatten Klaus und sie oft Besuch gehabt. Ein offenes Haus. Seine Kollegen. Studenten. Doktoranden. Henny durfte sich nicht von der Angst vereinnahmen lassen, so sehr, bis am Ende außer Angst nichts mehr von ihr übrig war. Sie war auf dem besten Weg dahin.

Die Idee belebte sie ein wenig. Sie würde ihre Nachbarin Geli einladen. Und Karin, trotz allem.

Leonie. Auch Sabine Kessler? Ja, vielleicht auch sie. Obwohl Henny sich immer noch maßlos über sie ärgerte. Natürlich Marie. Oder wäre das unpassend, die alte und die neue Putzhilfe? Wenn sie ihre Einladungsliste im Kopf zusammenstellte, fiel Henny auf, wie kurz sie war. Sie kannte nicht mehr viele Leute. Eine ganze Menge hatte sich von ihr zurückgezogen, wahrscheinlich für immer. Sei's drum. Sie hatte Leonie. Und jetzt auch Marie.

Klaus. Klaus im Keller. Im Keller hatte er auch die Waffe deponiert. Henny hatte sie nicht in der Wohnung wissen wollen, war ohnehin gegen diese Anschaffung gewesen. Klaus hatte mit den sich häufenden Einbrüchen in Dahlem argumentiert und sich durchgesetzt. Wirklich überzeugt war er davon aber offenbar auch nicht gewesen – was nützte eine Waffe im Keller? Unerreichbar, wenn man sie brauchte? Vor einem Jahr hatte Henny sie unten gesucht. Seit Klaus' Tod musste sie sich überwinden, um den Keller überhaupt zu betreten. Er hatte ihr nie verraten, wo sie steckte, was ihm ähnlich sah, Klaus hatte sie immer schonen und beschützen wollen, aber nach einer Weile war Henny fündig geworden. Sie hatte die in Folie gewickelte Waffe mit spitzen Fingern hervorgezogen, am liebsten wäre sie gar nicht mit ihr in Kontakt gekommen, und mit nach oben genommen. Oben hatte sie sie auf den Esstisch gelegt, neben die Blumenvase, und sie betrachtet. Lange. Ratlos. Noch immer wollte sie so etwas eigentlich gar nicht im Haus haben. Schließlich hatte sie sie im Badezimmer hinter die lockere Fliese unten an der Wanne geschoben. Auf diese Weise war die Waffe noch da und gleichzeitig nicht.

Doch vor einigen Tagen hatte Henny sie wieder hervorgeholt. Wenn etwas passierte, mehr als nur Drohungen, wenn sie sich wirklich ernsthaft verteidigen musste, sollte sie dann etwa zuerst ins Badezimmer gehen, sich vor die Wanne knien und an der Fliese herumfummeln? Hinknien war nicht mehr so leicht wie früher. Ihre Knie knackten inzwischen vernehmlich und zeigten deutlichen und mitunter schmerzhaften Verschleiß. Und sollte sie dann, nachdem sie es endlich geschafft hatte – hinknien, Fliese lösen –, umständlich die Waffe aus der Plastikfolie wickeln? Das alles dauerte viel zu lange. Wie vor einem Jahr setzte Henny sich mit der Waffe an den Esstisch und starrte sie an. Nein, darin erkannte sie nichts von Klaus wieder. Die Rosen in der Vase waren längst verwelkt. Das Wasser roch brackig. Sie sollte sie in den Biomüll werfen, vergaß dieses Vorhaben aber schon in der nächsten Sekunde wieder. Für die alltäglichen Haushaltspflichten fühlte sie sich viel zu kraftlos. Die Waffe war jetzt leichter zugänglich, doch ein neues Problem trat auf. Marie. Henny hatte Marie von Anfang an gesagt, wie sehr sie Gründlichkeit schätze. Auch in den Ecken. Das bedeutete natürlich, dass sie auf Dinge stoßen konnte, die nicht für ihre Augen bestimmt waren. Die Nachttischschublade wäre sicher ein klassischer Platz für die Waffenaufbewahrung, schnell zu erreichen, gut zu merken, aber völlig ungeeignet. Henny konnte nicht ausschließen, dass Marie, wenn sie im Schlafzimmer Staub wischte, auch die Schubladen der Nachtkästchen aufzog. Sie hatte es ihr nicht ausdrücklich verboten, weil sie dachte, es verstand sich von selbst.

Küchenschränke, Kleiderschrank, Sideboard, Abstellkammer, all das waren keine sicheren Orte. Also ihre Handtasche. Henny trug sie immer bei sich, wenn sie das Haus verließ. Groß genug war sie auch. Marie würde in ihrer Anwesenheit wohl kaum in Hennys Handtasche herumschnüffeln. Marie schnüffelte sowieso nicht herum. Dazu war sie zu dezent, zu höflich, zu rücksichtsvoll. Solche Tugenden erkannte Henny.

Neulich hatte der Krimi auf ihrem Nachttisch gefehlt und war seitdem auch nicht wieder aufgetaucht. Henny hatte überall gesucht, unter dem Kopfkissen, unter dem Bett – dort entdeckte sie stattdessen eine kleine Steppenlandschaft aus Staubmäusen, worüber sie mit Marie wohl demnächst würde reden müssen –, im Wohnzimmer neben dem Eames Chair, dem Sofa, hinter den Sofakissen. Sie suchte ihn überall, fand ihn aber nicht. Er blieb verschwunden. Hatte sie sich bloß eingebildet, dass sie diesen Krimi gerade las? Aber sie konnte sich an die Stelle erinnern, an der sie zu lesen aufgehört hatte, es war in dieser gruseligen Londoner Souterrainwohnung, sie konnte sich noch an ihr Schaudern angesichts der dunklen, verschimmelten Wohnung voller alter Zeitungen und Müll erinnern, dunkel wie ein Grab, an den furchtbaren Mann in der Wohnung, auch an den Umschlag des Buches, das Bild darauf. Oder hatte sie sich das alles bloß eingebildet? Die Zeit verschob sich so eigenartig. Wurde irgendwie flüssig. Schichten aus Zeit schoben sich erst übereinander und vermischten sich dann. Die eine Zeitschicht drang in die andere, sodass Gestern, Heute, Früher nicht mehr genau zu unterscheiden waren. Lag es in Wahrheit schon lange, vielleicht sogar Jahre, zurück, dass sie diesen Krimi gelesen hatte? Wurde sie jetzt verrückt? Verrückt vor Angst? Manchmal war alles so unscharf. Wochentage. Menschen. Gesichter. Sogar Leonie. Wie gut, dass sie Marie hatte. Oder war es gar nichts Psychisches, wovon Henny bislang immer ausgegangen war? Angefangen mit der rätselhaften Ohnmacht in der Alten Nationalgalerie. Ihren Arzt hatte sie immer noch nicht aufgesucht. Er drängte darauf, sie in eine therapeutische Maßnahme zu schicken, um *mit allem fertig zu werden* – so wie Leonie auch –, fragte jedes Mal danach, und das gefiel Henny nicht. Was sollte eine therapeutische Maßnahme ändern? An der Angst und der Schuld? Die Angst überwog, wie Henny zugeben musste. Bei Weitem.

Sie musste die verwelkten Rosen wegwerfen. Bevor Marie das nächste Mal kam. Oder Leonie. Obwohl ihre Nichte sich ja immer seltener blicken ließ. Sie musste endlich das Geschirr in die Spülmaschine räumen, den Müll nach unten bringen, bevor alles zu stinken begann. Oder stank es schon in ihrer Wohnung und sie nahm es nicht mehr wahr? Ihre Blusen bügeln musste sie auch. Dringend. Und waschen. Wann hatte sie das letzte Mal die Waschmaschine eingeschaltet? Sie konnte sich nicht erinnern. Wie auch, bei dieser flüssig gewordenen Zeit. Was hatte sie heute zur Arbeit getragen? Das, worin sie hier am Esstisch saß. Und worin sie bereits gestern zur Arbeit gefahren war.

Statt sich um die verwelkten Rosen zu kümmern oder um die verdreckte Küche, trank Henny von dem angefangenen Rotwein. Dreiviertel voll. Barolo. Die letzte Flasche, soweit sie sah. Sie hatte auch schon eine ganze Weile nicht mehr eingekauft. Vielleicht hätte sie den billigen Wein von Sabine Kessler doch nicht ins Spülbecken gießen sollen. Henny blickte um sich. Alles sah ein kleines bisschen verwahrlost aus. Aber sie hatte jetzt keine Kraft, sich damit zu beschäftigen. Sie war froh, wenn das Telefon nicht klingelte und draußen kein Geschrei zu hören war. In diesen unverhofften Gefechtspausen war sie immer so erleichtert, dass sie auf der Stelle hätte einschlafen können, an jedem denkbaren Ort. Sie starrte die Waffe neben den Rosen an. Klaus. Klaus im Keller. Warum bist du nicht bei mir? Sie musste bald ins Bett. Am liebsten hätte Henny sich gleich hier auf den Boden gelegt, unter den Esstisch, und geschlafen.

18

Auch Franziska war mittlerweile etwas in Frau M.s Wohnung zu Bruch gegangen, eine kleine, filigrane Vase, an einem Tag, der schon schlecht begann. Bei ihrem ersten Kaffee im Parterreloch blickte Johann Wilhelm Preyer ihr aus dem Rotweinkelch entgegen und sah extrem danach aus, als würde er sich amüsieren. Natürlich wusste Franziska, dass sich sein Gesicht nicht wirklich veränderte, dass es nur ihre Einbildung war, und sie war auch noch nicht so weit, mit längst verstorbenen Malern Zwiesprache zu halten. Im Übrigen war sein Gesicht auf der Postkarte viel zu winzig. Aber dennoch, er sah nicht freundlich amüsiert aus, sondern feindselig. Als wollte er sagen: Was versuchst du hier eigentlich? Ein neues Leben beginnen? Gib's auf. Gib's auf. Und wenn er gekonnt hätte, wenn er nicht im Rotweinkelch zwischen den Nüssen und Trauben gefangen gewesen wäre, hätte er sich garantiert mit großem Schwunge abgewendet.

Auch Franziska hatte die Scherben der zerbrochenen Vase nach ganz unten in den Müll gestopft, so wie ihre Vorgängerinnen, in der Hoffnung, dass Frau M. sie nicht fand. Das schien eine Putzhilfenangewohnheit zu sein.

Danach hatte sie die diversen Küchenwecker im Mangold'schen Haushalt betrachtet, befunden, dass es zu viele waren und sie überdies dringend einen benötigte, und den, den sie für den ältesten hielt – immerhin –, in ihren Rucksack gesteckt. Frau M. würde es sicher nicht auffallen.

Einen Tag nach der Albtraumbegegnung auf dem Tempelhofer Feld fuhr Franziska morgens nach Dahlem. Der übliche Grundreinigungstermin, Küche, Saugen, Bad – keine Sonderaufgaben, soweit sie wusste. Es sei denn, es lag eine Mitteilung darüber auf dem Ceranfeld.

Nachts hatte sie fast gar nicht geschlafen. Als sie einsah, dass es zwecklos war, weiter auf der dünnen Matratze auf den Europaletten liegen zu bleiben und auf das Einschlafen zu warten, war sie gegen drei aufgestanden, hatte Kaffee gekocht und ihn in der Küche im Dunkeln getrunken. Um drei Uhr nachts herrschte tatsächlich ausnahmsweise Stille in der Seitenflügelwelt. In Berlin war es so laut. Spätabends hörte Franziska oft wummernde Bässe irgendwo aus dem Seitenflügel gegenüber. Oder vielleicht ja auch aus ihrem Haus, so genau konnte sie es nie verorten. In Senden hingegen war es nachts still gewesen. Nicht vollkommen still, denn die Siedlung mit den Einfamilienhäusern lag nah bei der Straße, die zur A 43 und weiter nach Münster führte. Nachts allerdings herrschte dort kein großer Verkehr. Die Straße hatte Franziska das letzte Mal auf ihrer Busfahrt nach Münster gesehen. Sie hatte immer gern spät gearbeitet, wenn Johannes schon schlief. Nicht nur er, sondern der ganze Ort. Ringsherum in der Siedlung war alles dunkel, und sicher war es auch in Nottuln, Bösensell, Appelhülsen und Havixbeck so. Nur hin und wieder Licht, wenn ein Tier einen Bewegungsmelder ausgelöst hatte.

In den vergangenen Wochen hatte Franziska manchmal in ihrem Parterreloch gesessen und gedacht: Ich empfinde nichts mehr. Nicht für ihre Eltern. Ihre schwache Mutter. Für Johannes. Nicht einmal für die Wissenschaft. Nichts mehr für die Wissenschaft zu empfinden, bedeutete das Ende. Wann war das alles abgestorben? In der schlaflosen Nacht nach dem Tempelhofer Feld aber meldete sich eine Empfindung mit aller Macht zurück: Angst.

Petra. Von allen Menschen, die sie kannte, ausgerechnet Petra. Obwohl Petra natürlich immer noch besser war als Johannes. Nicht dass Franziska sich in Berlin wirklich je sicher gefühlt hätte, aber bislang hatte zumindest niemand ahnen können, wohin es sie verschlagen hatte. Damit war es nun vorbei. Wäre sie bloß nicht mit Sina zu diesem Spaziergang aufgebrochen. Wenn Petra und ihr namenloser Mann bald mit ihrem Schnäppchenflug oder ihrem Billig-Bahnticket nach Senden zurückreisten, wüsste Johannes Bescheid. Vielleicht schon heute oder morgen. Mit diesen Neuigkeiten würde Petra wahrscheinlich noch am selben Tag bei ihm vor der Tür stehen. Oder sie hatte ihn schon gestern angerufen. Berlin war groß, sehr groß, und hier, wo sie untergekrochen war, würde sicher erst mal niemand suchen. Trotzdem. Mit der Sicherheit – von Anfang nur eine trügerische – war es endgültig vorbei.

Nach so vielen Wochen hatte Franziska sich an die Studierenden in der U-Bahn auf dem Weg zur FU gewöhnt, beachtete sie gar nicht mehr. An diesem Morgen jedoch beneidete sie sie plötzlich wieder heftig um ihr Leben, um ihr Ziel, das für sie selbst unerreichbar geworden war. Etliche von ihnen hatten es sicher gar nicht verdient, wussten nicht, welche Möglichkeiten ihnen geboten wurden. Franziska hätte es verdient.

Inzwischen hatte sie sich eine E-Mail-Adresse unter dem Namen Marie Weber eingerichtet. Nicht dass Franziska sie benötigt hätte oder irgendwer Marie Weber schrieb, aber wenigstens über eine E-Mail-Adresse zu verfügen, verschaffte ihr das Gefühl, am Leben teilzunehmen wie andere auch. Durch Zufall hatte sie unlängst entdeckt, dass jemand in ihrem Haus – bei der engen Bebauung handelte es sich möglicherweise auch um jemanden im Seitenflügel gegenüber – sein WLAN-Netzwerk nicht gesichert hatte. Seit der Entdeckung dieses willkommenen und unverhofften Geschenks zapfte sie es regelmäßig an.

Frau M. war noch zu Hause, wie so oft, was Franziska aber nicht weiter störte. Sie versuchte dann immer, die Gespräche mit der Begründung, sie müsse jetzt an ihre Arbeit, sie wolle es schließlich gründlich erledigen, auf ein Minimum zu beschränken. Frau M. hatte offenbar verschlafen, zumindest sah sie so aus. Sie trank in der Küche Kaffee, begrüßte Franziska kurz – nicht ganz so euphorisch wie sonst – und wirkte abwesend. Das war Franziska nur recht. Im Badezimmer zog sie ihre Putzfrauenuniform an, ging danach zurück in die Küche, wo Frau M. immer noch stand, als hätte sie sich keinen Zentimeter bewegt, und wollte als Erstes einen Blick in die Spülmaschine werfen wie immer, doch Frau M. stand direkt davor.

Sie machte keine Anstalten, den Weg freizugeben. Stattdessen redete sie plötzlich über eine Party, die ihr vorschwebe. »Keine richtige Party natürlich, ich dachte eher an ein lockeres Beisammensein, ein bisschen Essen, guter Wein. Als mein Mann noch lebte, hatten wir oft Gäste. Vielleicht kann man ja auch schon auf dem Balkon sitzen. Ich dachte, das würde mir guttun, was meinen Sie, Marie? Leonie wird natürlich kommen. Und Geli, Sie wissen schon, meine Nachbarin. Und Sie kommen hoffentlich auch. Meinen Sie nicht, dass mir das guttun würde?«

Sie klärte Franziska darüber auf, dass Sabine Kessler, ihre Vorgängerin, immer noch bei Geli putzte. Völlig unverständlich für Frau M. Henny und Geli. Das klang so, als wären sie in der Grundschule. Sie schien ganz versunken in der Planung des »lockeren Beisammenseins«. Franziska würde sich eine gute Ausrede einfallen lassen müssen, um nicht zu erscheinen. War es üblich, dass man die Putzfrau dazu einlud?

Es klingelte an der Tür. Frau M. schrak so heftig zusammen, dass ihr die Kaffeetasse aus der Hand fiel. Sie rührte sich nicht, starrte auf die Scherben der Tasse auf dem Fliesenboden.

»Wollen Sie nicht aufmachen?«

»Was? Nein, das ist doch bestimmt sowieso nur … Werbung.«

»Soll ich aufmachen?«

»Nein! Nein, bitte nicht. Kümmern Sie sich einfach nicht darum.«

Das Geräusch der Klingel war alltäglich, zumal es morgens war und nicht mitten in der Nacht. Frau M.s Reaktion schien völlig übertrieben. Was war denn mit ihr los? Franziska wollte die Scherben aufsammeln und die Kaffeepfütze wegwischen, schließlich war sie die Putzhilfe, doch Frau M. bestand darauf, es selbst zu tun. Ihre Hände zitterten stark, wie Franziska jetzt bemerkte. Zu viel Rotwein am Vorabend? Und mit ihrer Kleidung stimmte etwas nicht. Sie trug ihren dunkelblauen, sicher sehr teuren Pullover auf links, sodass das eingenähte Schild am Nacken hervorstand. Eine kleine Unachtsamkeit, für Frau M. aber sehr ungewöhnlich. Frau M. war immer perfekt gekleidet, Franziska hatte sie nie anders gesehen. Sollte sie Frau M. darauf aufmerksam machen oder besser nicht? Sie selbst war in den letzten Wochen nachlässiger geworden. Allerdings musste sie auch mit den Kleidungsstücken auskommen, die bei ihrer überstürzten Abreise im November ins Gepäck gepasst hatten, und hatte keinen prall gefüllten Schrank vorzuweisen. Neulich wäre sie, als sie einkaufen musste, fast in ihrer Putzhose losgegangen. Wobei das in Berlin, speziell in Neukölln, nicht weiter aufgefallen wäre.

Frau M. ließ ein paar Minuten verstreichen. Fast schien es, als wartete sie, bis die Person, die geklingelt hatte, garantiert wieder verschwunden war. Dann ging sie zur Garderobe, zog ihre Jacke an und nahm ihre Tasche. Ihre Hände zitterten immer noch. Franziska ließ Frau M. einfach mit dem Pullover auf links zur Arbeit gehen. Das war nicht nett von ihr.

Zügig und mittlerweile gut organisiert verrichtete sie ihre Arbeit. Küche, die gesamte Wohnung saugen, Badezimmer und Gästetoilette putzen. Im Esszimmer fielen ihr die schlaffen, welken Blumen auf dem Tisch auf. Sie gehörten in den Müll. Sehr untypisch für Frau M. Genauso wie der Pullover. Seit Franziska bei ihr putzte, hatte sie auf dem Tisch noch nie Schnittblumen in diesem Zustand gesehen.

Frau M. hatte sie gebeten, die Bücherregale im Wohnzimmer abzustauben, eine Aufgabe, die Franziska nicht sonderlich mochte. Lieber hätte sie sich eine Weile mit ihrem Notizbuch auf den Nussschalensessel gesetzt. Sie holte die Trittleiter aus dem Gästezimmer und stellte sie vor das Regal. Immerhin lenkte sie das Putzen ein bisschen ab. In Frau M.s Wohnung in Dahlem fühlte sie sich sicherer vor dem Entdecktwerden als in Neukölln. Falsch, sie musste sich vor dem Entdeckwerden gar nicht mehr fürchten, denn es war bereits geschehen. Ob Johannes schon wusste, wo sie steckte? Vielleicht war er auf dem Weg hierher. Und dann? Er hatte keinerlei

Anhaltspunkt, nichts, er wusste nicht, wo in dieser großen Stadt sie sich verkrochen hatte.

Sie stand auf der Trittleiter und hantierte mit dem Staubwedel herum – die letzte Tätigkeit für heute, anschließend würde sie sich noch ein paar Minuten auf den Sessel setzen –, als sie den Schlüssel im Schloss hörte. Kam Frau M. früher von der Arbeit? Franziska dachte natürlich immer noch an ihre Begegnung mit Petra zurück, daran, was diese Begegnung alles nach sich ziehen könnte, daran, dass sie jetzt aufgeflogen war und nicht mehr unauffindbar vom Erdboden verschluckt, sie fragte sich, ob sie die Stadt verlassen und in eine andere gehen sollte, heute noch oder morgen, aber sie musste zugeben, dass sie sich inzwischen widerwillig ein bisschen an Berlin gewöhnt hatte. Hier gab es zwei, drei Fixpunkte in der Woche, die dafür sorgten, dass sie nicht komplett verrückt wurde. Sie ärgerte sich über Frau M. und ihre frühe Heimkehr, ärgerte sich, dass sie ihr die Minuten auf dem Sessel stahl. Sie wollte schon »Hallo« rufen, »ich bin im Wohnzimmer«, und dann drehte sie sich auf der Leiter um und sah, dass nicht Frau M. gekommen war, sondern Leonie. Leonie stand an der Türschwelle, starrte sie an und sagte kein Wort.

Ging diese verdammte Nichte hier ständig ein und aus? Schickte Frau M. sie zum Kontrollieren? Ob sie auch gründlich putzte? Ob sie die vereinbarte und bezahlte Zeit einhielt? Ob sie heimlich Gegenstände, die sie kaputtgemacht hatte, im Müll entsorgte?

Bedingt durch den Schlafmangel funktionierte Franziskas Motorik nicht mehr ganz zuverlässig, und als sie einen Schritt zur Seite machen wollte, stellte sie zu spät fest, dass sie nicht auf die Stufe der Leiter, sondern ins Leere trat. Sie versuchte noch, Halt zu finden, aber es gelang ihr nicht. Sie stürzte, den Staubwedel in der Hand. Franziska war zuverlässig, dachte in jeder Lebenslage an die Arbeit. Unfall im Haushalt. Arbeitsunfall beim Putzen. Überwachen und Strafen. Tempelhofer Feld. Petra. Polizei. Johannes. Was machst du denn hier? Weißt du, was bei dir zu Hause los ist? Frau M. trägt ihren Pullover auf links. Das habe ich ja noch nie bei ihr gesehen. Und der jämmerliche Blumenstrauß. Der Parkettboden ist hart.

19

Vielleicht war Marie ja gar nicht verrückt, wie Sina in den ersten Wochen vermutet hatte, sondern gefährlich? Richtig gefährlich. Oder sie hatte Schulden. Und jemand war hinter ihr her. Wobei dieses Paar auf dem Tempelhofer Feld reichlich öde und spießig gewirkt hatte. Weder wie Kriminelle noch wie Bullen oder fiese Schuldeneintreiber.

Sina hielt Marie, die verlorene Frau, seit einer ganzen Weile nicht mehr für verrückt. Im Gegenteil, sie fand sie sogar ziemlich nett, was an sich schon bemerkenswert war, denn Sina fand höchst selten jemanden nett. Die meisten Leute verachtete sie. Sie war gern in ihrer eigenartigen kargen Wohnung, die unverändert so wirkte, als wollte Marie gleich wieder ausziehen oder wäre noch gar nicht richtig eingezogen. Diese abgenutzten Möbel, die überhaupt nicht zu ihr passten. Genauso wenig wie eine dunkle Wohnung im Parterre. Ein schickes Dachgeschoss hätte zu ihr gepasst. Als Sina ihr das gesagt hatte, hatte Marie nichts erwidert, sondern nur gelacht, aber mit seltsam bekümmertem Blick. Sina hatte schon befürchtet, sie würde gleich in Tränen ausbrechen, was aber Gott sei Dank ausgeblieben war. Ihre flennende

Mutter, der der Rotz aus der Nase lief, reichte ihr.

Und sie aß gern bei ihr. Marie konnte ziemlich gut kochen. Kein Vergleich zu der *Haute Cuisine* ihrer Mutter, den »Cousinen«, wie Toni den elenden Fertigfraß immer noch nannte. Irgendwann wäre auch Toni alt genug, um zu begreifen, was zu Hause los war. Oder es würde ihm nie auffallen, weil er es ja nicht anders kannte. Sina versuchte immer, möglichst unbeteiligt auszusehen, wenn Marie anbot, etwas zu kochen, fast schon desinteressiert à la ist mir egal, bloß nicht bedürftig, dabei wollte sie in Wahrheit schon nach kurzer Zeit nicht mehr darauf verzichten. Eine Erwachsene interessierte sich für sie. Eine Erwachsene, die nicht ihre Mutter war, sorgte dafür, dass sie etwas aß, fragte sie sogar nach ihren Vorlieben und stand dafür in der Küche.

Sie hatte Marie ganz am Anfang erzählt, ihr Vater sei tot. Das durfte sie auf keinen Fall vergessen, nicht, dass sie sich noch verplapperte. War gut angekommen, in Maries Gesicht trat gleich dieser mitleidige und auch erschrockene Ausdruck. Sina hatte sich beherrschen müssen, um nicht loszulachen. Wie einfach es doch war, so einen Blick herauszufordern. Ihr Vater war gar nicht tot. Er hatte sich bloß verpisst. Vor fünf Jahren. Und seitdem, spätestens seitdem, ging alles schief. Arschloch. Sina trauerte ihm kein bisschen hinterher. Er hatte jetzt eine neue Familie mit einer neuen Tussi, jünger als Sinas Mutter, die sie von Anfang an nicht leiden konnte. Obwohl sich das inzwischen ein bisschen geändert hatte. Manchmal dachte Sina, dass sie diese Frau, wenn sie es sich aussuchen könnte, ihrer Mutter vorziehen würde. Muttertausch sozusagen. Das hatte sie der Schlampe auch mal gesagt. War gar nicht gut angekommen. Ihre Wange hatte noch Stunden später gebrannt.

Vielleicht hätte sie sowieso besser behaupten sollen, ihre Mutter sei tot, nicht ihr Vater. Tote Mutter war bestimmt das Allerschlimmste, und Mitleid und Erschrecken wären bei Marie noch ausgeprägter gewesen. Aber man sollte ja auch nicht übertreiben.

Marie fragte sie öfter, ob sie denn jemanden zum Reden habe – sie schien verstanden zu haben, dass ihre Mutter ganz sicher keine Person »zum Reden« war –, woraufhin Sina jedes Mal wütend wurde. Marie schien ihr anzusehen, dass sie keine Freunde hatte, wobei Sina überhaupt nicht verstand, warum und woran. Und sie hatte neulich gefragt, wovon Sina träumte. »Davon, jemanden zusammenzuschlagen«, hatte sie geantwortet, ohne groß nachzudenken. Nicht dass sie sich nicht genau das tatsächlich oft wünschte, und Kandidaten gab es etliche, aber eigentlich hatte sie es nur gesagt, um Maries Reaktion zu testen. Oder, wenn sie ehrlich war, um sie zu schockieren.

Marie hatte jedoch ganz anders reagiert. Sie hatte gelacht. Einfach nur gelacht und nichts gesagt.

Sie machte sich über sie lustig. Das konnte Sina auf den Tod nicht ausstehen. Sie hatte auf dem ausgeleierten Sofa in Maries Wohnung gesessen, das nicht zu ihr passte und irgendwie doch zu ihr passte, und auf die Wut gewartet, die aus der Drüse in ihrem Inneren kam, oder wo immer sie produziert wurde, aber seltsamerweise blieb sie aus.

Sina wurde nie gefragt, von niemandem, was sie am liebsten tun würde oder wovon sie träumte. Wovon sie träumte, interessierte die Scheißwelt einfach nicht. Auch nicht die alte Schlampe, die nichts auf die Reihe bekam. Die schon gar nicht. Sinas Mutter war sprunghaft. Unberechenbar. In einem Moment fürsorglich – zumindest für ihre Verhältnisse –, im nächsten distanziert oder weinerlich, voller ekelhaftem Selbstmitleid. Oder sie wurde wegen nichtiger Anlässe unkontrolliert wütend, schrie herum, warf Sachen durch die Gegend.

Marie war in einem Affenzahn in Richtung Flughafengebäude gerannt. Ohne jede Vorwarnung. Sina hatte Mühe, ihr hinterherzukommen. Offenbar wollte Marie durch den Eingang auf der Tempelhofer Seite abhauen. Als Sina sie endlich eingeholt hatte, hatte sie sie am Arm festhalten müssen, damit sie stehen blieb. Marie war ganz außer Atem gewesen und hatte Mühe zu sprechen. Sie pfiff aus dem letzten Loch und klang fast so wie Bobby.

»Wer war das? Und wieso hat die dich dauernd Franziska genannt?«

»Keine Ahnung. Die muss mich verwechselt haben.«

Verwechselt? Das glaubte ihr Sina nicht. Die spießige Frau mit den Proletenhaaren kannte Marie ganz genau.

»So sah das aber nicht aus. Die kannte dich doch. Und was hat die für komische Sachen von der Polizei erzählt?«

»Die muss mich verwechselt haben«, wiederholte Marie.

»Willst du mich verarschen? Die kannte dich. Was ist denn los? Wer war das?«

»Ist sie weg?«

Sina drehte sich um und suchte das Feld ab, die Landebahn, auf der die Begegnung stattgefunden hatte, allerdings nicht besonders gründlich.

»Keine Ahnung. Ich glaube schon. Ich bin dir sofort hinterher. Was die beiden gemacht haben, weiß ich nicht, ich habe nicht auf sie geachtet. Ich habe mich auch nicht von ihnen verabschiedet oder so. Die haben ganz schön blöd geguckt.«

»Hast du mit ihnen geredet?«

»Nein, habe ich nicht, sag ich doch, ich bin dir sofort hinterher. Ich fand die Tussi sowieso ziemlich nervig. Und der Typ hat das Maul ja gar nicht aufgekriegt. Hat zu Hause bestimmt nichts zu melden.«

»Gibt's da vorn eine U-Bahn?« Marie zeigte zum Ausgang.

»Ja, die U6. Und die S-Bahn. Ich dachte eigentlich, wir trinken hier noch was.« Sina zeigte in Richtung Biergarten an der Kreuzberger Seite des Tempelhofer Feldes, der von hier allerdings nicht zu sehen war.

»Können wir doch auch woanders, oder? Ich will jetzt hier weg. Kommst du mit?«

Es wäre viel einfacher gewesen, die ganze Strecke zurückzugehen, dann wären sie wieder in Neukölln, aber Marie drängte zum Ausgang in Tempelhof und war davon nicht abzubringen. Natürlich kam Sina mit. Schon allein aus Neugier. Marie hatte allerdings eindeutig signalisiert, über das Zusammentreffen auf der Landebahn nicht sprechen zu wollen, deswegen fragte sie nicht weiter nach. Vorerst. Sie wollte sie nicht verärgern. Sie wollte das gemeinsame Essen in ihrer Wohnung nicht gefährden und die Gespräche mit Marie, die sie, meistens zumindest, wie eine Erwachsene behandelte.

20
Zwei Jahre zuvor

Der Rhododendron war eingegangen, er hatte nicht einmal den Sommer erlebt. Und genauso wie mit dem Rhododendron ging es mit ihrer Beziehung bergab. Eigentlich, seit sie in das Haus gezogen waren. Als läge ein Fluch darauf. Vorher, in der kleinen Zwei-Zimmer-Wohnung in Münster, waren sie glücklich gewesen. Unbeschwert. Einander zugewandt. Und jetzt? Franziska beschäftigte sich mit nichts anderem mehr als mit ihrer Doktorarbeit. Als wäre diese Arbeit das Wichtigste auf der Welt. Als wäre eine dritte Person in Gestalt einer Doktorarbeit mit eingezogen. Eine angefangene, wohlgemerkt, die Franziska wahrscheinlich nie zu Ende bringen würde. Sie war fahrig, unausgeglichen, schlecht gelaunt. Nach Erfolg und Vorankommen sah das nicht aus. Johannes beobachtete sie genau. Erkundigte sich nach ihren Fortschritten, wie es sich für einen interessierten Partner gehörte. Meist antwortete sie ausweichend. »Dazu kann ich jetzt nichts sagen.« – »Das ist zu kompliziert, dann müsste ich den ganzen Kontext erklären.« Oder sie wies ihn schroff ab. Für sie war er ein IT-Mann, kein IT-Spezialist oder gar Informatiker, die gab es für sie nur an der Hochschule.

Er stöberte weiterhin in ihrem Arbeitszimmer. Ihr heiliges Arbeitszimmer. Inzwischen nahm sie leider immer den Rechner mit, wenn sie nach Münster fuhr, ohne Ausnahme. Zum Geburtstag hatte er ihr einen neuen geschenkt, den sie ohne seine Hilfe natürlich nicht hatte einrichten können. Geleitet hatte ihn hierbei der Hintergedanke, auf diese Weise zumindest den alten Laptop durchforsten zu können. Das Tablet lag unbeachtet irgendwo im Wohnzimmer herum. Auf ihrem alten Rechner musste sich noch allerhand befinden, bis vor Kurzem hatte Franziska ihn ja noch benutzt, ihre Arbeit und – darauf hatte Johannes es vor allem abgesehen – ihr E-Mail-Verkehr.

Und als sich dann endlich die Gelegenheit ergab, setzte er sich oben an ihren Schreibtisch vor den alten Computer. Mittwoch, aller Voraussicht nach würde Franziska den ganzen Tag im Institut verbringen. Er selbst hatte sich einen Tag Home-Office erbeten, was in seiner Firma problemlos möglich war. War Franziska mittwochs tatsächlich immer so lange im Institut? Manchmal kamen ihm Zweifel.

Sie wohnten jetzt ein Jahr im neuen Haus, und auf ihrem Schreibtisch stand noch immer kein Foto von ihm oder von ihnen beiden. Was für eine Missachtung. Johannes hatte inzwischen über einen Kollegen unter der Hand ein Programm aufgetrieben, mit dem sich angeblich Passwörter knacken ließen. Auf Franziskas Passwort war er nämlich immer noch nicht gekommen. Ob dieses Programm wirklich funktionierte, wusste er nicht, aber einen Versuch war es wert, und er hatte den ganzen langen Mittwoch dafür.

Überrascht stellte er fest, dass er dieses Programm gar nicht brauchte. Franziska, die technische Niete, hatte die Festplatte des alten Laptops ausgebaut. Das hätte Johannes ihr gar nicht zugetraut. Er hätte gewettet, dass sie gar nicht wusste, wo sich die Festplatte befand oder wie sie aussah. Unruhe überkam ihn, auch leichte Wut. Zu diesem Zeitpunkt war es noch moderate Wut. Er stand auf und begann, nach der Festplatte zu suchen. Diesmal gab er sich weniger Mühe als sonst, alles wieder so akkurat an Ort und Stelle zu räumen, wie er es vorgefunden hatte. Er ließ Schubladen geöffnet, Bücher und Papiere auf dem Boden liegen und trampelte darauf herum. Seine Selbstbeherrschung bröckelte. Er konnte die Festplatte nirgends finden. Schleppte Franziska zusätzlich zum neuen Laptop täglich eine ausgebaute Festplatte mit sich herum? Er wurde noch misstrauischer. Warum war es nötig, die Festplatte auszubauen? Sie behauptete doch immer, auf ihrem Computer befinde sich nichts weiter als Arbeit, völlig uninteressant für Fachfremde. Leider hatte Johannes es versäumt, Überwachungs- und Spionage-Software auf dem neuen Gerät zu installieren. »Versäumt« war nicht das richtige Wort. Er hatte großmütig darauf verzichtet. Vorerst. Natürlich hatte er daran gedacht, es wäre ein Kinderspiel gewesen. Ein schönes zusätzliches Geburtstagsgeschenk, eins, von dem Franziska gar nichts ahnte. Aber dann hatte er nicht so weit gehen wollen. Eine Partnerschaft fußte schließlich auf gegenseitigem Vertrauen. Oder?

Scheiß drauf. Er würde es bald nachholen.

Wenn Franziska nicht zu Hause in ihrem Zimmer an der Doktorarbeit saß, war sie im Institut. Öfter als nötig, wie Johannes fand. So viele Seminare hatte sie doch gar nicht. »Meine Seminare«, wie sich das schon anhörte. Johannes konnte sie sich beim besten Willen nicht als Lehrende vorstellen. Oft kam es ihm so vor, als hielte sie sich lieber in Münster auf als zu Hause. Wozu hatten sie denn dieses neue Haus, wenn sie nie hier war? Er rief sie mehrmals am Tag im Institut an. Ungern den Festanschluss in ihrem Büro, denn sie teilte es sich mit Evi. Johannes verabscheute Evi inzwischen so sehr, dass er sie nicht einmal am Telefon nach Franziska fragen wollte.

Franziska wurde bei seinen Anrufen immer häufiger ungehalten und wimmelte ihn ab. »Ich bin gerade im Gespräch. Wir sehen uns doch heute Abend.« *Ich bin gerade im Gespräch*, wie klang das denn? Als hielte sie sich für eine Art Chefin. Dabei war Franziska nichts weiter als eine unbedeutende kleine Mittelbau-Maus mit sehr bescheidenem Gehalt.

Ihre Kollegen waren seit der Einweihungsparty mit dem unschönen Ende nicht mehr zu Besuch gekommen. Nach der Party hatten Johannes und Franziska sich gestritten. Eigentlich schon davor, als Evi und Sebastian noch da waren, auf ihrem neuen Sofa saßen und so wirkten, als wollten sie niemals mehr gehen. Sie sprachen über nichts anderes als ihr verdammtes Institut, machten Insiderscherze, und Johannes fühlte sich in seinem eigenen Haus ausgeschlossen und überflüssig. Wo wäre Franziska denn ohne sein Gehalt? Sicher nicht in einem eigenen Haus. Dass ihr Vater eine Menge zur Anzahlung beigesteuert hatte, ärgerte ihn noch immer, ein kleiner Stachel, der zwar nicht täglich schmerzte, aber immer unangenehm zu spüren war.

Zuerst versuchte er es noch mit Freundlichkeit. »Habt ihr eigentlich kein anderes Gesprächsthema?«

Alle drei wandten die Köpfe und sahen ihn verwundert an, Evi, Sebastian und sogar Franziska, als würde ihnen erst jetzt auffallen, dass er überhaupt da war. Dann redeten sie einfach weiter. Er konnte dieses Unigequatsche nicht mehr hören, wie wichtig sie sich nahmen, es machte ihn rasend. Mit einem Whisky und voller Zorn ging er in den Garten. Luft, er brauchte Luft, und zwar reine, nicht-akademische. Am späten Abend war es draußen viel zu kalt, er fing an zu zittern, trotz seiner heißen Wut und des Whiskyfeuers im Bauch. Oder zitterte er gar nicht vor Kälte, sondern vor Wut? Er mochte keinen Whisky, fand aber, dass es das passende Getränk war, irgendwie männlich. Schottischer Whisky mit unaussprechlichem Namen, ein Geschenk von Franziskas Vater zum Einzug ins Haus. Sollte Johannes sich etwa aus seinem eigenen Haus vertreiben lassen?

Als er wieder hineinging, machten sich Sebastian und Evi gerade zum Gehen bereit. Keine Sekunde zu früh. Johannes verabschiedete sich nicht von ihnen, sah sie nicht einmal an.

»Du hättest ruhig ein bisschen netter sein können«, sagte Franziska danach. »Sebastian und Evi
sind schließlich meine Kollegen.«

»Sebastian und Evi, ich kann's nicht mehr hören.«

»Was?«

»Sebastian und Evi und deine verfluchte Arbeit,
das ist alles, was dich interessiert.«

»Meine Arbeit ist wichtig.«

»Ach ja? Und für wen?«

»Für die Wissenschaft.«

»Dass ich nicht lache. Deine Arbeit ist höchstens
für dich selbst wichtig.«

Die Nacht nach der Einweihungsparty verbrachte Franziska auf einer schmalen Liege in ihrem Arbeitszimmer. Johannes lag allein im gemeinsamen
Bett und konnte nicht schlafen. Mit Franziska durfte ihm nicht das Gleiche passieren wie mit seiner
Ex-Freundin. Er musste sie festhalten. Am nächsten
Morgen beschloss er, ihr zu verzeihen.

Den letzten Jahreswechsel hatten sie in ihrem Haus
verbracht und einige Nachbarn eingeladen, seine Kollegen mit ihren Frauen oder Freundinnen. Von Franziskas Institut war ausdrücklich niemand eingeladen
worden. Sie wagte auch nicht, darum zu bitten. Aber
abgesehen von der Silvesterparty wurden sie allmählich einsamer auf ihrer eigenen Scholle. Johannes hätte
es allerdings niemals »einsam« genannt. Sie genügten
sich, brauchten niemanden sonst. Vor allem brauchten sie nicht die Klugscheißer aus dem Institut. Oder

stimmte das gar nicht, und nur Johannes wurde nach und nach einsam, selbst wenn er nie dieses Wort benutzt hätte? Franziska fuhr fast jeden Tag nach Münster, selbst in den Semesterferien. Was machte sie in den Semesterferien in ihrem Büro? – Ich habe Sprechstunden, behauptete sie. Ich muss in die Bibliothek. Meinst du, meine Arbeit schreibt sich von selbst? – Und ihre Kollegen traf sie auch privat. Sie verschwieg es meistens, aber ihm konnte sie nichts vormachen. Johannes traf sich hin und wieder auf ein Bier mit einem seiner Freunde, aber das immer seltener. Die Siedlung lag zwar direkt an der B 235 und nicht weit von der A 43, Münster-Wuppertal, entfernt, aber die Zeiten für ein spontanes Bier in der Kneipe waren wohl vorbei. Nach Senden kam niemand gern, auch wenn es keiner zugab. Es war nicht weiter schlimm, er vermisste nichts, sondern hatte genug damit zu tun, in Franziskas Arbeitszimmer zu stöbern. Und einen Job, der sie beide ernährte, hatte er schließlich auch noch. Die Meinung seiner Freunde und seiner Arbeitskollegen zu ihrem Haus hatte sich gewandelt – neuerdings bezeichneten sie es als weit vom Schuss, in der Pampa, draußen auf dem Acker und scherzhaft als Sackgasse und Gefängnis. Zuerst hatte Johannes es geschafft, ein eigenes Haus mit Anfang dreißig, und jetzt sollte es plötzlich ein Gefängnis sein? Er gestaltete ihr gemeinsames Leben, Baustein für Baustein. Er wünschte sich ein Kind. Mit einem Kind gäbe Franziska ja vielleicht ihre Promotionspläne und den ganzen anderen Quatsch auf. Und sie mussten unbedingt heiraten.

Bald. Mit einer Heirat wäre alles einfacher, auch mit dem Haus. Aber immer, wenn Johannes sie darauf ansprach, wich Franziska aus.

Ein paar Gäste, bloß nicht zu viele und vor allem keine unangenehmen, teure Getränke, um zwölf ein Feuerwerk vor dem Haus. Er hatte sich Mühe gegeben und diesmal statt Raketen Batteriefeuerwerk gekauft. Franziska mochte keine Raketen, und es war ja nicht so, dass er ihr nicht in jeder Hinsicht entgegenkam. Es hätte ein guter Einstieg ins neue Jahr werden können. Die Gäste waren allesamt höflich und sagten gegen eins, spätestens halb zwei, wir gehen dann mal, ihr wollt jetzt sicher allein sein.

Doch Franziska war unleidlich gewesen, nicht die Gastgeberin, die Johannes sich wünschte. Wahrscheinlich hätte sie sich am liebsten sogar Silvester zusammen mit ihrer unfertigen Dissertation in ihrem Arbeitszimmer verkrochen. Solange noch Besuch da war, sagte Johannes nichts dazu. Nachdem die Letzten gegangen waren, hatte er im Wohnzimmer auf der teuren Anlage Bach gespielt, sehr laut. Nichts Wildes, kein Pop, sondern Bachs klare, fast mathematische Klanggebilde. Vor ihm auf dem Küchentisch stand ein Glas mit längst schal gewordenem Champagner. Er blickte auf das Schachbrettmuster am Boden, das ihm so gut gefiel. Wenigstens hier hatte er sich durchsetzen können. Franziska war oben, er saß allein vor dem Champagner. Das Blut auf einer der weißen Fliesen störte die strenge Ordnung und Bach. Johannes wischte es trotzdem nicht weg. Das sollte Franziska am nächsten Morgen gleich als Erstes erledigen.

21

Eine Weile hatte Franziska tatsächlich gedacht, sie hätte es geschafft, wäre erfolgreich untergetaucht. Doch warum sollte ausgerechnet ihr so etwas gelingen? An anderen Tagen reichten Kleinigkeiten aus, um sie in Panik zu versetzen, Leute in der U-Bahn oder auf der Straße, die sie an jemanden erinnerten. Manchmal dachte sie auch einfach: Das geht nicht gut. Das geht nicht mehr lange gut.

Und dann war ihr Petra über den Weg gelaufen. Gut drei Wochen lag das jetzt zurück. Franziska hatte gerade begonnen, sich etwas selbstverständlicher und mutiger durch die Stadt zu bewegen, sogar an U-Bahnstationen wie Hermannplatz, Kottbusser Tor, Schönleinstraße, Neukölln. Sie benahm sich so wie die anderen, fand sie. Selbstsicherer als im Herbst und Winter. Großstädtisch. Wie benahm man sich großstädtisch? Wohl mit einer gewissen Gelassenheit. Sie bewunderte wider Willen Sina. Sie war hier aufgewachsen und bewegte sich offenbar völlig angstfrei durch die Straßen.

Franziska mied Ausflüge zur Museumsinsel. Zu gefährlich. Das Tempelhofer Feld sowieso. Andererseits würde Johannes sie wohl kaum an einem von

Touristen überlaufenen Ort suchen. Dort versteckte man sich nicht. Oder versteckte man sich gerade dort? Und dass sie sich neuerdings für Kunst interessierte, wusste Johannes gar nicht. Franziska vermisste das Stillleben – im Original, nicht als Postkarte –, die *Toteninsel* und den Schokoladenkuchen, sie vermisste sogar die Kunstgeschichte-Promovendin, die auf einem mitgebrachten Klapphocker vor den Bildern saß und emsig schrieb und in der sie sich wiedererkannte. Oder das erkannte, was sie selbst unwiederbringlich verloren hatte.

Wo würde sie in Berlin jemanden suchen, wenn ihr jeder Anhaltspunkt fehlte? Sie hatte keine Ahnung. *Keine Ahnung und davon viel*, dieser dumme, despektierliche Satz ihres Vaters kam ihr in den Sinn. Besonders gern verwendete er ihn bei ihrer Mutter.

Es fiel Franziska schwer, so zu denken wie Johannes. Hieß es nicht, man müsse sich in die Gedankenwelt seiner Feinde einfinden, um sie zu besiegen?

Manchmal versuchte sie sich einzureden, es wäre gar nichts passiert. Bloß ein Traum. Das Tempelhofer Feld selbst war ja eine Art Traum. Und für Träume war es doch ganz typisch, dass sie das Heute – Sina – mit dem Gestern – Petra – vermengten, als würde beides parallel existieren.

Seit der Begegnung auf der ehemaligen Start- und Landebahn – Landebahn Nord, wie Sina ihr später erklärt hatte – war nichts passiert, obwohl Franziska jeden Tag damit rechnete. Ihr ereignisloses neues Leben war einfach weitergegangen. Eigentlich wies sie Ähnlichkeiten mit den kleinen wimmelnden Tieren in der Münsterländer Erde auf: Sie lebte in Dunkelheit. Auch und vor allem in geistiger. Seit der Begegnung mit Petra ging sie, sofern sie nicht zu Frau M. fahren musste, am liebsten nach draußen, wenn es dunkel war. Sie verfluchte die angebrochene Jahreszeit. Es würde nun jeden Tag ein bisschen länger hell bleiben. Allmählich ließ sie sich gehen, und die einzigen Menschen, zu denen sie so etwas Ähnliches wie eine Bindung aufgebaut hatte, waren Frau M. und die böse Kleine. Sie hätte so viel dafür gegeben, mit Evi reden zu können. Sie hatten einen intensiven Austausch gepflegt. Unermüdlich Fachgespräche geführt. Gespräche über das wissenschaftliche Weiterkommen. Über das Institut. Über die beiden Ebenen, zwischen denen sie sich befanden: unten die Studierenden, oben die Professoren. In der Mitte sie. Sie hatten in dem Büro geredet, das sie sich teilten. In der Mensa. In Cafés in der Münsteraner Innenstadt und am Aasee. Bei Evi zu Hause. Sie lebte schon seit ihrer Studienzeit in einer winzig kleinen Zwei-Zimmer-Wohnung in Roxel, einem Vorort von Münster, ähnlich ländlich wie Senden und nicht weit davon entfernt. Ihre Wohnung war schrecklich vollgestopft, mit Büchern, Ordnern, Kleidung. Und mit Geist. In ihrem Wohnzimmer war so wenig Platz, dass es nur für einen kleinen Schreibtisch an der Wand reichte. Ihre Unterlagen breitete sie gern am Esstisch aus, der mitten im Raum stand. Franziska hatte so oft mit ihr an diesem Tisch gesessen und dachte mit Wehmut daran zurück. Manchmal hatte sie das schlechte Gewissen überkommen, sie selbst in einem eigenen Haus und Evi auf diesen höchstens vierzig Quadratmetern. Aber Evi schien auf das Einfamilienhaus in Senden nicht neidisch zu sein. Sie war nicht gern zu Franziska nach Hause gekommen, weil sie Johannes nicht mochte, was auf Gegenseitigkeit beruhte. Schwer zu sagen, wessen Abneigung größer war. Franziska erzählte Evi beileibe nicht alles über Johannes – alles erzählte sie niemandem –, doch Evi schien manches zu ahnen. Sie war der Meinung, er tue ihr nicht gut, er behindere sie in ihrem Fortkommen und Franziska solle sich von ihm trennen, obwohl sie zu höflich war, es deutlich auszusprechen. Zwischen den Zeilen aber klang es immer durch. Nun, jetzt hatte Franziska sich ja von ihm getrennt. »Warum habt ihr euch auch noch dieses Haus gekauft?«, hatte Evi gesagt. »Willst du hier für immer angekettet bleiben? In Senden? Und vor allem an Johannes?« Hatte sie »angekettet« gesagt? Franziska konnte sich nicht mehr genau erinnern.

Evi dachte schon an die nächsten beruflichen Schritte und wollte langfristig weg aus Münster. Das gefiel Franziska gar nicht. Evi war klug, sehr klug, aber eine Spur zu schüchtern für die Raubtierwelt der Wissenschaft, in der es Beute und Prädatoren gab – bei den meisten handelte es sich um Beute – und einige wenige Spitzenprädatoren. Allerdings hatte Evi schon mit ihrer Habilitationsschrift begonnen, wovon Franziska noch weit entfernt war. Sie hatte sich immer gewundert, wie Evi das hinbekam. Sie selbst war an allem verzweifelt, an der Belastung durch die Seminarvorbereitungen, an den Verwaltungstätigkeiten, an der Befristung der Stellen im Mittelbau und an der Zeit. Daran, wie sie unaufhaltsam verstrich.

Sie war nachlässiger geworden, achtete weniger auf ihre Kleidung, außer, wenn sie zu Frau M. fuhr. Leute auf der Straße, die heruntergekommen aussahen, mied sie immer noch, auch nach über vier Monaten in Neukölln – wo war eigentlich die berühmte Gentrifizierung? –, wich ihnen aus, wechselte manchmal sogar die Straßenseite, weil sie ihr nicht geheuer waren, bis ihr eines Tages klar wurde, dass sie auf andere inzwischen vielleicht auch diesen Eindruck machte. Dass sie abgerissen aussah und man ihretwegen lieber die Straßenseite wechselte. Es war ein schleichender Prozess, den sie selbst kaum bemerkte. Nachlässig war sie auch in ihrem Neuköllner Parterreloch geworden. Richtig sauber bekommen hatte sie es ohnehin nie, aber mittlerweile verdreckte es proportional zu der von ihr geschaffenen Sauberkeit in der Dahlemer Wohnung. Immerhin, Franziska erschuf noch etwas: Sauberkeit.

Die Lust daran, sich etwas Schönes zu kaufen, lag weit zurück. Früher, im anderen Leben, hatte Franziska die Auffassung vertreten, dass Wissenschaftler sich gut kleiden sollten. Das lag jetzt hinter ihr. Wozu und für wen sollte sie sich gut kleiden? Für die verwahrloste Sina? Für Neukölln? Sie besaß jetzt mehrere Putzfrauengarnituren. Und sie putzte darin nicht nur Frau M.s Wohnung, sondern ging manchmal auch so einkaufen. Das störte sie nicht mehr. Es war ihr egal, was irgendwer von ihr dachte, abgesehen davon, dass es in Neukölln sowieso nicht auffiel. Eigentlich kaum vorstellbar, denn genau das hatte doch fast ihr ganzes Leben beherrscht: einen guten Eindruck zu machen. Frau M. stellte die Ausnahme dar. Vor ihr wollte Franziska immer noch gut dastehen. Und vor der kleinen Göre wahrscheinlich auch.

Sie versuchte, sparsam zu sein, was ihr erstaunlich gut gelang, und hob so wenig Geld wie möglich von ihrem geheimen Konto ab. Immer an Geldautomaten, die weit entfernt von Neukölln waren, in Pankow, Prenzlauer Berg, in Spandau und einmal sogar in Potsdam. Für »Sonderaufgaben«, die Frau M. ihr zuteilte, war sie durchaus dankbar. Wobei Frau M. ihrer Marie natürlich nichts »zuteilte«, das hätte sie nie über die Lippen gebracht. Sie ließ es immer so klingen, als wären sie gute Freundinnen, die über etwas diskutierten. »Ob die Fenster es wohl mal wieder nötig haben? Was meinen Sie, Marie?« Neulich hatte sie Franziska auf ihren Balkon gebeten. Eine Blaumeise saß auf dem Geländer und flog bei dieser Störung davon. »Bald ist April«, hatte Frau M. gesagt. »Dann werde ich pflanzen. Vielleicht wollen Sie mir ja dabei helfen?« Beim Reden darüber, was sie dieses Jahr zu pflanzen gedachte, war sie heiter, so, wie Franziska sie im Januar kennengelernt hatte. Heiter, geschwätzig und nett. Sie sprach auch wieder über ihre Party, das »lockere Beisammensein«. Vielleicht im Mai? Oder, je nach Wetter, schon im April. Sie holte zwei Paar bunte Plastikclogs aus dem Schuhschrank, magentafarbene und blaue. »Diese Gartenschuhe sind sehr praktisch, finden Sie nicht? Die blauen könnten Sie dann tragen, falls Sie Lust haben, mir zu helfen. Eigentlich sind es Leonies, aber sie hat sicher nichts dagegen.« Sie stellte die Schuhe nebeneinander auf die Matte vor der Balkontür, so ordentlich wie Johannes in Senden. Ein grauenhafter Anblick, der die Vergangenheit mit einem Schlag in die Dahlemer Wohnung holte.

Leonie hatte ganz sicher etwas dagegen, dass Franziska ihre Gartenschuhe trug. Seit sie von der Trittleiter gestürzt war, hatte sie Frau M.s Nichte nicht mehr zu Gesicht bekommen. Die blauen Flecken am Bein und an der Hüfte verschwanden allmählich. Hämatome war Franziska ja gewöhnt. Die Schulter tat ihr noch ein bisschen weh. Leonie hatte ihr aufgeholfen und sie erschrocken, aber sehr kalt gefragt, ob alles in Ordnung mit ihr sei. Ebenso kalt hatte sie angeboten, sie zu einem Arzt oder ins Krankenhaus zu bringen, aber Franziska hatte abgelehnt. Wenn Leonie mitbekommen hätte, dass Marie Weber auf ihrer Krankenkassenkarte nicht Marie Weber hieß, hätte sich ihr Misstrauen bestätigt und Franziska mit Sicherheit ihren Putzjob verloren. Ein falscher Name, das hätte auch Frau M. verdächtig gefunden. Leonie traute ihr nicht, und zwar ganz unverhohlen – womit sie ja richtig lag –, aber nach dem kleinen Unfall im Haushalt, der sehr viel übler hätte enden können als mit einer leicht geprellten Schulter und etlichen schmerzhaften Hämatomen, herrschte eine Art Waffenstillstand zwischen ihnen, der vermutlich nicht lange anhielt.

Nicht nur mit Franziska, die ihre Putzhose inzwischen auch zum Einkaufen trug, auch mit Frau M. ging eine Veränderung vor sich. Sie wirkte immer öfter abwesend. In sich gekehrt. Dass ihre Geschwätzigkeit nachgelassen, teilweise fast ganz aufgehört hatte, war einerseits zwar erholsam, andererseits eigenartig. Auch ihre weiträumige, luxuriöse Wohnung hatte nach ein paar Monaten ihren Glanz verloren. Oder Franziska hatte damals, im Januar, nicht richtig hingesehen – geblendet von den Antiquitäten, dem teuren Sessel, den frischen Blumen auf dem Esstisch. Vielleicht war Frau M. nachlässig geworden, weil sie wusste, dass Franziska ihren Dreck schon beseitigen würde. Die Putzerei war nichts für sie. Franziska ekelte sich vor allem Möglichen in der Wohnung. Vor Frau M.s Schamhaaren im Bad. Vor ihren Fußnägeln auf den Fliesen. Vor zurückgebliebenen Kotschlieren in der Toilette. Konnte Frau M. auf so etwas nicht besser achten? Oder war das bei der Putzhilfe nicht nötig?

Etwa vier Wochen nach der Begegnung mit Petra war Frau M. gerade auf dem Weg zur Arbeit, als Franziska in Dahlem ankam, doch es war anders als sonst. Sie war anders. So sehr, dass Franziska ganz vergaß, sich wie üblich über ihre Anwesenheit zu ärgern. Auf wundersame Weise richtete Frau M. es oft so ein, dass sie entweder noch zu Hause war, wenn Franziska erschien, oder sie abpasste, kurz bevor sie ging. Daran, dass sie seit einiger Zeit schweigsamer war als ganz am Anfang – es sei denn, sie sprach von der Balkonbepflanzung –, hatte Franziska sich gewöhnt, aber an diesem Tag prangte auf ihrer Bluse oberhalb der Brust ein Kaffeefleck. Oder vielleicht war es auch Tee. Außerdem war die Bluse falsch geknöpft. Musste Franziska sie darauf aufmerksam machen? Neulich hatte sie auch ihren Pullover auf links getragen.

Frau M. war so schreckhaft geworden, zuckte bei alltäglichen Geräuschen zusammen. Das war doch eigentlich Franziskas Part. Erschrecken. Zusammenzucken. Panikaugen. Manchmal konnte sie den Puls an Frau M.s Hals pochen sehen. Bei anderen wäre ihr das alles möglicherweise gar nicht aufgefallen, aber zu der netten, schwatzhaften Person, die sie im Januar auf der Museumsinsel kennengelernt hatte, passte es nicht. Es wirkte verstörend. Frau M. war gepflegt, elegant und kultiviert. Selbst in bewusstlosem Zustand in der Alten Nationalgalerie hatte sie Eleganz ausgestrahlt. Frau M. war keine, die mit Kaffeeflecken auf der falsch geknöpften Bluse herumlief.

Nachdem sie gegangen war, warf Franziska zuerst einen Blick in die Spülmaschine. Sauber und noch nicht ausgeräumt. Das erledigte sie als Erstes. Sie verzichtete darauf, das Geschirr eine Winzigkeit anders in den Schrank zu räumen, so desolat, wie Frau M. ausgesehen hatte. Irgendwie erbarmenswert. Die Spülmaschine war nur zur Hälfte gefüllt, und auch dieses Detail sah Frau M. gar nicht ähnlich. Sie gab sich normalerweise sehr umweltbewusst und ging Franziska damit schon fast auf die Nerven. Sie hatte Frau M. mit einem Tee- oder Kaffeefleck auf der falsch geknöpften Bluse zur Arbeit gehen lassen. Das war nicht nett von ihr.

Johannes wusste längst Bescheid, davon war sie überzeugt. Petra hatte ihn sicher gleich am selben Tag angerufen. Und wenn Johannes Bescheid wusste, dann auch Franziskas Eltern. Ihre Eltern, insbesondere ihr Vater, hatten einen Narren an Johannes gefressen. Deswegen hatten sie auch so bereitwillig die Anzahlung für das Haus in Senden übernommen – nicht nur die Anzahlung, sondern noch einiges mehr. Nicht Franziskas, sondern seinetwegen. Obwohl das unheilvolle Treffen mit Petra schon vier Wochen zurücklag, war er immer noch nicht aufgetaucht. Allerdings konnte sie das nicht wissen. Vielleicht lauerte er schon irgendwo in der Stadt.

Die Fliese unten an der Badewanne fiel Franziska wieder ein. Die Pistole, der Revolver – das Ding. Daran hatte sie schon eine ganze Weile nicht mehr gedacht. Vielleicht war es an der Zeit, dass es seine Besitzerin wechselte. Brauchte Franziska es nicht viel dringender? Sie hatte ein Anrecht darauf. Sie hatte es entdeckt. Es fiel ihr quasi in den Schoß. Zur rechten Zeit. Frau M. hatte seine Existenz bestimmt sowieso vergessen. Sie musste achtgeben, dass Sina es nicht in die Finger bekam. Zusammen mit Sinas Springmesser hätte sie ein kleines Waffenarsenal zu Hause. Wobei Franziska keine Ahnung hatte, wie man das Ding handhabte. Sie benötigte auch Munition. Frau M. hatte die Munition vielleicht irgendwo anders versteckt. Das würde Franziska noch herausbekommen. Es gab sicher Anleitungen im Internet. Schusswaffen für Anfänger.

Nachdem sie ihre Arbeit beendet und noch ein paar Minuten auf dem herrlich bequemen Sessel im Wohnzimmer gesessen hatte, kniete Franziska sich am Schluss vor die Wanne, entfernte die Fliese und beugte den Kopf. Ihr Rucksack stand schon bereit, um die neue, noch sehr fremdartige Fracht aufzunehmen. Sie beugte sich immer tiefer und weiter nach vorne, bis sie fast mit der Nase drinsteckte, überzeugt, das schwarze Dinge in der Plastikfolie vorzufinden, doch der Hohlraum war, abgesehen von den Wasserrohren, leer.

22
Die Scheißwelt

Kartoffelsalat in Riesenplastiktöpfen aus dem Discounter war das Allerletzte. Den kaufte Sinas Mutter besonders gern. Konnte sie nicht mal selbst kochen? Kartoffelsalat war ja wohl nicht so schwer. Und der ganze andere Fertigfraß. Bäh, kotz. Marie konnte doch auch kochen. Wollte Sina jetzt eine andere Mutter haben? Ja, das wäre nicht schlecht. Aber war Marie überhaupt alt genug, um ihre Mutter zu sein? So gerade eben, schätzte Sina.

Sie würde sich nicht mehr um ihren kleinen Bruder Toni scheren, den konnte die alte Schlampe behalten, und endlich ginge es nur um sie, sie, sie. Sina stünde im Mittelpunkt. Bobby würde sie natürlich mitnehmen. Maries Wohnung war vielleicht ein bisschen klein für ein Familienleben zu dritt, aber für den Anfang würde es reichen. Wäre sicher sogar lustig. Lustiger jedenfalls als zu Hause. Und später könnten sie sich was Größeres suchen. Aber bitte mit Putzfrau.

Sinas Mutter war Lehrerin und, seit ihr Vater die Familie verlassen hatte, alleinerziehend. Sina durfte auf keinen Fall vergessen, dass sie Marie erzählt hatte, ihr Vater sei tot. Hatte sie dabei nicht sogar ein paar Tränchen herausgequetscht? Wenn sie es vergaß – was nicht ganz auszuschließen war, weil sie manchmal ihre Gedanken und ihre Erinnerungen nicht richtig unter Kontrolle hatte – und plötzlich sagte, das blöde Arschloch wolle sie sowieso nie wiedersehen, wäre das total peinlich. Marie hielt sie doch für eine bedauernswerte Halbwaise. Und dabei sollte es auch bleiben. Ihre Mutter war überfordert, das versuchte sie Sina dauernd zu erklären, sie benutzte auch immer dieses Wort, *überfordert*, mich überfordert das oft alles, ich muss mich ganz allein um euch kümmern, und der Beruf. Sie war doch erwachsen. Andere Erwachsene bekamen das doch auch auf die Reihe, wieso ihre Mutter nicht? Du bist meine große Sina, sagte sie auch ständig, du kannst mir doch ein bisschen helfen, mich unterstützen. Manchmal rutschte ihr die Hand aus. Nicht bei Toni, immer nur bei ihr. So nannte sie das am nächsten Tag: Tut mir leid, dass mir gestern die Hand ausgerutscht ist. Wenn sie das bei ihren Schülern täte, würden die sie anzeigen. Ihre Schüler behandelte sie aber unter Garantie besser als Sina.

Natürlich war Sina klar, wie sich Marie ihr Zuhause vorstellte. Sie dachte, sie lebe in einem total verdreckten Hartz-IV-Haushalt mit einer verblödeten, stumpfsinnigen Mutter, die schon morgens an der Flasche hing. Total verdreckt zumindest stimmte ja irgendwie, war also nicht ganz gelogen. Wenn Sina nicht hin und wieder putzen würde, liefen schon längst ekelhafte Krabbeltiere überall herum. Sina stellte sich oft ein anderes Zuhause vor. Keine Mutter, die ständig davon sprach, Sina müsse »sie unterstützen«. Neben der Putzfrau, die regelmäßig kam, natürlich auch viel Geld. Man konnte benutzte Teller und Gläser herumstehen lassen, die Putzfrau würde sie schon wegräumen. Sie würde die Putzfrau, von der sie schon fast eine ganz konkrete Vorstellung hatte, gern herumkommandieren. Zu Hause reichte es nicht mal für die Reparatur der Spülmaschine. Dafür sei zurzeit kein Geld da, behauptete ihre Mutter, wo doch vor ein paar Monaten erst eine neue Waschmaschine fällig gewesen war. Marie hatte gar keine Spülmaschine, nicht einmal eine kaputte. Sina könnte natürlich anbieten, das Geschirr abzuwaschen, aber Marie würde das ganz sicher nicht von ihr verlangen.

Sie wollte Marie weiter in dem Glauben lassen, sie stamme aus einem verdreckten Haushalt mit einer saufenden Hartz-IV-Mutter. Auch hierbei musste Sina aufpassen, sich nicht zu verplappern. Das passierte ja so schnell. Sie durfte nicht erwähnen, dass ihre Mutter zu Schulkonferenzen musste oder Klassenarbeiten korrigieren und deswegen nicht zum Kochen kam. Dass Marie sich einen toten Vater und einen heruntergekommenen Haushalt vorstellte, war gut. Es funktionierte hervorragend, fast besser, als Sina erwartet hatte. Marie war voll des Mitleids, auch wenn sie es nicht so zeigte. Sina musste auf zwei Dinge aufpassen: Erstens, sich nicht verplappern.

Aber, zweitens, auch nicht übertreiben. Zu Letzterem neigte sie ein wenig. Es machte so großen Spaß. Als sie Marie zum Beispiel erzählt hatte, dass sie neulich die ganzen leeren Wodkaflaschen in den Altglascontainer geworfen habe, weil ihre Mutter sich darum nicht kümmerte und an dem Tag außerdem keinen Schritt mehr geradeaus gehen konnte. Maries entsetztes Gesicht. Es machte so verdammt großen Spaß, aber Sina musste sich zügeln.

Sie war seit einiger Zeit ruhiger geworden, möglicherweise begünstigt durch ihre Bekanntschaft mit Marie. Waren sie nicht bereits Freundinnen? Sina hatte nie eine richtige Freundin gehabt. Sie war ruhiger geworden und hatte manchmal geradezu gute Laune. Sina und gute Laune, das passte normalerweise nicht zusammen. Auch dieses Gefühl, ihr Kopf würde gleich platzen, wegen der Wut darin, die nach draußen wollte, oder was immer es auch war, trat nur noch selten auf. Sie stritt sogar weniger mit ihrer Mutter und kümmerte sich um Toni, wenn es sein musste.

Aber eines Tages holte die Vergangenheit sie ein. Die Vergangenheit hieß Annabelle, und wie es schien, war sie auch Sinas Gegenwart. Annabelle, dieses ach so wohlerzogene Mädchen, diese Bitch. Ihr Unterarm war längst wieder zusammengewachsen. Leider nicht schief, das hätte Sina ihr gewünscht. Es gab keinen Grund für neue Auseinandersetzungen. War ja auch schon so lange her, letztes Jahr, Annabelles gebrochener Unterarm, der drohende Schulverweis, ihre Mutter, die ständig sagte: »Du machst dir deine ganze Zukunft kaputt. Du willst doch sicher mal studieren, und dafür brauchst du Abitur.« Studieren? Wozu? Um so eine verschissene Lehrerin zu werden wie sie? Annabelle und sie waren sich seitdem aus dem Weg gegangen. Aber neuerdings führte sie etwas im Schilde. Sie trieb sich auffallend oft in Sinas Nähe herum, ihre kichernden Freundinnen im Schlepptau. Sina versuchte meistens, sie nicht zu beachten.

Wie gut, dass sie nach der Schule einfach zu Marie gehen konnte. Marie war ziemlich oft zu Hause. Sina fragte sich natürlich, was sie arbeitete, wenn sie so oft zu Hause war, bei ihr lag auch nichts herum, was nach Arbeit aussah. Und wieso hatte sie eigentlich keinen Mann? Oder einen Freund? Oder zumindest einen Lover? Das war doch seltsam. Natürlich war es möglich, dass sie einen Freund hatte, Sina aber nichts von ihm erzählte. Allerdings deutete in ihrer Wohnung genauso wenig auf einen Lover hin wie auf Arbeit. Sina hatte vielmehr das Gefühl, als wäre sie Maries einziger Besuch. Mit ihr stimmte etwas nicht, aber das fand Sina nicht etwa abschreckend, sondern im Gegenteil spannend. Sie hatte sie ein paar Mal nach der Tussi auf dem Tempelhofer Feld gefragt, die ihr nicht aus dem Kopf ging, aber dieser Frage war Marie genauso ausgewichen wie allen anderen. Meinte sie etwa, Sina merkte das nicht? Doch sie konnte ruhig ihre Geheimnisse haben, hierbei war Sina sehr großzügig. Irgendwann, da war sie sich sicher, würde sie schon herauskriegen, was mit Marie los war.

Nicht nur das Gefühl, ihr Kopf würde gleich platzen, war fast verschwunden, sondern auch die quälende Langeweile. Meistens zumindest. Sina hatte die feste Absicht, Maries Geheimnis zu lüften – vielleicht war es ja nicht nur eins –, bald, aber es sprach ja nichts dagegen, trotzdem eine gute Zeit mir ihr zu verbringen. Marie sagte nie: Ich bin so überfordert. Marie sagte nie: Kümmere dich doch mal um deinen kleinen Bruder. Marie sagte nie: Mir wächst alles über den Kopf, und du bist doch fast erwachsen, du hast jetzt auch Pflichten. Marie gegenüber konnte Sina sogar Essenswünsche äußern.

Wie neulich. »Kannst du auch Kartoffelsalat?«, fragte Sina.

»Kartoffelsalat?«

»Ja, hätte ich Lust drauf.«

»Mit Essig und Öl ist er viel besser als mit Mayonnaise.«

Mit Essig und Öl? Der Kartoffelsalat aus dem Discounter schwamm in Mayonnaise.

»Klar, finde ich auch.«

»Dachte ich mir, dass du das auch findest. Willst du Kartoffelsalat?«

»Ja, schon, aber muss auch nicht sein. War nur so eine Idee. Ich meine, Kartoffelsalat ist ja nichts Besonderes, und so scharf bin ich auch nicht drauf.«

»Dann muss ich noch einkaufen. Ich habe keine Gurke da, und die Kartoffeln reichen sicher auch nicht. Kommst du mit?«

»Klar.« Gurke?

Sina verstand das schon richtig. Es war in Wahrheit nicht das freundliche Angebot, Marie zum Einkaufen zu begleiten, weil es zu zweit vielleicht lustiger war. Marie wollte sie nicht allein in ihrer Wohnung lassen. Weil sie ihr nicht über den Weg traute. Sina war deswegen ein bisschen gekränkt. Aber Wut durfte sie sich auf keinen Fall erlauben. Marie war die Einzige, die nett zu ihr war. Hatte sie Angst, dass sie ihr die Bude ausräumte? Hier gab es doch gar nichts zu holen. Marie besaß nicht einmal einen Fernseher. Billiges Handy und ein nicht allzu neues Notebook. Darauf befanden sich wohl kaum irgendwelche bahnbrechenden Erfindungen, die Marie hüten musste.

Es war ungewöhnlich, dass Annabelle sie allein abpasste, sonst hatte sie immer ihren Hofstaat dabei, eine Kuh hässlicher und dümmer als die andere.

»Wenn du meinst, ich hätte das vergessen, hast du dich geschnitten.« Annabelle zeigte auf ihren Arm. »Wieso bist du eigentlich nicht von der Schule geflogen? Verdient hättest du es. Ach, es gibt einfach keine Gerechtigkeit im Leben. Fürs Abitur bist du doch sowieso zu blöd. Ich sag's dir, du landest mal an der Kasse bei Aldi. Falls du das überhaupt schaffst. Eher nicht, du Loserin. Du landest eher in einer Putzkolonne. Oder auf dem Strich. Obwohl du dafür eigentlich zu hässlich bist. Nur, um das mal klarzustellen: Ich mache dich fertig. Da ist schon einiges in Planung. Und weißt du, was das Beste daran ist? Du kannst überhaupt nichts dagegen tun.«

So viel hatte Annabelle schon lange nicht mehr zu ihr gesagt. Sina vermisste das Springmesser mit dem schönen roten Griff mehr denn je. Es lief doch nicht alles gut für sie. Wäre ja auch zu schön gewesen. Hatte sie das etwa wirklich geglaubt? Dass jetzt eine schöne Zeit anbrach? Für sie? Die Scheißwelt war zurück.

Wo war das Messer von Bert? Sina hatte ihn seit der Party im Winter in der heruntergekommenen Wohnung nicht mehr gesehen, genauso wenig wie den Engländer. Sie hatte ihn auch nicht vermisst. Wenn man jemanden nicht vermisste, war man wohl nicht verliebt. Das Messer hatte sie leider auch schon sehr lange nicht mehr gesehen. Sie hätte es jetzt gut gebrauchen können. Und sei es nur, um Annabelle Angst zu machen.

Annabelle stand direkt vor ihr, mit einem triumphierenden Grinsen im Gesicht. Niemand sonst in der Nähe. Ohne das Springmesser, das für genau solche Situationen gedacht war, musste Sina sich anders behelfen. Schulgelände boten bedauerlicherweise keine große Auswahl an brauchbaren Waffen, mit denen man Angst einjagen konnte. Der Hausmeister und die Putzfrauen beseitigten alles. Meistens zumindest. Sina entdeckte eine leere Flasche neben dem Mülleimer, nur ein paar Schritte entfernt. Eine braune Bierflasche aus Glas. Ein absoluter Glücksfall! Glas konnte ganz schön gefährlich sein. Annabelle war so sehr mit ihrer Genugtuung und sich selbst beschäftigt, dass sie gar nicht richtig auf Sina achtete. Sie strich sich ihre affigen blonden Haare zur Seite und hätte sicher am liebsten einen Spiegel hervorgeholt, um sich zu bewundern. Hol dir doch einen runter, dachte Sina – wobei eine Bitch das ja eigentlich gar nicht konnte, sich einen runterholen. Es war nur ein großer Schritt, höchstens zwei, bis zur leeren Bierflasche, die Hausmeister und Putzfrauen übersehen hatten. Sinas Kopf dröhnte. Ihr Kopf. Ihr Kopf. Ihr Kopf. Gleich platzte er. Gleich würde ihr die Hand ausrutschen. Sie wollte Annabelle die Fresse polieren. Ihr Gesicht zermatschen, Matsche, Matsche, Matsche, bis nur noch blutiger Brei übrig blieb. Ihr Kopf. Halt. Sie musste sich konzentrieren. Sie musste ihre Gedanken beisammenhalten. Sie trat einen Schritt zur Seite, als Annabelle nicht hinsah, nur einen kleinen, dann noch einen kleinen, dann bückte sie sich, griff nach der Flasche, richtete sich wieder auf und versteckte die Flasche hinter ihrem Rücken, ehe Annabelle etwas bemerkte.

Du machst dir deine ganze Zukunft kaputt. Jugendliche mit Verantwortungsreife. Du willst doch mal studieren. Ich habe doch wahrlich schon genug am Hals, musst du jetzt auch noch so viel Ärger machen? Was ist nur los mit dir? Tut mir leid, dass mir die Hand ausgerutscht ist, aber das musst du doch verstehen.

»Jetzt fällt dir wohl nichts mehr ein, was?«, sagte Annabelle mit diesem ekelhaft triumphierenden Gesichtsausdruck. »Aber weißt du, das ist sowieso dein Problem, du bist so blöd, dir fällt einfach nichts ein.«

»Doch, mir fällt was ein.«

Sina war stolz auf sich, stolz, dass sie nur diesen einen Satz sagte und sich eine Beleidigung verkniff. Hatte sie gar nicht nötig. Das zeugte von Überlegenheit, oder? Sie bückte sich wieder, die Flasche fest im Griff, und schlug sie auf den Boden, hart und genau richtig im schrägen Winkel, was sie fast überraschte. Das ging alles ganz schnell. So schnell, dass Annabelle überhaupt nicht mitkam. Lange Leitung. Sie glotzte einfach nur. Wie erwünscht brach der Flaschenhals ab. In der Hand hielt Sina jetzt eine scharfkantige Waffe – mindestens genauso gut und vor allem genauso gefährlich wie das verlorene Springmesser. Wenn nicht sogar besser. Damit würde sie Annabelle das Grinsen aus dem Gesicht schneiden. Und dann sah Sina die Angst in ihren Augen, als sie auf sie zuging, als Annabelle langsam begriff. Viel zu spät. Niemand in der Nähe, sie waren ganz allein. Annabelle hatte sich über- und Sina unterschätzt. Das hatte sie wirklich schlecht geplant. Angstaugen. Es sah doch bei allen gleich erbärmlich aus.

23

Die Begegnung auf dem Tempelhofer Feld lag nun rund sechs Wochen zurück, und es war immer noch nichts passiert. Eine Weile hatte Sina unermüdlich gefragt, wer denn diese »Tussi« gewesen sei. Franziska war dabei geblieben, dass sie die Frau nicht kenne und sie sie mit jemandem verwechselt haben müsse. Das klang nicht sehr überzeugend, das wusste sie, aber irgendwann gab Sina schließlich auf. Oder sie vergaß es. Jedenfalls fragte sie nicht mehr. In ihrem jugendlichen Gehirn gab es sicher andere Prioritäten. Außerdem schätzte Franziska ihre Aufmerksamkeitsspanne als nicht allzu hoch ein. Sie tippte nach wie vor auf schulische Probleme, unentschuldigtes Fernbleiben vom Unterricht, schlechte Noten. Wenn sie nachfragte, wurde Sina wütend, und die anfängliche Furcht vor diesem zornigen Mädchen kehrte kurz wieder zurück.

Was für eine seltsame Verbindung. Sina war das genaue Gegenteil von ihr. Es gab keinen Grund, sich mit ihr zu treffen, ihre Welten lagen weit auseinander, ohne Schnittmengen. Doch war das wirklich so? In Berlin war Franziska nichts weiter als eine Putzhilfe. Sie gehörte jetzt zu den Abgehängten. Vielleicht ähnelten sich ihre Welten mehr, als sie wahrhaben wollte. In ihrem früheren Leben hätte sie Sina möglicherweise als lohnenswertes Forschungsobjekt betrachtet. Verwahrlostes Großstadtkind aus der Unterschicht. Vielleicht waren sie ja eine Art Schicksalsgemeinschaft, Sina und sie. Wenngleich Franziska nicht an das Schicksal glaubte.

Inzwischen kannte sie auch Bobby, den dicken japsenden Hund. Sina hatte ihn zu einem Spaziergang mitgebracht. Bobby hatte am Bauch kaum noch Fell, stattdessen eine rosige Speckschicht. Er watschelte vor sich hin und drohte im nächsten Moment umzufallen. Sina liebte ihn, das war offensichtlich. In seiner Gesellschaft erkannte Franziska sie kaum wieder. Ihre Gesichtszüge wurden weich, viel jünger als sonst, wenn sie geduldig auf ihn einredete. Sie hantierte sogar mit einem schwarzen Beutel für seine Hinterlassenschaften herum, geradezu vorbildlich. Vielleicht tat sie das auch nur wegen Franziska.

»Wovon lebst du eigentlich?«, fragte sie eines Tages, als Franziska sie zum Essen einlud. Sie saßen in einem Lokal am Landwehrkanal, auf der Kreuzberger Seite, wie Sina ihr erklärte. Kreuzberg oder Neukölln oder sonst was, das war Franziska egal. Warum waren den Leuten hier die Stadtteile so wichtig? Bezirke, nicht Stadtteile. Sie kannte sich immer noch nicht in Berlin aus. Entweder hatte sie einen völlig unterentwickelten Orientierungssinn oder ihre Abneigung war so groß. Frau M. hatte sie neulich um eine Sonderschicht ersucht und diese großzügig bezahlt. Und das Lokal war nicht allzu teuer, wie Franziska beim Blick in die Speisekarte feststellte. Sina, vermutete sie, kannte eher McDonald's oder sonstige Imbisse. Wenn überhaupt.

»Willst du nicht darüber reden?«

»Nein, im Moment nicht.«

»Bist du Geheimagentin oder so was?«

»Ja, so ähnlich.«

Sina kicherte. »Cool. Hast du auch eine Pistole?«

»Sehr witzig.«

Wo war Frau M.s Pistole geblieben, der Revolver, das Ding? Hatte sie es selbst aus dem Hohlraum an der Badewanne geholt? Das musste ja wohl so sein. Aber weshalb? Frau M. sah nicht so aus wie eine Frau, zu deren alltäglichen Gebrauchsgegenständen Schusswaffen gehörten. Eigentlich sah sie eher so aus, als wüsste sie noch weniger als Franziska, wie man so ein Ding überhaupt handhabe.

Sina hatte nie mehr das Messer erwähnt, das Franziska an sich genommen hatte. Sicher dachte sie, sie hätte es verloren. Das war auch besser so. Zwischen Fastsechzehn und Franziska bestand die unausgesprochene Abmachung, die andere nicht übergebührlich mit Fragen zu bedrängen. Als hätte dieses böse Mädchen für manches doch ein ungeahnt feines Gespür. Ausgenommen ihre derbe Sprache. Seit einer Weile hatte sie sich angewöhnt, ständig »ficken« zu sagen, unabhängig vom Zusammenhang und egal, ob es passte oder nicht. Wahrscheinlich wollte sie testen, ob sie Franziska damit schockierte. Und wahrscheinlich gehörte es einfach zu dem Bild, das sie von sich aufrechterhalten wollte. »Mit wem fickst du?«, fragte sie regelmäßig jedes Mal, wenn sie sich sahen. »Mit wem fickst du eigentlich?«

Wo war Sina überhaupt? Franziska hatte sie schon eine ganze Weile nicht mehr gesehen. Aber was erwartete sie auch von ihr? Kontinuität? Fast sechzehnjährige Heranwachsende waren sprunghaft. Verwahrloste Heranwachsende vermutlich erst recht.

Von ihrem Putzlohn allein konnte sie nicht leben, auch wenn man Frau M. ganz sicher nicht der Knauserigkeit bezichtigen konnte. Franziska war deshalb froh über ihren Reservefonds, ein zweites, geheimes Konto, von dem Johannes nichts wusste. Ihre wohlhabenden Eltern hatten es eingerichtet, und von ihnen stammte auch das meiste Geld darauf. Es war gut gefüllt, weil sie bis vor einem halben Jahr nie etwas davon abgehoben hatte. Sie würde eine ganze Weile damit auskommen können, zumal sie sich in Berlin um äußerste Sparsamkeit bemühte. Von Ausnahmen abgesehen. Fastsechzehn zum Essen einzuladen, war eine solche Ausnahme. Oder ihre zahlreichen Museumsbesuche. Seit sie nicht mehr zur Museumsinsel fuhr, besuchte sie öffentliche Bibliotheken und las dort manchmal stundenlang. In Bibliotheken war sie an sich ja zu Hause – wenn es sich im früheren Leben auch um Fachbibliotheken gehandelt hatte. Von der Soziologie hielt sie sich fern. Vergiftet. Schmerzhaft. Sie las Romane. Oder besser, sie fing an, sie zu lesen, und stellte das Buch anschließend wieder zurück, ohne das Ende zu kennen. Oft war sie gar nicht neugierig auf das Ende. Sie blätterte großformatige Bildbände über weit entfernte Länder durch. Außerhalb des Münsterlandes. Außerhalb Berlins und Brandenburgs. Außerhalb Europas. Südamerika. Australien. Das Weltall. Oder Mikrokosmen. Ameisenstaaten. In einer Berliner Bibliothek würde sie ganz sicher nicht Petra oder Johannes über den Weg laufen. Ihren Eltern, die auf der Suche nach ihr durch die Stadt irrten. Nein, das würden ihre Eltern nicht tun. Nicht, wenn sie alles wussten – wovon auszugehen war. Franziskas Vater war immer auf Johannes' Seite gewesen, nie auf ihrer. Auf welcher Seite ihre Mutter stand, blieb unklar. Sie hatte nichts zu sagen und fügte sich klaglos.

Frau M. war zu Hause, als Franziska an einem Tag Mitte April morgens die Dahlemer Wohnung betrat. Daran war sie inzwischen gewöhnt. Sie begrüßte sie freundlich wie immer, sagte »ich mache mich mal an die Arbeit«, zog sich zum Umziehen ins Badezimmer zurück und fing an.

Heute also aller Voraussicht nach keine Notizbuchpause auf dem bequemen Sessel. Oder wenn, dann erst sehr spät. Falls Frau M. die Absicht hatte, heute noch mal die Wohnung zu verlassen. Franziska hörte nur noch selten Musik beim Putzen, ihre lauten Gedanken waren Hintergrundrauschen genug. Meistens nahm sie aber sicherheitshalber ihren alten MP3-Player mit, wenn sie nach Dahlem fuhr, für den Fall, dass Frau M. zu Hause war oder früher zurückkehrte. Kopfhörer bedeuteten Abschottung von ihr. Abschottung von ihrem Gerede, ihrem Marie-hier, Marie-da. Franziska wollte ihre Ruhe haben. Sie musste ungestört arbeiten. Vielleicht war das noch ein Überbleibsel aus dem anderen Leben. Aber jeder musste doch die Möglichkeit haben, seine Arbeit ungestört zu verrichten, selbst eine Putzhilfe. Obwohl das Gerede seit einiger Zeit weniger geworden war, manchmal fast ganz verstummt, ungefähr zeitgleich mit Frau M.s beginnender Nachlässigkeit, Flecken, unterschiedliche Strümpfe, zerknitterte, angeschmutzte Kleidung, nicht gekämmt, wirrer Blick, herumhuschende Augen, verwelkte Schnittblumen auf dem Esstisch, in fauligem Brackwasser.

Neulich hatte Franziska den zusammengefalteten DIN-A4-Zettel wiedergefunden. Das Lesezeichen in Frau M.s Celia-Fremlin-Krimi, den sie einige Wochen zuvor vom Nachttisch genommen und ins Bücherregal im Wohnzimmer geräumt hatte. *Zu Hause* im Parterreloch hatte sie den Zettel aus der Tasche ihrer Jogginghose gezogen, bevor sie diese in die getreue alte Waschmaschine steckte, auf den hässlichen runden Tisch vor dem Sofa gelegt, ihn nicht weiter beachtet und schließlich vergessen. Dort setzte er Staub an. Viel Staub. Wenn Frau M. sähe, wie ihre reinliche Marie lebte. Bis ihr der Zettel eines Tages wieder ins Auge fiel und sie ihn auseinanderfaltete. Unverkennbar Frau M.s Handschrift, Franziska kannte sie von den Mitteilungen auf dem Ceranfeld.

Offenbar handelte es sich um eine Liste von Psychotherapeuten. Frau M. hatte hinter die Namen ihre Angebote geschrieben. Verhaltenstherapie. Hypnosetherapie. Coaching. Tiefenpsychologisch fundierte Psychotherapie. Einige Therapeuten waren mit Haken versehen, andere mit Fragezeichen, manche durchgestrichen. Auffallend zittrige Linie beim Durchstreichen. Die Handschrift insgesamt bedenklich zittrig. War Frau M. psychisch angegriffen? Labil? Depressiv? Gestört? Immerhin bewahrte sie eine Pistole in einem Versteck unter der Badewanne auf. Hatte aufbewahrt, Plusquamperfekt.

Franziska hatte eine gute Stunde gesaugt und gewischt und abgestaubt, die ekelhaften Fettspritzer von den Fliesen hinter dem Herd entfernt, die diesmal nicht nach Fisch, sondern nach gebratenem Fleisch stanken, hatte nicht darauf geachtet, womit sich Frau M. währenddessen beschäftigte, als es an der Tür klingelte. Wahrscheinlich der Paketbote. Franziska ignorierte das Klingeln, schließlich war die Hausherrin daheim. Hoffentlich war es der Paketbote und nicht Leonie. Franziska war in der Küche mit den hinteren, vernachlässigten Bereichen der Arbeitsplatten zugange – fiel das nicht eigentlich unter Sonderaufgaben? –, wozu sie zuerst alles beiseite räumen musste, halbvolle Wasserflaschen, Brotschneidebrett, Toaster, diverse Dosen und Schachteln, wie viel Kram Frau M. doch hatte, offene Marmeladengläser mit eingetrocknetem Inhalt, samt darin festgeklebter Fruchtfliegen. In einem Glas zeigte sich pelziger Schimmel auf der roten Marmelade. War Frau M. vor ein paar Monaten auch schon so schlampig gewesen? Schlampe, so nannte Sina doch gewöhnlich ihre Mutter. Obwohl Franziska nun seit rund drei Monaten die Dahlemer Wohnung putzte, entdeckte sie immer noch Ecken darin, die nahezu unberührt wirkten. Sie drang in Galaxien vor, die nie ein Mensch zuvor gesehen hatte.

Dann sah sie zwei Männer in der Diele. Beide etwa Mitte vierzig, leger gekleidet, so durchschnittlich und unauffällig, dass sie schon wieder auffällig waren. Ernste Gesichter. Franziska hatte keine Ahnung, wer das war. Sie hatte sie noch nie gesehen. Sicher keine Handwerker, dazu passte die Kleidung nicht. Frau M. behandelte sie so zuvorkommend, fast unterwürfig, dass Franziska sofort alarmiert war. Sie verstand nicht, was sie sagten, bis auf ein Wort, ein einziges Wort, und dieses Wort war höchst beunruhigend: Polizeidirektion.

»Ja, das hier ist ... das ist Frau Weber«, sagte Frau M. zu den beiden Männern, die einen Blick in die Küche warfen, »Marie Weber, eine ... Freundin von mir. Eine gute Freundin.«

Die Männer standen an der Schwelle zur Küche und nickten Franziska zu, ohne zu lächeln. Franziska trug gelbe Haushaltshandschuhe und hielt einen Lappen in der Hand. Seit wann waren Frau M. und sie gute Freundinnen? – Natürlich, Schwarzarbeit. Ob es glaubhaft war, dass Frau M., die heute Vormittag sehr gut und sorgfältig gekleidet war, keine Flecken, keine falsch geknöpfte Bluse, eine in Lumpen gekleidete Freundin hatte, die sich gerade mit Gummihandschuhen in ihrer Küche zu schaffen machte?

»Aber wir müssen das alles ja nicht vor … Frau Weber … meiner Freundin … ich schlage vor, wir gehen hier hinein, da sind wir ungestört.«

Und schon lotste Frau M. die Männer weg, ins Gästezimmer, und schloss die Tür von innen.

Wenn die Polizisten ihretwegen hier waren, wieso zeigten sie dann keinerlei Interesse an ihr und gingen in ein anderes Zimmer? Oder war das ihre Taktik, die Franziska bloß nicht durchschaute? Würden sie jetzt erst in Ruhe mit Frau M. sprechen, die ihnen ihr Leid klagte, dass sie gar nichts über Marie wisse, nicht einmal ihre Adresse? Die flüsternd betonte, das sei doch verdächtig? Aber warum hatte sie sie dann »Freundin« genannt?

Frau M. wirkte nicht wie jemand, der mit dem Gesetz in Konflikt kam. Vielleicht war bei ihr eingebrochen worden. Aber sie hatte nichts dergleichen erwähnt. Und davon hätte sie Franziska garantiert erzählt. Hatte sie mit der verschwundenen Waffe jemanden erschossen? Dann würde die Polizei sicher andere Maßnahmen ergreifen, als ihr einen höflichen Besuch abzustatten. Wenn Franziska jetzt zur Haustür ging, ganz leise, würde das im Gästezimmer erst einmal niemand mitbekommen. Ihr Rucksack stand in der Diele an der Garderobe, mit ihren Schlüsseln, Frau M.s Schlüsseln und ihrem Portemonnaie darin, allem Wichtigen. Sie müsste ihre Kleidung im

Badezimmer zurücklassen und in der Putzuniform fliehen.

Sie steckte das Geld, das immer noch auf dem Herd lag, in die Tasche ihrer Jogginghose. Normalerweise nahm sie es erst, wenn alles erledigt war. Sie war auf dem Sprung, wollte schon die Küche verlassen und auf Nimmerwiedersehen gehen – danach wäre die Bekanntschaft mit Frau M. natürlich schlagartig beendet, Franziska würde nie mehr nach Dahlem fahren, sie würde sich eine neue Prepaid-SIM-Karte kaufen und die alte vernichten –, aber sie konnte sich nicht rühren. Sie trug noch immer die gelben Gummihandschuhe. Die Fettspritzer an den Fliesen über dem Herd waren hartnäckig, wie sie jetzt sah. Sie schrubbte mit einem Schwamm daran herum. Aus dem Gästezimmer waren Stimmen zu hören, aber Franziska konnte nichts verstehen. Auch die Tonlage war nicht einzuschätzen. Wenn sie noch länger wartete, wäre es zu spät. Aber war es nicht höchst unwahrscheinlich, dass die Polizei ihretwegen hier war? Petra hatte sie zwar in Berlin gesehen, aber wer sollte eine Verbindung zwischen ihr und Frau M. herstellen? Es sei denn, Frau M. selbst. Doch bei genauerer Betrachtung konnte Franziska sich das nicht vorstellen.

Und während sie immer noch unschlüssig war, ob sie bleiben oder fluchtartig die Wohnung verlassen und zur U-Bahn rennen sollte, öffnete sich die Tür zum Gästezimmer, und Frau M. und die beiden Polizisten kamen heraus. Franziska streifte die Gummihandschuhe ab. Sie kochte Kaffee, ohne Frau M. vorher zu fragen, was sie fast verwegen fand. Aber Freundinnen taten ja so etwas, der anderen einen Kaffee kochen. Entweder wollten die beiden Polizisten in Zivil sie in Sicherheit wiegen, oder ihr Besuch hatte tatsächlich nicht das Geringste mit ihr zu tun. Sie standen noch eine Weile mit Frau M. vor der Wohnungstür herum und verabschiedeten sich bald darauf.

Frau M. kam in die Küche. »Ah, Sie haben Kaffee gekocht, das ist eine gute Idee. Sie fragen sich sicher, was die Polizei bei mir wollte. Das war nämlich die Polizei, ich weiß nicht, ob Sie es mitbekommen haben. Aber es ist auch nicht so wichtig. Trinken wir doch erst einen Kaffee. Sagen Sie, Marie, wollen Sie mir nicht beim Pflanzen helfen? Ich meine, wenn Sie fertig mit allem sind. Und natürlich nur, wenn Sie Zeit haben. Ich habe mir heute frei genommen. Ich war gestern beim Gärtner und habe alles Mögliche besorgt. Sie werden sehen. Natürlich nur, wenn Sie noch Zeit haben, Sie haben ja sicher noch was anderes zu tun. Ich zahle das natürlich extra.«

Extra zahlen klang gut. Außerdem war Franziska so erleichtert, dass sie bereitwillig alles für Frau M. gemacht hätte, nicht nur Blumen pflanzen. Nach dem Kaffee putzte und saugte sie auch alle anderen Räume. Anschließend bat Frau M. sie auf den Balkon, um ihr die Geranien und kleinen Nelken zu zeigen, die sie gekauft hatte. Die Polizisten erwähnte sie nicht mehr – geschweige denn den Grund ihres Besuchs. Sie war doch sonst immer so mitteilsam.

Frau M. zog sich Gartenhandschuhe an und

schnitt einen Sack Blumenerde auf. Sie zeigte auf einen am Balkongeländer hängenden Kasten. »Hier die Geranien und da an der Seite die Nelken, dachte ich. Die Nelken sind ja eigentlich perennierend, also …«

»Mehrjährig. Ich weiß, was das heißt«, sagte Franziska, die sich jetzt auch Handschuhe anzog. Frau M. zuliebe war sie in die leuchtend blauen Gartenclogs gestiegen, die eigentlich Leonie gehörten.

»Entschuldigung, ich sollte inzwischen wissen, dass ich eine sehr gebildete … äh … Putzhilfe habe. Jedenfalls, die letzten Nelken habe ich nicht durch den Winter bekommen.«

Vergleichbar mit den bunten Balkonblumen blühte Frau M. sichtlich auf. Als wäre sie gedüngt worden. In dem Rest alter Erde vom Vorjahr entdeckte sie einen Regenwurm und geriet ins Schwärmen: »Oh, ein Regenwurm, die sind ja so nützlich! Wir achten und ehren diesen Regenwurm, nicht wahr, Marie? Das Leben ist ja so kostbar.«

Sie fragte Franziska, die anfangs nur untätig danebenstand, ständig nach ihrer Meinung, als gingen sie ein enorm bedeutsames Projekt an, wie groß der Abstand, welche Farben nebeneinander, welche Komposition – die »Komposition«, so nannte sie es auch, war Frau M. enorm wichtig –, was meinen Sie, Marie, lieber einheitlich oder wild durcheinander? Sie haben keinen Balkon in Schöneberg, oder? Einheitlich sieht ja vielleicht ein bisschen bieder aus.

Nein, Franziska hatte keinen Balkon. Genau genommen hatte sie aber einen kleinen Garten vor dem Fenster ihres Parterrelochs, in dem zwischen den ungesund aussehenden Sträuchern Plastiktüten und Pizzaschachteln wuchsen.

Was hatte die Polizei hier gewollt?

Um nicht bloß herumzustehen, schließlich hatte Frau M. eine Extrabezahlung angekündigt, also sollte sie sich auch nützlich machen, grub Franziska irgendwann auch in einem Blumenkasten herum, setzte Geranien nebeneinander, von Frau M. genauestens beaufsichtigt, drückte sie fest, gab Streudünger dazu, obwohl ihr all diese Tätigkeiten widerstrebten.

»Machen Sie nicht gern Gartenarbeit? Mich entspannt das ja. Ich kann dann alles vergessen, wissen Sie.«

Den Besuch der Polizei?

»Und bald sind wir ja auch fertig. Zu zweit geht das viel schneller. Ach, das wird herrlich aussehen. Klaus mochte die kleinen Nelken so gern.«

Frau M. zeigte Franziska stolz einen zweiten Regenwurm, den sie gefunden hatte. Franziska lächelte gequält und wandte sich ab, ihren Geranien zu.

»Aber Marie, Sie werden sich doch nicht vor einem kleinen Regenwurm fürchten.« – Der ist so nützlich, dachte Franziska. – »Regenwürmer sind doch so nützlich! Ach, mich entspannt das immer so. Das Graben. Das Pflanzen. Sie nicht, Marie? Mir geht es gleich viel besser. Gut, dass ich beim Gärtner war. Mir ging es die letzten Wochen nämlich … also, mir ging es nicht so gut. Ich müsste es länger erklären, aber das wollen Sie sicher gar nicht hören …

Und wie schön das dann ist, wenn alles wächst und man dabei zusehen kann, finden Sie nicht?«

Den Weg, den du einmal beschritten hast, musst du auch zu Ende gehen. Der Regenwurm macht, dass er davonkommt, wie die anderen kleinen borstigen Tiere. Tränen. Sicher nur wegen der Erde in den Augen. Wenigstens regnet es nicht, das würde alles erschweren. Oder ein gefrorener Boden. Doch bisher hat noch kein Frost eingesetzt. Wie tief denn noch? Langsam müsste es reichen. Seitlich von den Katzenskeletten ein bisschen weitergraben, und tiefer, die Katzen nicht stören. Ihre Totenruhe zu stören, war keine Absicht. Aber woher sollte ich wissen, dass ausgerechnet hier Katzen begraben liegen. Hoffentlich halten die Batterien der Taschenlampe durch. Im Dunkeln würde ich den Weg zum Auto gar nicht mehr finden. Im Münsterland kann es komplett dunkel werden. Zum Fürchten. Aber ich brauche die Dunkelheit jetzt, sie ist meine Komplizin. Die Batterien müssen halten, bis ich fertig bin, sie müssen einfach. Das Haus, zu dem dieses Grundstück gehört, ist nicht allzu weit entfernt. War das Fenster im Erdgeschoss vorhin schon erleuchtet, oder hat gerade jemand das Licht eingeschaltet? Weil er etwas gehört hat? Mein Schluchzen? Aber wer rechnet schon damit, dass spätabends jemand unter den Tannen kniet, bemüht, mit einer lächerlich kleinen Schaufel ein großes Loch zu graben. Die Tränen lassen einfach nicht nach. Wegen der Katzen, rede ich mir ein, wegen der hier begrabenen Katzen, die ich gar nicht kannte. Ich muss mich zusammenreißen.

24
Ein Jahr zuvor

Sie hatte es tatsächlich geschafft, kaum zu glauben. Franziska hatte ihre Doktorarbeit zu Ende geschrieben, sie befand sich schon im Druck, und auch die Prüfung absolviert.

Natürlich wurde im Institut eine kleine Feier veranstaltet, und natürlich musste in diesem Fall auch Johannes dort erscheinen. Wie hätte das ausgesehen, Franziskas eigener Partner kam nicht. Bei sonstigen Institutsfeiern oder -ausflügen ins Münsterland schob er seit Jahren Arbeit vor, um sie nicht begleiten zu müssen. Irgendwann hatte Franziska aufgehört, ihn zu fragen, was einerseits erleichternd war, andererseits schon wieder verdächtig.

Ihre Kollegen Sebastian und Evi hatte er seit der Einweihungsparty nicht mehr gesehen. Inzwischen waren allein ihre Namen ein rotes Tuch für Johannes, was Franziska zu merken schien, denn sie erwähnte sie immer seltener. Was wiederum zur Folge hatte, dass er noch misstrauischer wurde. Wahrscheinlich hatte sie etwas mit diesem Klugscheißer Sebastian angefangen. Mit ihm konnte sie sich ja auch viel besser unterhalten als mit ihm. Obwohl Franziska behauptete, Sebastian lebe in einer glücklichen Ehe.

Sebastian und Evi hatten ihre Promotionen bereits hinter sich, von ihnen Dreien war Franziska die Letzte. Darüber wurde bei der Feier ein wenig gewitzelt, Franziska, die Nachzüglerin. Johannes stand die ganze Zeit am Rand und sprach mit niemandem. Er hoffte, dass es bald vorbei war. Franziskas Doktorvater ließ sich kurz herab, stellte sich zu ihm und fragte ihn irgendetwas wegen eines Computerproblems. Sie schienen zu denken, Computerprobleme seien das Einzige, worüber man mit ihm reden konnte.

Sie waren immer noch nicht verheiratet. Und das Kind fehlte. Franziska war nicht einmal schwanger. Die Pillenpackung versteckte sie genauso wie die Festplatte ihres alten Laptops, die nie wieder aufgetaucht war, so angestrengt Johannes auch danach gesucht hatte. Er hegte die Hoffnung, dass nun, nach der Promotion, endlich alles besser werden würde. Sie hatte doch jetzt alles, was sie wollte. Für Soziologen war es schwer, einen Job zu finden, auch für promovierte, das hatte sie ihm oft erklärt. Und an der Uni zu bleiben oder in einen Sonderforschungsbereich zu kommen, war laut Franziska angesichts der riesigen Konkurrenz und der sehr wenigen offenen Stellen nahezu unmöglich. Ihre Position als wissenschaftliche Mitarbeiterin war befristet und ein Ende abzusehen. Und dieses Ende, wenn es vorbei war, wenn sie nicht mehr täglich zum Institut fuhr, würde er feiern. Mit ihr oder ohne sie.

Eines Morgens, die Promotionsfeier im Institut lag ein paar Wochen zurück, eröffnete sie ihm beim

Frühstück ganz nebenbei, dass sie die Absicht habe, nach der Promotion auch noch zu habilitieren. Johannes kam gar nicht so schnell mit. Sie sprach von einer Professur und davon, dass sie dann in eine andere Stadt ziehen müsse. In eine andere Stadt? Wie stellte sie sich das denn vor? Sollten sie dann eine Wochenendbeziehung führen? Oder plante Franziska ihn womöglich gar nicht mehr in ihrem Leben ein? Das Haus, sagte sie, würde ihnen doch eigentlich gar nicht gefallen, wenn sie ehrlich seien, und der Kauf sei vielleicht etwas übereilt gewesen, weil ihre Eltern so gedrängt hatten.

Mit einem Mal hasste Johannes seine verständnisvolle Art – sogar mehr noch, als er in diesem Augenblick Franziska hasste –, die Tatsache, dass er ihr alles durchgehen ließ und sie auch noch ermunterte. Hatte er sie nicht darin bestärkt, die Dissertation zu schreiben? Ja, mach das, klar, du kannst das, das weiß ich, das ist bestimmt das Richtige für dich.

Erwartete sie von ihm, dass er sie auch in diesen ganz neuen Habilitationsplänen bestärkte, so wie sie es von ihm gewöhnt war? Jetzt war Schluss. Er wusste, was gut für Franziska war. Diese Pläne waren es nicht. Gut für sie waren das Haus in der Siedlung und das Leben mit ihm.

Sie saßen am Küchentisch, als Franziska diese Worte aussprach, die Johannes verstand und zugleich nicht verstand, habilitieren – unbedingt – alle haben mir dazu geraten. Das Ziel war eine Professur in einer anderen Stadt, sich ganz neu zu orientieren.

Alle hatten ihr dazu geraten. Alle waren also längst in ihre neuen Pläne eingeweiht, ihr Doktorvater, Sebastian, Evi, wahrscheinlich sogar die Institutssekretärin. Nur er erfuhr es als Letzter.

»Wir können ja heute Abend darüber reden«, sagte sie. »Ich muss jetzt los.«

Warum musste sie schon wieder los? Wahrscheinlich eine ach so wichtige Sprechstunde. Johannes fragte erst gar nicht. Er war so naiv gewesen zu glauben, alles würde sich nun ändern. Dabei änderte sich gar nichts.

Er stand auf, ging um den Tisch herum und drückte Franziska zurück auf den Stuhl, als sie aufstehen wollte.

»Du gehst jetzt nicht.«

Er fühlte sich ganz ruhig. Ruhig und konzentriert, wie bei der Arbeit. Er spürte Gegendruck, als Franziska sich auf dem Stuhl umdrehte und energischer versuchte, sich zu erheben, und ihre Schulterknochen. Die Schulterknochen erinnerten ihn an ein Brathuhn, das er mit der Geflügelschere zerteilte, und ihr Gesicht unter ihm, in dem sich Ärger und Angst gleichermaßen spiegelten, sah hässlich aus. Begehrte er sie überhaupt noch? Doch darum ging es nicht.

»Du gehst heute nirgendwohin.«

25

Marie stellte keine Fragen zu den Polizisten. Das kam Henny sehr zupass, denn sie hatte nicht die Absicht, ihr davon zu erzählen. Es sollten so wenige Leute wie möglich wissen. Und bevor Marie auf die Idee kommen konnte, es nachzuholen, hatte Henny sie mit der Balkonbepflanzung überrumpelt. Sie waren fast zwei Stunden auf dem Balkon beschäftigt gewesen, einträchtig nebeneinander. Wie eine Expertin für Pflanzen wirkte Marie nicht gerade. Eher das Gegenteil.

Eigentlich war es aber auch seltsam. Hätte nicht jeder nachgefragt? Das Auftauchen zweier Polizisten war ja nicht gerade alltäglich. Aber Marie war so dezent. Dezent und höflich. Deswegen mochte Henny sie ja auch, aus diesem Grund glaubte sie, dass sie genau die Richtige für sie war, nach all den dummen, faulen, betrügerischen und viel zu neugierigen Frauen. Und jetzt hatte sie an ihrer Zurückhaltung plötzlich etwas auszusetzen?

Henny hatte ihr nicht gesagt, dass sie Besuch erwartete – und schon gar nicht, um wen es sich handelte –, und als die beiden Männer in der Wohnung standen, wurde ihr klar, dass dieses Zusammentreffen,

Marie und die Polizisten, keine gute Idee war. Doch für solche Überlegungen war es natürlich zu spät. Henny war nervös, zweifelte plötzlich daran, ob es richtig gewesen war, sich mit der Polizei in Verbindung zu setzen, ob sie dieses Problem nicht anders lösen sollte, und hatte keine Zeit, sich mit Marie zu beschäftigen, aber ihr fiel auf, dass sie blass geworden war, als wäre sie erschrocken über den Anblick der Polizisten.

Die Drohungen verschiedenster Art waren nicht etwa weniger geworden, wie bei fortschreitender Zeit eigentlich zu erwarten gewesen wäre, sondern hatten im Gegenteil stetig zugenommen. Es kam in Wellen, seit fast einem Jahr, und meist war die nächste Welle größer und gewaltiger als die vorherige. Henny konnte nicht mehr schlafen. Selbst nach einigen Gläsern Barolo nicht. Im Grunde lohnte es sich auch gar nicht einzuschlafen, weil kurz darauf mit Sicherheit das Telefon klingelte, Festnetz oder mobil. Oft auch beides gleichzeitig. Oder es klingelte nachts an der Tür. Steinchen hatte er ihr auch schon ans Fenster geworfen. In Hennys Jugend im öden Schwaben war das noch eine freundliche oder besser sehnsüchtige Bitte um Kontaktaufnahme gewesen, unbemerkt von den Eltern. Taten Jugendliche das heutzutage überhaupt noch? Steinchen ans Fenster werfen? Mit klopfendem Herzen wartete Henny nachts darauf, dass aus den Steinchen bald große dicke Steine würden und die Fensterscheibe zu Bruch ginge. Fast wunderte sie sich, dass es noch nicht passiert war. Er tat ihr nicht wirklich etwas.

Schwierig, es den beiden Polizisten zu erklären. Er griff Henny nicht physisch an, trat nicht einmal in Erscheinung. Auch am Telefon sagte er meist nichts. Aber es war nur eine Frage der Zeit. Erst wollte er sie mürbe machen und dann zuschlagen, wenn er leichtes Spiel mit ihr hatte. Im Grunde konnte Henny es ihm nicht einmal verdenken. Deswegen hatte sie so lange nichts dagegen unternommen. Leonie hatte ihr ins Gewissen geredet, immer wieder. Was für ein Ausdruck: ins Gewissen reden. In Hennys Gewissen musste niemand reden.

Sie hatte nicht richtig nachgedacht. Sie hätte natürlich nicht Marie am selben Tag herbitten sollen, an dem die Kripobeamten kamen. Henny dachte, dann würde es ihr leichter fallen, ein vertrautes Gesicht, denn das war Marie inzwischen. Vertraut. Und auch beruhigend.

Natürlich war ihr klar, dass die Polizisten sich nicht für kleinere Sozialversicherungsvergehen interessierten, aber dennoch, wie sah das denn aus, sie stellte Marie als gute Freundin vor, und sie stand da mit Handschuhen und in ihrem Gammellook und wischte über den Herd. Kam da neulich nicht etwas im Fernsehen – »Angst, dass sich Ihre Haushaltshilfe verletzt und Sie auf den Kosten sitzen bleiben? Einfach anmelden!«

Sie bat die Polizisten in Klaus' altes Arbeitszimmer. Es wäre ihr unangenehm gewesen, wenn Marie zugehört hätte. Sie schilderte den Polizisten alles, was vorgefallen war. Mit übertrieben leiser, gepresster

Stimme, aus Angst, Marie könnte etwas aufschnappen. Die Polizisten waren gut informiert, hatten sich aktenkundig gemacht. Sie waren verständnisvoll, zumindest machten sie vordergründig den Eindruck, aber Henny war sich nicht sicher, ob es wirklich aufrichtig war oder einfach zu ihrem Beruf gehörte und irgendwelchen Schulungen geschuldet war, die sie absolvieren mussten.

»Gegen Sie liegt ja nichts vor«, sagte der mit dem ungepflegten Vollbart irgendwann. Gegen Sie liegt ja nichts vor. Wie sollte Henny das verstehen? Natürlich lag gegen sie nichts vor, das wusste sie selbst. Hatte der Vollbart ein »aber« mitgedacht, gegen Sie liegt nichts vor, aber –?

Sie versprachen, sich zu kümmern. Aber im Grunde, sagte der andere, der mit den Bartstoppeln, müsste Henny erst Anzeige erstatten. Oder, das sei die andere Möglichkeit, bei der eine Anzeige nicht nötig wäre, er müsste tätlich werden. So drückte der mit den Bartstoppeln sich aus. Wenn er Ihre Fensterscheibe wirklich einwirft, wenn er Hand gegen Sie erhebt, wenn er Sie physisch bedroht, Sie angreift, wenn er Sie umbringt, dann kümmern wir uns.

Henny wusste nicht, wie es weiterginge. Würden sie mit ihm in Kontakt treten? Oder würde das alles niemals aufhören? Vielleicht musste er sie nicht umbringen, vielleicht war diese Mühe gar nicht erforderlich, weil sie vorher schon vor Angst gestorben wäre.

26

Frau M. bat Franziska, ihr bei den Vorbereitungen für das bevorstehende »lockere Beisammensein« zu helfen. »Ich zahle dafür natürlich extra«, sagte sie. Extra zahlen klang gut, sehr gut, darauf sprang Franziska sofort an und musste sich beherrschen, dass ihre Begeisterung nicht zu schnell kam und allzu offensichtlich wurde. War sie so etwas wie eine Hure geworden? Sie fragte nicht, warum Leonie ihr nicht half, was sie bei dem angeblich so guten Verhältnis zwischen Tante und Nichte naheliegend gefunden hätte.

Wieder tat sie so, als ginge sie im Kopf ihre zahlreichen Termine durch. Das war ihr inzwischen in Fleisch und Blut übergegangen. Sie wusste nicht, ob Frau M. ihr tatsächlich einen übervollen Kalender abnahm. Aber falls nicht, ließ sie es sich nicht anmerken, und das fand Franziska äußerst anständig von ihr. Frau M. behandelte sie wie ein vollwertiges Mitglied der Gesellschaft. Dafür war sie ihr dankbar. Immer wieder.

Am Tag vor der Party – wobei Frau M. es nie Party nannte, sondern stets bei dem »Beisammensein« blieb – kauften sie gemeinsam Unmengen an Getränken, Bier, Wein, Sekt, auch einige Flaschen

Champagner. Sie waren mit dem Auto unterwegs. »Ich fahre eigentlich nicht mehr besonders gern«, sagte Frau M. »Meistens steht der Wagen nur rum. Ich fahre nicht mehr gern, seit …«

»Seit was?«

»Ach, nichts. Ich fahre einfach nicht mehr gern Auto. Sehen Sie sich doch bloß den Verkehr in der Stadt an. Und es ist ja auch wirklich extrem schädlich für die Umwelt. Aber wir wollen das ja nicht alles schleppen.«

Ihr erstes Ziel war eine Weinhandlung in Charlottenburg. »Hier waren Klaus und ich oft. Und danach sind wir immer zum Wochenmarkt an der Pestalozzistraße gegangen. Da gibt es so tolles Olivenöl.«

Frau M. wusste sehr gut, was sie wollte, und kaufte Unmengen. Als sie alles eingeladen hatten und wieder im Auto saßen, machte sie den Vorschlag, weiter nach Schöneberg zu fahren. »Vielleicht kennen Sie ja eine gute Weinhandlung in Schöneberg? Ich hätte nichts dagegen, mich auch noch woanders umzusehen. Man soll ja immer mal was Neues ausprobieren. Wobei wir ja eigentlich ganz gut eingedeckt sind. Aber ein kleiner Abstecher in Ihren Kiez wäre doch nett, Marie.«

Und dann könnten Sie mir auch gleich Ihre Wohnung zeigen, die wollte ich immer schon mal sehen. Das sagte Frau M. zwar nicht, aber dieser unausgesprochene Gedanke war plötzlich laut und durchdringend und toxisch und schien den gesamten Innenraum des Autos zu füllen und zu vergiften.

Ein Abstecher nach Schöneberg musste natürlich unter allen Umständen vermieden werden. Franziska hatte keinen Schimmer, wo das sein sollte, ihr »Kiez«. Frau M. würde sofort auffallen, dass sie sich auch nach fast einem halben Jahr nicht auskannte.

»Lassen Sie uns besser wieder zurückfahren. Wir müssen ja auch noch das Bier und das Wasser besorgen und haben eine ganze Menge für morgen zu tun.«

»Ja, da haben Sie wohl recht. Sehr vernünftig.«

Frau M. war weder eine aggressive noch eine sichere Autofahrerin. Sie fuhr überängstlich und war so verkrampft mit dem Verkehr beschäftigt, dass ihr nicht auffiel, wie Franziska ihr auswich.

»Warum hilft Leonie Ihnen eigentlich nicht bei den Vorbereitungen? Verstehen Sie mich nicht falsch, ich tue das gern, aber der Gedanke kam mir gerade.«

Hoffentlich lenkte das genug von Schöneberg ab. Vielleicht würde sie ihr den Wagen ja mal ausleihen? Wenn das Vertrauen noch weiter gewachsen war. Franziska würde nicht so unsicher fahren, auch in der großen Stadt nicht. Aber natürlich war es nicht möglich, wie so vieles andere auch, Führerschein ausgestellt auf Franziska Oswald, wohnhaft in Senden in Westfalen.

»Ach, Leonie. Sie hat keine leichte Zeit, und ich mag sie gerade nicht um so was bitten. Ich mache mir auch manchmal Sorgen um sie. – Ach, verflucht, diese Radfahrer!« Frau M. bremste scharf, und hinter ihnen ertönte wütendes Hupen. »Entschuldigung, es ist nur … ich fahre einfach nicht mehr gern. Wo waren wir? Leonie. Leonie hat seit Jahren keine feste Beziehung. Manchmal glaube ich, sie ist einsam. Sie bevorzugt ja Frauen, ich glaube, das wissen Sie schon, oder?« – Wen oder was Frau M.s Nichte bevorzugte, war Franziska herzlich egal. Frau M. offenbar nicht, wenn sie es extra betonen musste. – »Ich habe ja auch nichts dagegen«, fuhr Frau M. fort, »Gott bewahre, nein, so bin ich nicht. Ich lebe ja nun schon seit Jahrzehnten in Berlin und nicht mehr in der Provinz. Es ist nur so, in ihrem Alter sollte sie doch eigentlich einen Partner haben. Eine Partnerin, meine ich natürlich. Aber irgendwie klappt das bei ihr einfach nicht. Was da wohl mit ihr nicht stimmt ... – Ach! Entschuldigung, Marie, das war nicht sehr feinfühlig von mir. Entschuldigung! Sie haben ja diese Trennung hinter sich ...«

»Schon gut, kein Problem.«

»Sind Sie denn langsam darüber hinweg?«

»Na ja, nicht ganz. So schnell geht das wohl nicht.«

»Nein, das ist richtig. So schnell geht das nicht.«

Franziska atmete auf. Die Gefahr in Gestalt von Schöneberger Kiezen war fürs Erste gebannt. Vor einigen Wochen hatte sie eine Andeutung gemacht, hinter ihr liege eine schmerzhafte Trennung – was ja auch zutraf, sie hatte sich von allem getrennt, was ihr wichtig war, in gewisser Weise auch von sich selbst –, und sofort nachgeschoben, dass sie darüber immer noch nicht sprechen könne, dass es ihr einfach nicht möglich sei, bevor Frau M. sie mit neugierigen Fragen löcherte. Sie hatte so getan, als wäre es ihr versehentlich herausgerutscht, in Wahrheit war es wohlkalkuliert. Sie hatte es sich vorher ganz genau überlegt. Einen günstigen Moment abgepasst, als sie zusammen Kaffee tranken und über die Balkonbepflanzung sprachen. Dass sie Frau M. nichts von sich erzählte, war auf Dauer verdächtig. Frau M. nannte sie des Öfteren »meine geheimnisvolle Marie«, und irgendwann würde es vielleicht nicht mehr freundlich und gutmütig klingen. Also war Franziska zu dem Schluss gekommen, dass sie ihr etwas bieten musste. Ein Bröckchen hinwerfen. Wenigstens ein kleines. Sie hatte sich bemüht, so auszusehen, als würde sie gleich in Tränen ausbrechen. Ihre Performance war schon immer gut gewesen – aber seit wann war sie so berechnend und durchtrieben? Es war ihr gar nicht schwergefallen. Sie dachte nicht an Johannes. Sie dachte an ihre unvollendete Karriere, die genau das für immer bleiben würde, die Unvollendete, an das Institut in Münster und an Evi. An ihre intensive Arbeitsbeziehung und die verlorene Freundschaft. An die vielen Ideen, die sie hatte. Und noch gehabt haben würde. Plusquamperfekt, Konjunktiv II. Sie dachte so intensiv daran, dass ihr tatsächlich die Tränen kamen, während sie neben Frau M. auf dem Balkon stand.

Frau M. reagierte wie erwünscht. »Ach, jetzt verstehe ich, Marie, deswegen wollten Sie möglichst weit weg und sind nach Berlin gekommen.«

»Ja, genau. Aber ich kann einfach noch nicht darüber sprechen.«

»Natürlich. Das verstehe ich doch. Das braucht seine Zeit.«

Seither war das Thema nicht mehr zur Sprache gekommen.

Frau M. stellte Franziska den wenigen Beisammensein-Gästen mit den Worten vor: »Das ist Marie, Marie Weber, meine, äh, Putzassistentin.«

Putzassistentin?

Manchmal hätte Franziska heulen können, wenn sie daran dachte, was sie Frau M. alles nicht erzählen durfte. Seit Frau M. in diese rätselhafte Phase der geistigen Abwesenheit und des In-sich-Gekehrtseins eingetreten war, hatte es zwar ein wenig nachgelassen, aber zwischendurch versuchte sie immer noch, Franziska auszufragen. Über ihre Eltern. Woher sie kam. »Nordrhein-Westfalen ist ja groß, woher denn genau?« Welche Ausbildung sie genossen hatte. »Sie haben doch bestimmt auch etwas studiert?« Franziska war inzwischen eine Meisterin darin geworden, solchen Fragen geschickt auszuweichen. Auf freundliche Art, ohne Frau M. brüsk vor den Kopf zu stoßen. In Wahrheit litt sie aber darunter, nicht nur, wenn sie mit der Putzfrauenuniform im Rucksack nach Dahlem fuhr, sondern auch an allen anderen Tagen. So eine bin ich nicht!, hätte sie am liebsten gerufen. Ich bin keine Putzfrau! Und auch keine Putzassistentin! Ich bin eine aufstrebende Jungakademikerin. Wie gern hätte sie von ihrem Fachgebiet erzählt und von ihrer Dissertation. Wie gern hätte sie geschwelgt in Wissenschaft, in Zukunft, in Präsens und Futur, in einem Leben, das sie vergangenes Jahr noch geführt hatte. Wie gern hätte sie gesagt: Ich bin nicht die, für die Sie mich halten. Ich bin eine ganz andere. Oh, wie sehr würden Sie mich erst mögen, wenn Sie das wüssten!

Franziska fühlte sich deplatziert. Sie wusste weder, zu wem sie sich gesellen noch in welchem Raum sie sich aufhalten sollte. Am naheliegendsten wäre Leonie gewesen, die sie immerhin schon kannte, aber sie betrachtete Frau M.s Nichte nach wie vor als ihre größte Feindin, auch wenn zurzeit Waffenstillstand herrschte. Leonie nahm sofort den teuren Sessel im Wohnzimmer in Beschlag. *Ihren* Sessel. Den Notizbuch-Sessel. Franziska entgingen nicht ihre Blicke über viele Meter hinweg, wie Leonie sie eindringlich und lauernd beäugte, während sie mit jemand anderem sprach. Es war kein Waffenstillstand von Dauer.

Franziska fühlte sich völlig deplatziert und wusste nicht, was sie sagen sollte, egal, zu wem. Was für Gesprächsthemen? Berlin, diese hässliche Stadt, in der sie sich immer noch nicht auskannte und die sie unverändert verabscheute? Wenn nicht Berlin, was dann? Etwa Putzen? Das war ihr schon sehr lange nicht mehr passiert. Früher, im anderen Leben, hatte Franziska einerseits zwar gern für sich gearbeitet, andererseits aber auch Geselligkeit geschätzt. Intellektuellen Austausch. Bei Institutsfeiern war sie nie um Worte verlegen gewesen. Oder bei Kneipenbesuchen nach Tagungen. Frau M. hatte ihr vorher eingeschärft, sie sei an diesem Tag nichts weiter als ein Gast und solle bloß nicht auf die Idee kommen, den anderen Getränke zu bringen. Für das Essen hatte sie einen Caterer beauftragt. »Sie sind ein Gast, Marie, wie jeder andere auch.« War es nicht aber bemerkenswert, dass sie es extra erwähnte? Gesellschaftliche Anerkennung. Früher hatte Franziska sie immer bekommen. Sie war eine promovierte Wissenschaftlerin mit einer glänzenden Laufbahn vor sich, eine künftige Professorin, die jetzt zu einem Nichts geschrumpft war. Zur Putzassistentin. Und zu allem Übel gab es fürs Gastsein kein Extrageld.

Kommunikativ schlug sie sich wider Erwarten ganz gut, fand sie. Zumindest nicht schlecht. Sie wollte nicht die ganze Zeit wie ein Hündchen an Frau M. kleben. Und mit Leonie, die ihr feindselige Blicke vom Nussschalensessel zuwarf, wollte sie erst recht nicht reden. Blieben also nur die anderen. Zwei Arbeitskolleginnen von Frau M., eine an der Seite ihres Ehemanns. Die Nachbarin Geli. Ein Mann um die sechzig samt Frau. Er war ein Kollege des verstorbenen Klaus, wie sich herausstellte. Professor an der FU. Franziska ging ihm weiträumig aus dem Weg. Zu schmerzhaft. Mit ihm zu reden wäre so gewesen, als beherrschte sie eine Fremdsprache, müsste aber immer so tun, als verstünde sie kein Wort. Viel zu schmerzhaft. Und entwürdigend.

Sie setzte sich nirgendwohin, war immer auf dem Sprung. Sie fragte sich, ab wann es wohl vertretbar war zu gehen, ohne unhöflich zu wirken. Natürlich wollte niemand über das Putzen reden. Putzen, das war irgendwie peinlich. Oder war nicht das Putzen an sich peinlich, sondern vielmehr, dass sie Geld dafür bekam? Die meisten Leute sprachen am liebsten über sich selbst, Geli und Frau M.s Arbeitskolleginnen machten hier keine Ausnahme. Insofern fiel eine Unterhaltung, ohne etwas von sich selbst preiszugeben, nicht allzu schwer. Aber es war trotzdem mühsam. Schwerstarbeit. Franziska sehnte sich nach ihrem Parterreloch.

Sie trat auf den Balkon. Dort prahlte der FU-Professor gerade mit jüngst eingeworbenen Drittmitteln, einem erfolgreichen DFG-Antrag, was Franziska sofort wieder zurück in die Wohnung trieb. Schon das Vokabular machte sie krank, Drittmittel, Forschungsprojekt, Anschlussförderung – krank und wehmütig. Vom Wohnzimmer ging sie, vorbei an Leonie auf dem Sessel, deren Blick sie im Rücken spürte, ins Esszimmer. Auf dem Tisch stand wieder ein frischer Blumenstrauß. Sie hatten ihn am Vortag zusammen gekauft. Seit einiger Zeit hatte es in Dahlem keine frischen Blumen mehr gegeben, dafür falsch geknöpfte Blusen und Flecken auf der Kleidung. Im Esszimmer wurde Franziska das Problem, nicht zu wissen, mit wem sie sprechen sollte, abgenommen. Ihre Vorgängerin Sabine Kessler trat duzend an sie heran. Sie war in den Vierzigern und reichlich aufgedonnert, eher wie für die Oper gekleidet als für Frau M.s lockeres Beisammensein.

»Wir haben ja was gemeinsam.« So fing Sabine Kessler an. »Auch wenn ich das hinter mir habe.

Gott sei Dank, kann ich nur sagen. Und du? Wie hältst du es bei Henny aus?«

Franziska war so irritiert von dem Namen, Henny, dass sie im ersten Moment gar nicht wusste, wer gemeint war. Trotz allem, trotz ihrer teils unverfrorenen Neugier, ihrer aufgesetzten, übertriebenen Freundlichkeit, trotz ihrer häufigen Anwesenheit während der Putzdienste, war Franziska nicht der Ansicht, Frau M. »aushalten« zu müssen. Hatte sie sie nicht sogar ins Herz geschlossen? Ein bisschen zumindest?

»Was meinst du denn?«

»Na ja, du willst wahrscheinlich nicht darüber reden, schließlich arbeitest du ja noch für sie, aber ihre Pingeligkeit, dass man ihr nichts recht machen kann, dass sie an allem was rumzumeckern hat, dass sie alles besser weiß, das muss dir doch auch schon aufgefallen sein. Ich hab mich immer gefragt, warum sie dann nicht gleich selbst putzt, wenn sie sowieso alles besser weiß. Aber dazu ist sie sich wohl zu fein.« Sabine Kessler blickte sich um, bevor sie weitersprach, offenbar wollte sie sehen, ob Frau M. in Hörweite war, und fuhr dann in vertraulich leisem Ton fort: »Ich finde Henny ja ehrlich gesagt ganz schön eingebildet. Du nicht? Hält sich für was Besseres, weil ihr Mann Professor war und wegen der Wohnung in Dahlem und allem. Ich hab ihr öfter mal Einrichtungstipps gegeben, ich kann das nämlich gut, Räume gestalten und so, dafür hab ich echt ein Händchen, du müsstest mal unsere Wohnung in Steglitz sehen, unser neues Wohnzimmer, aber

Henny hat meine Vorschläge alle abgetan. Sie hat nicht mal drüber nachgedacht, sondern gleich alles abgeschmettert. Also, ich will sie ja nicht schlecht- machen, versteh mich nicht falsch –«, sie blickte sich erneut um, »du arbeitest ja auch noch für sie, und sie hat schon auch ein paar nette Seiten, aber findest du das nicht auch? Wie lange arbeitest du jetzt für sie?«

»Vier Monate.« Waren es wirklich schon vier Monate?

»Dann ist es vielleicht noch zu früh. Aber das kommt noch, ich sag's dir. Irgendwann fängt sie an, an allem herumzumäkeln, und nichts kannst du ihr recht machen. Du wirst noch an meine Worte den- ken, ich sag's dir.«

Franziska verspürte fast das Bedürfnis, Frau M. vor Sabine Kessler in Schutz zu nehmen. Sie sah sich jetzt selbst nach ihr um, konnte sie aber nirgendwo finden. Vielleicht war sie in der Küche. Ihre kleine Party tat Frau M. sichtlich gut. Sie hatte die ganze Zeit vergnügt gewirkt, und heute erinnerte nichts an die letzten Wochen, den Hauch von Verwahrlosung, der über allem gelegen hatte, und die eigenartigen Veränderungen, die mit ihr vor sich gegangen waren.

Franziska wollte Sabine Kessler loswerden. Sie entschuldigte sich bei ihr und ging in Richtung Küche, um sich ein neues Glas Wein zu holen. Ei- gentlich hatte sie schon genug getrunken. Genug und viel zu schnell. Sie würde so viel Zeit benötigen, dass Sabine Kessler sich längst einen anderen Ge- sprächspartner gesucht hatte. Und vielleicht war es auch bald möglich, sich zu verabschieden. Nach dem nächsten Glas Wein? Franziska hatte sich die ganze Zeit nicht hingesetzt, nicht im Wohnzimmer, nicht im Esszimmer, nicht auf dem Balkon. Allmählich taten ihr die Beine vom Herumstehen weh. Seit sie in Berlin angekommen war, trank sie kaum Alkohol. Sie musste ihre Wahrnehmung scharf halten, ihre Sinne beisammen, das war lebensnotwendig. Auf dem Weg zur Küche warf sie einen Blick ins Gästezimmer, das sie für verwaist hielt. Zu ihrer Überraschung stand Frau M. dort. Allein. Sie bemerkte Franziska nicht. Frau M. sah in diesem Moment genauso deplatziert aus, wie Franziska sich fühlte, als wäre sie bei ihrer eigenen Party nicht erwünscht und in ein leeres Zimmer verbannt worden oder als wollte sie ihre Gäste in Wahrheit gar nicht im Haus haben. Sie hielt ein zur Hälfte geleertes Rotweinglas in der Hand und starrte geradeaus, ins Leere oder auf etwas, das nur sie sehen konnte.

Im ersten Moment wollte Franziska zu ihr gehen, aber dann zögerte sie. Was immer Frau M. dort tat oder woran sie dachte, vielleicht wollte sie dabei nicht gestört werden. Außerdem war sie ihr ein bisschen unheimlich. Erst das ganze Theater wegen der Party, die Vorbereitungen, zwei Sonderputzschichten, die vielen Einkäufe, ihre Vorfreude – und jetzt stand sie hier allein, gedankenverloren, und kümmerte sich nicht um ihre Gäste, die sie zuvor so ersehnt hatte?

Auf dem Rückweg. Auf dem Rückweg würde Franziska zu ihr gehen. Bei der Gelegenheit könnte sie andeuten, wie müde sie sei und dass sie bald nach Hause müsse, sie habe ja noch einen weiten Weg mit der U-Bahn vor sich, bis nach Neukölln. Nein! Halt! Nicht Neukölln! Bis nach Schöneberg natürlich. Sie musste sich zusammenreißen. Aufpassen. Auf der Hut sein. Am besten, sie trank doch keinen Wein mehr. In der Küche stand Reinhold Kessler, Sabines Mann. Er hatte den ganzen Abend Blickkontakt zu ihr gesucht, zumindest dann, wenn seine Frau anderweitig beschäftigt war, und sich oft im selben Raum aufgehalten wie sie. War sie vom Wohn- ins Esszimmer gewechselt, war er ihr nachgekommen. War sie auf den Balkon getreten, war er kurze Zeit später auch dort aufgetaucht. Franziska wollte wieder umkehren, aber er hatte sie schon gesehen.

»Ah, du sitzt auf dem Trockenen. Darf ich dir nachschenken?« Er tat es bereits, ohne sie zu fragen, was sie überhaupt wollte. »Ich bin Reinhold, Sabines Mann. Und du bist also ihre Nachfolgerin. Ist doch okay, wenn ich du sage, oder?« Er goss sich selbst ein und prostete ihr zu. »Sabine war ja nicht so zufrieden mit dem Job hier. Aber egal. Und du? Was machst du sonst so, ich meine, außer hier zu arbeiten? Ist ja kein Fulltimejob.«

»Dies und das.«

»Aha. Willst wohl nicht drüber reden. Auch gut.«

Dies und das. Hatte Franziska das nicht erst kürzlich geantwortet? Sina, genau. Aus einer promovierten Soziologin war eine Dies und Das geworden. Franziska hätte jetzt liebend gern Sinas endlose Klagen über ihre Mutter gehört, statt in der Dahlemer Küche neben Sabine Kesslers Mann zu stehen. Sie trank gewöhnlich keinen Wein in dieser Küche, sondern putzte sie, den Fußboden, die Spüle, die klebrigen und fettverschmierten Arbeitsflächen. Reinhold Kessler wirkte allerdings nicht so, als interessierte ihn ernsthaft, was sie »sonst so machte«. Er fing sofort an, über seinen Beruf zu reden. Elektriker? Fernmeldetechniker? Franziska hörte nicht richtig zu. Er sei unzufrieden in seinem Betrieb. Er sei viel besser als seine Kollegen. Fähiger. Er wisse mehr. All das kannte Franziska bestens aus der akademischen Welt. Alle sprachen am liebsten über sich selbst und waren natürlich die Besten ihres Fachs. Geschickter sei er auch, sagte Reinhold Kessler. Dieses Wort sprach er sehr anzüglich aus, oder bildete Franziska sich das bloß ein? Die meisten seiner Kollegen seien unfähig, sagte er, unfähig und faul, und den Ärger mit den Kunden bekomme dann meistens er ab. Vielleicht sollte er sich selbstständig machen. Aber dazu brauche man natürlich Kapital, über das er momentan noch nicht verfüge. »Was meinst du, Marie? Du heißt doch Marie, oder? Wenn du hier bei Madame … also, wenn du ihre Wohnung … Krösus bist du sicher auch nicht, sonst müsstest du das ja wohl nicht machen.«

Sie roch sein Rasierwasser. Er stand viel zu dicht bei ihr und berührte Franziska dauernd wie unbeabsichtigt. Arm. Hand. Hüfte. Er goss ihr wieder nach, dabei war ihr Glas noch gar nicht leer. Sie hatte eindeutig zu viel getrunken. Sie sollte bald gehen.

Erst musste sie sich von Reinhold Kessler befreien, dann von Frau M. verabschieden. Sein Oberschenkel drückte gegen ihren. Wenn sie an der Arbeitsplatte entlang ein Stück zur Seite wich, rückte er nach. Wäre sie mal besser bei seiner Frau geblieben. Oder hätte einer selbstvergessenen Frau M. im Gästezimmer Gesellschaft geleistet. Was wollte er von ihr? Das, wonach es aussah? Während seine Frau nur wenige Meter entfernt war und jederzeit in die Küche kommen konnte? Sie fühlte sich nicht wirklich von ihm bedrängt, dazu waren die anderen Gäste viel zu nah, Franziska hörte ihre Stimmen nebenan, sie fühlte sich auch nicht geschmeichelt, dass nach vielen Monaten jemand offenkundig Interesse an ihr zeigte. Er war ihr zu alt, hatte das falsche Rasierwasser und vor allem den falschen Beruf. Wobei sie als offizielle Putzhilfe solche Ansprüche wohl nicht mehr stellen durfte. Das fand sie plötzlich so lustig, so lustig und traurig gleichermaßen, dass sie laut zu lachen anfing, Reinhold Kesslers Oberschenkel an ihrem. Sie hätte die Küche jederzeit verlassen können und wusste selbst nicht, warum sie nicht genau das tat. Ihr Glas war leer. Hatte sie es so schnell ausgetrunken? Sie musste doch aufpassen.

»Du scheinst dich ja gut zu amüsieren.«

»Ja, total.«

»Verrätst du mir, was du so lustig findest?«

»Ein andermal.«

»Sabine hat das ja nur nebenbei gemacht. Jetzt putzt sie nur noch bei der Dings ... der anderen hier in Dahlem. Gefällt mir ehrlich gesagt auch nicht, dass meine Frau den Dreck von anderen Leuten wegmacht. Du wirst das ja auch nicht hauptberuflich tun, oder?«

Sie dachte, Reinhold Kessler hätte dieses Thema längst vergessen. Sollte Franziska jetzt wieder antworten, hauptberuflich sei sie eine Dies und Das? Dr. Diesunddas. Sie musste wieder lachen. Wenn sie nicht aufpasste, wurden daraus bald Tränen. Das wäre sicher noch lange Gesprächsthema bei den Gästen, Henny Mangolds neue Putzhilfe steht betrunken in der Küche und bricht in Tränen aus. Man weiß ja gar nichts über sie.

Und dann sprach sie es aus. Ohne nachzudenken. Während sie seinem aufdringlichen Oberschenkel auszuweichen versuchte, sagte Franziska Reinhold Kessler, dass sie promoviert sei. Sie nannte auch das Fach, aber so leise, dass er es wahrscheinlich nicht gehört hatte.

»Wie, du bist eine Frau Doktor? Echt? Donnerwetter, das hätte ich ja nicht gedacht. Ich meine, weil du hier … du hast deine Doktorarbeit aber nicht abgeschrieben, oder? Das hört man ja so oft. 'tschuldigung, war ein Witz. Und wieso putzt du dann fremde Wohnungen? Läuft es so schlecht bei euch Studierten? Ich dachte immer, ihr fahrt dann Taxi oder so was.«

Wer sagte denn heutzutage noch Donnerwetter? Es war ein Fehler. Sie wusste es, sobald es ausgesprochen war, natürlich wusste sie es. Sie hatte, seit sie sich in Berlin aufhielt, noch keinen einzigen Fehler gemacht. Auch davor, kurz vor ihrem überstürzten

Aufbruch, hatte sie alles richtig gemacht. In Berlin war sie unerwartet leichtfüßig durch ihr neues heimliches Leben spaziert. Der Mietvertrag unter falschem Namen, völlig problemlos. Nie ein Wort zu viel Frau M. gegenüber. Ihren neugierigen Fragen war sie stets geschickt ausgewichen, hatte daraus fast eine Kunstform gemacht. Von der krankhaft misstrauischen Leonie hatte sie sich weder einschüchtern noch vertreiben lassen. Und nun das. Ein so großer Fehler. Ein Kardinalfehler. Diese verdammte Eitelkeit. Seit sechs Monaten hatte Franziska ihr nicht nachgegeben, hatte ihr eisern widerstanden. Sie hatte Frau M. nicht erzählt, wer – und was – sie wirklich war. Nicht einmal Sina. Wobei Sina damit sicher nicht zu beeindrucken wäre. Frau M. hingegen schon. Frau M. wäre schwer beeindruckt gewesen. Und dennoch hatte Franziska widerstanden. Sie hatte ihr kulturelles Kapital verheimlicht, als wäre es etwas Schämenswertes. Und ausgerechnet bei Reinhold Kessler, bei jemandem, den sie überhaupt nicht kannte und vermutlich nie wiedersehen würde, hatte sie sich hinreißen lassen.

Ich Idiotin!, dachte sie. Und das auch noch bei diesem Elektriker oder Fernmeldetechniker, der sicher gar nicht wusste, was das bedeutete. Der sein kleines Elektrikerleben führte und hin und wieder andere Frauen anbaggerte, wenn sich die Gelegenheit bot und seine Frau nicht zusah. Der schlecht gekleidet war und billiges Rasierwasser benutzte. Wahrscheinlich kaufte Sabine es für ihn. Das Rasierwasser biss Franziska in die Nase. Johannes roch wenigstens gut und hatte einen guten Geschmack. Warum dachte sie jetzt an Johannes? Vermisste sie ihn etwa? Das hatte sie doch hinter sich gelassen, hatte es hinter sich lassen müssen. Eher zu spät als zu früh. Er glaubte, sie wäre nie dahintergekommen, dass er ständig in ihrem Arbeitszimmer herumschnüffelte und ihre Termine kontrollierte. Erzählte Reinhold Kessler es sofort Sabine und Sabine wiederum Frau M.? Noch heute Abend? Und würde Frau M. dann wieder mit ihren Fragen anfangen? Oder wäre sie gar gekränkt, weil Franziska sich ihm offenbart hatte und nicht ihr?

Möglicherweise vergaß er es ja auch. Franziska bemerkte erst jetzt, dass Reinhold Kessler viel betrunkener war als sie. Bislang war es ihr nicht aufgefallen, weil sein Blick immer noch fokussiert war und seine Artikulation nicht verwaschen. Vielleicht war es also gar kein so schlimmer – und vor allem folgenreicher – Fehler. Eine Dummheit, zweifelsohne, diese Eitelkeit, die endlich nach draußen wollte und sich ihren Weg bahnte, die keine Ruhe gab, die zappelte und drängte, weil sie ein halbes Jahr lang unterdrückt worden war, aber vielleicht blieb es ohne Folgen. Bisher war doch immer alles gut gegangen. Viel zu gut, fand Franziska manchmal. Selbst diese unselige Begegnung mit Petra hatte sie überstanden, abgesehen von Sinas lästigen Fragen. Und, nicht zu vergessen, das Auftauchen der beiden Polizisten bei Frau M. Sie musste doch verdächtig gewirkt haben – egal, wessen verdächtig. Hatten Polizisten für so etwas nicht einen Blick? All das hatte sie unbeschadet überstanden. Warum sollte es mit dem Glück jetzt plötzlich vorbei sein? Mit dem Glück, davon war sie überzeugt, das ihr zustand.

»Ich muss bald mal los«, sagte sie. »Ich habe noch ein ganzes Stück mit der U-Bahn vor mir.«

»Tja, ich würde dich ja gern fahren, kleine Spritztour, aber ich glaube, das geht heute nicht mehr, zu viel intus. Wohin musst du denn?«

»Neukölln.«

»Neukölln? Ich könnte wetten, Sabine hat mir was anderes erzählt. Was war das denn noch ... Schöneberg?«

In diesem Moment kam Leonie in die Küche. Bestimmt hatte sie es gehört. Neukölln. Schöneberg. Nur das oder auch alles andere davor? Sie ging zum Kühlschrank, entnahm ihm eine Flasche Bier und trat neben Franziska. »Darf ich mal?« Mit dem Ellbogen schob sie Franziska ziemlich grob zur Seite und holte einen Öffner aus der Schublade. Ihre Miene gab nichts preis. Sie ließ den Kronkorken wie aus Versehen zu Boden fallen und sagte: »Oh, wie ungeschickt.« Doch sie machte keine Anstalten, ihn aufzuheben. Das erledigte Franziska.

Mit diesem Gesicht, das nichts verriet, verließ Leonie die Küche wieder. Der Alkoholpegel war Reinhold Kessler inzwischen deutlicher anzumerken. Er schwankte leicht und lehnte sich zu fest gegen sie. Franziska musste sich an der Arbeitsplatte abstützen. Sie versuchte, ihn von sich zu schieben, und geriet dabei selbst ins Straucheln. Das Weinglas rutschte ihr aus den Fingern und fiel auf den Boden. Lautes Klirren. Automatisch bückte sie sich und fing an, die Scherben aufzusammeln. Kronkorken, Scherben. Sie war die Putzhilfe. Vertrautes Terrain. Reinhold Kesslers Stimme von oben: »Soll ich dir helfen, Frau Doktor?«

»Nein, schon gut.«

Sie wünschte, er würde den Mund halten, würde aufhören, sie so zu nennen. Sie wünschte, er würde verschwinden. Oder sie. Am besten, sie könnte verschwinden. Am besten, dieser Abend hätte nie stattgefunden. Sie hatte sich in die Hand geschnitten, Blut tropfte auf Frau M.s Küchenboden. Mit den Scherben in der Hand ging Franziska zum Mülleimer. Dabei verteilte sie noch mehr Blut auf den Fliesen. Aus dem Wohnzimmer drang jetzt Musik. Ausgerechnet Bachs Chaconne in d-Moll. Es gab doch so viel andere Musik auf der Welt. Schwarz-weißes Schachbrettmuster in Senden, Blut auf einer weißen Fliese.

»Ich dachte doch, ich hätte was gehört … ist was passiert? Oh, ich sehe schon, ein kleines Malheur. Machen Sie sich nichts draus, Marie, von den Gläsern habe ich genug.«

Frau M. war doch vorhin noch im Gästezimmer gewesen, isoliert und entrückt. Jetzt klang sie so wie immer. Hatte sie alles mit angehört?

»Sie müssen das doch nicht machen, Marie, ich kann das doch auch … Sie sind heute Gast. Oh, Sie haben sich ja verletzt!«

»Ist nicht schlimm. Und ich bin gleich fertig. Ich weiß ja, wo alles ist.«

»Ja, das stimmt.« Frau M. lachte verlegen.

Franziska holte einen Kehrbesen aus dem Küchenschrank und fegte die restlichen Scherben zusammen. Sie bewegte sich am Boden an diesen vier Beinen vorbei, Frau M.s und Reinhold Kesslers. Nach der Beseitigung der Scherben wischte sie das Blut auf. Sehr gründlich, sie ließ sich dabei Zeit. Wenn sie am Boden hockte und wischte, würde sie vielleicht niemand ansprechen.

Als sie sich wieder erhob, waren Reinhold Kessler und Frau M. nicht mehr in der Küche. Niemand sah gern beim Putzen zu. Leonie stand direkt vor ihr, eine Packung mit Pflastern in der Hand, die sie Franziska reichte.

»Unfälle im Haushalt«, sagte sie, »können ganz schön gefährlich sein.«

Franziska bedankte sich, wandte ihr den Rücken zu und hantierte an der Spüle mit dem Pflaster herum. Es hatte schon aufgehört zu bluten. Wenn sie sich wieder umdrehte, so hoffte sie, hatte auch Leonie die Küche verlassen und sie könnte endlich gehen. Sie würde Frau M. suchen, sich wegen des zerbrochenen Glases entschuldigen und bei ihr verabschieden. Sie würde ihre Jacke und Tasche von der Garderobe nehmen und wäre frei.

Leonie stand noch da und stellte sich ihr in den Weg.

»Wer bist du eigentlich wirklich, Marie Weber?«

27

Henny Mangold wurde mitten in der Nacht von einem dumpfen Geräusch wach, das sie nicht zuordnen konnte. Viel zu laut für ihre Wohnung. Und nachts erst recht. Sie schreckte hoch. War etwas heruntergefallen? War jemand hier? Und, am allerwichtigsten, wo war die Waffe? Handtasche, genau, sie hatte sie in ihre Handtasche gesteckt, und bevor sie aufstand, um zur Garderobe zu gehen, wurde Henny klar, dass sie das Geräusch nur im Traum gehört hatte.

Die Dämmerung hatte noch nicht eingesetzt. Henny wollte das Licht einschalten, nach der Uhrzeit sehen, sich vergewissern, dass wirklich niemand in der Wohnung war, ließ sich dann aber wieder zurücksinken.

Die Handtasche an der Garderobe war keine gute Option. Erst die Zeit, die sie brauchte, um wach zu werden, dann noch mehr Zeit für die Strecke bis in die Diele. Und es war nicht gesagt, ob ihr der Weg dorthin nicht versperrt wäre, wenn es ernst wurde. Ab morgen würde sie die Tasche griffbereit neben das Bett stellen.

Es lag etwas mehr als ein Jahr zurück, und zwischendurch hatte Henny gehofft, sie würde es eines Tages vergessen. Oder zumindest weniger daran denken. Aber sie konnte es nicht vergessen. All die Geräusche – der Aufprall, das Rumpeln, das anschließende Knirschen von Metall auf Asphalt – hörte sie im Wachen genauso wie im Traum, immerzu. Sie wusste bis heute nicht, wie die Frau eigentlich ausgesehen hatte. Er hatte ihr mal ein Foto vor die Nase gehalten, bei einer der wenigen Begegnungen mit ihm persönlich, als er ihr abends in Dahlem aufgelauert hatte. Wie er, ihr Mann, aussah, wusste sie schon von der Gerichtsverhandlung, bei der er Henny die ganze Zeit angestarrt hatte. »Hier«, hatte er gesagt, »sieh hin! Siehst du, das war sie. Sie war erst achtundzwanzig. Sieh gefälligst hin! Sieh sie dir an!«

Henny wollte nicht hinsehen. Sie wollte nicht, dass dieses Gesicht sich in ihr Gedächtnis einbrannte. Seitdem betrachtete sie ihre Nichte mit einem besonderen, anderen Blick. Leonie, eine junge Frau, nur ein klein wenig älter. Und neuerdings auch Marie. Vielleicht konnte sie an Marie etwas wiedergutmachen. Vielleicht war ihr Marie genau deswegen geschickt worden. Wegen der Frau auf dem Fahrrad, deren Gesicht sie gar nicht kannte.

Henny hatte mit Karin ein Konzert in der Philharmonie besucht. Zu dieser Zeit hatte Karin sich noch mit ihr verabredet, was kurz danach schlagartig aufhörte. Auf dem Rückweg, nur noch einige hundert Meter von ihrem Haus entfernt, war es dann passiert. Henny hatte etwas aus den Augenwinkeln gesehen, als sie rechts abbog, ganz flüchtig, nicht mehr als ein Schatten, aber da war es bereits zu spät gewesen. Viel zu spät. Für alles. Für ihr Leben sowieso, aber auch für Hennys, wie sich später herausstellte. Und das wusste sie im selben Moment. Sie wusste, dass etwas Furchtbares geschehen war. Ein, zwei Sekunden nur, aber sie veränderten alles. Henny spürte eine Vibration im Wagen, als hätte eine große Hand ihn geschüttelt. Wie bei dem Reh damals in Brandenburg, als Klaus und sie spätabends auf einer Landstraße unterwegs gewesen waren. So dunkel wie jetzt. Der gleiche hässliche dumpfe Schlag.

Ein Streifenpolizist in Brandenburg hatte das Reh später erschossen. Im Beisein von Henny und Klaus. Es war grauenhaft gewesen. War das so üblich? Er hatte seine Waffe gezogen und auf den Kopf gezielt und bedauernd gesagt: »Ich erledige das jetzt. Das ist besser so. Wir können ja nicht erst auf den Jäger warten. Um die Zeit erreicht man auch keinen mehr. Ich habe das schon öfter gemacht.«

Henny stoppte den Wagen. Sie zitterte. Sie war kaum in der Lage auszusteigen, aber sie wusste, dass sie jetzt genau das tun musste, obwohl sich alles in ihr dagegen sträubte, obwohl eine verführerische Stimme ihr riet: Fahr weiter! Fahr einfach weiter! Wenn du weiterfährst, ist gar nichts passiert!

Sie war an jenem Abend besonders gut gekleidet, weil sie ja die Philharmonie besucht hatte. Als sie es endlich schaffte, aus dem Auto zu steigen, sah sie als Erstes das Fahrrad. Das Vorderrad war verbogen. Es machte den Eindruck, als würde es sich noch drehen, aber das war wahrscheinlich Einbildung. Neben dem

Fahrrad ein dunkler Haufen. Eine junge Frau. Sie blutete am Kopf. Das Blut breitete sich um den Kopf herum auf dem Boden aus. Kein Helm. Warum trug sie keinen Helm? Und warum trug sie eine so dunkle Jacke? Wusste sie denn nicht, dass ein Fahrradhelm und leuchtende Kleidung ihr Leben retten konnten? Henny wurde übel. Sie musste zurück zu ihrem Wagen gehen und sich daran festhalten. Bloß nicht übergeben. Telefon. Polizei. Notarzt. Das Smartphone fiel ihr aus der zitternden Hand, nachdem sie es aus der Tasche gefummelt hatte. Es landete auf dem Pflaster, das Display hatte einen Riss. Aber es funktionierte noch. Notarzt. Polizei. »Ich heiße Henriette Mangold. Ja, sicher, ich bleibe hier.« Warten. Warten. Warten. Niemand auf der Straße unterwegs. Hier war der ruhige Südwesten Berlins. Sie hätte nur noch wenige hundert Meter bis nach Hause gebraucht.

Sie fror in ihrer eleganten, zu leichten Kleidung und war unfähig, sich der am Boden liegenden Radfahrerin auch nur einen Schritt zu nähern. Sie sollte nicht am Auto stehen bleiben, sondern zu ihr gehen. Mit ihr sprechen. Aber Henny konnte nicht. Sie konnte sich einfach nicht von ihrem Wagen wegbewegen. Rehe tragen auch keine Helme, dachte sie unsinnig. Die Frau war ganz still und lag so falsch, so unnatürlich gekrümmt. Henny kämpfte gegen die Versuchung an, nach Hause zu fliehen. Ihre Beine zitterten so unkontrolliert, dass sie sich setzen musste. Mit diesen Beinen hätte sie gar nicht davonlaufen können.

28

Nachts träumte Franziska von blutenden Kopf-
wunden, von Löchern in Köpfen, so groß, dass
eine Faust hineingepasst hätte und kein Mensch sie
überleben könnte, aber im Traum war das natürlich
problemlos möglich, und so wandelten lebende Tote
mit riesigen Löchern in der Schädeldecke herum, und
als sie gerade zu ergründen versuchte, wie viele Tote es
waren und ob sie auch dazugehörte, wachte sie auf der
dünnen Matratze auf den Europaletten auf.

In der winzigen Duschkabine tropfte das Wasser,
das nahm sie sehr deutlich wahr, wusste aber etliche
Minuten nicht, wo sie sich befand. Sie wähnte sich
in dem Haus in Senden, neben sich den schlafenden
Johannes, aber in Senden stand ein teures Bett mit
einer sehr guten Matratze, nicht so ein durchgele-
genes, dünnes Ding, und nach und nach wurde ihr
klar, dass sie in ihrem Neuköllner Parterreloch lag.

Franziska stand auf, ging in die ehemalige Speisekammer und rüttelte so lange am verkalkten Dusch-
kopf herum, bis er endlich zu tropfen aufhörte. Sie
hatte sich bis jetzt nicht daran gewöhnt, dass die
Farben an den Wasserhähnen vertauscht waren, und
sich schon oft verbrüht. Es lohnte sich nicht, noch

einmal einzuschlafen, also kochte sie Kaffee. Heute stand die übliche Schicht bei Frau M. an.

Sie fuhr etwas zu früh los und schlenderte noch eine Weile in Dahlem herum. Doch lange hielt sie es nicht aus. Schon auf dem Weg hatte sie in der U-Bahn die ganzen Studierenden der FU gesehen, die neben ihren Umhängetaschen ihre fröhlichen, sorgenfreien Leben mit sich herumtrugen. Höchstwahrscheinlich machten sie sich gar nicht bewusst, dass sie im Paradies lebten, im Paradies aller Möglichkeiten. Es war wie eine Strafe. Immer noch. Franziska wurde mit dem Anblick Studierender bestraft. Aus den meisten von ihnen würde natürlich nichts werden, ein Großteil war erfahrungsgemäß mittelmäßig bis schlecht, aber einige wenige von denen, die sie verstohlen in der U-Bahn beobachtete, würden die Karriere machen, die eigentlich für sie bestimmt war.

Nach dem kurzen Umweg ging sie zu Frau M. und schloss die Haustür unten ausnahmsweise auf, ohne zu klingeln. Hatte Frau M. nicht gesagt, sie fahre heute sehr früh zur Arbeit? Sie hatte ihr das Aufschließen ja auch nicht verboten, im Gegenteil, sie ermunterte sie immer und fand es übertrieben, dass Franziska jedes Mal zuerst klingelte. »Aber deswegen haben Sie doch den Schlüssel, Marie. Und selbst wenn ich noch zu Hause bin, ich bin ja darauf eingestellt, dass Sie kommen. Sie werden mich schon bei nichts Verbotenem überraschen.«

Auch oben klingelte Franziska nicht. Die Tür war zweimal abgeschlossen. Sie hatte sich also richtig erinnert, Frau M. war sehr früh zur Arbeit gefahren. Umso besser. Dann hatte sie die Wohnung für sich allein.

Nach dem »lockeren Beisammensein« wäre sie am liebsten eine Weile gar nicht mehr nach Dahlem gefahren. Erst die aus Eitelkeit geborene Unvorsichtigkeit bei Reinhold Kessler, dann Leonie. Leonie hatte Franziska in der Küche am Ärmel festgehalten und ihren Namen ausgespuckt, als wäre er eine Lüge, Marie Weber, was ja auch stimmte. Sie hatte ihren Ärmel erst losgelassen, als Frau M. in die Küche gekommen war. Bald darauf war Franziska gegangen. In der U-Bahn, auf dem Weg nach Neukölln, hatte sie gedacht: Ich fahre nie wieder zu Frau M.

Aber natürlich erschien sie kurze Zeit später wieder zum Putzen. Nur wenige Tage danach, eine Sonderaufgabe, denn nach dem »Beisammensein« gab es nach Ansicht Frau M.s für Franziska mehr zu tun als sonst.

»Sabine Kesslers Mann hat mir da was erzählt …«, sagte sie an diesem Tag, noch bevor Franziska ihre Putzfrauenuniform angezogen hatte. »Klären Sie mich doch mal auf, Marie. Er hat behauptet, Sie seien promoviert? Äh, er nannte das anders, ich glaube, er sprach, äh, von der kleinen Frau Doktor. Ich habe gesagt, das wüsste ich aber. Wenn es so wäre, dachte ich, hätte Marie mir das doch längst erzählt.«

»Da hat er was missverstanden«, sagte Franziska.

»Missverstanden?«

»Na ja, er war ziemlich betrunken, falls Ihnen das aufgefallen ist.« Das war Franziska zwar auch gewesen, anders ließ sich das Ganze nicht erklären, aber nicht so betrunken wie Reinhold Kessler.

»Ja, das stimmt. Als Sie dann gegangen waren, hat er die ganze Zeit über Sie geredet. Obwohl seine Frau danebenstand. Das war schon richtig peinlich. Ich hätte die beiden gar nicht einladen sollen, das war ein Fehler. Und als er dann mit der Frau Doktor anfing, dachte ich, das hätten Sie mir ja ruhig sagen können, damit ich es nicht von ihm erfahre.«

Der Vorwurf in Frau M.s Stimme und auch die Bitterkeit und die Enttäuschung waren nicht zu überhören.

»Nein, nein, er hat was missverstanden«, beteuerte Franziska. »Ich glaube, ich habe erwähnt, dass ich nach dem Studium über eine Promotion nachgedacht habe. Aber daraus ist dann nichts geworden. Wie das Leben manchmal so spielt. Und das hat er wohl falsch verstanden.«

Ich verstecke alles, wofür ich so hart gearbeitet habe, dachte sie. Ich verleugne meine Zugehörigkeit zum akademischen Milieu.

Sie hätte Frau M. von Anfang an die Wahrheit sagen sollen. Gleich nach dem Schwächeanfall auf der Museumsinsel, als sie sie zum ersten Mal zu Hause aufgesucht hatte. Einen gewissen Auszug aus der Wahrheit zumindest. Was wäre so schlimm daran gewesen? Wenn sie die Promotion erwähnt hätte, wenn sie gesagt hätte, dass sie in Neukölln wohnte statt in Schöneberg? Sie war geradezu besessen davon gewesen, dass nichts auf Franziska Oswald aus Senden in Westfalen hindeutete, dass nichts zurückzuverfolgen war und dass niemand je erführe, in welchem Loch sie sich verkroch. Nach so vielen Monaten konnte sie es nicht mehr richtigstellen.

Die Angelegenheit mit der Promotion betrachtete Franziska inzwischen als erledigt. Frau M. hatte ihr schließlich geglaubt, dass Reinhold Kessler betrunken etwas missverstanden hatte. Begünstigend war, dass Frau M. ihn sowieso nicht leiden konnte, wie sie sagte. Blieb noch Leonie. Und die Frage, wie viel sie von dem Gespräch mit Kessler mitbekommen hatte. Aber Franziska wollte sich nicht die ganze Zeit wegen ihr verrückt machen. Inzwischen war sie sich gar nicht mehr sicher, ob das Verhältnis der beiden wirklich so gut war, wie Frau M. immer behauptete. Manchmal wirkte es eher distanziert. Kühl.

Franziska schloss die Tür auf, ohne zu klingeln, und trat ein. Sie hatte gleich viel bessere Laune, weil sie Frau M. heute nicht antreffen würde. Vielleicht würde sie den inzwischen gewohnten Ablauf ändern und ausnahmsweise nicht sofort anfangen, sondern sich einen Kaffee kochen und ein paar Minuten auf den teuren Sessel im Wohnzimmer setzen. Irgendwann war auch Schluss mit dem Pflichtgefühl, das sie ja sowieso nicht weit gebracht hatte. Sie stellte ihren Rucksack vor die Garderobe, zog ihre Jacke aus und überlegte, ob sie nach längerer Zeit wieder Musik beim Putzen hören sollte, als sie aus dem Augenwinkel eine Bewegung bemerkte.

Frau M. stand auf der Schwelle zur Küche, ungefähr da, wo Leonie sie am Ärmel festgehalten hatte. Frau M. schien Franziska gar nicht zu erkennen. Sie sah schrecklich aus. Zum Fürchten. Schmutzig. Völlig verwirrt. Wie diese Personen, bei denen man besser die Straßenseite wechselte. Nicht wie die elegante Frau M. aus der Alten Nationalgalerie. Ihre Haare wirkten so, als wären sie seit Tagen weder gewaschen noch gekämmt worden. Sie trug einen rot-weiß gestreiften Schlafanzug, auf dessen Oberteil vorne ein großer, ekelhafter Fleck prangte, der wie Erbrochenes aussah. Ihre Lippen waren eigenartig blau verfärbt, als litte sie unter Sauerstoffmangel oder wäre halb erfroren oder als hätte sie mit zitternder Hand einen Horrorlippenstift aufgetragen. Kein Erkennen in ihren weit aufgerissenen Augen, kein »Marie, ach, Marie« – nur wild flackernde Panik.

Und Frau M. hielt etwas in der Hand. Etwas Großes, Schwarzes, das Franziska erst mit einiger Verzögerung identifizierte. Die Pistole, der Revolver, das Ding. Frau M. zielte damit auf sie. Franziska ließ ihre Jacke zu Boden fallen. Sie hatte gar keine Angst. Sie hatte keine Zeit, Angst zu haben, es ging zu schnell, und außerdem passte das alles überhaupt nicht zusammen, sie verstand es nicht, nichts davon. Was war hier los? Bevor sie etwas spürte – immerhin fragte sie sich noch, wie schmerzhaft es wohl sein würde –, hörte sie diesen ohrenbetäubenden Knall. Jetzt, gleich, in der nächsten Sekunde wären ihre Eingeweide zerfetzt oder ihr Herz oder ihre Lunge, sie hatte nicht darauf geachtet, wohin Frau M. zielte, aber noch bevor das Geschoss durch ihre Haut drang, waren als Erstes ganz sicher ihre Trommelfelle geplatzt.

29
Heute

Natürlich machte er sich keine *Sorgen* um sie. Nicht eine Sekunde glaubte er, Franziska könnte etwas passiert sein. Sorgen machte Johannes sich nur um sich selbst.

Er lebte eine Weile so weiter wie bisher. Etliche Tage, fast zwei Wochen. Zumindest versuchte er es. Auf Dauer ließ es sich nicht verbergen, das war ihm klar, auch wenn Franziska und er in letzter Zeit nur noch wenig Kontakt zu anderen Leuten gepflegt hatten. Trotzdem würden sie bald Fragen stellen, ihre Eltern, die Nachbarn, und selbst wenn er immer neue Ausreden erfand – Franziska kauft gerade ein, Franziska ist in der Uni, Franziska geht am Kanal joggen, Franziska hat ihr Handy verloren –, irgendwann war damit unweigerlich Schluss.

Wenige Tage, nachdem sie verschwunden war, standen zwei Polizisten in Zivil aus Münster vor der Haustür, die ihn mit ihren undurchdringlichen Mienen einschüchterten. Sie wollten Franziska zu etwas befragen, wie sie sagten, verrieten ihm aber nicht, wozu. Sie verrieten ihm überhaupt nichts, und ihre Gesichter strahlten nur Sachlichkeit und Neutralität aus. In Johannes' Kopf spulten sich alle erdenklichen Erklärungen ab: Sie ist verreist. Nein, ich kann sie nicht erreichen, sie hat ihr Handy vergessen, ja, kaum zu glauben. Sie ist zu einer Forschungsreise aufgebrochen. Unternahmen Soziologen überhaupt Forschungsreisen? Sie ist bei einer Tagung. – Ob sie bei einer Tagung war, ließ sich bestimmt schnell herausfinden. Es war alles absolut unglaubwürdig. Johannes stand in seinem Hauseingang, die Polizisten musterten ihn, und er sah, dass die Nachbarn von gegenüber das Geschehen voller Interesse beobachteten. Johannes hatte das Gefühl, die ganze Siedlung wurde auf ihn aufmerksam. Waren die Beamten denn als Polizisten zu erkennen? Er sollte sie hineinbitten, brachte es aber nicht über sich.

Er entschied sich für die Wahrheit. Zumindest einen Teil davon. Seine Lebensgefährtin sei verreist, sagte er, bemüht, leise zu sprechen, denn die Nachbarn hatten auch scharfe Ohren. Ohne ihm Bescheid zu sagen, wohin und für wie lange. Er verwendete Formulierungen wie »in letzter Zeit ein paar Probleme« und »kleine Auszeit«. Aus Versehen sagte er »Eiszeit« und spürte sein Erröten. Sie hat sich eine kleine Eiszeit genommen. *Nichts Schlimmes, Sie kennen das ja.* – Sie wirkten nicht so, als kennten sie es. Er bemühte sich, einen betroffenen und niedergeschmetterten Eindruck zu machen, kombiniert mit dem größten Verständnis für seine geliebte Partnerin, und hoffte, die Polizisten ließen ihn dann in Ruhe.

Johannes war in der Tat niedergeschmettert. Weil sie einfach gegangen war. Weil sie ihn hier zurückließ. Weil sie auf das gemeinsame Leben pfiff, das er für sie beide aufbaute. Der Besuch der Polizisten irritierte ihn zwar, aber nicht allzu sehr. Ihm ging genug anderes im Kopf herum. Er verschwieg Franziskas Verschwinden, so lange es ging. Das war nicht ganz leicht. Vor ihren Eltern, die regelmäßig anriefen. Der verfilzte alte Kater war gestorben, das sollte sie wissen, sagte Franziskas Vater. Ekliges Vieh. Hatte die ganze Zeit Haare verloren und überallhin gekotzt, mit Vorliebe auf Johannes' Schuhe. Er verschwieg es vor Franziskas Schwester. Vor seinen Kollegen in der Firma. Vor seiner eigenen Mutter, die sich immer nach Franziska erkundigte. Vor den Nachbarn. Wenn er auf dem Display des Telefons sah, dass jemand aus Franziskas Institut anrief, nahm er nicht ab. Die Schmach war einfach zu groß, diese überwältigende Demütigung.

Und dann stand Sebastian vor der Tür. Ausgerechnet Sebastian. Johannes wollte ihm die Tür schon vor der Nase zuschlagen, aber das, was Franziskas Kollege ihm mitzuteilen hatte, erwies sich dann doch als höchst interessant.

Später erschien die Polizei erneut, diesmal in Gestalt zweier uniformierter Beamter. Sie setzten ihn davon in Kenntnis, dass Franziskas Wagen seit Wochen auf dem Parkplatz des Waldfriedhofes stehe und was er damit zu tun gedenke.

Johannes war so wütend auf sie. Er hasste sie. Als es sich einfach nicht mehr umgehen ließ, erklärte er Franziskas Vater die Lage. Abgehauen, nannte er es. Hat mich sitzen lassen. Nein, da war nichts, natürlich war da nichts, was soll gewesen sein? Paar kleinere Probleme, die hat ja wohl jeder. Bildete er sich das bloß ein oder kühlte die große Sympathie, die ihr Vater immer für ihn gehegt hatte, schlagartig ab? *Du bist schuld.* Das sprach er zwar nicht aus, aber er dachte es. Den Kontakt zu Franziskas Eltern brach Johannes irgendwann einfach ab. Auch den zu seiner Mutter, denn sie fragte immerzu nach den Gründen und machte ihn wahnsinnig damit. »Was ist denn bei euch los, Johannes, sag mir die Wahrheit, was ist passiert? Hast du irgendwas gemacht, sodass sie keine andere Möglichkeit … du hast doch auch früher …« – Und dann fing sie mit seiner Ex-Freundin an, mit den alten Geschichten, und Johannes beendete jedes Mal das Gespräch. Mitleid mit ihm hatte sie überhaupt nicht. Sollte eine Mutter nicht vor allem Mitleid mit ihrem Sohn haben? Dann würde er sie auch nicht mehr besuchen, und sie konnte sehen, wo sie blieb. Weihnachten hatte er sie das letzte Mal gesehen.

Und eines Tages – inzwischen rief niemand mehr aus dem Institut an, auch nicht Franziskas Eltern, nur Johannes' Mutter meldete sich nach wie vor regelmäßig –, geschah etwas vollkommen Unerwartetes. Petras Mann stand abends vor der Tür. Es war ein Tag im März, Franziska war jetzt seit vier Monaten verschwunden.

Inzwischen war Johannes ein wenig verwahrlost. Er zog sich zwar noch saubere Kleidung an, wenn er nach Billerbeck zur Arbeit fuhr, aber seine Hemden blieben ungebügelt, und im Haus stapelten sich Pizzaschachteln und schmutziges Geschirr, weil er sich einfach nicht dazu durchringen konnte, Gläser und Tassen und Teller in die Spülmaschine zu räumen. Im winzigen Garten wucherte das Unkraut. Petras langweiliger Mann war der Letzte, den Johannes gebrauchen konnte. Es sei denn, er würde eine Runde putzen. Aber zumindest war er allein und nicht in Begleitung seiner heuchlerischen Frau.

»Ich muss dir was sagen. Es ... also ... es geht um Franziska.«

Und dann erzählte Petras Mann ihm in den knappen Worten, die ihm zur Verfügung standen, dass er Franziska gesehen hatte. In Berlin. Vor wenigen Tagen. So schnell konnte Johannes gar nicht folgen. Franziska. Franziska gesehen. In Berlin. Sie war es, Irrtum ausgeschlossen. Petras Mann sagte etwas in der Art von: »Ich dachte, du hast ein Anrecht, das zu hören. Wir Männer müssen doch zusammenhalten, oder?« – Und er klopfte ihm unbeholfen auf die Schulter und sah ihn wieder mit diesen Hundeaugen an, wie schon damals bei der Einweihungsparty. War er etwa schwul? Johannes hatte nichts gegen Schwule. Er konnte sie bloß nicht leiden.

Ein solches unverhofftes Geschenk war ihm natürlich willkommen. Mehr als das. Es war die Rettung. Für ihn und für seine angestaute Wut.

Er sollte sich wohl ein bisschen dankbar zeigen. Also bat er Petras Mann ins Haus. Wie es dort aussah, kommentierte er nicht. Sie tranken ein Bier, dann noch eins, und dann holte Johannes den Whisky mit dem unaussprechlichen Namen, und sie setzten sich auf die Terrasse, obwohl es dafür eigentlich zu kühl war. Johannes war seit Monaten nicht mehr im Garten gewesen. Seit Franziskas Verschwinden. Er war nach Billerbeck gefahren, von der Arbeit nach Hause, und in der Zeit dazwischen hatte er das Haus meist nicht verlassen. Die Nachbarn starrten ihn an. Davon war er fest überzeugt. Die Nachbarn dachten: Tja, jetzt hat ihn seine Frau wohl verlassen. Dabei waren sie nicht mal verheiratet.

Am völlig verdreckten Terrassentisch zeigte Petras Mann ihm die Fotos, die er in Berlin gemacht hatte. Häuserschluchten. Was für eine hässliche, heruntergekommene Gegend. Johannes bat ihn, sie ihm sofort aufs Handy zu schicken, ihm alles zu geben, die Fotos und jede noch so kleine Information. Petras Mann schien überglücklich, nun Johannes' Vertrauter zu sein und seine Mobilnummer zu haben.

»Vielleicht können wir ja öfter mal was zusammen machen«, sagte er.

»Was?« Johannes hatte gar nicht richtig zugehört. Er betrachtete die Fotos und hatte für einen Moment sogar vergessen, dass Petras Mann neben ihm saß.

»Was zusammen machen. Du könntest mal zum Joggen mitkommen. Oder wir gehen mal in den Ort, was trinken. Da gibt's eine ganz gute Kneipe.«

»Ja, sicher, klar, können wir machen.« In Johannes' Kopf überschlugen sich die Gedanken. Keine elegante Überwachungssoftware, kein GPS, Methoden, die er gewählt hätte, sondern die schnellen Beine eines namenlosen Mannes, die er sich in irgendeinem Sportverein in Lüdinghausen antrainiert hatte. Berlin. Er konnte sich Urlaub nehmen. Ging das so kurzfristig? Seine Firma hatte gerade ein großes Projekt, wichtiger Kunde, und er als der mit Abstand beste Entwickler war eigentlich unabkömmlich. Egal. Er würde sich trotzdem Urlaub nehmen. Irgendeine Familiengeschichte – das war ja nicht mal gelogen. Oder Mutter krank. Kranke Mutter war immer gut, dagegen konnte wohl niemand Einwände erheben. Und dank der präzisen Informationen, die er erhalten hatte, würden ein paar Tage völlig ausreichen.

30

Manchmal denke ich, sie gefällt dir, und du bist deswegen so kratzbürstig«, sagte Henny.

»*Gefallen?*«

»Ja, wäre das denn so verwunderlich? Ich meine, sie ist doch recht attraktiv, oder? Finde ich jedenfalls. Ich weiß ja nicht, was ihr da für Kriterien habt. Und du hast doch schon so lange keine Freundin mehr. Das tut dir nicht gut. Das sehe ich doch. Aber am besten, du machst dir bei ihr keine Hoffnungen.«

Ihr da. Leonie wäre am liebsten sofort aufgestanden und gegangen. Sie hatte seit über einem Jahr eine Freundin, von der sie ihrer Tante bislang aber nichts erzählt hatte, und je länger Leonie diese Freundin verschwieg, desto schwieriger wurde es. Henny glaubte, dass ihre Nichte offenherzig ihr ganzes Leben vor ihr ausbreitete, was aber schon lange nicht mehr der Fall war. Vielleicht nie gewesen. Jedenfalls nicht so, wie Henny es sich wünschte. Sie gab sich große Mühe, sich von Leonies Eltern zu unterscheiden, die sie als Provinzschwaben verachtete. Tatsächlich hatte Henny sich in ihrer langen Zeit in Berlin den schwäbischen Zungenschlag fast komplett abgewöhnt, im Gegensatz zu Leonie, die sie darum manchmal beneidete.

Zuerst hatte Leonie es als unangemessen betrachtet, ihrer Tante von einer neuen Liebe zu erzählen – so kurz nach Klaus' Tod. Wobei sein Tod vermutlich gar nicht der Hauptgrund war. Henny hatte sich immer in Leonies frühere Beziehungen eingemischt, war bis zur Aufdringlichkeit neugierig gewesen. Bring sie doch mal mit. Du kannst sie jederzeit mitbringen, das weißt du doch, oder? Wir könnten doch auch mal zusammen Urlaub machen, was hältst du davon?

Vor einigen Wochen war Leonie tagsüber nach Dahlem gefahren, um die Digitalkamera aus Hennys Wohnung zu holen. Sie hatte den Schlüssel ihrer Tante, seit sie zum Studieren nach Berlin gezogen war. Schließlich forderte Henny sie ständig dazu auf, von diesem Schlüssel auch Gebrauch zu machen, und daran hielt sie sich jetzt. Die Kamera benutzte sie sowieso nie. Sie hatte Klaus gehört und machte einfach bessere Fotos als Leonies Smartphone. Leonie wollte mit ihrer Freundin ein paar Tage in Ahrenshoop verbringen. Auch das verschwieg sie Henny. Sie wählte absichtlich eine Uhrzeit, zu der ihre Tante ganz sicher nicht zu Hause wäre. Sie schämte sich, dass sie Henny so oft aus dem Weg ging. Aber in letzter Zeit war sie schwer auszuhalten. Und sie ließ sich gehen. Davor durfte Leonie nicht die Augen verschließen, das wusste sie, aber sie war trotzdem froh, wenn sie nichts davon mitbekam.

Sie hatte nicht mit der Anwesenheit der neuen Putzfrau gerechnet. Wie viel Geld steckte Henny ihr eigentlich in den Rachen? Leonie mischte sich nicht in die finanziellen Angelegenheiten ihrer Tante ein, aber die Häufigkeit der Putzdienste fand sie doch etwas übertrieben. So »neu« war diese Marie allerdings nicht mehr. Leonie sollte sich besser an sie gewöhnen. Auf Marie ließ Henny nach wie vor nichts kommen. Ihr dümmliches Strahlen, wenn sie von ihr sprach, wenn sie immer noch die angeblich schicksalhafte Begegnung mit ihr im Museum bestaunte. Sobald Leonie nur den Hauch einer Kritik äußerte, wurde sie giftig.

Vielleicht tat diese Marie ihr aus unerfindlichen Gründen gut, und Leonie sollte sich freuen, dass ihre Tante ein wenig auflebte. Aber sie fand Marie verdächtig. Verdächtig, ein eigenartiges Wort. Wessen verdächtigte sie Marie denn? Das konnte Leonie nicht sagen. Ausgeraubt hatte sie Henny bis jetzt zumindest noch nicht. Aber das konnte ja noch kommen. Erstens. Und zweitens war ihr Verhalten auffällig. Wie sie sich in den Ecken der Wohnung herumdrückte, wenn Leonie da war, wie ein struppiges, grau-braunes Tier, das weghuschte. Dass sie ihr nicht in die Augen sehen konnte. Dass sie Henny immer noch nicht ihren Ausweis gezeigt hatte. Es war kaum zu glauben, dass ihre übervorsichtige Tante jemandem einfach so den Schlüssel überließ.

An dem Tag, als Leonie Klaus' Digitalkamera holen wollte und eine leere Wohnung erwartete, stürzte Marie von der Leiter. Sie schlug auf dem Parkettboden auf und rührte sich eine Weile nicht, sodass Leonie schon fürchtete, sie wäre tot. Wie hätte sie das bitte schön Henny erklären sollen, selbst wenn sie keine Schuld daran traf? Es wäre der Super-GAU für Henny gewesen. Erst Klaus, ein Jahr später die Radfahrerin und dann auch noch ihre Marie, der rettende Engel aus dem Museum. Aber sie war nicht tot, schien sich auch nicht ernstlich verletzt zu haben. Leonies Hilfsangebote lehnte sie allesamt ab. Auch, sich von ihr nach Hause fahren zu lassen.

Ärgerlicherweise vergaß Leonie die Kamera, der Grund, weshalb sie überhaupt nur hergekommen war, und ihre Freundin und sie mussten in Ahrenshoop dann doch mit dem Smartphone Vorlieb nehmen.

Sie wusste nicht, ob ihre Tante diese Marie tatsächlich so unendlich nett fand, wie sie immer behauptete, ein »Glücksfall«, oder ob sie sich eher als Samariterin präsentieren wollte. Eine junge Frau aus dem Leben befördert, im Gegenzug eine andere durch einen Putzjob gerettet.

Henny ließ sich gehen, allmählich grenzte es ans Ekelhafte. Auch deswegen sah Leonie ihre Tante inzwischen seltener als früher und sträubte sich dagegen, sie mit ihrer Freundin bekannt zu machen. Sicher, Henny trug diese Schuld, aber die Schuld wurde doch nicht geringer, wenn sie tagelang nicht ihre Kleidung wechselte und offenkundig vergessen hatte, was Shampoo und Bügeleisen waren. Wieso bügelte diese Marie eigentlich nicht für Henny?

Leonie begrüßte Hennys kleine Feier und war überrascht, dass sie sich dazu entschlossen hatte. Ihre

Tante musste wieder unter Menschen, das predigte sie ihr schon lange. Sie selbst wäre dem Ganzen allerdings am liebsten ferngeblieben. Doch wie hätte das ausgesehen, Henny lud das erste Mal seit langer Zeit Leute zu sich ein, und ausgerechnet ihre geliebte Nichte kam nicht? Natürlich brachte sie ihre Freundin nicht mit.

Bei der Feier schnappte Leonie einen Teil der Unterhaltung auf, die Marie mit dem Ehemann der ehemaligen Putzfrau führte.

»Mit magna cum laude«, sagte Marie.

»Magnum?«, fragte der völlig besoffene Typ. »Ich mag kein Eis, bin kein Süßer.«

»Magna cum laude. Eine Bestnote.«

»Aha. Das heißt dann, du bist besonders schlau, oder was?«

Als Marie Leonie in der Küche bemerkte, verstummte sie.

Was erzählte sie da von einer Promotion? War Marie eine Art Hochstaplerin? Oder völlig gestört? Oder beides zusammen? Oder wollte sie sich interessant machen? Wieder konnte sie Leonie nicht in die Augen sehen. Allein das war doch schon verdächtig. Die Frage, wer sie wirklich sei, beantwortete sie natürlich nicht. Doch so leicht kam sie ihr nicht davon. Leonie hielt Marie am Arm fest. Sie wollte Antworten, jetzt sofort, wo sie wirklich wohnte, warum sie Henny nie ihren Ausweis gezeigt hatte und weshalb sie dem besoffenen Typen erzählte, sie sei promoviert. Log sie Henny die ganze Zeit an? Über alles?

Marie leistete Gegenwehr und sagte: »Lassen Sie mich bitte los. Ich möchte jetzt gehen.« Obwohl Leonie ihr ja kurz zuvor indirekt das Du angeboten hatte. Sie hielt Marie so lange am Arm fest, bis es schließlich auch den anderen Gästen auffiel und plötzlich sie, Leonie, wie eine Art Grobian dastand, und schließlich kam auch Henny herbeigeeilt und wies Leonie scharf zurecht. Marie nutzte die Gunst des Augenblicks und machte sich aus dem Staub. Struppiges grau-braunes Tier, das den Blickkontakt meidet, immer wieder entwischt und nicht zu fassen ist.

Was ich an Berlin hasse: Dass ich mich immer wieder VERLAUFE. Wenn die U-Bahn mehrere Ausgänge hat, ist es besonders schlimm, dann stehe ich oben am Rand einer riesigen Kreuzung und weiß überhaupt nicht mehr, wo ich bin. Und was ich besonders an Berlin hasse: LEONIE. Ich wünsche mir, dass Leonie in eine andere Stadt zieht. In ein anderes Land. Dass sie auswandert. Leonie soll verschwinden. Ich will nach Hause. Ich will, dass dieser Albtraum endlich aufhört. Wo ist zu Hause? Das weiß ich schon lange nicht mehr. Ob die Kunstgeschichte-Promovendin noch im Museum auf dem Klappstuhl sitzt und schreibt? Oder ist sie schon fertig? Bestimmt ist sie zielstrebig. Man muss zielstrebig in diesem Beruf sein. Bin ich auch. Mehr als andere. Ich vermisse sie. Ich hätte sie so gern kennengelernt. Ich hätte ihr bei ihrer Arbeit helfen können, ich kann nämlich gut schreiben. Leonie hat ihre Ohren überall. Als ich endlich von der Feier wegkam, habe ich mir in Neukölln beim SPÄTKAUF ein Bier gekauft und es draußen getrunken. Hat sich gut angefühlt. Ich hatte gar keine Angst. Ich habe mich eindeutig stabilisiert.

31
Tag hundertsechsundachtzig

Bedauerlicherweise hatte Franziska ihr schwarzes Notizbuch zu Hause vergessen, was sie erst in Frau M.s Wohnung bemerkte. Zum ersten Mal und ausgerechnet heute. Sie war nicht immer in der Stimmung dafür, es gab viele Tage mit leeren Seiten – war es bei ihrer Dissertation damals nicht ganz ähnlich gewesen? –, aber heute wären ideale Bedingungen, um sich diesem Buch für Notate und Reflexionen anzuvertrauen, ihrem einzigen richtigen Gesprächspartner.

Frau M. hatte sich den ganzen Nachmittag nicht blicken lassen und Franziska die große Wohnung für sich allein. Seit der Sache mit der Pistole ging sie ihr aus dem Weg, sagte etwas von »lange im Büro, so viel Arbeit«. Das glaubte ihr Franziska zwar nicht, aber sie war froh, wenn sie sich nicht mit ihr unterhalten musste. An diesem Nachmittag hätte sie genug Zeit gehabt, um ungestört im Nussschalensessel zu sitzen, das Notizbuch auf den Knien, und zu schreiben. Vielleicht konnte sie es ja nachtragen. Doch das funktionierte nicht, sie musste es erst gar nicht versuchen. Schreiben konnte sie offenbar nur auf den Bänken in der Alten Nationalgalerie, in Bibliotheken und vor allem auf dem teuren Sessel in Frau M.s Wohnzimmer. Seit sie aus Angst vor weiteren unheilvollen Begegnungen die Museumsinsel mied, blieben nur noch Bibliotheken und der Sessel. Auf dem durchgesessenen Sofa in ihrem Parterreloch oder an dem wackeligen Küchentisch – beobachtet von Johann Wilhelm Preyer zwischen Nüssen und Trauben im Rotweinkelch – brachte sie kein Wort zustande. Im Parterreloch fühlte es sich so an, als wären alle Worte in ihr versiegt. War das früher, in ihrem anderen Leben, auch so gewesen? Hatte sie einen bestimmten Platz zum Arbeiten gebraucht, einen Raum, einen Tisch? Franziska vermisste ihr altes Leben noch immer, das Institut, ihren Doktorvater, die Gespräche mit ihm und mit Evi. Nur das Haus in der Siedlung vermisste sie überhaupt nicht.

Neuerdings waren ihr die ersten Tage im Hotel am Berliner Hauptbahnhof manchmal präsenter als ihre Vergangenheit in der Westfälischen Wilhelmsuniversität Münster. Manchmal dachte sie häufiger an Frau M. oder an Sina als an ihre Eltern, Johannes, Evi, Sebastian. Sie fragte sich, warum sie nicht längst durchgedreht war. Vermutlich lag es daran, dass noch immer genug von ihrem alten disziplinierten Ich übrig geblieben war, von ihrem unbedingten Willen, niemals aufzugeben, der sie auch in der Wissenschaft ausgezeichnet hatte. »Verbissen« hatte Johannes das oft genannt, wenn sie sich stritten. »Du bist so verbissen. Mach doch was anderes, wenn du mit deiner Doktorarbeit nicht weiterkommst. Du kannst doch auch wirklich ohne diesen verdammten Titel leben.«

Der Doktor war ein akademischer Grad und kein Titel, aber Franziska hatte es schon lange aufgegeben, es Johannes zu erklären. Und als sie dann zu seiner Überraschung die Dissertation fertiggestellt und auch die Disputation erfolgreich hinter sich gebracht hatte – ein magna cum laude, leider kein summa, diese Kränkung, dass ihr die höchste Auszeichnung verwehrt geblieben war, nagte selbst jetzt noch an ihr –, hatte er immer noch nicht aufgehört. »Warum überlegst du dir nicht was anderes, wenn dir das mit der Assistentenstelle zu viel ist?« Wie kam er darauf, es könnte ihr zu viel sein? Was bildete er sich ein? Franziska fand sich nicht verbissen, sondern willensstark.

Sie ärgerte sich sogar auf dem Rückweg von Dahlem noch über das vergessene Notizbuch. Es war später Nachmittag, frühsommerlich warm und bliebe noch lange hell. Sie sollte die sich selbst auferlegten Vorsichtsmaßnahmen ein wenig lockern. Wieder zur Museumsinsel fahren. Zum Flugfeld gehen. Hatte Sina nicht etwas von einem Biergarten am Rand des Feldes gesagt? Franziska könnte das Notizbuch von zu Hause holen und dort schreiben. Vielleicht war es ein guter Ort.

Vorher kaufte sie ein. Inzwischen schätzte sie die Vorratshaltung, für den Fall, dass Sina unangemeldet vor der Tür stand. Sie machte sich Sorgen um Sina.

Steckte sie in irgendwelchen Schwierigkeiten? Zuzutrauen war es ihr. Oder gab es Probleme zu Hause, mit ihrer betrunkenen Mutter, die sich nicht um die Kinder kümmerte?

Franziska beschloss, in einer kleinen Seitenstraße draußen einen Kaffee zu trinken. Abgesehen vom Schokoladenkuchen im Bode-Museum und dem Essen mit Sina am Landwehrkanal tat sie das in Berlin nie. In der Innenstadt von Münster hatte sie oft draußen gesessen, allein oder mit Evi, sogar im winzigen Ortszentrum von Senden.

An einem Tisch in Franziskas Nähe saß eine Frau vor einer Flasche Bier. Ihre Kleidung wirkte leicht schmutzig, ihr Blick huschte unstet hin und her, als würde sie sich bedroht fühlen. Franziska fand sie abstoßend und hatte Angst, von ihr angesprochen zu werden, war aber gleichzeitig fasziniert. Saß dort ihr Spiegelbild, die Person, zu der sie geworden war? Nein, entschied sie. Sie würde weiterleben. Sie würde von nun an darauf achten, niemals verdreckte Kleidung zu tragen. Sie würde mit der gleichen Selbstverständlichkeit auf sich achten, mit der sie es früher immer getan hatte. Sie hatte so viel überstanden. In Berlin, aber auch davor. Sie hatte das Tempelhofer Feld überstanden und den Besuch der Polizei bei Frau M. Reinhold Kessler. Leonie. Sie war von Frau M. erschossen worden und hatte auch das überstanden.

Die Waffe, die Frau M. an jenem Morgen auf sie gerichtet hatte, entpuppte sich als Schreckschusspistole, was Franziska aber sehr lange nicht verstand.

Sie verstand nicht, weshalb es nicht wehtat, warum sich auf ihrem Oberkörper kein Blut ausbreitete, wieso sie nicht zu Boden ging. Es war nur laut. So ohrenbetäubend laut.

»Ach, Marie ... o mein Gott ... Marie ... waren wir heute ... hatten wir heute ... was ist denn für ein Tag ... o mein Gott, mein Gott!«

Frau M. hatte noch nie einen Termin vergessen. Es war mehr als offensichtlich, dass mit ihr etwas nicht stimmte – sehr viel nicht stimmte –, aber sie erklärte sich nicht. Sie sagte nur, dass es sich bei der täuschend echt aussehenden Waffe um eine Schreckschusspistole handele, die ihr verstorbener Mann angeschafft habe, um mögliche Einbrecher abzuwehren. »Hier in Dahlem wird ja so viel eingebrochen.« Sie erklärte nicht, warum sie auf Franziska gezielt hatte, und ebenso wenig ihr desolates Erscheinungsbild an einem Morgen mitten in der Woche, an dem sie eigentlich zur Arbeit hätte fahren müssen.

Frau M. hatte erbarmenswert ausgesehen. Und nachdem Franziska endgültig realisiert hatte, dass sie nicht tot war und sogar ihr Gehör keinen Schaden genommen hatte, kümmerte sie sich um Frau M. Sie konnte sie schlecht in dieser Kleidung und sichtlich verwirrt in der Küche stehen lassen, wo sie ihr außerdem beim Putzen im Weg gewesen wäre. Sie schob sie behutsam ins Schlafzimmer und forderte sie auf, sich umzuziehen. Frau M. saß auf dem Bett und dirigierte Franziska zum Kleiderschrank. Franziska zog einen sauberen Schlafanzug aus dem Schrank, warf ihn aufs Bett und drehte sich um. Sie wollte keine unbekleidete Frau M. sehen. Anschließend steckte sie den rot-weiß gestreiften Schlafanzug in den Wäschekorb. Beim Anblick des Oberteils wurde ihr übel, und sie bemühte sich, nicht genau hinzusehen. Musste sie vielleicht auch bei Frau M.s Arbeitsstelle anrufen? Oder den Notarzt verständigen? Nein, das wäre zu viel der Fürsorge gewesen. Sie putzte wie gewohnt die Wohnung, ohne sich zwischendurch auf den Sessel im Wohnzimmer zu setzen. Das Schlafzimmer sparte sie aus. Zum ersten Mal lag auf dem Ceranfeld kein Geld. Das war sehr unangenehm, denn es bedeutete, dass sie Frau M. danach fragen musste.

Als sie mit dem Putzen fertig war, kochte sie Tee und brachte die Tasse ins Schlafzimmer. Tee bedeutete doch Fürsorge, oder? Frau M. setzte sich im Bett auf und nahm die Tasse entgegen. Sie sah so schrecklich aus, trotz des sauberen Schlafanzugs, dass Franziska nicht wagte, nach dem Lohn zu fragen. In der Küche fand sie dann Frau M.s Portemonnaie. Es war vollgestopft mit Fünfzig-Euro-Scheinen. Franziska beschloss, sich ausnahmsweise selbst zu bedienen, und nahm sich das Doppelte.

Sie trank ihren Kaffee aus, ohne von der Frau mit dem Bier, die ganz entschieden nicht ihr Spiegelbild war, mit der sie nicht die geringste Ähnlichkeit aufwies, behelligt zu werden. Mit den Einkäufen im Rucksack ging sie in ihre Straße, inzwischen dachte sie tatsächlich schon an »ihre Straße«, und genoss den milden Abendsonnenschein. Sogar in der hässlichen schmutzigen Stadt schien die Sonne. Sie würde mit ihrem Notizbuch zum Tempelhofer Feld gehen und sich nicht vor Angst in ihrem dunklen Loch verkriechen. Sie würde die Weite in sich aufnehmen. Atmen. Die Hochbeete-Gärtner beobachten, ohne dabei an einen wissenschaftlichen Aufsatz zu denken.

Ihre Wohnungstür war nicht abgeschlossen, aber das wunderte Franziska nicht. In letzter Zeit vergaß sie oft, die Tür zweimal abzuschließen. In ihrer Wohnung gab es kaum etwas zu stehlen. Selbst ihr Laptop war langsam veraltet, und kein Einbrecher hätte sich die Mühe gemacht, ihn einzustecken.

Die Luft in der Wohnung war anders als sonst, das spürte Franziska sofort. Anders als heute früh. Anders als gestern. Anders als an allen sonstigen Tagen. Es war weniger ein fremder Geruch, der hinzugekommen war, sondern eher so, als ob etwas fehlte. Als hätte ein anderer Mensch die ganze Luft weggeatmet.

Sie zog die Schuhe aus und brachte den Rucksack mit den Einkäufen in die Küche. Sie räumte alles in den Kühlschrank und sah nebenbei auf die Postkarte mit dem Stillleben über dem Tisch. Heute konnte sie Johann Wilhelm Preyers Blick nicht deuten. Wollte er sie auf etwas hinweisen? Sie warnen? Sinas Messer fiel ihr ein. Sie hatte ewig nicht mehr daran gedacht, es fast vergessen. Sie wühlte in den vorderen Taschen des Rucksacks, fand das Springmesser und schob es aus einer Eingebung heraus in ihre Hosentasche. Vielleicht sollte sie es wegwerfen, damit Sina es nicht fand und irgendeinen Unsinn damit anstellte.

Dann ging sie durch den schmalen Flur ihres Parterrelochs in das einzige Zimmer. In ihrem einzigen Zimmer saß Johannes. Er lachte, als er Franziska sah.

»Guten Abend, du kleine Wichtigtuerin«, sagte er.

Sie hatte Johannes seit einem halben Jahr nicht mehr gesehen. Er saß auf dem alten Sperrmüllsofa, von dem man Rückenschmerzen bekam, wenn man zu viel Zeit darauf verbrachte. Er hielt etwas in der Hand. Franziskas schwarzes Notizbuch, das sie heute Morgen vergessen hatte.

»Hör dir das an«, sagte Johannes, »das nenne ich doch ein echtes literarisches Meisterwerk: *Muss bei der Kuh putzen. Sie ist nicht meine Mutter. Geld auf dem Herd. Sie sind ja so nett. Berlin verschlingt mich. Ich hasse Leonie, ich will, dass sie verschwindet.* Wer ist denn Leonie? Na ja, ist sicher nicht so wichtig. Und du findest dich hier also nicht zurecht, lese ich. Verläufst dich ständig. Mir kommen die Tränen. Und weiter hinten, da kannst du ja gar keine richtigen Wörter mehr schreiben. Ach je.«

Es war widerwärtig, Johannes aus ihrem Notizbuch vorlesen zu hören. Im Übrigen klang es laut vorgelesen ganz fremd und überhaupt nicht so, als hätte sie selbst es geschrieben. Was waren das für kurze, rohe, abgehackte, entsetzlich primitive Sätze? Johannes war ganz ruhig. Sogar seine Stimme war sanft, fast zärtlich. Franziska konnte sich nicht erklären, wie es möglich war, dass er hier saß, in ihrem geheimen Parterreloch, von dem niemand außer Sina Kenntnis hatte. Natürlich hatte Petra ihm in Senden vom Tempelhofer Feld erzählt, daran hatte Franziska nie gezweifelt. Aber woher wusste er vom richtigen Haus, der richtigen Wohnung mit dem richtigen falschen Klingelschild? Und wie war er in ihre Wohnung gekommen? Dass er über Einbrecherqualitäten verfügte, wäre Franziska neu gewesen. Aber es war egal. Es spielte keine Rolle, wie er es bewerkstelligt hatte. Franziska wunderte sich nicht einmal besonders darüber, dass er hier saß. Wenn er nur endlich ihr Notizbuch weglegen würde. Sie schob ihre Hand in die Hosentasche und umfasste Sinas Springmesser. Das alles passte nicht zusammen, es war so grundlegend falsch. Johannes aus ihrem alten Leben saß in ihrem neuen, falls es Leben zu nennen war. Es passte nicht zusammen und geschah trotzdem. Oder war sie schon so am Ende, ähnlich wie Frau M., dass sie Johannes auf ihrem Sofa bloß fantasierte? Er sah gar nicht wütend aus, und das war besonders beängstigend.

»Habe ich mal im Fernsehen gesehen, wie man in fremde Wohnungen einbricht«, sagte er. »Mit einer auseinandergeschnittenen Plastikflasche. Machen rumänische Kinder so. Nennt sich Flipper, glaube ich, wie der Delfin. Dass du deine Tür nicht abschließt, ts ts.«

Zumindest war damit eine Frage beantwortet. Und auch den Rest erklärte er.

»Petras Mann hat mir gesagt, wo du wohnst. Er ist dir hinterhergerannt. Das hast du wohl nicht mitbekommen. Er ist ziemlich schnell, war mal Sportler. Wusstest du das? Würde man gar nicht denken, was?

Er geht auch jeden Tag joggen, aber das weißt du ja. Oh, wie konnte ich das vergessen, du wohnst ja nicht mehr in Senden. Aber vielleicht erinnerst du dich noch daran. Er ist in dieselbe U-Bahn gesprungen und hat dich bis hierhin verfolgt. Und du hast überhaupt nichts mitbekommen. Tja, unscheinbar zu sein, hat wohl auch Vorteile. Jedenfalls hat er mir die Adresse gegeben. Er fand, das ist seine Pflicht. Guter Junge. Und das mit dem Namen war nicht weiter schwer. Petras Mann hat die Klingelschilder fotografiert. Dass du dich nicht Oswald nennst, war ja klar. Du hältst dich wohl für besonders schlau. Ich wusste schon, als er mir das Foto gezeigt hat, wie du dich jetzt nennst, Weber, klar, wie dein blöder Max Weber, über den hast du mir ja dauernd diese öden Vorträge gehalten.«

Franziska hatte die ganze Zeit noch nichts gesagt, aber das schien Johannes auch nicht zu erwarten. Sie hatte ihm Vorträge über Max Weber gehalten? Daran konnte sie sich überhaupt nicht erinnern. Es musste schon sehr lange zurückliegen.

»Falls du dich fragst, warum ich erst jetzt komme – wir hatten einen großen Auftrag in der Firma. Und einer in der Familie muss ja schließlich arbeiten. Du tust das wohl nicht, wenn ich mich hier so umsehe. Neuerdings gehst du also ins Museum, so so. Du hast dich doch nie für Kunst interessiert. Und übrigens auch nicht für mich. Und du bist jetzt eine Putze, verstehe ich dein Geschreibsel hier richtig?« Er stach mit dem Zeigefinger auf das aufgeschlagene Notizbuch ein. Hatte er ihre Arbeit auch immer so aufgefasst? Als Geschreibsel? »Putzfrau, Franziska, Putzfrau, ich bitte dich! Mein Gott, das ist so erbärmlich. Ich fand ja schon wissenschaftliche Mitarbeiterin nie so glorreich wie du, ist doch eigentlich nicht viel mehr als Studentin, oder? Aber Putze? Was würde Papa wohl dazu sagen? Und putzen könntest du auch zu Hause in Senden.«

Franziska war versucht, Putzhilfen zu verteidigen, doch bevor sie zu Wort kommen konnte, Sinas Messer in der Hosentasche fest im Griff, sagte Johannes: »Ich komme hier überhaupt nicht vor! Kein Wort! Zuerst dachte ich, ich hätte was übersehen, aber ich habe alles gelesen, dieses ganze weinerliche Zeug, und ich komme kein einziges Mal vor! Und in was für einem widerlichen Loch lebst du eigentlich? Man muss hier ja aufpassen, dass man sich nichts holt. Ekelhaft, sieh dich doch mal um, das ist einfach ekelhaft.«

Johannes hatte das alles gelesen und interessierte sich nur dafür, dass er nirgendwo auftauchte? Aber wurde man aus dem, womit Franziska seit einigen Monaten ihr Notizbuch füllte, überhaupt schlau? Sie wusste es nicht, konnte es nicht einschätzen. Sie hatte geschrieben, im Museum und auf Frau M.s Sessel, und jedes Mal eine neue Seite aufgeschlagen, ohne die zurückliegenden weiter zu beachten.

»Warum gehst du dann nicht wieder, wenn alles so ekelhaft ist?« Es war das Erste, was sie zu ihm sagte. »Nachher steckst du dich noch mit irgendwas an.«

»Das könnte dir so passen. Meinst du, ich lasse mir das alles gefallen? Dass du bei Nacht und Nebel auf Nimmerwiedersehen verschwindest und ich wie der letzte Idiot dastehe?«

Franziska stand mitten im Zimmer, näher an der Tür als bei Johannes. Er klappte das Notizbuch zu, hielt es eine Weile in der Hand und schleuderte es dann mit voller Wucht gegen die Wand. Ihr ging im Kopf herum, dass er recht hatte, wie erbärmlich sah diese Behausung doch aus, ihr ganzes neues kleines Leben – war ihr altes Leben wirklich so viel großartiger gewesen? –, und sie war eigenartigerweise froh, dass Johannes die Wohnung zu Gesicht bekam und nicht Frau M.

Er stand auf und kam auf sie zu. Franziska wich automatisch zurück. Auf den wenigen Quadratmetern gab es nicht viel Spielraum.

»Was hast du denn?«, sagte er. »Hast du etwa Angst vor mir?«

Franziska umschloss das Messer in der Hosentasche. Sie war sich nicht sicher, ob sie es wirklich würde benutzen können, wenn es darauf ankam. Sie hatte Johannes doch mal geliebt, oder nicht? Oder hatte eher ihr Vater seinen künftigen Schwiegersohn geliebt? Sie drehte sich um, obwohl das bedeutete, Johannes im Rücken zu haben, und ging die paar Schritte vom einzigen Zimmer durch den Flur bis zur Küche, die direkt neben der Wohnungstür lag. Er folgte ihr. In der Küche versetzte er ihr von hinten einen Stoß, so unerwartet, dass sie zu Boden stürzte.

Keine Spur mehr von seiner anfänglichen Ruhe. Johannes wurde jetzt laut. »Hast du gedacht, du kommst mir so einfach davon?«

Würden sich hier eigentlich die Nachbarn kümmern, wenn sie etwas hörten? Franziska hatte keine Ahnung. Außerdem kannte sie so gut wie keine Nachbarn. Begegnete sie im Treppenhaus oder im Hof jemandem, wusste sie meist nicht, ob diese Person im Haus wohnte oder nicht. Lauter scheue Gestalten wie sie selbst, die unbehelligt bleiben wollten.

Sie lag auf dem Boden. Ihr Arm und ihr Ellbogen schmerzten. Neben ihr bewegten sich Johannes' Beine in der engen Küche, er gab sich keine Mühe, ihr auszuweichen, sondern trat absichtlich auf ihre Hand. Er fingerte an den wenigen Dingen herum, am Wasserkocher, der billigen Espressokanne, der Pfanne auf dem Herd. Pfanne, dachte sie. Pfanne. Kopf. Er öffnete die Schränke und ließ nacheinander Franziskas wenige Tassen und Gläser zu Boden fallen. Sie wusste, dass es nicht vorbei war, noch lange nicht, und dass ihm die Scherben ihrer Tassen und Gläser ganz sicher nicht reichen würden, aber mit dem Tritt in den Bauch, der dann kam, hatte sie dennoch nicht gerechnet. Ihr blieb die Luft weg. Auf genau diese Weise hatte sie auch Sina kennengelernt, Fastsechzehn, die böse Kleine. Aber es war kein Film, der sich wiederholte. Mit Sina war es gut ausgegangen. Heute und hier würde das nicht der Fall sein. Er hatte sie gefunden. So schnell. Oder so spät, je nachdem. Er hatte sechs Monate gebraucht. Aber er hatte sie gefunden. Sollte sie alles nun Folgende vollkommen wehrlos über sich ergehen lassen?

»Tja, Evis Beerdigung ist ja jetzt auch schon ein halbes Jahr her«, sagte er nach dem gut platzierten

Tritt. »Stell dir vor, ich war sogar da. Das hättest du wohl nicht gedacht, was? Stimmt schon, ich konnte Evi echt nicht ausstehen. Auf dem Friedhof in Albachten, also ganz nah bei uns. Wenn du noch in Senden wärst und nicht hier in diesem Drecksloch, könntest du sie jeden Tag besuchen, die gute Evi. Es war schön, muss ich schon sagen, wirklich schön. Aber natürlich auch sehr traurig. Sie haben Bachs ›Erbarme dich‹ gespielt, das hat mir richtig gut gefallen, aus welcher Passion ist das noch gleich? Los, sag doch mal!« Er trat Franziska mit der Schuhspitze erneut in den Bauch. »Johannespassion? Ha ha, Johannespassion, lustig. Oder Matthäuspassion? Du hättest wirklich dabei sein sollen, Franziska. Du hast was verpasst.«

Franziska sah nach oben, zum Küchentisch, auf dem noch ihre Kaffeetasse vom Morgen stand. Ihre einzig verbliebene intakte Tasse, soweit sie das überblickte. Heute Morgen, als sie noch nicht ahnte, was sie am frühen Abend bei ihrer Rückkehr erwarten würde. Johann Wilhelm Preyers Gesicht war aus dieser Entfernung und von hier unten nicht zu erkennen. Franziska war Johannes wirklich böse wegen der Tassen und Gläser. Nicht dass sie schön oder teuer gewesen wären, aber es waren *ihre* Tassen, ihre ganz eigenen, in ihrem neuen Leben.

Sie hätte in die Hosentasche fassen können, Sinas Messer greifen, vielleicht war es an der Zeit, dass mit diesem Messer endlich etwas Sinnvolles, Gutes vollbracht wurde, wenn es schon einmal in der Welt war, aber Johannes hatte sich nach unten begeben und hielt ihre Arme auf den Boden gedrückt. Keine Chance, an das Messer zu kommen.

Den Weg, den du einmal beschritten hast, musst du auch zu Ende gehen.

Dann richtete er sich wieder auf und war einen Moment unachtsam. Diesen Moment nutzte Franziska und trat ihm so fest, wie es in ihrer Lage möglich war, gegen das Knie. Die Kniescheibe war ein fragiles Ding, noch wackeliger als der alte Küchentisch. Und Johannes war zwar größer und stärker als sie, aber gleichzeitig auch dieser leptosome, ein wenig unsportliche Typ, trotz seiner Fahrradleidenschaft in zweiundzwanzig Gängen.

Sie hatte gut getroffen, und es wirkte. Er lehnte an der Spüle und hielt sich übertrieben jammernd das Knie. Überall lagen Glas- und Keramikscherben herum. Franziska stand auf. Sie trat in Strümpfen in eine Scherbe und schnitt sich die Fußsohle auf. Durch den Strumpf sickerte sofort Blut. Sie musste die Wohnung verlassen. Schuhe, Jacke, Schlüssel, Geld. Schuhe anziehen, Jacke anziehen, Rucksack greifen. Und wohin, bitte schön, Franziska Oswald, Marie Weber? Egal. Schuhe, Jacke, Schlüssel, Geld, Handy. Sie würde Sina anrufen, etwas anderes fiel ihr nicht ein.

Johannes stieß Franziska mit aller Kraft gegen die Wohnungstür, die laut schepperte. Sie ging erneut zu Boden und schrie. Musste das nicht irgendwer von den Nachbarn hören? Johannes setzte sich auf sie und legte die Hände um ihren Hals. Franziska sah in seine sehr blauen Augen, die sie doch immer gemocht hatte. Er hockte auf ihr und drückte zu. Ihr wurde schwindelig, und sie strampelte automatisch, weil ihr die Luft wegblieb. Es hämmerte in ihrem Kopf, sie spürte, wie ihr Gesicht knallrot wurde, ihr Mund öffnete sich, sie versuchte, nach Luft zu schnappen.

Sie würde am nächsten Morgen nicht mehr aufwachen. Es war alles umsonst gewesen, die Flucht in eine Stadt, in der sie niemand vermutete, das Verwischen aller Spuren, das geheime Konto, der falsche Name, wie geschickt und schlau und vorsichtig sie sich bei allem angestellt hatte. Sie würde kein weiteres Mal auf der dünnen Matratze auf den Europaletten in einen unruhigen Schlaf fallen. Sie würde gleich nämlich für immer schlafen. Es war ganz sicher nicht wie Schlafen. Die Ewigkeit. Evi. Eigentlich hatte sie sich inzwischen an das Parterreloch gewöhnt. Wie gut, dass sie heute bei Frau M. geputzt hatte und nicht morgen oder in den nächsten Tagen ein Termin bei ihr anstand, zu dem sie dann nicht erscheinen würde, ohne vorher Bescheid zu sagen. Die Vorstellung, unzuverlässig zu sein, war Franziska selbst jetzt unangenehm.

Wie lange dauerte das wohl? Sekunden? Oder lange, qualvolle Minuten? Bitte, bitte keine qualvollen Minuten.

32

Henny warf die Schreckschusspistole weg. Das hätte sie schon viel früher tun sollen, bevor so etwas passierte. Oder sie gar nicht erst aus dem Keller holen. Bis vor Kurzem wusste sie nicht einmal, ob sie überhaupt noch funktionierte. Sie überlegte eine Weile, wohin. Sicher nicht in die gelbe Wertstofftonne. Möglicherweise handelte es sich um eine Art Sondermüll. Oder sie musste sie bei einem Amt oder der Polizei abliefern. In den Schlachtensee? Warf man Waffen, die man loswerden wollte, nicht immer in ein Gewässer?

Sie beendete ihre Überlegungen, stopfte die Pistole in den normalen Restmüll, verknotete die Tüte und brachte sie nach unten.

Sie konnte Marie nie wieder unter die Augen treten. Es war alles so furchtbar. Und so entsetzlich peinlich. Der Aufzug, in dem Henny sich ihr an jenem Morgen präsentiert hatte, hätte bereits vollends gereicht, aber dann hatte sie auch noch die Waffe auf sie gerichtet. Und abgedrückt. Eine alternde, verwirrte Frau in einem stinkenden, schmutzigen Schlafanzug. Marie konnte natürlich nicht wissen, dass es gar keine echte Waffe war. Wobei man sie mit technischem Geschick auch scharfmachen konnte, das hatte Henny gelesen. Was Marie bloß gedacht haben musste! Henny hatte sie im ersten Moment nicht erkannt. Sie war auch nicht in der Lage gewesen, logisch zu denken und darauf zu kommen, dass nur Leonie und Marie einen Schlüssel zu ihrer Wohnung besaßen. In der Diele war es recht dunkel gewesen. Und Marie sah an diesem Morgen anders aus als sonst. Sie war nicht mehr die vertraute junge Frau, deren Anwesenheit Henny genoss, sie war eine völlig Fremde, ein Eindringling, der Feind. Henny erkannte sie nicht, sah nur Gefahr.

Bei der Arbeit hatte sie sich – wie so oft seit einem Jahr – krankgemeldet, immerhin daran hatte sie gedacht. Den Termin mit Marie jedoch hatte sie völlig vergessen.

Henny hatte nicht nur mit der Waffe auf sie gezielt und abgedrückt, Marie hatte sie auch in diesem erbarmenswerten Zustand gesehen. Wie immer ließ sie sich nichts anmerken. Zurückhaltend. Dezent. Dazu ein bisschen geheimnisvoll. So war Marie von Anfang an gewesen, und daran hatte sich auch nach ein paar Monaten nichts geändert.

Dieser Vorfall musste ein Geheimnis zwischen Marie und ihr bleiben. Henny gab ihr keine Erklärung, obwohl sie ein Anrecht darauf gehabt hätte, sie sagte nichts über das zurückliegende Jahr, sondern bat sie nur um eins: »Es muss unter uns bleiben. Bitte, Marie. Es muss unter uns bleiben. Bitte erzählen Sie auch Leonie nichts davon.«

Henny war nicht betrunken gewesen, als es passierte. Im Unterschied zu Karin hatte sie in der Philharmonie nicht mal ein Glas Sekt getrunken. Die unheilvolle Liebe zum Barolo kam erst danach. Sie hatte sich auch nicht anderweitig verkehrswidrig verhalten, keine überhöhte Geschwindigkeit, nichts. Sie war nur diesen einen Moment unaufmerksam gewesen. Wegen Klaus' Tod. Natürlich deswegen. Die Radfahrerin starb im Krankenhaus. Seitdem verfolgte ihr Ehemann Henny. Er konnte sich nicht mit ihrem Tod abfinden. Als hätte Henny sich damit abfinden können. Eigentlich sah er aus wie ein netter junger Mann. Er hatte in Erfahrung gebracht, wo sie wohnte. Wie, wusste sie nicht. Und es spielte auch keine Rolle. Sie konnte nicht seinetwegen umziehen. Henny liebte ihre Wohnung, in der sie immer noch alles an Klaus erinnerte. Er hatte ihr vor dem Haus aufgelauert, wenn sie von der Arbeit kam. Er hatte sie mit Anrufen terrorisiert und sich als dunkler Schatten nachts in ihrer Straße herumgetrieben. Dann hatte es eine Weile nachgelassen – Henny wagte zu hoffen, dass es überstanden war –, um kurze Zeit später in noch größerer Intensität wieder anzufangen.

Klaus war nicht mehr da, um ihm davon zu erzählen. Dass er nicht mehr da war, war ja überhaupt nur der Grund, warum es geschehen konnte, dieser kleine unachtsame Moment an jenem Abend. Den jungen Mann, der eigentlich sehr nett aussah, konnte Henny nicht einschätzen. Falls er sie so lange in Angst und Schrecken versetzen wollte, bis sie verrückt wurde, hatte er es bald geschafft. Es fehlte nicht mehr viel. Sie trank tagsüber Rotwein, wusch sich nicht mehr und zielte mit einer Waffe auf ihre Putzhilfe. Falls er sie umbringen wollte und das sein eigentliches Ziel war, nach einer langen Phase Angst und Schrecken, hätte er Henny damit einen Gefallen getan.

33

Sina wachte von einem verstörenden Traum auf. Im Traum hielt sie eine Bierflasche mit abgebrochenem Hals in der Hand. Die Bierflasche war viel größer als eine echte. Sina fuchtelte wild damit herum und stieß dann die scharfkantigen Ränder in weiche Gesichtshaut. Aber es war nicht Annabelles Gesicht, sondern Maries.

Sie brauchte einen Moment, um sich zu orientieren. Sina lag auf ihrem Bett. Sie war komplett angezogen. Das Bett war erstaunlicherweise frisch bezogen, es duftete nach Waschmittel. Das bedeutete, dass sie immer noch träumte. Ihre Bettwäsche roch selten frisch und nach Waschmittel und nur dann, wenn sie selbst dafür sorgte. Dann fiel ihr ein, dass ihre Mutter das heute Nachmittag erledigt hatte. »Von nun an wird alles anders«, hatte sie gesagt, »versprochen. Ich habe mich viel zu wenig um euch gekümmert.« Später hatte sie Pizza beim Lieferdienst bestellt. So anders wurde es wohl doch nicht.

Draußen war es dunkel. Sina hatte sich nach der Pizza nur kurz auf ihr Bett legen wollen und war eingeschlafen. Gestern war es spät geworden. Sie hatte die halbe Nacht in der heruntergekommenen Wohnung verbracht, in der sie Bert kennengelernt hatte, und Bier und ein bisschen Hasch konsumiert. Bert war dort leider nicht aufgekreuzt. Ihre Mutter hatte morgens Theater gemacht: Warum war dein Handy nicht eingeschaltet? Schule. Nicht so lange herumtreiben. Du bist noch nicht mal sechzehn. Keine Kontrolle mehr über dich. Von nun an wird alles anders.

Bobby lag vor ihrem Bett und wirkte unruhig, das fiel Sina auf, noch ehe sie merkte, wie unruhig sie selbst war. Sie kniete sich vor ihn, um ihn zu streicheln. Er sah sie so an, als wollte er fragen: Und? Was machen wir jetzt?

Sina ging leise aus ihrem Zimmer. Von Toni war nichts zu sehen, und die Wohnzimmertür war geschlossen. Entweder saß die alte Schlampe vor dem Fernseher oder sie korrigierte Klassenarbeiten. Wahrscheinlich durfte Sina sie jetzt nicht mehr alte Schlampe nennen, weil sie ja die Betten bezogen hatte wie eine richtige Mutter.

Am liebsten hätte sie Annabelle wirklich das Grinsen aus dem Gesicht geschnitten. Aber im letzten Moment hatte sie innegehalten. Sie hatte sogar die Bierflasche wie ein wohlerzogenes Mädchen in einen Mülleimer geworfen. Ihr Kopf hatte gedröhnt, und Annabelles Grinsen war kaum auszuhalten gewesen, die Gelegenheit war gut, aber trotzdem hatte etwas Sina zurückgehalten. Irgendein Etwas. Was nur? Die Verantwortungsreife? War die beschissene Verantwortungsreife plötzlich in ihr erwacht? An

Annabelle jedenfalls hatte es ganz sicher nicht gelegen, obwohl sich ihr Grinsen schnell in blanke Angst verwandelte. Es sah doch bei allen gleich aus. Oder lag es an Marie? Wobei Sina hier keinen Zusammenhang sah und nicht wusste, was Marie damit zu tun haben sollte. Sie hatte ihr nie von Annabelle erzählt.

Aber in diesem Augenblick, als sie die Bierflaschenwaffe festhielt und auf Annabelle zuging, dachte sie an Marie. Marie hätte es sicher nicht gut gefunden, Sina so zu sehen. Neulich hatte sie etwas gesagt wie: Man braucht einen Kompass im Leben. Etwas, das man unbedingt will und zielstrebig verfolgt. – War das nicht sogar beim Kartoffelsalat gewesen? Seither weigerte Sina sich, Industriekartoffelsalat aus großen Plastiktöpfen aus dem Discounter zu essen. Das mit dem Kompass klang eigentlich gar nicht so anders als das, was die wohlmeinenden Lehrer immer erzählten, und zugleich klang es aus Maries Mund vollkommen anders, nicht wie irgendein blödes Geschwätz, sondern echt und wahrhaftig. Mit dem Ziel, das Sina verfolgen sollte, meinte Marie aber ganz sicher nicht, Annabelles Fresse zu zerschneiden.

Sina glaubte nicht an diesen ganzen Vorhersehungsmist, fragte sich aber trotzdem, ob der Traum eine Botschaft für sie enthielt. In der Küche trank sie ein Glas Wasser, bemüht, leise zu sein. Bloß keine Gespräche mit ihrer Mutter. Sie sah auch kurz in den Kühlschrank, in dem sich meistens nicht viel befand, und entdeckte zu ihrer Überraschung frische Wurst, Oliven, mehrere Sorten Käse. Sina machte sich ein

Brot und gab das meiste davon Bobby ab. Halleluja, ihre Mutter hatte tatsächlich auch Brot gekauft.

Danach ging sie zurück in ihr Zimmer, gefolgt von Bobby, und holte ihren Rucksack. Sie erklärte Bobby, dass sie jetzt einen kleinen Ausflug machen würden. Er war sehr erfreut. Sollte sie ihrer Mutter Bescheid sagen? Nein, nicht nötig. Sina glaubte nicht, dass am Von-nun-an-wird-alles-anders etwas dran war oder es lange anhielt. Außerdem würde ihre Mutter wieder Theater machen, weil es gestern so spät geworden war. Sie sollte froh sein, dass sie mit Bobby rausging. Sina hatte ein seltsames Gefühl wegen Marie. Als könnte sie in irgendwelchen Schwierigkeiten stecken. Im Flur zog sie sich ihre Schuhe an, nahm Bobbys Leine von der Garderobe und schlich sich mit ihm aus der Wohnung.

Ich und ich. Im wirklichen Leben. Ich und ich. In der
Wirklichkeit. Ich fühle mich so seltsam. Abstract. Key-
notes. Magna. SUMMA. Magna. Rite. Ich kann das
nicht aufschreiben. Wenn ich es aufschreibe, verlässt es
meinen Kopf, wo es sicher ist. Es ist dann draußen. In
der Welt. Ich und ich. Im wirklichen Leben. Ich und ich.
In der Wirklichkeit. Ich fühle mich so seltsam. Ich hasse
Berlin. Ich weiß immer noch nicht, wie das eigentlich
geht. Wie ich dich schreibe. Gibt es dafür Vorlagen?
Begutachtet dich jemand? Erstgutachter und Zweit-
gutachter? Weiß ich auch nicht, hat mir keiner gesagt.
Meine Erstgutachterin ist Sina. Oder Frau M. Sie heißt
wie Gemüse. Frau Rotkohl. Frau Spinat. Könnte ich Sina
mal kochen. MANGOLD. Kennt sie bestimmt nicht.
Muss ich dir alles erzählen? Besser nicht. Ich kann gut
schreiben. Das haben immer alle gesagt. Haben doch
alle gesagt. Schreiben fiel mir nie schwer. Nur manchmal. Bei der DISS. Da hatte ich so eine Blockade.
Die war ganz hartnäckig. Ich habe mich angestrengt,
aber es kam nichts. Evi hat so ein Wort verwendet.
So ein Wort, das hat mir nicht gefallen. Ichbelogen.
Ichbetrogen. Bezogen. Ich. Selbst. Ichselbst. So ein
HÄSSLICHES Gesicht. Oder war es anders? Ich habe
mich auch als Kind nicht geprügelt. Sie hat noch viele
andere Sachen gesagt, die mir nicht gefallen haben.
Am besten, Evi schreibt das hier weiter und nicht ich.
Die kann das sicher besser.

34
Tag minus eins

Als sie in ihren Wagen stieg, unbeholfen wegen ihrer schmerzenden Hüfte und der heranstürzenden Gefühle, die sie schwindelig machten und taumeln ließen, als wäre sie betrunken oder krank, zuckte ein Blitz über den Himmel. Nur ein einziger. Es folgte kein Gewitter, nicht einmal Regen. Günstig für ihr Vorhaben.

Ihre neue Zeitrechnung würde doch erst morgen beginnen, am Mittwoch. Und wenn morgen, am Mittwoch, Tag null war – was war dann der Dienstag? Minus eins?

Der Schmerz in der Hüfte schränkte ihre Bewegungsfreiheit ein, und mit ihrem Gesicht stimmte auch etwas nicht, aber sie versuchte, nicht darauf zu achten. Es gab jetzt Wichtigeres, und sie musste sich beeilen. Sie musste ihren Verstand in Gang kriegen, jeden einzelnen Schritt überdenken, durfte nicht übereilt handeln. Sie berührte die kostbaren, todgeweihten Mitbringsel auf dem Beifahrersitz, um sich zu vergewissern, dass sie wirklich neben ihr lagen, und fuhr los. *Den Weg, den du einmal beschritten hast, musst du auch zu Ende gehen.*

Nichts hatte darauf hingedeutet, dass sich dieser Nachmittag im November von den anderen Arbeitstreffen unterschied. Es war ein dunkler, deprimierender Tag. Johannes würde an diesem Abend erst sehr spät nach Hause kommen. Er hatte Franziska angerufen und ihr mitgeteilt, dass seine Mutter überraschend erkrankt sei und er zu ihr fahren müsse. Wahrscheinlich würde er sogar bei ihr übernachten. Franziska hielt die Sorge um seine Mutter für übertrieben, aber es kam ihr sehr gelegen. So musste sie nicht in dem Wissen, dass Johannes zu Hause saß und auf sie wartete, ständig auf die Uhr sehen. Wenn er auf sie wartete, rief er gewöhnlich zigmal an, um sich zu erkundigen, wann sie denn nach Hause komme. Heute aber würde ihn seine Mutter komplett in Beschlag nehmen.

Franziskas und Evis Arbeitstreffen zu zweit hatten eine lange Tradition und fanden meist in Evis Wohnung in Münster-Roxel statt. Schon in ihrer Studienzeit hatten sie damit angefangen. An Evis Esstisch, übersät mit Büchern, Ordnern und Ausdrucken, mittendrin der Laptop, hatten sie früher über ihren Hausarbeiten gebrütet, später über ihren Dissertationen. Seit sie beide Stellen im Mittelbau hatten, besprachen sie hier die Lehrveranstaltungen, die sie künftig würden abhalten müssen. Die vielen Stunden an Evis übervollem Esstisch all die Jahre waren die wichtigsten in Franziskas wissenschaftlichem Werdegang, wichtiger noch als die Zeit, die sie im Institut, in Kolloquien oder in ihrem Arbeitszimmer in Senden verbrachte.

In Roxel war es fast noch ruhiger als in der Siedlung in Senden. Zuerst tranken sie Tee, lästerten wie meistens genüsslich über Studierende und aßen den Kuchen, den Franziska mitgebracht hatte. Franziska war entspannt und gut gelaunt, weil das Problem mit Johannes' symbiotischer Anhänglichkeit heute entfiel, seiner Mutter und ihren Krankheiten sei Dank. Sie würde seine Mutter morgen anrufen und sich nach ihrem Zustand erkundigen. Morgen war früh genug. Heute war ja ihr Sohn bei ihr.

Es war alles wie immer. Nichts deutete darauf hin, dass sich dieser Dienstag im November von anderen Tagen unterschied. Oder Franziska hatte die Zeichen nicht rechtzeitig erkannt. Kleine scharfe Bemerkungen. Ungewohnte Misstöne. Sticheleien, die eindeutig eine Grenze überschritten und nicht mehr als Scherz zu deuten waren. Die Stimmung in Evis Wohnzimmer, das ihr gleichzeitig als Arbeitszimmer diente, wurde ungemütlich. Evi war nicht bei der Sache und wirkte zunehmend unruhig, fast so, als wäre Franziska nicht willkommen. Franziska gefiel nicht, wie sich der Nachmittag entwickelte und wie Evi mit ihr sprach. Sie war nicht nur ihre Kollegin, sondern auch eine gute Freundin. Erst waren sie Kommilitoninnen gewesen, hatten dieselben Fächer belegt und zur selben Zeit studentische Hilfskraftstellen angenommen. Sie hatten alles zusammen gemacht und sich angefreundet. Eine Lebensfreundschaft, hatte Franziska immer gedacht. Sie hatten lustvoll Theorien diskutiert und von wechselnden Lieblingstheoretikern geschwärmt wie andere junge Frauen von Popstar-Idolen. Sie hatten sich immer gegenseitig darin bestärkt, eine Karriere in der Wissenschaft anzustreben. Beide brachten dafür die nötigen Voraussetzungen mit. Franziska vielleicht noch ein bisschen mehr.

In ihrer Welt war alles gut gewesen. Glatt. Einfach. Zumindest hatte Franziska das lange gedacht. Musterschülerin mit guten Noten, dabei unauffällig. Bloß keine Streberin. Die waren unbeliebt. Sie war unauffällig geblieben, aber nicht auf Graue-Maus-Art. Keine Außenseiterin. Das war genauso schlimm wie Streberin. In der Wissenschaft war sie dann aufgeblüht und hatte rasch gemerkt, dass hier ihre Bestimmung lag. Sie würde es weit bringen. Sagte das nicht auch ihr Doktorvater immer?

Nichts davon war geplant. Natürlich nicht. Sie war doch bestens gelaunt zu Evi gefahren. Franziska hatte Schwierigkeiten mit den Lehrveranstaltungen im kommenden Semester, genauer gesagt mit den Literaturlisten dafür, und erhoffte sich Evis Rat. Evi wusste fast immer Rat und zeichnete sich durch große Hilfsbereitschaft aus, all die Jahre. Am liebsten wäre Franziska gewesen, wenn sie brauchbare und kluge Literaturlisten aus ihrem Computer hervorgezaubert hätte, wie sie es sonst auch immer bereitwillig tat.

Doch Evis Stimmung besserte sich nicht. Im Gegenteil. Aus schnippischen Bemerkungen wurden bald handfeste Kränkungen. Evi wollte sie loswerden, das spürte Franziska genau. Und auf die Frage nach den Literaturlisten war sie bisher nicht eingegangen, hatte nicht einmal ihren Computer eingeschaltet. Stattdessen sprach sie plötzlich die gemeinsame Herausgabe eines Bandes über Bruno Latour und die Akteur-Netzwerk-Theorie an. Das lag schon eine ganze Weile zurück. Publikationen waren in diesem Metier von immenser Bedeutung, und dieser Band, noch vor ihren Promotionen, hatte ihnen beiden eine Menge Renommee eingebracht. Eine Weile galten sie deswegen als kleine Überflieger. Franziska hatte das gemeinsame Projekt auch immer als Symbol für ihre Freundschaft betrachtet, die sich dadurch auszeichnete, dass sie sich nichts wegzunehmen versuchten wie in der Wissenschaft üblich, sondern sich gegenseitig bereicherten.

Jetzt behauptete Evi, die meiste Arbeit daran habe sie gemacht. Wie kam sie darauf?

»Dass ich dich als Herausgeberin mit ins Boot geholt habe, war mehr eine Gefälligkeit«, sagte sie. »Du hast damals keinen einzigen Text korrigiert. Die Einleitung musste ich allein schreiben. Du hast dich nicht mal am Schluss um die Angaben zu den Verfassern gekümmert, weil irgendwas war, irgendwas mit Johannes, oder du warst wieder so überlastet, keine Ahnung. Das musste ich auch machen.«

Stimmte das? Franziska konnte sich nicht erinnern. Dann erwähnte Evi, wie oft sie Franziska im Studium angeblich bei den Seminararbeiten geholfen hatte. »Mit den Arbeiten fing es an, und dann ging es immer so weiter. Bis heute.«

Sollte das hier eine Art Abrechnung werden?

Gut, sie hatte ihr wirklich manchmal geholfen, aber keineswegs in dem geschilderten Ausmaß. Das war völlig übertrieben.

All die Jahre war Evi verständnisvoll und unterstützend gewesen. Seit einiger Zeit aber schleuderte sie kleine Giftpfeile ab. »Du kommst nicht richtig vom Fleck, oder?«, hatte sie mehr als einmal gesagt. »Aber mach das ruhig in deinem Tempo. Schließlich hast du ja auch noch das Haus. Da fehlt oft wohl die Konzentration zum Arbeiten. Und Johannes, nicht zu vergessen.«

Franziska hatte versucht, Bemerkungen dieser Art keine Bedeutung beizumessen, sie zu überhören, was ihr jedoch nicht immer gelang. Und sie blieben in ihrem Kopf haften. Nach außen hin waren sie nach wie vor Freundinnen. Hatte das alles, diese unmerklichen Veränderungen in Evis Wesen, nicht kurz vor einem Jahreswechsel begonnen? Johannes und sie hatten eine kleine Silvesterparty veranstaltet. Franziska hatte Evi und Sebastian erst gar nicht eingeladen, weil Johannes unfähig war, sich mit ihnen zu unterhalten, was manchmal geradezu peinliche Ausmaße annahm. In dieser Neujahrsnacht, als die letzten Gäste gegangen waren, hatten sie sich gestritten, so heftig, dass Franziska irgendwann in der Küche nach allem Möglichen griff, was ihr in die Finger geriet, herumstehende schmutzige Gläser, die sie noch nicht in die Spülmaschine geräumt hatten, Besteck, kleine Schalen mit Resten von Erdnüssen, Crackern, Oliven. Untermalt wurde das Ganze von

Bach. Die Chaconne in d-Moll, wenn sie sich richtig erinnerte. Als wüsste Johannes, was Moll war. Sie dauerte knapp vierzehn Minuten. In vierzehn Minuten konnte eine Menge passieren. Seit einer Weile hatte Johannes sich angewöhnt, ständig Bach zu hören, als verstünde er etwas davon. Brandenburgische Konzerte, Cello-Suiten. Wieso immer nur Bach? Es machte sie wahnsinnig. Konnte er nicht auch Mozart, Händel, Vivaldi oder sonst wen hören? Zog er so eine Art Bach-Seminar durch? Franziska schleuderte nacheinander alles zu Boden und gegen die Wände, die Gläser, das Besteck, die Schalen mit den Resten darin. Sie traf dabei auch Johannes und schnitt sich anschließend beim Aufsammeln der Scherben in die Hand. Diese einsame, klagende Violine geisterte durch das Haus in der Siedlung. Und durch Franziskas Gedanken geisterte Evis Androhung, im neuen Jahr werde alles anders als im zurückliegenden und den Jahren davor. Ihre Verweigerung, sie zu unterstützen. Franziska war nicht wütend auf Johannes gewesen, was sie ihm aber nicht sagte. Ihre Wut galt Evi, die gar nicht anwesend war. Am letzten Tag vor den Weihnachtsferien hatte sie ihr im Institut mitgeteilt, dass Franziska im kommenden Jahr für sich selbst sorgen müsse, weil es so nicht mehr weiterging.

Es war dann wieder in Vergessenheit geraten. Ein kurzer übler Traum. Evi hatte sich besonnen und Franziska wie gehabt bei der Dissertation geholfen.

»Ich habe ungefähr die Hälfte deiner Diss geschrieben«, sagte Evi an dem dunklen, deprimierenden Dienstag im November an ihrem Esstisch. »Seien wir mal ehrlich, allein hättest du das nie hinbekommen. Du würdest heute noch daran sitzen.«

Das stimmte doch gar nicht. Es war höchstens ein Drittel gewesen. Nicht die Hälfte. Vielleicht nicht mal ein ganzes Drittel, sondern nur ein Teil, ein ganz kleiner, eines Drittels. Und den hatte Evi auch gar nicht richtig geschrieben, wie sie jetzt sagte, sondern Franziska dabei bloß ein bisschen unterstützt. Lebensfreundinnen taten das. Manche Leute behaupteten, Marianne Weber, die Ehefrau Max Webers, habe in Wahrheit viele seiner Texte geschrieben. Was erzählte Evi denn da? Franziska hatte immer so hart gearbeitet.

»Und wie soll das in Zukunft aussehen?«, sagte Evi. »Soll ich auch noch deine Habil schreiben? Hast du damit überhaupt schon angefangen? Oder hast du wieder irgendwelche Blockaden? Du musst jetzt allein klarkommen, ich habe dafür einfach keine Zeit mehr. Irgendwann werden sich unsere Wege ja sowieso trennen. Und bei den Seminaren muss ich dir auch so oft helfen, weißt du eigentlich, wie zeitraubend das ist? Und machen wir uns nichts vor, Franziska, du bist nicht wirklich gut. Und du bist ständig überfordert. Im Institut weiß das jeder. Das musste dir endlich mal jemand sagen. Ich sage es dir im Guten.«

Angesichts dieser ganzen Ungeheuerlichkeiten, die Evi an diesem Dienstag von sich gab, sollte Franziska besser gehen. Evi war so selbstgefällig und hässlich, sogar ihr Gesicht wurde jetzt hässlich. Sie war keine Freundin. Nie gewesen. Warum hatte Franziska das nicht schon früher gemerkt? Evi war nicht einmal eine Konkurrentin im Wissenschaftsbetrieb, zumindest in ihren Augen nicht, weil sie es Franziska gar nicht zutraute, wie sich jetzt herausstellte. Dabei war Franziskas Performance bei Vorträgen viel besser. Und besser Englisch als Evi konnte sie auch. Sie sollte jetzt gehen, diese vollgestopfte Vierzig-Quadratmeter-Wohnung verlassen, Evis Denkerstübchen, und nach Senden fahren. Allerdings hatten sie noch nicht über die Literaturliste geredet, die genauso wie Franziskas Habilitationsschrift bislang aus nichts weiter als einer fast leeren Seite bestand.

Sie stand auf, ging um den Esstisch herum und trat hinter den Stuhl, auf dem Evi saß. Mit aller Kraft riss sie ihre Lebensfreundin an den Schultern nach hinten, sodass sie mitsamt dem Stuhl umfiel. Es war befriedigend. Es tat gut. Gedanke und ausgeführte Tat im selben Moment, ohne Zeitverzögerung. Dem fallenden Stuhl wich Franziska geschickt aus. Sie musste netter zu Johannes sein, sie hatte den armen Johannes sehr vernachlässigt. Vielleicht hatte er ja recht, von Anfang an, und mit Evi konnte man nicht reden.

»Spinnst du jetzt? Bist du total bescheuert? Ich hätte mir sonst was brechen können! Was sollte das?« Evi hatte sich erhoben und richtete den Stuhl wieder auf. Sie griff mit beiden Händen Franziskas Oberarme, so fest wie mit Schraubstöcken, es tat weh, und schob sie energisch aus dem Wohnzimmer, in den winzigen Flur bis zur Wohnungstür. Sie nahm Franziskas Jacke von der Garderobe und warf sie ihr zu. »Du gehst jetzt am besten.«

Und die Literaturliste?

Franziska war nicht schnell genug, ihre Jacke fiel zu Boden. Außerdem stand ihre Tasche noch im Wohnzimmer neben dem Esstisch. So ließ sie sich nicht behandeln.

»Du gehst jetzt. Sofort.«

Was bildete Evi sich ein? So ließ Franziska sich nicht behandeln. Und damit das ein für alle Mal klar war, schlug sie ihr ins Gesicht. Eine Ohrfeige, mehr nicht, nichts Weltbewegendes, eine läppische Ohrfeige, die nur einen schwachen roten Abdruck auf Evis Wange hinterließ.

Franziska rechnete mit allem Möglichen, nicht aber damit, dass die gemeinhin friedfertige, schüchterne Evi sich wehren würde. Sie stieß sie nach hinten, und in dem engen Flur knallte Franziska zuerst mit der Hüfte gegen den scharfen Rand einer Metallkommode und dann mit dem Gesicht an den Türrahmen.

Das machte sie noch wütender. Oder verzweifelter, sie konnte es nicht unterscheiden. Evi war doch immer ihre Freundin gewesen, ihre Vertraute, bei Evi war sie nie gezwungen gewesen, einen guten Eindruck zu machen, bei ihr konnte sie so sein, wie sie war, auch wenn das bedeutete zuzugeben, dass sie mit ihrer Arbeit nicht vorankam.

»Das alles ist ja wohl nicht wahr«, sagte Evi. »Ich bin morgen nicht im Institut, du hast das Büro also für dich. Das ist auch besser so. Vielleicht haben wir uns in ein paar Tagen ja wieder beruhigt. Vielleicht müssen wir in ein paar Tagen auch darüber lachen. Geprügelt habe ich mich das letzte Mal als Kind.« – Die schüchterne Evi hatte sich als Kind ganz bestimmt nicht geprügelt. – »Nimm mir nicht übel, was ich gesagt habe, aber es war mal an der Zeit, das so deutlich auszusprechen. Ich muss mich jetzt wirklich um mich selbst kümmern. Ich bin bald mit der Habil fertig, und dann … mal sehen, was kommt. Hauptsache, weg.«

Franziska stand mit dem Rücken zu Evi. Ihre Jacke lag irgendwo hinter ihr auf dem Boden. Sie rieb sich das Gesicht. Evi in ihrem Rücken redete noch weiter, jetzt mit sanfterer Stimme, und irgendwann fing sie sogar leise zu lachen an. Das fand Franziska sehr taktlos. Sie ging in die Knie und gab vor, ihre Schnürsenkel zu binden. Sie hatte keinen Plan, brauchte nur einen Moment Zeit, einen Moment, in dem Evi sie nicht mit diesem neuen hässlichen Gesicht ansah. Auf dem Boden neben dem Türrahmen, gegen den sie mit dem Kinn gestoßen war, lag ein Hammer. Evi hatte gerade ein Schuhregal aufgebaut, als Franziska zu ihr gekommen war, und das Werkzeug noch nicht beiseite geräumt. Franziska griff nach dem Hammer, richtete sich auf, drehte sich um und schlug zu – alles fast in einer einzigen geschmeidigen Bewegung. Ihre Performance war schon immer gut gewesen.

Danach verrichtete sie das Notwendige wie ein Roboter. Sie bemühte sich, nicht auf die mitten im kleinen Flur liegende Evi zu treten, sondern sie weiträumig zu umrunden, was nicht ganz leicht war. Dass sie immer noch in dieser beengten Wohnung lebte. Aber sie wollte ja weg, weg von Münster, irgendwo eine Professur annehmen, oder zuerst eine Junior-Professur. Franziska hob ihre Jacke auf und überprüfte sie auf Blut. Sie wickelte den Hammer in Zeitungspapier. Ging in Evis Wohn- und Arbeitszimmer, nahm den Laptop vom Tisch und schob ihn in ihre Tasche. Der Memorystick in Form eines Krokodils, Evis einziges Backup ihrer Arbeit, steckte in einem der Anschlüsse. Evi sagte immer, sie traue Clouds nicht und würde deswegen nichts dort speichern, zumindest nichts Wichtiges. Ihre angefangene oder bereits fertige Habilitationsschrift und andere Projekte befanden sich nur auf der Festplatte des Computers und als Sicherungskopie auf dem Krokodil. Krokodil, wie kindisch und auch unpassend, so zurückhaltend, wie Evi sich bei Vorträgen gab, schüchtern und ohne Biss. Sie druckte, was sie schrieb, fast nie aus, das wusste Franziska.

Draußen zuckte dieser einzige Blitz über den Himmel. Als Franziska losfuhr, hatte sie noch keinen Plan. Ihr Verstand, auf den sie so große Stücke hielt, war ausgeschaltet, zumindest beträchtliche Teile davon. Vermutlich war das alles gar nicht klug. Evi sollte ihr doch bei den Seminaren helfen. Was sollte sie jetzt mit den verdammten Seminaren machen?

Auf dem kurzen Weg von Münster-Roxel nach Senden erschien es ihr plötzlich unmöglich, Laptop, Stick und erst recht den in Zeitung gewickelten Hammer mit nach Hause zu nehmen. Nichts davon durfte bei ihr gefunden, mit ihr in Verbindung gebracht werden. Also musste Franziska es sich vom Hals schaffen. Darauf, Evis Habilitationsschrift zu lesen, legte sie keinen Wert. Sie schrieb ja schließlich nicht von anderen ab.

Das Haus in der Siedlung war komplett dunkel. Franziska ging hinein, schaltete in Küche und Wohnzimmer das Licht an, setzte sich, ohne die Jacke auszuziehen, sie musste ja gleich wieder los, an den Esstisch und rief bei Johannes' Mutter an. Er ging ans Telefon. Mitfühlend erkundigte Franziska sich nach seiner Mutter und hörte die Verwunderung und auch die Freude darüber in seiner Stimme.

»Gott sei Dank, dass sie nicht ins Krankenhaus muss«, sagte sie. »Ich habe mir Sorgen um sie gemacht. Ja, bleib heute am besten bei ihr. Ich weiß doch, wie schnell sie sich ängstigt.«

»Stört dich das auch nicht?«, fragte er.

»Nein, natürlich nicht. Ich werde noch ein bisschen arbeiten. Wir sehen uns ja dann morgen. Ich koche abends was. Bestell ihr bitte Grüße von mir. Und gute Besserung.«

Franziska musste das Zeug loswerden. So, dass es niemals gefunden würde. Von diesem einen Gedanken war sie beseelt. Vergraben, dachte sie. Hammer, Krokodil und Laptop. Wenn es vergraben ist, ist es ja nicht zerstört. Dann habe ich es nicht zerstört. Es existiert immer noch.

Wahrscheinlich war das, was ihr in den Sinn kam, mühsam, unnötig kompliziert und aufwendig, wenn es auch viel einfacher gegangen wäre. Öffentlicher Abfalleimer. Endstation Müllverbrennungsanlage. Doch sie wollte nicht für die Zerstörung verantwortlich sein. Ihr gefiel der Gedanke, dass es dann noch vorhanden war.

Nach dem Telefonat ging Franziska in die Garage und suchte nach einer Schaufel. Johannes hatte seit ihrem Einzug ständig neues Werkzeug aus dem Baumarkt angeschafft, aber eine große Schaufel fand sie nicht, nur eine kleine zum Umtopfen von Pflanzen. Besser als nichts. Besser als mit bloßen Händen. Ihre Hüfte tat so weh, dass sie sie bei jedem Schritt spürte. Schmerztablette. Spätestens morgen hätte sie riesige Hämatome. Auch im Gesicht. Ein blauer Fleck im Gesicht, wie schrecklich! Konnte sie damit überhaupt zum Institut fahren?

Sie hatte den Mann im vergangenen Sommer, als Johannes und sie sich auf ihrer Radtour verirrt hatten, nie ganz vergessen. Wie er draußen ein kleines Bündel vergrub. Und jetzt tauchte dieser Mann in ihrem Bewusstsein empor und setzte sich dort fest.

Bewaffnet mit der kleinen Schaufel und einer Taschenlampe, stieg sie wieder ins Auto. Laptop und Krokodil lagen auf dem Beifahrersitz, der Hammer im Fußraum darunter. Johannes käme erst morgen nach der Arbeit. Und Evi war morgen nicht im Institut.

Was war überhaupt mit Evi? Franziska hatte sich das keinen einzigen Augenblick gefragt. War sie

durchtrieben? Nein. Das konnte ihr niemand vor-
werfen. Franziska war getrieben. Und zwar von ihrem unbedingten Willen.

Erst später, als alles erledigt und sie verdreckt
und mit immer noch schmerzender Hüfte wieder zu
Hause war – natürlich hatte es viel länger gedauert
als angenommen, und sie hatte zwischendurch immer aufgeben wollen, was für eine alberne Aktion,
mitten in der Nacht, ausgerüstet mit einer Taschenlampe, als wäre sie eine Höhlenforscherin –, wurde
ihr klar, dass sie nicht einfach wie gewohnt weiter-
machen konnte. Dass ihr ganzes bisheriges Leben ab
diesem Zeitpunkt zu Ende war.

Und so entstand der Plan. Während der Sprechstunde mit den Studierenden am nächsten Tag setzte er sich wie ein von Geisterhand gelegtes Puzzle
zusammen. Nach dem Institut nach Hause. Hoffen,
dass Johannes noch nicht zurückgekehrt war. Das
Nötigste packen. Auf vieles würde sie verzichten
müssen. Sie war Evi wirklich böse wegen der Hüfte
und wegen des Kinns. Wozu brauchte sie für ein sim-
ples Schuhregal überhaupt einen Hammer? Eigentlich
war sie selbst schuld. Und dass Franziska nur ein magna hatte und kein summa, daran war wahrscheinlich
auch Evi schuld. Franziska hatte in der Sprechstunde
immer den Kopf zur Seite drehen müssen, damit niemand das Hämatom am Kinn sah. Mit dem Gepäck
von zu Hause zurück nach Münster, aber diesmal
nicht zum Institut, sondern zum Bahnhof. Von dort
mit dem Zug. So weit weg wie möglich.

Wenn Evi es überlebt hatte – wovon Franziska zunächst ausging, sie wollte auch von nichts anderem ausgehen, so fest war der Schlag mit dem Hammer gar nicht gewesen –, wäre alles fort, unauffindbar vergraben in dunkler Münsterländer Erde. Sogar die kluge Evi würde viele, viele Monate brauchen, um das Verlorene zu rekonstruieren und neu zu schreiben. Dass sie aber auch nie einen Ausdruck davon anfertigte, wie unklug. Und wenn nicht? Andere Kollegen töteten auch. Durch Intrigen, durch Networking und Ausgrenzung. Ausgrenzen konnten Akademiker besonders gut. Wenn Evi es nicht überlebt hatte, war es ohnehin egal. Niemand würde sich für ihre fast fertige Habilitationsschrift interessieren oder sie je finden. Es sei denn, jemand beerdigte dort die nächste Katze.

35

Franziska versorgte die Wunde an ihrer Fußsohle, steckte den Laptop in ihren Rucksack und verließ die Wohnung.

War Johannes tot? Sie wusste es nicht. Sie sah auch nicht so genau hin, wo und wie sie ihn mit Sinas Messer getroffen hatte. Es war wirklich eine mörderische Waffe. Gut, dass Sina es nie mehr in die Finger bekommen und etwas Schlimmes damit angestellt hatte.

Franziska wusste nicht, wohin sie gehen sollte. Sie kannte sich in Berlin nach wie vor nicht aus. Jetzt war es Mai. Sie war seit einem halben Jahr hier und kannte sich immer noch nicht aus. Sie war nicht sicher, ob sie zu ihrem Parterreloch zurückfinden würde, wenn sie sich weit davon entfernte. Das Großstadtleben draußen jagte ihr an diesem Abend keine Angst ein. Dazu war sie zu stumpf. So stumpf, dass nichts sie erreichen konnte, keine herumbrüllenden oder sonst wie verhaltensauffälligen Leute, keine wild gewordenen Hunde. Sie ging im Zickzack, kreuz und quer, bis sie irgendwann, vermutlich nach etlichen Umwegen, an einem Platz landete, der ihr bekannt vorkam. Hermannplatz, richtig. Bei Karstadt am

Hermannplatz hatte sie sich die wenigen Haushalts-
gegenstände gekauft, wovon jetzt fast alles in Scherben am Boden lag. Sie hatte sich am Hermannplatz
immer gefürchtet, sowohl unten auf den U-Bahn-
steigen als auch oben. Sie kaufte sich ein Bier in einem Spätkauf, überquerte die stark befahrene Straße
bei Rot, was wüstes Hupen zur Folge hatte, und setzte
sich mitten auf dem Hermannplatz auf den Rand eines Beetes mit krüppeligem, vertrocknetem Gewächs.
War doch gar nicht so schlimm. Hätte sie ruhig früher
machen können. Sie erwartete, dass irgendeine abge-
rissene Gestalt neben ihr Platz nahm und sie um Geld
bat, in dieser Stadt bat alle paar Minuten jemand um
Geld, aber sie blieb allein. Fast hatte es den Anschein,
als würde sie gemieden. Jetzt wurde sie schon von den
Totalabgehängten gemieden. War etwas mit ihr? Das
konnte sie sich nicht vorstellen – bis sie auf ihre helle Bluse blickte, die von Blutspritzern überzogen war.
Wahrscheinlich hatte sie auch Würgemale am Hals.
Sie hatte nicht in den Spiegel gesehen.

Als sie ausgetrunken hatte, stand sie auf und
reichte die leere Flasche einem Flaschensammler,
der sich artig bedankte. Sie holte das Springmesser
aus dem Rucksack und warf es in einen Abfalleimer.
Dann ging sie eine schnurgerade Straße entlang, die
sie vor Kurzem auch noch zum Fürchten gefunden
hätte, ging immer weiter, an einer U-Bahnstation
vorbei, Schönleinstraße, bis ihr wieder etwas bekannt
vorkam. Da vorn verlief die U-Bahn als Hochbahn.
Diese Strecke war sie in den ersten Wochen doch so

lange gefahren, bis sie sogar die einzelnen Fenster der an der Bahnstrecke liegenden Häuser kannte. Damals, falls es schon »damals« zu nennen war, wäre sie nie auf die Idee gekommen, hier einen Spaziergang zu machen. Kottbusser Tor. Sie ging weiter, gelangte in die Oranienstraße, in der hedonistisches Treiben herrschte. In einer Bar namens »Bierhimmel« trank sie draußen ein zweites Bier. Außerdem musste sie zur Toilette. Sie hatte überhaupt keinen Plan, was sie nun tun sollte. Im vergangenen November war das anders gewesen. Da hatte sich Stück für Stück ein Teil an das andere gefügt, bis alle schließlich passten. Jetzt passte gar nichts.

Konnte sie in ihr Parterreloch zurück, gesetzt den Fall, dass sie es wiederfand?

Als sie die Wohnung verlassen hatte, hatte Johannes noch gelebt. Seine Augen hatten sich unter den Lidern bewegt und seine Hände gezuckt. Und dann, wenn sie zurückging? Sollte sie Sina bitten, ihr dabei zu helfen, ihn zu beseitigen? Aber wie und wo? Ohne Auto? Allein würde Franziska das niemals schaffen, und sie verfügte auch nicht über ausreichende Ortskenntnisse. Leichen waren sehr lästig. Sina hatte immer wieder Andeutungen gemacht, schon mit dem Gesetz in Konflikt geraten zu sein. Nicht nur einmal, sondern mehrfach. Franziska hatte das Gefühl gehabt, dass sie damit vor allem angeben wollte. Ladendiebstahl vielleicht? Kleindealerei? Körperverletzung? Ja, einen Hang zur schwer kontrollierbaren Aggression hatte Sina durchaus.

Sie musste zurück in die Wohnung, allein schon deshalb, weil sie nicht wusste, wo sie sonst die Nacht verbringen sollte. Die Nacht in derselben Wohnung verbringen, in der Johannes lag? Und wozu schleppte sie dann den verdammten Laptop die ganze Zeit mit sich herum?

Franziska fand tatsächlich zu ihrer Straße zurück. Sie fasste sich ein Herz und schloss die Haustür auf. An den Briefkästen vorbei in den Hof. Durch die wenig einladende Tür zum Seitenflügel. So langsam war sie diese kurze Strecke noch nie gegangen. Sie hatte sich immer beeilt, um sich möglichst schnell in ihrer Höhle verkriechen zu können. Sie schloss Marie Webers Wohnungstür auf, in der Erwartung, dass dahinter noch immer Johannes auf dem Boden liegen würde. Doch er lag nicht mehr dort. Als sie das Licht einschaltete, bemerkte sie einen Blutfleck auf den abgetretenen Dielen. Die Küche war dunkel, aber aus dem einzigen Zimmer fiel Licht. Johannes war also nicht tot. Er wartete auf dem durchgesessenen Sofa, und alles würde wieder von vorn losgehen.

Das Erste, das Franziska in ihrem einzigen Zimmer sah, war Bobby, der direkt hinter der Tür auf den Dielen lag und tief und fest schlief. Er schnarchte leise. Er hatte sich leicht zur Seite gedreht, sodass sein fast kahler, rosafarbener Bauch zu sehen war. Auf dem Sofa saß nicht Johannes, sondern Sina.

»Wird aber echt Zeit, dass du mal kommst«, begrüßte Fastsechzehn sie. »Ich warte schon ewig.« Sie bemerkte, dass Franziska den Hund betrachtete.

»Er ist sofort eingepennt. Ist ja auch nicht mehr der Jüngste. Er scheint deine Bude gemütlich zu finden.«

Franziska setzte sich neben Sina auf das Sofa.

»Dein Typ hat mir die Tür aufgemacht. Du hättest mir ruhig sagen können, dass du einen Typen hast. Er sah ein bisschen lädiert aus und faselte was davon, dass er eine Weile weggetreten war. Bewusstlos oder so. Ich habe die 112 gewählt, sie haben ihn dann abgeholt. Er liegt jetzt im Klinikum Neukölln. Du sollst ihn besuchen. Und ich soll dir auch noch ausrichten, dass er dir nicht böse ist. Du sollst ihm auch nicht böse sein. Versteh ich nicht. Also ich wär dir böse, und wie. Er hat sogar angefangen zu flennen. Flennende Typen, das ist ja das Letzte. Außerdem hat er dauernd von Franziska geredet, so wie die Tussi auf dem Tempelhofer Feld. Irgendwann habe ich dann kapiert, dass du wohl tatsächlich Franziska heißt und nicht Marie. Du hast mich ganz schön verarscht.«

»Ja, stimmt, tut mir leid.«

»Schon gut. Du hattest wohl deine Gründe.«

»Die hatte ich. Musst du nicht mal nach Hause? Morgen ist doch Schule.«

»Ich kann kommen, wann ich will, schon vergessen?«

»Ach ja, richtig.«

Franziska wusste, dass nun alles vorbei war. Endgültig. Ihr Leben, wie sie es bis vor einem halben Jahr im Münsterland geführt hatte, sowieso. Und nun auch dieses neue Leben, zuerst gehasst, mittlerweile ein wenig ans Herz gewachsen. Bei einer Verletzung, wie sie sie Johannes zugefügt hatte, würde das Krankenhaus bestimmt die Polizei einschalten. Oder er selbst. Von Johannes würde die Polizei ihren richtigen Namen erfahren. Auf dem Boden lag ihr schwarzes Notizbuch, das er gegen die Wand geschleudert hatte. Es war aufgeschlagen. Hatte Sina einen Blick hineingeworfen? Franziska war erleichtert, dass Johannes offenbar nicht lebensgefährlich verletzt war. Sie hätten sich viel früher trennen sollen. Wahrscheinlich sollte ihr Vater Johannes heiraten und zu ihm in die Siedlung ziehen. Die Polizei würde nach und nach auch alles andere herausfinden. Der Dienstag vor dem Mittwoch. Evi wollte verbrannt werden, darüber hatten sie manchmal gesprochen, obwohl sie ja, im Normalfall, noch viel zu jung dafür waren. Franziska war nicht bei Evis Beerdigung gewesen. Sie war bei allem gewesen, ihren Geburtstagen, ihrer Promotionsfeier, aber nicht bei ihrer Beerdigung.

Sie würde selbst zur Polizei gehen. Mit dem Personalausweis, den Frau M. nie zu Gesicht bekommen hatte. Dr. Franziska Oswald, offiziell immer noch wohnhaft in Senden in Westfalen, Kreis Coesfeld. Sina konnte ihr bestimmt sagen, wo das war. Sie vielleicht sogar begleiten. Ach nein, sie musste ja morgen zur Schule. Franziska war erfolgreich geflohen, hatte alle Gefahren und sonstigen Widrigkeiten überstanden, und jetzt ging sie freiwillig zur Polizei. Aber erst morgen. Nicht heute Nacht. Vielleicht konnte sie ja in der Gefängnisbibliothek arbeiten. So etwas gab es doch, oder? Gefängnisbibliotheken? Sie könnte für die Mitinsassinnen kleine Seminare abhalten. Foucaults Überwachen und Strafen.

Vor ein paar Wochen hatte Sina sie gefragt, ob sie mit ihr am Pfingstsonntag zum Karneval der Kulturen gehen würde. Daraus würde nun wohl nichts mehr. Sie musste morgen als Erstes Frau M. anrufen, noch bevor sie zur Polizei ging. Bei der Polizei durfte sie bestimmt nicht mehr telefonieren. Sie stand vom Sofa auf, setzte sich auf den Fußboden neben den schlafenden Bobby und streichelte ihn. Dann erzählte sie Sina alles.

Als sie fertig war, sagte Sina in einem Ton, der nicht ihrem Alter entsprach: »Willst du dir deine ganze Zukunft kaputtmachen?«

»Wie bitte?«

Dann fing Sina an zu lachen, obwohl wirklich gar nichts lustig war.

»Ich komme dich auch besuchen. Ist bestimmt cool. Aber ich glaube, ich nenne dich weiter Marie und nicht Franziska. Wenn das okay ist. Franziska finde ich irgendwie blöd. Marie passt viel besser zu dir.«

Sina zeigte großes Verständnis, erwies sich gleichzeitig aber auch als erstaunlich erwachsen. Wann war sie denn erwachsen geworden?

An der Polizei, sagte sie, führe wohl kein Weg vorbei. »Wenn man sagt, dass man's bereut, ist es weniger schlimm.«

Offenbar kannte sie sich damit aus.

»Ich schätze, du musstest das tun. Ich kann das voll verstehen. Ich meine, wenn die dir deine Sachen geklaut hat, für die du so lange gearbeitet hast. Und die hat sie wirklich richtig abgeschrieben, also die Sachen, die eigentlich du geschrieben hast?«

»Ja.«

»Das ist echt der Hammer. Ich kann dich voll verstehen.«

Franziskas Schulter tat von Johannes' Attacke weh. Johannes war kontrollierend, unendlich bedürftig, und in seiner Vorstellung hätte das Leben nur aus ihnen beiden in diesem Haus in der Siedlung bestehen können, ohne ihren Beruf, aber gewalttätig war er zuvor noch nie gewesen, erst heute. Meine Schulter, dachte Franziska, ist ja auch schon dreiunddreißig. Und morgen gehe ich zur Polizei.

Henny Mangold saß an ihrem Esstisch und dachte, dass heute der Tag war. Sie hatte die alten verwelkten Blumen weggeworfen und einen frischen Strauß gekauft. Tabletten hatte sie nicht genug im Haus – und wahrscheinlich auch keine, die Erfolg garantierten. Um an eine ausreichende Menge Tabletten zu kommen – und an die richtigen –, müsste sie erst zum Arzt gehen, also genau das tun, was Leonie seit einiger Zeit immer von ihr verlangte. Das war beinahe komisch. Eine Weile hatte sie über eine Brücke nachgedacht. Die S-Bahnbrücke am Dahlemer Weg. Wurde dort nicht kürzlich dieser neue breite Radweg angelegt? Henny war besessen von Radfahrern. Brücke hatte sie bald wieder verworfen.

Genauso, wie sich einfach auf eine stark befahrene Straße zu stellen. Sie wollte ihre geliebte Wohnung nicht verlassen. Sie hatte lange an dem Seil herumexperimentiert, bis ihr endlich ein Knoten gelang, der ihr passend und fest genug erschien. Als Klaus noch lebte, hing diese schwere Lampe an einem eingedübelten Haken im Wohnzimmer. Die Lampe hatte Henny mit Leonies Hilfe längst abgenommen, weil sie ihr in Wahrheit nie wirklich gefallen hatte. Aber der Haken war noch da.

Erst noch ein Glas Rotwein. Das war ja wohl angemessen. Der Hocker stand schon bereit. Den Wein trank Henny im Gästezimmer, das sie nie so nannte, für sie war es immer noch Klaus' Arbeitszimmer. Sie würde das Glas Wein nicht zu einer ganzen Flasche ausdehnen, nicht einmal zu einer halben. Sie verschloss die Flasche, vielleicht trank Leonie sie ja noch aus – oder Marie –, und räumte das Glas in die Spülmaschine. Die Küche war sauber. Viel zu lange war Henny nachlässig gewesen. Mit der Wohnung. Mit sich selbst. Einen Brief hatte sie längst verfasst. Er lag auf dem Ceranfeld. Wo sonst.

Sie holte das Seil aus den Tiefen ihres Kleiderschranks – Marie sollte es nicht finden, deswegen hatte Henny sorgsam darauf geachtet, dass es gut versteckt lag – und brachte den Hocker in die richtige Position. Sie blickte sich in der Wohnung um. Dann stieg sie mit dem Seil in der Hand auf den Hocker. Eine ganz schön wackelige Angelegenheit. Hinknien war nicht mehr so leicht wie früher, die

Gelenke, auf einen Hocker zu steigen aber genauso wenig. Henny Mangold dachte: Meine Knie werden bald einundsechzig. Nein, falsch, den einundsechzigsten Geburtstag erleben meine Knie nicht mehr.

Sina dachte: Ich lebe ewig. Ewig dauert noch ganz schön lange. Aber irgendwann muss doch auch mal was Nettes kommen in der Scheißwelt, oder?

In Franziskas Notaten und Reflexionen habe ich den
Song »Ich und die Wirklichkeit« der Band D.A.F. zitiert
(Album »Alles ist gut«, 1981).
Der im Buch erwähnte Krimi der Autorin Celia
Fremlin heißt »Rendezvous mit Gestern« (im Original
»Appointment with yesterday«, 1972) und erschien auf
Deutsch 1988 bei Diogenes. Er handelt davon, dass eine
Frau aus London flieht und in einem kleinen Ort – erst
in einem, dann in mehreren Privathaushalten – als
Putzkraft arbeitet. Dieser heute leider in Vergessenheit
geratene und auf Deutsch nicht mehr erhältliche Krimi,
den ich das erste Mal vor vielen Jahren las, hat mich u. a.
zu diesem Buch inspiriert, und ich danke Celia Fremlin –
wo immer sie jetzt ist.

RN

4. Auflage 2021
© *konkursbuch* Verlag Claudia Gehrke Herbst 2019
PF 1621, D – 72006 Tübingen, Telefon: 0049 (0) 7071 66551
office@konkursbuch.com / gehrke@konkursbuch.com
www.konkursbuch.de   Facebook: konkursbuch.verlag
Covergestaltung unter Verwendung eines Fotos von Anja Müller.

Gerne schicken wir Ihnen auch unser gedrucktes Gesamtverzeichnis.
ISBN-Buch: 978-3-88769-595-8 E-Book: 978-3-88769-596-5